MINGUOWUXIAXIAOSHUO
DIANCANGWENKU

民国武侠小说典藏文库

张个侬卷

南北异人传

张个侬 著

中国文史出版社

自　　序

愚既为南方书店著《怪侠锄奸记》毕，主人林隐民君复以编撰《南北异人传》为请。初，林君与愚皆曾闻人言，有清道咸间，南北二异人游侠事，与同时代之侍御教师王东林、李富东师徒暨少林僧海川（一作海空）、京师大侠王子斌等（即大刀王五，一说名王云五）齐名，壮之，亟拟编为说部风世。唯会晤之下，颇多传闻异辞耳。

就愚所闻，与南北二异人同时者，尚有奇女子五，即一侠伎、三侠女、一老妪是也，同时又有怪杰及会党教匪等甚多，胥曾与二异人为难，以此二异人遂坐树高招风、名高受谤之病，而乃从此多事矣。

愚著此书，根据传闻，摭拾逸事，夹写同时代之诸奇男侠女，以期不落前此所有诸武侠说部之窠臼，而为读者一新心目。唯愚学殖荒落，自惭袜线，为文不工，愧未能免。乃承海上文坛诸健者，宠锡题序，褒饰有加，殊滋赧汗耳。

书成，爰述其编撰经过如此，以弁书首。

民元十八年八月十一日即己巳乞巧日

丹徒张竹识于个侬编辑室

目　　录

第一回

巍峨殿阙深宵来鸟瞰
清净梵宫白昼接仙踪

夜深了，你看那六街三市的灯火大半都已熄灭，只有那少数的大官宦人家预备五更黎明去上早朝的，和那小本经纪的平民连夜工作预备天明赶早市、图一点蝇头微利的而外，整个的北京城里，无一家不在那黑甜乡里安息着。只有那天空明月，放出晶莹皎洁的光华来，无偏无私地照彻人寰，从玻璃窗中掩入人家，窥探秘密。除去一阵阵的清风吹动那花木的枝叶不住地摇曳着，和着檐前的帘栊略有声音，点缀这清凉如水的深夜之外，简直是百无声息了。

当这万籁俱寂的时候，紫禁城里乾清宫值夜的侍卫彭国梁正腰挎短刀立在宫外石阶上，百无聊赖的，恨不得那天空玉兔像流星般往西面下去，在一刹那间，那东方的天色快变作鱼肚白颜色，从云眼光里拥出那颗红日来，好即刻散值回家，也去饱尝那睡乡风味，陪伴着黄脸婆子圆一圆那温馨甜蜜的好梦。他正在独自思维，忍不住背叉着两手，在那雪白光滑的石阶上踱来踱去。正是欢娱嫌夜短，寂寞恨更长。

当这时候，彭国梁猛然抬起头来，看看天上的星月光芒，和那斜横云际的银河，留神听外面敲锣击梆的声音，计算时刻，很焦躁地望着那明月。只见那月亮四面有了个圆圆的大风圈儿，将那弓弦式的月亮包围着，不由自语道："不久将要起大风了，本来白天太热，也须刮几阵大风，下寸许小雨，杀杀这秋老虎的威势，方才使人们受得住。不然，一天比一天地亢热下去，恐怕又要闹流行病咧。"正自言自语着，冷不防忽听得背后有人念了声“南无阿弥陀佛”，接着又说了句：“侍卫爷，辛苦了，你老独自站立着，连搭话的人都没有，还是贫僧来陪你谈谈《山海经》，说说《西游记》，鬼混到天明吧。”

彭国梁吃了一惊，忙缩转手来，按着刀把，回身定睛望时，却见对面站着一个中年和尚，秃头不戴着僧帽，穿着元色的僧衣、黄色僧鞋，左手腕上悬挂着串佛珠，合着掌望着自己，念了声“无量寿佛”，打个问讯道：“侍卫爷，辛苦了！”

彭国梁初见时，还疑心他是雍和宫里供奉的喇嘛和尚，不守本分，独自溜了出来，在各处乱闯。再看他的装束，听他的口音，知道并非喇嘛，但因自己职务上关系，无论他是喇嘛和尚，或是普通和尚，都不能轻易放他过去。遂喝问：“贼和尚，是从哪里来的？怎么糊里糊涂地胡乱闯进禁城？这乾清门里御道上也是你可以来的吗？不要走，俺且将你缚了再讲。”边说边按刀跑向那和尚面前。那和尚合着掌，毫不抵抗地打了两个哈哈，笑道：“侍卫爷，且慢动手，俺因为有点儿私事要来烦劳大驾，特恐白天里人多，不很便利，所以才冒昧着黑夜到来。侍卫爷要缚贫僧去办罪请赏，那是侍卫爷的分内之事，贫僧也很明白。不过贫僧有几句话，侍卫爷请听贫僧说完了，再缚也不为晚。”

彭国梁见他并无凶器，遂伸左手抓住他的衣领，右手亮出腰刀来，喝问：“秃贼，你有什么话说？半夜三更胆敢独自闯进紫禁城来，快讲！”边说边将他向怀中一带道：“来吧，跟着俺走吧！”说着，扯住僧衣领头，向侍卫值宿休息的房屋里就走。

那和尚移动脚步，跟彭国梁走着，边走边说：“侍卫爷，别亮刀吓唬杀人，贫僧对侍卫爷说了吧。只因贫僧在河南嵩山少林寺出家，下山云游天下，访晤有缘。听人传说，京城侍卫教师王老师是当今拳术第一名家，因此贫僧慕名来京，专诚拜访，要会一会王老师，试一试他是真名家，还是假名家，分一个上下。贫僧出家人，既无利禄思想，亦无害人意念，这无非完全出于一时的兴会。本当白天访谒，只因不知王老师的府第在哪里，况且不显一点儿技能，也恐王老师不信，不肯屈尊降贵，轻易来和贫僧交手，更恐他的门下不肯给贫僧传信，所以贫僧才大胆黉夜闯进乾清门来。先来拜访侍卫爷，意欲请侍卫爷捎个口信，转告王老师，就说贫僧从少林寺慕名而来。他如是只有虚名，并无实艺的，贫僧为顾全他的虚名起见，绝不和他为难，只要他亲笔写张字条儿贴在前门的城门上，说明不敢与贫僧比较武艺，即日辞卸职务，回转家乡，从此不再以拳术第一名手炫人。倘或他是有真实本领的，也请他写张字条儿贴在前门城门上，约定日期时候和会晤的地方，贫僧准定来赴约。大家空手赤拳，不许用武器，也不许别人帮助。倘或他被贫僧跌一跤、踢一脚、打一拳，便是他输了，即日就该韬光养晦，归隐田园。如果贫僧输在他的手里，贫僧也即刻回转少林寺，从此不再收弟子传授拳术。侍卫爷倘或怕王老师不信，可将贫僧的佛珠拿去做证。倘或侍卫爷不给贫僧捎这个口信，三天以内没有回复，那时，可休怪贫僧粗鲁得罪了侍卫爷。如果王老师倚老卖老，视为无足轻重，置之不理，那时可休怪贫僧不安本分和他为难。”说着，将身体向彭国梁略一倚侧，碰在彭国梁的身上，点住他的穴道。彭国梁登时立住脚步，移动不得。和尚伸手托起彭国梁抓衣领的左手，遂将佛珠套在彭国梁的颈项内，合掌说声：“侍卫爷，费您的神，务必将信传到，贫僧少陪了，再见吧！”说着，伸手将彭国梁轻轻一拍，点活了他的血脉，一扭身形，只见他闪了一闪，已是失去踪影。

彭国梁一惊非小，举目四望，仍旧是清风明月，毫无一点儿迹象可寻。反视自己值宿守望的地点，已离了好些路。倘或不是颈项内明明地挂着一串香喷喷的沉香木佛珠，还只道是被鬼魔着走了一段路，或是打了会儿瞌睡，做了个离奇的怪梦呢。没奈何，将刀插入鞘内，缓缓一步一想地踱回原处，望着乾清宫大殿发呆。忖念：“这和尚定非常人，他如没有过人的本领，怎么敢来捋虎须，指名要和王老师较量高低呢？不说别的，但看他能够在禁城之内，皇上脚下，胆敢不怕九城巡夜的兵马，如入无人之境一般地闯进乾清门来，方才俺是立着面朝乾清门进来的大道，他却是从俺背后出现的，可知他的身法矫捷，远非常人可及了。想到他方才身体一碰，即已点了自己的穴道，倘或他夺过刀去，轻轻地一挥，岂不立刻可使俺身首异处吗？”彭国梁想到此处，不由打了个寒噤，登时害怕起来，恨不得立刻赶那月亮下去，从东方冉冉地升上那可爱的红日来。

正在害怕心急，忽听得咳嗽一声，从那旁来了一人，口中唤着：“彭侍卫，辛苦了，天快要亮了，肚内饿吗？他们都在那里轮流替换着吃单饼呢。”

彭国梁又吃了一惊，只道是那和尚去而复返，吓出一身冷汗。回头迎着那人看时，认识他是乾清宫值夜的侍卫吉绍武，遂回转身来，迎将上去，想着自己如同惊弓之鸟，忍不住哧的一声笑将出来。

吉绍武见他望着自己笑，只道自己衣服上有了什么故事，低头望了望，并无什么破绽。抬头见彭国梁颈项内挂着串佛珠，不由笑道：“彭侍卫，你为什么望着俺发笑，俺身上倒没有什么故事，反是你自己颈子里挂着串大佛珠，值夜上宿，还来虔诚诵佛，那才真可笑呢！”

彭国梁被他一言提醒，伸手一摸，才知道颈内挂着的佛珠未曾取下来，遂顺手将佛珠从颈项内取下，边说：“吉侍卫，俺并非笑的你，乃是笑的俺自己啊！”

吉绍武笑道：“这就奇了，你笑的什么事呀？”

彭国梁道：“俺笑的便是这串佛珠，这会儿好笑，方才几乎将俺的性命送却，那可险些将俺吓死了呢。”

吉绍武忙问：“此话怎讲？”

彭国梁定了定神，即将方才之事说了一遍。吉绍武听罢，也不禁吓了一跳，伸了伸舌头道：“哎呀！好险啊，天快要亮了，你快到那里去吃点儿东西压压惊吧！顺便和大众商量商量，该当怎样办法。照这样说起来，皇宫内苑，一个秃驴敢这样直进直出，要在别处，怕他不会杀人放火吗？万一他稍不留情，别说彭侍卫你值夜守卫有些危险，便是俺们，也何尝不是一样呢？幸亏方才是你，还算得胆大，要是俺被那和尚这么一来，嘿！可不就要吓掉了魂魄？彭侍卫，你快些去吃东西，告诉他们，俺在这里给你兼顾照应着，快去快来，可别拿俺开玩笑。”

彭国梁应声晓得，拿着串佛珠往侍卫值夜的休息房里去。

吉绍武站立在乾清宫外面，抬头望望，月亮已将要西沉了，暗念："天快要亮了，再等一会儿，好回家睡觉去了。"一转念，又想到彭侍卫方才所说的事情上去，不由有些胆寒，那脚下竟如搽了油的，不由自主地移动着，一径到乾清门自己站立守望的地方上来，那胆子方才大了点儿。正在心中害怕，猛回头，忽见一人从那旁远远走来，望着自己点头，说："吉侍卫，辛苦了。"

吉绍武一心正在害怕，深恐自己也遇见那个和尚，陡见来人，一时神经错乱，只道是和尚来和自己开玩笑，不由吓了一跳，急忙拔出腰刀，喝叫："秃驴休走！"迈步迎上前去。那人大惊，忙说："吉侍卫，别看错了人，俺是巴英杰啊！"

吉绍武闻言，止步定睛将来人一看，果然是同伴的侍卫巴英杰。自己一回想，不由也好笑起来，自语道："怪不得彭侍卫方才出了神，陡然见俺，要忍不住失笑呢！"遂收了刀，笑着迎住巴英杰，拱手道："巴侍卫别见怪，俺是一时看错了人啊！"说着，二人走到一处。吉绍武即将彭国梁所遇之事从头对巴英杰说了。

巴英杰听罢，也不由吃惊，但说："这都是老彭胆小无能，才致被那贼秃逃走了；倘或遇着俺，可就不能让他有这般轻便容易了。"

吉绍武笑道："巴侍卫，你这别也和俺一样，惯会说大话，却尽管使小钱啊！试想老彭的本领并不在你我之下，他竟被和尚点了穴，你我难道还能讨得着便宜吗？假如这值夜上宿是推却得过的差使，俺真正早就不干了。你想，倘轮着上半夜的班还好，每逢下半夜的班，别说像遇见有和尚那么样的一件事足以吓破了胆，便是太平无事，像现在初秋天气还好，再往后到了冬天，北风凛冽，一阵阵地吹到身上来，也就真够受的了。下雨、下雪的天气，那可就更不用说了。"

巴英杰笑道："怎么谈起苦经来了，这是没想的事啊！老彭呢，他现在还站立在乾清宫外吗？"

吉绍武道："大约还不曾来呢。"说着，探头远远地向那宫前一望，并不见个人影儿，即说："他吃东西去了。"

巴英杰道："俺也去吃东西，停会儿见吧！"说罢，一径往侍卫会集的休息室里去了。

原来这时的侍卫，大半都是八旗王公大臣员役的子弟，循例大值听差的，这时正是道光年间，承平已久，那些子弟仗着先代的福荫，丰衣美食、安富尊荣地过活着，虽然充当着御前侍卫的武秩官儿，其实对于武技本领，不过是那么回事，大半都是些花拳绣腿。别说大阵仗不曾见过，便是奉旨偶一为之的杀人流血勾当，亦是绝无仅有的事。记得当时道光皇帝的正宫皇后因为拈酸泼醋，传懿旨召一个侍卫进宫杀道光皇帝的一名宠妃。那侍卫奉着懿旨，将妃子拉到乾清门外，咬紧牙关，可怜他勉强睁着双眼，硬生生在那妃子的粉颈里连砍数刀，方才将那妃子的一颗油头粉脸的俊俏脑袋好容易才割将下来，提着刀进宫复命。因为这么一次惊吓，那侍卫竟害了一场大病，事后即托病告假，辞去了侍卫职务。皆因当时规律，但凡是满人，无论是谁，如非奉旨，恩准特许免除，一律都应该给皇上家充当奴役一年至三年，听凭皇上指派，无论到各王府喇嘛庙或是功臣的府第去充当奴隶，期限满后，仍旧一般为官做宰，管治军民。像这御前侍卫，大半都是王公大臣或是功臣的子弟，循例轮值的，依照规律，是无可逃免的差使（说见拙著《清宫十三朝彭词》，全书共十二册，百回，兹不多赘），所以当时彭国梁、吉绍武、巴英杰三个侍卫一般都吓了一跳，深恐那和尚再来神出鬼没地寻是生非，即是此故。

其时，巴英杰离了乾清门，一径来到侍卫值宿休息的房屋里，推门进去，正见彭国梁和各侍卫在那里吃单饼和饽饽等点心，谈虎色变讲说那和尚的言动，并将那串沉香木的佛珠搁在桌上给大家观看做证，提足了精神，说得有声有色。

巴英杰接口道："彭侍卫，别胆小，俺们值宿的人多哪，怕一个亡命的秃驴做什么？堂堂的御前带刀侍卫，说出这般胆小的话来，难道竟不怕人家笑掉了大牙吗？"

众人见他进来了，一齐起身让座，说："老巴，您别在云端里看厮杀，净说风凉话儿。这件事你既然知道了，俺们大家商量商量看，该当怎么办法。虽然是老彭遇着的，但是闹出事来，俺们大家谁还能脱却干系，跳得出这个是非窝儿？”

原来这侍卫值宿的休息室，乃是众侍卫轮值、上宿、更衣、进食、换班休息的地方，所以大众都在那里吃喝谈论着。

巴英杰见说，毫不迟疑地道：“这有何难？那秃驴来意虽然不善，但他并非和俺们大众作对，乃是指名要和王老师比武的。只消老彭明儿回禀过王老师，任凭他老人家做主，怎样对付他就得了，没什么大不了的事。王老师的本领，是俺们大众都极信仰崇拜的，包管一举手、一抬足，就可使那秃驴变为齑粉，从此少林寺嫡派真传的威风可以杀灭无余，那是俺们可以预计得到的。说句总话，那秃驴的胆量虽大，究竟他只有一人，即使生就三头六臂，皇城之内也是他可以任意胡闹的吗？他那条狗命也就危险得很咧。”

巴英杰正在说得痛快嘴响，猛不防啪一声从对面屋上飞来一小块瓦片儿，正打在他的右面嘴巴上，打得牙缝内迸出血来。那瓦片托的一声，由他嘴上碰落在桌上，跌成几小块，有的跳到碗碟里，有的跳落在地下。众人大吃一惊，齐向对面屋上望时，只见上面立着一个和尚，望着大众念声：“无量寿佛！”笑骂道：“我和尚并不曾得罪你们，你们为何如此多嘴，开口伤人？贫僧现在姑且看你们年轻，不和你们一般见识，你们只叫王老师来会贫僧就是。倘或他不愿在前门城门上张贴字条儿，凭着他的经验能耐，可即到各庙宇去寻访贫僧的下落。他如三天内不敢有所动作，即劝他从速卷起铺盖，回转家乡去吃老米饭，别再在京城逞能。俺们再见吧！”

只见他一扭身形，即已不见。大众这一惊，一齐面色如土，不敢再多说大话。

彭国梁仍旧提心吊胆地去到乾清宫守望，各侍卫也都无精打采地逐渐分散，去到各人的守望地点，尽他的职务。幸喜挨到天明，并未生别的枝节。大家哪还有心思回去睡觉？在休息室里会了齐，便相约着一齐同到王老师家中去报告。

那王老师这时已是五十外岁的人了，听罢众侍卫的言辞，不由大怒，暗忖："俺从来不曾和人结过怨，真可称作与人无争，与世无侮。不料却凭空地来了这个少林寺和尚要和俺比武，真是意想不到。他如果没有惊人本领，绝对不敢来寻俺生事。现在他既来寻俺，俺要逃也逃不了，只有先去找他，问他的来意和寻俺的理由，然后再作计较。"想罢，即说："你们大家别学那听书的掉泪，替古人担忧，俺即刻就去寻他问罪。你们辛苦一夜，各自回去安息吧！"说罢，即刻整了整衣服，同着众侍卫出门，鼓着勇气，和大家分手，径到各大寺院去访寻从少林寺来京挂单的和尚。

访问了几处，都不曾访着。日已正中，只得回家用饭。饭后，又往各庙宇访问，末后在天安门外雷音寺内访问知客僧，知客僧回说："不错，三日前新从少林寺来了位挂单的客师，法名海川，现在正在后面打瞌睡呢，你可到后面去寻他。"

王老师即问海川在后面何处。知客僧回说："他此刻盘膝趺坐在大殿后面、观音殿前的蒲团上。"

王老师谢别过知客僧，一径来到大殿背后，举目一看，果见一个中年和尚趺坐在蒲团上面，不由一惊，暗说："是了。"

毕竟两下见面后如何，请待下回续写。

第二回

发宏愿立志成绝艺
闻绮语蓄意破邪魔

话说王老师走到大殿后面、观音殿前，正见一位中年和尚正襟矗身趺坐在那个大蒲团上面闭目养神，恍如入定一般。王老师一见此僧，不由一惊，暗说："定是此僧无疑！"

看官，你道何故？皆因王老师是位技击名家，究非常人可比，他一到后面，见和尚趺坐的姿势正是拳术家打坐运功、吐纳罡气、运动内功的姿势。要在别人，当然要说和尚是在那里打瞌睡，王老师一见即知，这乃是少林派拳术的基本功夫，练习《易筋经》最后的一步。这和尚趺坐着吐纳运气练功，不消说得，当然是少林派的正宗、技击能手，哪得不惊呢？

看官们，编书的一下笔即劈头将海川和尚和王老师二人比武的事写将出来，似觉太漫无头绪，使得看官们或觉到太突兀，殊嫌不知其所从来。编书的现在且乘着二人未曾交手比武以前，抄袭小说家的一句套语，叫作"话又说回来"，先倒扳旧账，将海川和尚和王老师两人的来历略叙一番，然后再写二人比武的正传，做本书的楔子，好引出本书的许多异人、怪杰、侠伎、女侠、儒者来，做本书的主体人物。好在看官们大概都有打破砂锅问到底、不厌求详的思想，编书的也应守着水有源头木有根的训条，仔细表明的必要，因此掉转笔尖，先写二人的历史，以醒看官们的贵目。

原来这海川和尚乃是河南登丰县中岳嵩山少林寺的有道高僧，因为愤世嫉俗，才弃家逃禅。他的俗家如何，编书的因他与本书无关重要，故也不给他考据立传。

单说他到少林寺削发求戒出家之后，因为抱着我佛自利利他的宏愿，决心要学成绝技，以普济群生的菩萨心肠，做一番扶危济困、任侠尚义、诛奸杀佞的勾当，故此自出家以后，对于武技特别留心练习。少林寺的拳术原是独一专擅的，天下无论何事，只要人肯学，所以叫作有志竟成。

海川抱着宏愿习武，其心专诚，其志纯洁，因此苦练几年，竟被他练成少林寺中超群绝伦、出类拔萃的唯一巨擘。论班次，他原是当家师法雨的首席弟子，故此他在寺中除当家师之外，职务要算他最大。他自从武技练成之后，每每跃跃欲试，恨不能立刻拜别当家师下山云游，以遂向平之愿。无如碍着本人的职份，未便擅离，只得在寺中守候机会。

未及两年，当家师忽抱宏愿，往朝各处名山访求有道，并拟往西藏、蒙古等处云游，拜谒达赖、班禅活佛，请示沙门一切，以证正果。特地预将当家位置传给大徒弟海川，命二徒弟海慧执掌本寺戒律，辅助海川主持寺中各事，择日下山。

海川率领阖寺僧众以及俗家门徒恭送法雨启行后，在寺内掌教，约有半年，因思念岁月不居，人寿几何，倘再不下山去施大法力，普济群生，将来年华老大，岂不徒自伤悲？因此将方丈掌教职务委托海慧代理，吩咐他：“一切都遵着师训，萧规曹随地办理。如果师尊回寺，就说俺下山济世，愿满即回，请他老人家原恕勿责。”吩咐毕后，即便收拾行囊，用一根扁担挑着，腰挎戒刀，手拄禅杖，出寺下山，取路先奔洛阳，再由洛阳往开封省城，然后渡黄河，往北京，再从京城转道南下，往东南各省，转闽、粤、桂、湘、云、贵、川、鄂，进武胜关，径回本寺。倘或遇有道侣，竟追踪师尊，前往青海、西康、西藏、新疆、蒙古、热河，各处一行，亦无一定。

当日他离了登封县境，迤逦前行，一路除去无有寺院可以挂单者外，轻易不曾住店投宿。

那日来到一处，地名唤作高桥，乃是处大镇集，地方人烟稠密，村舍相望，颇为热闹。海川来到镇上，一打听街坊行人，知道这镇上有两处大寺宇，一处唤作千佛寺，一处唤作寿圣庵，都可以挂单投宿。寿圣庵比较千佛寺路近些，只要走出街头，即可看见，不过千佛寺比较寿圣庵虽然路远些，但是地方大得多，而且香火也盛些，任凭往哪一处，总可以挂单。海川心忖："俺是行脚，不比得是想借挂单为名，常川住下做客师的，原不希望有什么经忏水陆等道场，好夹在其中凑趣，捞几文使唤。出家人托钵云游，享受十方供给，何必要舍近求远呢?"因此径投寿圣庵来。

出得街头，远远即见树林掩映中，现出座红墙来，被将要落山的太阳和天空烧着的晚霞照着，那树林枝叶显露着苍翠的黄赭色，那红墙竟变作深浓老黄的颜色了。海川问了问行人，果然正是寿圣庵，一阵阵的晚钟声音从微风中送入耳膜，不由打动禅心道意，遂将脚下一紧，一径向那树林掩映处走去。一刹那间，已是赶到。走入林内，来到山门以外，举目一看，只见山门上砌就"敕建寿圣庵"五个大金字。红墙上贴着黄纸墨书斗大的"南无阿弥陀佛"六个大字，颇为整肃庄严雄壮，的确是所大丛林气派。

走进山门，正逢着一位小沙弥执行他的例行公事，来关山门。一见海川行脚打扮，担着行囊进来，便问："师父，敢情是来挂单的吗?俺们这里房屋不空，请师父多走几步，到千佛寺去吧!"

海川歇下担，倚好禅杖，向小沙弥打了个问讯，回称一声师兄道："贫僧从此路过，并非挂单久住，耽搁一宵，即要走的。相烦师兄引进，拜见宝刹的知客师，方便方便……"

小沙弥不待说完，即摆下嘴脸来道："不行，师父还是往千佛寺去的好，委实俺们这里不空，没有卧铺，多说无益。不如速走，免得多耽延师父的时刻。"

海川合十道："不妨，纵无卧铺，贫僧即在山门里打坐一夜，亦不成问题的。"

小沙弥见他腻着不肯走，山门也不关了，回转身来，一口气跑进后面，去禀本庵的知客悟净。悟净听报，深恐不便，三脚两步即跟着小沙弥走到山门里来。见了海川，即打问讯道：“师父来小庵挂单的吗？”

海川合掌回礼，应道：“正是。”遂问：“师父即系知客师吗？”

悟净道：“不敢，贫僧在本庵滥竽着充当知客职务。请问师父宝刹法号，从何到此？”

海川即将来历说明，边说边在怀中取出少林寺的度牒，请悟净过目，告求方便，并转请教他的上下，边说边望着悟净和尚行礼。悟净回说过法名，即看度牒，一见果真是少林寺来的行脚，不由心中一惊，忙满面堆笑道：“海川师，并非小庵不行方便，实因近来小庵的空房已被几位远来的客师住满了，所以只得告罪挡驾，望海川师鉴原。好在千佛寺离此不远，请海川师移驾前往吧！”

海川见他形色有异，觉得并非真无空房栖止，完全是推托口气，即说：“道兄不必推却，贫僧是行路之人，并不需卧铺安息，只要能避风雨的所在，随便何处，即打坐一夜也不妨，只要天明，即便动身，还请方便则个。”

悟净见推却他不得，只得说：“道兄，既定要住在小庵，只得预先告罪，深为抱歉，请道兄到后面知客堂里蒲团上趺坐一夜，或是随便打开行李，胡乱安息一宵吧！好在道兄天明即须动身的，为时甚暂，简慢之处，尚望勿怪。”

海川见他肯了，忙合掌道谢。说着话，悟净已将度牒递过来，海川收在怀中，担起行囊，提曳着禅杖，请悟净师引导。悟净吩咐小沙弥关山门，一面引导海川，径入后面知客堂内，伸手接过海川的禅杖，意欲给他靠在一边。不料禅杖沉重，悟净的力微，不能拿得动，锵锒一声，那支禅杖竟倒在地上，将一块大方砖打得四分五裂，不由大惊。海川忙歇下担，伸手扶起禅杖，靠在一边墙角上，口中说：“打碎了方砖，如何是好？贫僧明儿去化一块来赔补吧！还请悟净师不要见罪。”

悟净道：“此乃俺自不小心，怎么反怪道兄呢？区区一块方砖，本庵后院内尽有当初用剩的在着，不劳道兄费事再向十方募化，请勿介意。”边说边让海川请坐。

转眼间，小沙弥已是关好山门进来，悟净命他献茶，并命他到后面香积厨下去，吩咐送斋饭来款待海川。海川连连称谢，一会儿，小沙弥转身来了，掌上灯烛，再一会儿，厨房内的小和尚用端盘盛着斋饭，托送将来，安放在桌上。知客僧让海川用斋，海川声谢念佛用过。小和尚收拾揩抹过桌子，仍用端盘托着走了。知客僧即说："海川师，如要安息，可即打开行李，在地上胡乱睡一夜，或即在蒲团上打坐。贫僧还要到方丈内去有事，恕不奉陪了。"

海川回说："悟净师请自便。"

悟净即命小沙弥好生伺候，道声再见，一径往后面方丈里去了。

海川对小沙弥道："师兄尽请自便，不必客气。"小沙弥本不愿意在此陪他，见说即借口道声："遵命，师父请安息吧！弟子还要到后面去做晚课呢，明天见。"说罢，走出知客堂，反身将窗门带上，一径走了。

海川心中好恼，暗说："偌大的寺院，居然如此慢客，莫非他看俺是行脚，以为俺是来挂单吃闲饭的穷和尚吗？俺们少林寺是著名的大丛林，不比无恒产、专靠经忏度日的穷庙，他也真太无见识了。"边想边去蒲团上解衣坐下，闭目养神，运气练功，耳边听得钟声已住，知道庵中各僧晚课已完。

又过了一会儿，忖想："庵中各僧定已安息。"正在思维，猛地里忽听得跫然足音自远而近，渐渐走过窗外檐口走廊边，声音一前一后，仿佛是两人同行。

只听得前行的一个道："师兄，你想他们是多么快活，只有俺们合该吃苦，充当这种巡夜的苦差事。"

后行的一个道："媳妇也有做婆时，焉知俺们将来便做不着方丈、掌教、知客等职事呢？只要有朝一日能够做得着方丈等职事，那时岂不是也和他们一样的，得能享受人家的美妾娇妻吗？"

前行的一个笑啐道："师兄，你真可称作癞蛤蟆想吃天鹅肉了。从古说人寿几何，岁不我与。你想方丈师今年只才四十外岁，其余有职事的各僧也都在壮年，比你我年纪至多也不过十岁。等到他们死后，别说还有许多比俺们辈分大的依次递补，一时轮不到你我身上，便是轮着你我，你想，还能消受艳福几时呢？哈哈！俺早已计算过，你我如要想像他们那般在庵中公开秘密地享受美人供奉，简直已成为老僧看嫁妆，今生休想了。只有在暗中设法，溜出庵去，偷鸡摸狗，或者还能一尝那温柔滋味。如果要在庵中，想他们分我一杯羹，除非是睡里梦里，做一回称心如意美满梦景以外，简直只有望着他们垂涎三尺罢了。即或那些娘儿们能够大发慈悲，广行方便，垂青到你我身上，你我还真能色胆如天，有这般勇气，敢去向他们的禁脔染指吗？师兄，俺们只有做媳妇的份儿，要等到将来做婆当家，再享快乐，那好比痴汉等老婆，等一辈子也是徒劳枉想啊！”边说边走，两人又自近而远，听上去已走往前面去了。

海川听在耳内，不由转念道：“这些话是什么解说呢？分明是两个轮值巡夜的小和尚在那里自叹苦境，要想像方丈他们享受那如花美眷，一时只好望洋兴叹，所以有‘临渊羡鱼，不如退而结网’之思。照此推想，本庵的各有职务的僧人，定然深入魔道。俺此番下山，原是以伸张正义、诛锄奸恶为志的，现在既亲身遇着，岂可轻轻放过？如不除去此害群之马，焉能使清净的佛教洗涤污点呢？”因此一想，不由动了杀念，遂决计在寿圣庵首先开了杀戒。当即起身在蒲团上跪倒，祷告过往神明，以及至尊如来，表明所以开杀戒之意。

拜祷毕后，起身将法衣掖起，悄悄走到墙壁边，将戒刀挎好，禅杖拿在手中，遂将知客堂中的灯烛吹熄，静心细听，外面有无人行走的声息。觉得静悄悄的万籁俱寂，遂轻轻将窗槅开启，走出反身带上，辨明方向，由走廊走向后面，远远见有盏灯笼的亮光从斜刺里走来。深恐被来者看见，急忙双足一点，纵上屋去，伏在檐口。

一会儿，那灯笼亮光已到面前，却见两个和尚，一先一后地走着，边走边说着话。听时，只见前行的道：“师兄，你看俺的主张好不好？那堂客姊妹两个，当俺们放焰口时，和俺们眉目传情，实在含有深意，俺们明儿可以讨经忏钱为名，到她们家中去鬼混，借此机会，即可入港，还不是水到渠成的事吗？”

后行的道：“你此言俺极赞成，倘此去能达目的，从此大可在外边停眠整宿，轮值巡夜的事，只要花费几文，委托挑经担的香火道人，定可安然无事。即或被方丈等人知道了，他们也有短处在俺们手里，己身不正，哪好正人？定可不妨事的。”

前行的道：“师兄既然赞成，俺们准定明儿即这么办吧！”边说边欢天喜地地往那旁走了。

海川听在耳内，不由大怒，暗道：“饱暖思淫欲，真是千古不磨之论。试看这两个和尚，身居大丛林内，不想修持，只一味地思量偷婆娘快活。此等僧人不除，将来不但留佛门弟子之羞，而且为社会之蠹。俺今夜既开杀戒，何不就先将二人开刀？”想罢，便飞身下来，一个箭步追上两个和尚。

两僧听得声音，回头看时，海川轻轻唰的一禅杖，已将后行的打倒，连灯笼都跌熄了。前行的欲逃时，被海川跃身进前，一手扯住，用禅杖轻轻在他肩头上一击，喝声：“嚷便送你的狗命！”

那僧被击，痛得哎呀连声，蹲身下去，瘫在地上。后行的倒在地上，哎呀呼痛，嚷叫救命。海川深恐人来，多有不便，一伸足，即点住了他的哑穴，使他动弹作声不得，遂低声喝问那前行的：“你们方才商量的偷婆娘主张，意欲偷哪一家的堂客姊妹二人？你们方丈以及知客等众僧在本庵行乐，是怎生乐法？所有女子从何而来？藏在本庵何处？快些从实直言！倘或说谎，俺叫你看刀！”说着，抽出戒刀，向着他面上一试。

那僧吓得魂飞天外，况又已尝过他的禅杖滋味，只求饶命，哪敢说谎，即说：“师父听禀，俺弟兄俩商量的并非俺们起意欲去勾搭那堂客，皆因那堂客姊妹俩先有舍身布施意，方才打动俺弟兄的野心。实不相瞒，望乞师父在外边勿向别人道破，那堂客姊妹便是前儿请俺们庵内的众僧念经超度她丈夫的孙寡妇。孙寡妇是新寡，她妹子是二十外岁的老处女，都非有夫之妇，所以俺们才敢大胆，好在俺们现在虽有此意，并无此行。师父既然听见，不许俺们有违清规，俺们便从此修心补过，诚意忏悔，尚望师父体我佛慈悲之念，饶恕俺们弟兄，感德匪浅，永远不忘。讲到本庵的当家师以及知客等师，在庵中行乐，藏匿良家妇女一层，实情已非一日。本来俺们寿圣庵的清规在前当家师手里原是极好的，自从前当家师圆寂后，现在的当家师等众便学着千佛寺当家象空等和尚的样儿，在方丈禅室后面另筑精舍，备置妇女们应用的各项物品，专一留居妇女，在表面上是以收女弟子为名，实际上便暗度陈仓，不知是何法力，以何因缘，竟能使得许多妇女心悦诚服地皈依三宝，拜在方丈等师的座下为弟子。师父是明白人，当然无须深说，虽然是本庵各师的巧言令色，竭力勾引她们入彀。但她们亦是自讨下贱，甘愿来与佛结缘，如非她们自甘下贱，本庵各师纵然有天大的偷香窃玉本领，亦不能使她们常常自送上门来舍身布施，所以本庵的各师虽然不好，但是她们亦有许多不是，此乃平心而论。至于那些妇女，阶级亦颇不同，有的是命妇，有的是姨太、少奶、小姐，以及小家碧玉、乡村妇女，各种都有，但凡是有姿色的，以及金钱的，便都有来住庵上香的资格。她们也有从城里来的，也有从乡村来的，远近皆有。表面上都是来做水陆，或是来还愿，最多的都是推说来宿庙上朝香，所以每逢月底十四五两天，最为拥挤。本庵的各师在精舍之中各辟有房间，互相隔开，各和各的女弟子看佛牙，参欢喜禅，彼此各不相涉。今儿是三十，所以最为热闹，师父可到方丈后面精舍里去看，弟子绝不敢说半句虚言。看师父的面容，弟子并不曾见过，想你佛祖化身显圣，务望师父大发慈悲，饶恕俺弟兄两个，功德无量。”

海川听罢，即问：“本庵的方丈在何处？”

那僧蹲着伸手指道：“绕过大雄宝殿，经过五观堂、藏经楼，两旁砌着花墙，辟有月牙门。从左首月牙门进去，便是方丈。”

海川听罢踌躇。

毕竟两僧的性命如何，请待下回续写。

第三回

违佛律胡帝胡天
挥戒刀除淫除秽

话说海川本拟将两僧杀却，给他们俩洗涤明镜台（佛名心为明镜台）中淫欲污垢的，听毕之后，忽然陡生慈念，踌躇不忍下手。因念："二人虽有可杀之理，但二人究竟还未曾构成死罪，况且二人在庵中平时耳濡目染，久已不知清规为何物。以为偷婆娘乃是分内应有的常事，所谓近朱者赤，其罪原不在二人的本身，却应专责庵中各执事僧众。如果现在将二僧杀却，未免近于不教而诛，似乎太觉苛刻，不如警诫他俩，庶几使二人回头是岸，同登般若（梵语以彼岸为般若），在二僧或可从此悔过自新，在自己也可不致妄杀。"因这一踌躇，遂亮戒刀指着二人低喝道："你二人虽尚未曾构成罪恶，但是已入魔道，蓄意不良，本就应该将你二人的狗命杀却，以警其余。但因体念上天好生之德、我佛慈悲之旨，曲予优容，饶恕你二人一死。从此以后，须要立行向善，改过自新，不再违背沙门法度。倘或再生绮思，走入魔道，那时二罪俱发，本师为肃清释教败类，绝不姑宽。你二人须对天立誓，永守五戒，本师方能饶恕。"边说边将那后行和尚的哑穴点活，用禅杖压在他身上。

二僧听说不杀，仿佛如死囚逢着大赦，心中大喜，竟将痛苦忘了，齐声遵命，即刻各发重誓："从此愿永守五戒，不敢再犯。"

海川笑骂道："你二人此时为免死起见，不得不发誓求活，谅来不久即要故态复萌。俺想不如将你二人的淫具宫了，给你二人永绝祸根，免得你俩将来死灰复燃，又生罪孽。”说罢，用刀柄一点那前行的和尚，并用脚尖儿一踢那后行的和尚，各将哑穴穴道点住，使二人动弹作声不得，随即放下禅杖，张口含住戒刀刀背，伸手扯开后行和尚的裤子，用戒刀给他将生殖器割去，服侍过一个，再服侍过一个，唾了一口沫，将戒刀上的血在二人的衣服上揩净，插刀入鞘，拿起禅杖，复将二人的血道点活。指着二人微笑道：“你二人从此以后，只好永远充当和尚、太监了，总算本师成全你俩的。”说罢，迈步向后面径行走去。

依着那前行和尚的指引，绕过大殿、五观堂、藏经楼，果然来到花墙面前，即走向左首小月牙门前。只见紧紧闭着，推了推，知道里面闩着，遂飞身上墙，跳进里面。只见两旁栽植花木，布置颇为清幽，虽然在黑夜，究竟天上星光灿烂，照映着也颇能看得明了。从来练武功的人，耳、目、身、手、法、步，原是最初首先练习的基本功夫，所以每有能在黑夜见物的，即是此故。

海川是有深造武功的人，他的目光不但比常人强得多，且能在黑夜打接暗器，何况这院子里两旁的布置呢？

当时他循着路径，径行来到方丈檐下外面，只见窗槅以内，乌灯熄火，一点儿亮光都没有。心中奇怪，疑心这地方不是方丈，但四面看望，并无别处房屋，只有这一所房屋建筑得甚为壮丽，不是此处，更有何处呢？因此退出檐外，纵身上屋，越过屋脊，向下一瞧。只见在脚下屋宇后面，另有一进房屋，一般也是黑魆魆的。遂飞身跃过天井，来到那进屋上，越过屋脊，看下面时，乃是一所院子，布置完全与前面一般，不过完全是树，别有什么花草，而且多是高大的松柏。遂跳下屋去，走过松柏树，迎面便是一堵很高的花墙，有两扇大月亮门紧紧地关着，从墙外看见，里面一般也有很高的松柏树，遂耸身飞上墙头，跳将下去。走过松柏树，便见房屋，一般也是月牙门紧紧地关着，遂点足上屋。过得屋脊一望，下面对合的两进大七架梁三间两厢房屋，一颗印式的大方天井，天井里栽着树木花草，布置颇为整齐，四面都有灯光，从纸糊的窗棂眼内透露出来。伏在瓦上一听，只听得下面有男女欢笑之声，不由暗说道："所谓精舍密室，原来在这里呢！"遂轻轻从屋上跳下，悄悄来到迎面朝南的窗前，窃听里面谈笑的声音，却在两旁，并不在中间。遂用舌尖儿将窗棂纸舐破，睁一目眇一目地就着纸破处向内偷窥。却见里面布置一如俗家的客堂，铺陈极其华丽雅洁，桌椅条台、字画古玩无一不备，正中八仙大方桌上杯盘狼藉，碗筷纵横，颇像是刚才用过酒饭、尚未曾收拾的样子。两旁房门都挂着门帘，堂前并无一个人影儿。

海川看罢，暗骂一声："好个不守五戒、饮酒食肉的花和尚，俺今日如不将你们一齐收拾，也算不得是佛门弟子了！"便移步到东首厢房窗外，舐破窗棂纸。只见里面一个和尚正搂着一个花枝儿也似的青年女子在那里行接吻礼，那和尚不是别人，正是知客僧悟净。

海川看在眼内，暗说："怪不得不肯让俺挂单住宿呢，原来怕俺窥破他们的秘密。如今偏巧被俺窥破了，证据确凿，不杀去你们，还当了得吗？"边忖边回身走到西首厢房外面，舐破窗纸窥探。只见里面的布置和东首房内一般无二，也是大床、灯柜、衣橱、春凳、面盆架、穿衣镜，以及一切衣间里的桌椅等件，无不应有尽有。只见一个四十外岁的和尚，酒醺醺地拉着一个年逾花信的妇人，在灯下观看一本小册子，指指点点，唧唧哝哝，不知说些什么东西。那妇人红晕双颊，伸出雪白的玉手来，啪的一下打着和尚的光头笑骂道："这画儿有什么看头？看得人怪不自在的，你这秃驴真会撩拨人，停会儿老娘偏不和你照着这画册做，急死你这秃驴，看你还敢再这样放刁吗？"边说边又打了一下，打得那和尚吱吱咯咯地笑。

海川目见耳闻，觉得不堪，回身悄悄走到对过朝北房屋的窗外，湿破窗纸，向内一看，只见堂前满供着些欢喜佛像，雕塑玲珑，和真人一般无二，一对一对的式样各个不同，简直不堪逼视。走到西首厢房外，从窗眼里向内窥着，正见一个和尚在床前脱衣解带，一个妇人眉花眼笑向着他做鬼脸儿，问他那丸药吃了没有，停会儿别又现世，被人笑话，说："你只有五分钟热度，没有坚持到底的奋斗精神。"

海川看不入眼，遂又移步到东首厢房窗外，只听里面一个妇女声音笑说道："大师父，你别夸口，你的小同志善能努力下层工作，其实俺看简直不行，要不是这外国来的鸦片烟帮你的忙，你那小同志简直竟成了个银样镴枪头了！照此说来，大师父简直太不爱国，怎么竟这样容易忘记？俺们老爷在家常说：'林则徐充军到新疆去，还未曾好久呢，全国已都又抽大烟了。'下次你再抽这个劳什子时，俺是绝不答应的。"

又一个男子口音的道："可又来？'爱国'的两个字，原是面金字招牌，骗骗人的。比如你们老爷，做着大官，口中虽高嚷着爱国，其实他哪一天不在暗地里亲近洋人，做卖国的工作呢？你不信，回去问问你们老爷便可明白俺的说话了。说句笑话，做官的卖国，正和妇人偷汉子一般。妇人家表面上谁不是三贞九烈？但是背地里鬼鬼祟祟，很多有作桑间濮上之行的。做官的也是这样，尽多有暗中献媚洋人、大唱其献地图好戏，表面上却装作爱国志士愚弄人民。"

那妇人口音的道："谁和你说废话？快些抽完这一口，将烟盘等物收拾到别处去是正经。"

海川边听边舐破窗纸，向内一张，只见一个和尚同一个年将三十的妇人面对面横躺在床上。和尚躺在上首，手中拿着烟枪，在烟灯上逗着抽吸，一口一口地喷出白云雾般的氤氲来。

海川在这顷刻之间，耳目所接，都是不堪的印象，这口乌气哪里还能忍耐得下？但因这地方两进房屋，就窗外向内观望，推想上去："每间房间是隔开分作前后两截的。因为大床都离厢房窗口很近，可以想见床后那么大的空屋，定是隔着另作了一间房间。如此计算，共有八间房间，独自一人闯将进去斩杀，定必顾东失西，被逃走几个狗男女的。如果放火烧了这两进房子，虽然一网打尽，究竟不将些男女尸首陈列在庵内，断乎不能使庵中各僧的罪状外布，更不能使那无耻妇女的家中人等知道她们的罪恶。有此两种原因，放火烧死，等于灭迹，不如陈尸屋内，比较来得明正其罪。"

海川想到此处，决计见一个杀一个，见两个杀一双。先用点穴法将和尚、妇人逐一点住穴道，然后再慢慢地逐一杀却，以免被他们逃走。

想定主意，遂来到正中窗前，用手中禅杖使劲一击，窗闩被震，咯的一声断作两截，窗槅呀的一声应声向两下大开。海川急步入内，先跑到西首房门外，使劲一足，将房门踢开，闯将进去。

在床前脱衣解带的和尚、妇人已坐上床沿，正拥抱在一处，猛听门响，正惊问是谁时，海川已到了二人面前，不待开口，伸手即给二人点住了穴道，回身出房时，恰好对面房中吸烟的和尚正开房门出来探视，口中说："谁推窗槅，这般失魂落魄的?"海川迎将上去，顺手一刀，将他挥作两段，抢进房去，直扑那斜躺在床上的妇人，霍的一刀。可怜那妇人连"哎呀"两字都未曾嚷得出口，即已被砍死在床上。

那海川回身出来，即从供奉着欢喜佛的神座绕到后面，寻觅后房出入的门户，果然后面两边都有房门。正见两边同声开门，各现出一个和尚来，口中同高声喝问："谁在前面这般筌通噼啪地响声吓人?"

说话间，海川已来到后面左首后门边，伸手一点，先将开门问话的和尚点了穴道，急顺身扑奔右首开门问话的和尚，迎头一禅杖，打得脑浆直流，倒在房内。海川点足跃进房去，只见床沿上正坐着个妇人，愣怔着惊慌失措地望着死倒在血泊子里的和尚，陡见海川，大呼救命。海川顺手一禅仗打去，正中她的心窝，将她打死在床上。

海川反身急奔到对面房内，迎面正遇着一个少妇，霍一刀飞去，那妇人的俏丽脑袋立刻和她的粉颈脱离了关系，倒在地板上。海川收拾了后面两房的两对僧俗野鸳鸯，急又绕出供奉欢喜佛的座前，回进前面西首房内，将被点了穴的和尚、妇人一刀一个，结果了性命，出房飞奔到对面朝南的那进房屋窗前。

其时，两边房内的和尚、妇女已都听见那边房屋内的惊人响声和呼救的声音，还只当是和尚、妇人们陡然打翻了醋罐，彼此斗殴劝粗，所以前后房的人一齐开了房门，抢先走到窗口来开窗，预备同到对面去劝解，大家和和气气，免闹意见。不料呀的一声，两扇窗槅方才开启，正值海川撞将入来，迎面挥动禅杖，早被打倒了三个和尚。大家大惊，呼喊奔逃时，被海川一禅杖又打倒一个和尚，抢步进身，一刀飞去，又杀却一个妇人，接着舞动禅杖戒刀，嗖嗖一阵风响，扑通扑通，又杀死了三个妇人。

海川将堂前四对狗男女杀却后，即到前后各房内去察看，各房都已空无一人，遂回身到天井里，飞身上屋，来到外面，穿过松柏树，出得高墙，又来到前面方丈屋外，静听里面，并无声息，料来方丈内无人，遂依原路，径回到前面知客堂外，推窗进去，仍旧倚好禅杖，复到蒲团上打坐养神。心中有事，哪能在蒲团上安稳坐得住？只得下了蒲团，在身边摸出火刀火石来，敲燃点起了灯烛，随即先将身上法衣脱下叠好，打开包袱，取干净的衣服换了，将血污的法衣收在包袱里，包扎好了，放在一边，仍旧回到蒲团上打坐，闭目养神，专等天亮，一边留心静听外面有无声音。听了一会儿，只觉得静悄悄的，并无惊诧骇怪的声音，知道全寿圣庵的僧徒都已睡熟，所以并无人觉察。

如此经过了许久时候，渐觉那窗槅纸上透进鱼肚白的颜色来，同时渐觉那桌上的灯光慢慢地晦暗起来，知道外面已到晨光熹微的时候，遂下了蒲团，走到窗口，将窗开启。走到檐口走廊边，却见一个小沙弥慌慌张张地从后面走将来，抬头见海川立在走廊边，遂走到面前，说："大师父，早安啊！"

海川见他神色慌张，回问了他好，接口即说："俺是行脚，要趁早赶路，所以早点儿起身，不知此刻山门可曾开了吗？本庵的知客师不知须要什么时候才到这里来呢，俺要赶路早走，礼应向他辞行。但是要待他来会晤后再走，时候晚了，又恐误了自己的行程，可否请师兄去代俺说一声，免得悟净师嗔怪。"

小沙弥道："师父既要赶路，还是趁早启程的好，因为悟净师今儿身体有些不爽，恐怕未见得能够就起床。师父走了，停会儿俺给师父代说一声儿就是。"

海川听罢，暗说："这小沙弥倒很会说话，分明后面已经东窗事发，他却能处之若定地答复。"边想边说了句："那么即费师兄的心……"

正说着话，却见从后面又来了一个沙弥，大远地即嚷说："师兄怎这般安闲，竟像没事人一般站在这里谈心，还不赶紧到长寿堂棺材铺子里去呢？"

那先前的沙弥望着后来的沙弥，横了他一眼道："忙什么？有何要紧？左不过长寿堂要寄几口棺材到俺们庵里来罢了。"边说边又对海川道："这是便宜的事，师父何须客气。但师父既要动身，此刻还早，且请洗漱后，用过早斋再走。"

海川心忖："时候久了，那两个巡更和尚说出俺宫了他俩的生殖器，定然一齐破露，脱身不得，不如即刻就走。"遂说："俺此刻并不饿，不如走到路上打尖吧！"边说边回进知客堂，将戒刀挎好，用禅杖掮了行囊，走出来和小沙弥合掌作别。

那小沙弥说声："怠慢！"送到山门口，方才匆匆回身进去。海川出得寿圣庵，走不多远，心中忽然想着："昨夜两个巡夜的曾说千佛寺和此地一般污秽，俺此地总算做了点儿功德，何不再到千佛寺去现一回身手呢？虽然比较的危险些，但是既然知道，当面错过，未免有些可惜。"于是迈步来到高桥镇上，走进一爿茶馆里去，歇下担，泡了壶茶，向茶博士要了盆面水来，净面漱口后，喝了几碗茶，遂命茶博士去要了些点心来充饥。付钱挑着行囊，即在高桥街上寻了家客店，看好间上房，将行囊搁下，随即命小二取桶水来洗脚擦身，将做行脚的衣服换下，改换了平常僧人打扮，命小二将水提去倾了。即便走出客店，到街上一家剃头铺子里去，命待诏剃修面，给过代价，回转客店，掩上房门，和衣在床上睡了一觉。直睡到午后，方才醒来，起身唤小二取水来洗漱后，即命泡茶要斋来吃。

饭后出店，问明路径，径寻到千佛寺去。行行又行行，到得千佛寺山门外，只见房屋巍峨，非常壮观，颇有些善男子、信女人以及佛门子弟进进出出，那光景果然如人传说，香火非常兴盛。

信步走将进去，先向迎门坐着的笑佛行过和南礼，再到他老人家背后立着的护法韦陀座前，行过和南，然后向着两旁坐着的魔家四将行礼。

走过这一进，便是大天井，正中的地势砌得很高，从石阶上去，举目四望，在左首的房屋乃是诵经堂，右首的房屋乃是知客堂，在两边房屋走廊外面，都有很高的梧桐树植着，正中的高大房屋乃是大雄宝殿，殿前天井里安放着生铁铸就挺大的香炉，炉内香烟一阵阵直上霄汉。大殿钟声和左首诵经堂里的经声及青磬红鱼铙钵等法器的声音如相闻答唱和，果然是所大丛林，景况比寿圣庵还胜一筹。于是走过铁香炉，走进大雄宝殿，先就拜垫上向正中三尊金身佛像行过礼，遂又向两旁坐列着的五百尊金身阿罗汉和南，再绕到佛座后面南海观音殿前，行过参拜礼，走出大殿，随着路径，信步往各处随喜。留心各处部位道路，以及进香的妇女，和寺内僧人的神情，果然有些匪夷所思。看在眼内，记在心头。前后各处随喜毕后，走出寺外，复又绕着寺外红墙走了一遍。

探道既毕，仍从原路回转高桥镇上客店内。等到晚间，客店中旅客都已安睡，静悄悄的鸦雀无声，遂在房中换了短衣，挎好戒刀，系好百宝囊，吹灯悄悄开房门出去，随手将房门带上，走到天井里，耸身上屋，从屋上出得街头，跳下去飞步往千佛寺而行。

到得红墙边，跃身上墙，径奔后面，来到方丈屋上，留神观察下面，只见从窗隙里透出亮火，映射在地上，听见里面有说话声音，只听得一声大喝道："你究竟肯让不肯让？难道当真要独占吗？那是休想啊！"

又一声冷笑道："俺便独占着，你敢将俺怎样？"

毕竟下面因何事争执，请待下回续写。

第四回

千佛寺初次逢怪杰
三山街两番戏神偷

话说海川在方丈屋上听见下面争执的声口，遂来到檐前，使着夜叉探海式，头下脚上，倒挂下去，双目就窗眼里向方丈内一张。只见里面对坐着两个中年和尚，一个横眉怒目，一个红面赤颈，都板起面孔，显露怒意。一个道："你当真的敢独占吗？好，本师叫你早晚瞧着！"

一个冷笑道："瞧什么？难道本师怕你吃俺下肚不成？你真只有自己，没有别人。先前你和王二家女人在寺内尽量地独占着享受，谁曾和你说过半句不漂亮的话？如今本师弄来这个女子，你便想来分俺的食。这个岂不是你的过处，还要来怪本师独占？世界上娘儿们多得很呢，只要你有本领、有福气，便没有什么不成功。要是你一味地恃强，那可休怨俺无义气了！"

正说着，从后面来了个年纪稍大的和尚，对二人笑道："你俩不用争论，再争论下去，可就正和青竹竿儿掏粪坑一般，越掏越臭了。依俺说，娘儿们尽多着，何苦来为着一个她，闹得自己人这般不和？你让给他，他让给你，反正自己人，没什么吃亏便宜，或者大家都不要，让给第三者，免得伤和气，可不是好吗？"

那两个争论的中年和尚瞪了他一个白眼，齐声道："啎！让给第三者，俺们都不要，让给你可好吗？怎不撒泡尿去照照脸，看看你也配吗？"

年长的和尚笑道："可又来，俺是好意劝你两下息争，你们反而疑心起俺来了。俺虽然年纪长几岁，但是爱俺的也很多着，谁像你们那般量窄，见人眼红，只稀罕这么一个娘儿，饿犬争骨似的。不是俺说，俺虽然不配，但是今儿当家的恰巧不在寺，倘或当家师在寺内，看还轮得着你们俩吗？至少也得先给他老人家拔个头筹去。”

那两个望着他唏的一声笑道：“你还在睡里梦里呢，你以为当家的还活着吗？他早给俺们做了呢，老实告诉你吧，皆因他太不知足，专一地拔人头筹，喜爱独享权利，不问人家情愿不情愿。因此俺们大家商量一条计策，趁着他要到李村去做道场，暗暗地买嘱本寺的巡山和尚道昌，候在半路上将他杀死。你知道道昌前儿因何得病死了吗？皆因他回来自居功大，过分要挟俺们，因此俺们索兴在菜里下药，给他吃下肚去，送他往西方极乐世界。现在俺们告诉你，你可别向人多说。如果走漏消息，小心着俺们也如法炮制，对付了你。俺们的事，不用你多管，你快些去睡觉。”

那老年和尚闻言，伸了伸舌头，诺诺连声退走进去了。二僧见他走将进去，忽然懊悔大意失言，于是你埋怨我，我埋怨你，深恐他告诉别人，立刻生出枝节。二人因此遂商量如何办法，竟生出妙计，说：“不如将互相争爱的这个女人牺牲了，送给他去快活，贿买堵住了他的嘴。等他快活了，明儿早起用巴豆霜和在面粉里，做几个点心请他吃，使他腹泻，送却他的性命，以免后患。”于是二人议定，立刻将互争的妇人变作杀害老年和尚的毒物。

海川在窗眼儿里窥探得明白，听得清楚，不由大怒，两脚一起，使蜻蜓点水式，轻轻落地，立起身来，正要抬腿踢窗、拔刀冲将进去，猛听得背后风响。从来练武的人，考究的眼观四面，耳听八方。海川听得风声，知道后面有人算计自己，赶紧侧身躲闪，让将过去，果见一支镖从面前飞过，托一声直贯窗槅，射进方丈屋内去。紧接着便听见里面一声哎呀，和扑通栽倒，及问“怎么了”的惊异声音同时并起。知道里面已经伤了人，抬头向着那支镖射来的地方看去，只见一人立在方丈对面的屋上，将手一扬，又是一支钢镖望着自己打来。海川双足一点，从侧里跃出走廊外边，让过来镖，接着又点足，嗖一声纵到对面屋上，亮出刀来，冲着那人便是一刀。那人一扭身形，竟轻轻跳下天井，背着身向海川一抬手，放出一支袖箭，直向海川射来。

海川因扑了空，刚收回戒刀，一时逃让不及，只得伸左手一接，用两个指头将那支袖箭接个正着。那人见两镖、一箭都不能得手，在背上拔下单刀，嗖一声竟又纵上屋来，冲着海川，唰地便是一刀。

海川这时已是看得清切，只见来人身材矮小瘦削，白面无须，穿着元色紧身窄袖的短衣靠，足蹬薄底快靴，左腋下腰佩一柄短剑和箭壶，右腋下悬着百宝囊，背上装着紧背低头弩，左臂挽着弹弓，完全是夜行人打扮，一望而知此人定能善打各种暗器。看他的身法步履，已知此人足当“短小精悍”四字而无愧，哪敢怠慢？见他飞身上屋，抡刀剁来，不知他使的是何种兵器，防他使的宝刀，因此不敢用戒刀去迎，却将身体后退，让过来刀，遂将接着的袖箭放入百宝囊，在囊中摸出支钢镖来，一扬手，向着来人的咽喉部位打去。那人用刀一拨，一支镖竟被拨落到天井里去，落在青皮石上。

海川见来人本领不弱，随即进身使刀，向那人削去。那人将身一坐，让将过去，一低头，从背上飞出支短小弩箭来，射向海川的面门。海川忙向旁闪。刚才让过，那人已托地跃过来，霍一刀向着海川的腰眼便挥。海川急向后退，让过来刀，那人喝骂：“贼秃，怪不得这寺中的和尚胆敢无法无天，原来仗着有你这贼秃保护，所以才敢横行无忌。不要走，看俺来杀你这贼秃！”边说边又跳过来使刀便砍。

海川听他的口气，知道他也是和自己抱着同一宗旨来的，正是同志，急忙使用身法躲闪，边说：“来人且休动手，别认错了人，俺并非本寺的和尚，乃是特地到此，给佛门除害群之马的。你是何人，快些实说！彼此既系同志，何必苦苦厮杀？”

那人闻言，托地跳出圈外，收住刀，扑哧一声笑了。口中说：“原来如此，俺倒错会意了。好，既是你来给佛教执行戒律，总算空门中还有正人，俺姓那的又何必越俎代庖呢？失敬了，日后有缘，俺们再见吧！”说罢，一扭身形，即已飞跃到屋脊后面，接连几扭，已是不见人影。

海川不由赞叹:“好快捷的身法!”知道此人是位侠客,心中很为羡慕。正在屋上忖思,只听得方丈屋内大声道:“屋上有人说话,怪不得性真师被人用镖打死了呢,快些将灯亮吹熄了,大家逃开些。”

海川听得此言,即将身跳下天井,跃到方丈外面窗前,一脚踢开窗槅,闯将进去。此时里面正有五个和尚,一个便是方才商议计策的中年和尚,一个便是方才劝解的老和尚,另外三个都是少年僧人,更有一个中年和尚,连人带凳,倒在地上。海川闯到里面,众僧一齐惊得呆了,反而吓得两脚如同生了根的一般,立着不能逃走。海川大喝一声,舞动戒刀,信手劈砍将去,早将五个僧人逐一收拾了。随即闯进后面,才知方丈屋后紧接着便是各执事僧人的禅房,撞进去逐间搜寻,也有空着的,也有里面是单身和尚在那里打禅或睡觉的。海川逐一杀了,来到最后一进房屋内,只觉得一阵脂粉香气袭人,知道这里面正和寿圣庵的秘室是同样的污秽,但是在里面各处张望,不但无半个妇女,即连和尚也没有一个,不由诧异。正在怀疑,却见正中挂着的佛像画轴陡然一动,从里面走出个少年和尚来,立在香几上,见了海川,吓得慌忙缩身退步,早被海川纵到桌上,连肩带背,将他劈死。鲜红的血冒溅得那画轴上点点斑斑。海川进步用手掀起画轴,现出一级一级的石阶。

从石阶下去,乃是甬道,走到甬道的尽头,乃是间大厦,一阵阵香气直扑鼻管,灯烛辉煌,照耀如同白昼。只见里面布置非常精致,地下铺着羊毛织就的地毯,脚踏上,软绵绵的非常舒适,即此一端,已可概见其余。海川无暇细看,只听得两边房内妇女笑语之声。海川抢步到左边房内,霍霍接连几刀,砍杀完毕,遂又赶到右首房内,照例行事,将一班淫僧和一班无耻妇女杀个净绝,方才回身从甬道出来,仍由原路走进方丈。脚尖儿在地下一碰,只听得当的一声,低头一看,原来是支钢镖,俯身拾起,揣在百宝囊内,因此想着适才自己也有支镖落在天井里,遂掌了桌上的灯亮,先到窗外寻觅。只见一支钢镖正插在庭柱上,遂随手拔将下来,塞在百宝囊内,再到天井里照看,见一支钢镖正落在水磨青皮石上。拾起来一看,正是自己之物,遂放在百宝囊里,将灯亮扔在地上。纵身上屋,仍从原路回转高桥客店里,点起灯亮,取干净衣服，将身上衣服换下，打在包裹里，吹灯上床，纳头便睡。直睡到红日三竿，方才起身，趿鞋下床，一眼见桌上灯台下面压着张白纸条儿，心中奇怪："是谁曾来过了？"伸手将纸条儿抽出一看，只见上面写着"那行空拜访"五个大字，下面又写着两行小字道：

双镖一箭，不佞原物，多蒙厚爱，携至尊寓，特来取回，以免遗失。

留条说明，请勿见责。

海川看罢，才知是夜间和自己在千佛寺交手的那个夜行人，名字唤作那行空，夤夜到此，乘着自己睡熟了，将他自己的暗器取去。想到此，忽然震惊骇汗，暗忖："此人的本领虽然和俺战下去未必能强胜过俺，俺也未必就输在他手里，但是他乘俺熟睡到俺房中来，俺竟和死去一般，丝毫都未曾觉察。倘或他下手无情，岂不立刻使俺丧命？俺以后行路住店，却不可再这般大意了。"边想边将纸条儿扯碎，开房门唤小二进来，要了茶水、点心，洗漱、早点毕后，海川思忖："在此地的事，可算已经功德圆满，但可惜不知寿圣庵、千佛寺两处庙内的血案如何了结，谅来两庙的僧人绝对不能一手遮天，定必闹得沸沸扬扬。俺不如到街坊茶寮饭馆里去，探听探听消息，看是如何。"想定主意，遂走出客店，到一家茶坊后面轩子里泡壶清茶，向提篮叫卖花生米、西瓜子的随意买了几文瓜子、花生，在那里剥着，满想听些闲话，哪知绝对无人谈论。心中好生奇怪："当真两庙的和尚居然有一手遮天的本领不成？"

正在犯想，猛抬头，见墙壁上贴着张红字条儿，一写两句道：

诸君品茗，请勿谈论时事。

看那纸色鲜红，分明是新贴的，方才恍然，暗说："原来如此。"遂假作不知，等茶博士提着水壶来冲开水时，故意问道："请问这壁上贴的红字条儿，叫人家勿谈时事，却是为何？莫非现在外面又有何处不太平吗？像什么八卦教、白莲教等等，造反作乱的叛逆早已剿灭了，为何现在又要禁谈时事呢？”

茶博士见问，望了他一眼，听他的口音，并非本地人，又是个和尚，谅来无有妨碍，遂说：“大和尚，你是从外处来的，当然不能知道。现在和尚在何处寺院内挂单呢？”

海川道：“贫僧路过此地，住在客店里，并不在哪家寺院内挂单。”

茶博士道：“那就更难怪了。这‘时事’二字，并非现在的国家大事，乃是本地的时事，而且即出在你们佛教里。皆因本地有寿圣庵和千佛寺两家庙宇，里面的和尚都不守清规，不知如何在前、昨两夜里被人将一班不安分的和尚和许多妇女对对成双地杀死在庙内，那些妇女大半都是有来历的，街坊上传说纷纭，县里派人下来相验，正闹得满城风雨。从来祸从口出，俺们掌柜的深恐来喝茶的客人三三两两地聚谈，被县里下来的公差们听得，惹下别的意外，故此贴上这张字条儿，免得大家闲谈。皆因死的那些妇女家属要认领尸首，恐怕难为情，不领吧，也是件难事，如果外面人家不谈论，悄悄地将棺木领了去安葬，还可以稍微遮羞，即本地官府也好容易结案些。倘或外面尽管谈论，传到上司衙门，本地官遮盖不住，只得往上详，那时这件公案便弄得大了。况且那死的妇女们颇有几个是大官的家眷，传扬开去，不但大官的颜面攸关，而且恐怕被京城里谏台御史官儿知道，递上一本，参他个‘帷薄不修，家不能齐焉能治国’，立刻就得罢职丢官。另外还许有罪名，这事可闹大了。本地官也有许多罪名，花翎顶戴立刻就要摘去，所以只有在暗地里竭力弥缝。俺们贴这张字条儿，即系这个用意啊！”说罢，提着水壶往别处座上冲水去了。

海川听罢，暗说：“原来恁地官官相护，这也难怪。但是俺既多事，索性给他个纸包不住火，使得那些官员人家和无耻僧人得到个警诫。”因此喝茶后，给钱回店，在店中向小二打听，知道本地是属陈留县治下，于是将衣服更换，仍旧改作行脚装束，结算店账，掮着担，出店离了高桥镇，往洛阳府城而行。

那日到得洛阳城内，找客店住下，听得隔壁房间里旅客谈话，正是说的高桥寿圣庵、千佛寺两庙无头大血案的事，说：“洛阳知府并不曾接着陈留县的详文，不知如何，半夜里有人从屋上进府衙，送进一张节略，说明有这么一件事，因此洛阳知府派人去高桥打听，果然有这件事。本来知府和陈留县有些过不去，正苦无题目好做文章，因此借题发挥，便一面详文上宪，参劾陈留县，一面饬令陈留县火速将案卷以及两寺现有的和尚一齐解送到洛阳来审讯。”

海川听得这番说话，心中明白：“定然又是那行空所为，此人的行动真可谓先得我心。”正在暗喜，却又听隔壁房间里继续闲谈道：“古兄，人家说强盗碰着贼爷爷，俺今儿却亲眼见着了，你想奇怪不奇怪？”

另一个道：“米兄，此话怎讲？怎么今儿一天你得到这许多新闻呢？才说过无头大血案，又说强盗遇见贼爷爷。强盗是谁？贼爷爷又是谁呢？”

一个道：“古兄，提起此人，你也该认得，就是那著名的神偷蒋渔舟。今儿这件事，便出在他的身上。”

又一个道：“米兄，蒋渔舟有何事故被你见着呢？”

一个道：“俺今儿早起，在三山大街上走道，远远地见蒋渔舟在前面走着。正待上前去招呼，却见他忽然立住脚，站在一个摆布摊子的前面。那时买布的人很多，有个穿绛色袍子的也在那里买布，蒋渔舟即立在他背后，只见他身体和那穿绛色的一靠，即便扬长向前而行。即在这一碰之间，已将那人的荷包儿毫不费事地偷了去了。他正在得意，即在此时，从他的迎面忽然来了一个白发老者，和他撞了一个满怀，擦肩走过，即走到布摊了前面，却见老者一伸手，一只荷包即从老者的手中复还到那穿绛色衣服的人怀中了。俺见着不由惊服，这老者的手段比蒋渔舟的本领还胜一筹。接着见蒋渔舟在怀中一摸，失去了荷包好生诧异，又往前走。俺便赶上去和他说话，问他近来买卖如何，他说：‘不必提起，俺这一向并未出门，只在本地做些零碎生意。方才顺手牵羊，弄得个小利市，不料刚才到手，忽然又不翼而飞，也算俺倒霉。’正说着话，恰巧迎面来了辆骡车，车上满载着箱笼，有两个少年妇人坐在车上押着，后面还有两个少年骑着牲口跟随，看上去颇像弟兄妯娌，两对少年夫妻从什么地方回转家乡，由此路过。蒋渔舟一见，悄悄对俺说：‘水来了，俺去找一点儿小意思。’说罢，迎着骡车走去。真也亏他的手法灵活，不愧‘神偷’二字。只见他假意侧身让骡车，扬两手做掩护姿势，口中嚷：‘慢着慢着！’左手在右首妇人身上一碰，两指一夹，从妇人怀中夹出个荷包来，右手一扬，遮住车上人的目光，口中嚷说：‘车子别碰坏人的衣服。’左手早将荷包儿送到衣袖内去了，让过车子牲口。他因得彩，朝前紧走几步，回头招呼俺，同到街旁美味轩里去吃点心。俺跟着他走进去，刚才坐定，却见那白发老者也走进店堂来。俺便十分留意他的行动，只见他由蒋渔舟的身旁走过，恰巧堂倌托着一笼小馒头和他迎头撞着，他故意侧手相让，口中说：‘慢着，俺让你先走！’边说边将身体向蒋渔舟的身上一栽，伸手一碰蒋渔舟的左肘弯。堂倌走过，他也就走过。蒋渔舟举左手招呼堂倌，向他要点心时，忽觉袖底破裂，不由一惊，看时，袖管内荷包已不知去向。俺心中明白，即暗暗望着他使眼色，向那老者努一努嘴。蒋渔舟大怒，立起身去追那老者，老者像没事人一般，拿着荷包儿在手里，望着门外大声道：‘物还原主，小哥，你拿了去吧！’便见从外面走进一人来，从老者手中接过去。那人正是方才骑在牲口背上的少年之一，口中道着谢，拱手回身，出美味轩而去。老者却随意向靠近的空座上坐下身来，拈须微笑。”

毕竟如何结果，请待下回续写。

第五回

侃侃而谈盗亦有道
锋锋相逼秦岂无人

话说那老者像没事人一般，坐下身来，拈须微笑。蒋渔舟走到他面前，见他将荷包还给少年，心中好恼，遂伸手在老者肩头上一拍道："老前辈，辛苦了!"

老者笑着接口道："劳烦您了，请坐吧!"

蒋渔舟本待找他开谈判，见他让座，便毫不客气地坐将下去，向俺招招手，俺恐怕他们两下闹起来，大家没有什么好看相，遂走将过去，同二人坐在一处，开口先请问那老者的姓名。老者回说唤作哈一炁，随即问俺的名姓，俺也就告诉了他。

正值茶博士走过来，哈一炁命他泡了茶，等到茶博士走后，他便低声笑道："蒋大爷，老朽从甘肃来，在路上听得俺们同教的人传说，洛阳蒋某是个有名的神偷，故此俺路过此地，专诚奉访，意欲一看你的神偷本领。刚才俺见你做的两件事虽然手法灵活高妙，可是只好和当初水浒寨中的白日鼠白胜作比，却够不上鼓上蚤时迁的资格。与其称作神偷，何如改称神扒呢。况且蒋大爷既号为神偷，当然得明白道中的规律。像蒋大爷方才第一次做的事，那穿绛色衣服的人在布摊面前买东西，你拿了他的尚包，布摊主人必定被他诘责，布摊的营业间接必受影响，所以老朽才多这件事；第二次蒋大爷又出乎道中规律之外，要起出门人的东西来了。从来出门人携带的银钱都是很有限的，一经损失，怎生推扳得起？所以道中人有两种口号，叫作当买不要，行人不取。像你方才所为，便都犯了这两件规则。老朽并非好多事，但是既然见着，不容不问。倘或是别个所为，那还可以，但是偏巧是鼎鼎大名的你所为，老朽岂可坐视呢？”

哈一炁这几句话不打紧，可是将老蒋羞愧难当，遂说：“姓哈的，俺好意请教你一声老前辈，你竟毫不客气，倚老卖老起来。从来打人休上脸，你竟指着脸面骂俺，真正岂有此理！果真道中人都依着你杜撰的两句口号，简直动辄得咎，别说吃饭，只好喝西北风了。俺的本领不配比时迁，时迁是个陈死人，谁曾亲目见来？照书上说他盗甲的本领，果然是超群出色，但是他在祝家庄客店里吃人家的鸡，未免也觉得无赖吧！不是俺姓蒋的夸口，像你的本领固然比俺高明些，既承你错爱，大远地到洛阳来访俺，要看看俺的本领，清晨早起，即先破坏俺两件买卖，可知你是个有心人了。俺现在盗别人家的东西，牛刀小试，自觉有点儿不值得，索兴要班门弄斧，偷你的东西。你住在洛阳等俺三天，俺说明了要偷你的东西，如果过期偷不到手，俺便情愿拜倒在你面前。如果被俺偷到手，那时你老人家可就休再大言不惭。”

哈一炁笑道：“蒋大爷究竟年轻气盛，三句话未曾说完，就生了气了。俺劝你不必赌吧，须知偷俺的东西是小，倘或偷不到手，那时你神偷的名号岂不从此栽了？老朽现有一法，蒋爷果真有胆量本领，不妨到洛阳知府衙门里去盗一件宝贝。不瞒蒋、米二位讲，老朽此番到洛阳来，实系为着此事，才要寻访蒋大爷，彼此通力合作。老朽方才的几句话乃是戏言，蒋大爷可别动气。如果蒋大爷敢到洛阳府衙去将这件宝贝盗到手，不但老朽要拜服，但凡在道中的人大概也都要咂舌拜倒呢！蒋大爷可敢去吗？”

蒋渔舟闻言，即问：“老前辈要俺去盗什么东西？”

哈一炁道：“洛阳府知府有一本画册，乃是汉朝毛延寿的真笔，由汉朝献帝时失落流传在民间，不知如何会弄到这知府的手里。蒋、米二位，你们可知道这画册上画的是什么吗？乃是当初毛延寿奉旨进宫绘画宫中妃嫔、宫女的肖像，一幅一幅，宛然如生。当日昭君因为自恃貌美，不曾用钱贿买毛延寿，被毛延寿将昭君的像暗暗袖出宫去，后来献给北番鲜于，结果闹出昭君和番的把戏。这许多幅画，总名唤作《汉宫美人图》。昭君的真容亦在其内，价值巨万，的确可称为宝贝。知府将它什袭珍藏，轻易不肯给人看。倘或蒋爷敢去将它盗来，不但可以比得时迁，即使时迁现在还活着，亦当自愧弗如呢！”

蒋渔舟笑道：“这有何难？只要果真有这本画册，俺去盗正如探囊取物，岂非极便易之事？老前辈何苦说得这般危难，有什么敢不敢、能不能呢？”

哈一炁正色道：“不是这般讲，蒋大爷住在本地，难道竟不曾晓得吗？这位知府先前原是武考出身，后来改进文场，中了进士，方才被外放，从知县升到知府。他的武功本领虽不能说是独一无二，然而实在可以称为出色当行，如果偷别人的东西，并不为难，唯有偷他的画册，却非容易。一则他收藏得秘密，二则他有超群的武技，所以老朽说敢不敢和能不能即是此故。”

蒋渔舟道：“盗物并非比武，原是取巧逞智，技能还在二上。俺既号称神偷，当然有这个本领，别说小小知府衙门，便是皇宫内苑，蒋某如不敢去，也不算得英雄好汉了。”

哈一炁道：“好！蒋大爷究竟是有心胸胆量的大英雄，老朽实在佩服。但不知蒋爷何时去盗，老朽好预备给你贺功。”说着，倾满一杯茶，递到蒋渔舟面前道：“请喝此茶，算是老朽给你预贺。”

蒋渔舟喝着茶，略一思索地道：“也只在三天之内。”

哈一炁道：“君子一言，快马一鞭，倘或蒋爷在三天之内不能到手，该当如何？”

蒋渔舟道：“如果不能到手，蒋某从此洗手改业，做安分的买卖人；倘或如愿以偿，那时老前辈又当如何呢？”

哈一炁道：“蒋爷如能成此大功，老朽愿送给蒋爷一件宝贝，此宝亦非常物，乃是当初唐明皇赏给李太白一面金牌，金牌上面刻有御笔，写着“遇库支银，逢肆饮酒”八字，另有玉玺篆文。此牌亦系稀世之珍，足可与那画册相易。”

蒋渔舟道：“好，老前辈寓在何处？俺在三天内准将画册送到尊寓。”

哈一炁道：“老朽即住在府衙东首，新大方客栈五号上房里。那地方很幽静，俺准定等你四天。如果第四天蒋爷不到新大方五号来会老朽，老朽即便动身了。”

二人约定，哈一炁即唤过茶博士来，命他去要点心，请蒋渔舟和俺二人吃了。哈一炁会过账，即便起身作别，径自去了。

“古兄你想，蒋渔舟冒失不冒失？那哈一炁既能在蒋渔舟的怀中不费吹灰之力将两个荷包取去，可知他的本领尚在蒋渔舟之上了。他情愿用金牌作酬劳，要蒋渔舟去偷画册，可知画册极不容易偷盗，此乃显而易见之事。俺当即埋怨蒋渔舟，不该如此赌气，蒋渔舟反说俺无胆。”

二人在隔房谈话，不曾提防到“隔墙须有耳，窗外岂无人”的两句常言。昌言无忌，完全被海川听在耳内，不由将海川的好奇心打动，暗说：“姓蒋的既号神偷，定然有他的独到之能，如果他没有独到之能，姓哈的又何至不亲自出马，反而要用戏要的手段挑动他，使他去偷画册呢？本师既路过此地，反正无事，何不去看回热闹，看看他俩赌赛的结果呢？”

正在思忖，却又听隔房一个道：“米兄，蒋渔舟此事果真太冒失了，他既住在本地，又兼身居道中，岂无闻见这位洛阳知府并非好相与，难道他竟一点儿也不知道？哈一炁说知府是武考出身，改进的文场，但据俺所知，这位府尹，从前原是广西省的独行大盗，生平也不知做过多少巨大案件。后来他因为在梧州遇着个敌手，忽然忏悔改过，立志从文字上求取功名。本来他的文才武技是个妆旦的人物，仗着他有的是银钱，半靠笔下来的，半靠银钱贿买，居然给他进学中举，结果会试又中了名压榜的进士，被外放做官。米兄，你想蒋渔舟要到他手里去讨便宜，正好似到老虎口中夺食，岂有此易事？在俺看来，莫非哈一炁使的诡计，借刀杀人，这不正和卞庄刺虎的手段一般吗？米兄，你我和蒋渔舟都是朋友，岂可坐视他上人家的当？不如同去劝他，或是助他一臂之力，一则保全他神偷的名誉，二则或可在暗中做他的救星。米兄，你在道中亦是老资格，谅来甘肃哈一炁的名字也该听得。他在黄河以北，乃是著名的一位怪侠，生平作为，神出鬼没，从来无人可以捉摸得定，因此大家送他外号，唤他为北方异人，和南方的一位怪侠名唤那行空的，一般受人崇拜。你想他自己不敢去偷，却激引蒋渔舟去偷，可知知府的本领比他还要厉害，那是可以料得定的。俺想在暗地里去助蒋渔舟成功，不知米兄意下以为如何?”

一个道：“古兄从远处来，尚且肯暗中出力，岂有俺住在本地的人，反而坐视成败的?”

又一个道：“但不知蒋渔舟什么时候去做事，米兄可知道吗？他的脾气，从来不喜爱别人相助，这是俺们本来晓得的。俺们如去，只好暗中助他，免得出了面，反而误了他的事。”

一个道：“俺已经问过他在什么时候去偷，他说期限虽然三天，行事只在今夜。今夜如不能得手，随后即难以成功。俺们要去，可在今夜就去……”

海川听到此处，接着便听见隔房更衣声、开窗声、吹灯声，陆续而起，知道隔房说话的二人已将收拾动身。反正自己无事，这出好戏岂可错过不看？因此将身上僧衣一掖，将灯吹熄，轻轻拔闩开窗，静候隔房的动作。只听得隔壁嗖嗖两声，知道二人已是出房，遂紧紧跟着，跃出窗外。看隔房短窗关得好好的未动，知道是虚掩的，遂顺手将窗槅带上，急从天井里上屋。远远见前面有两条黑影子如一缕黑烟般奔驰而去，遂将足下一紧，也跟着两人飞速往知府衙门而来。

正行之间，迎面正来了条黑影子，和前面先行的古、米二人遇着，彼此立在屋上一招呼，即向斜刺里而行。看着他们跳下去了，海川知道他们是相识，此时向斜刺里跑，定是借步说话，遂紧紧跟去。到得他们下去的那间屋上，望下一瞧，才知下面乃是福德神祠，外面门户原是反锁着的。三人席地而坐，在下面天井里榆树底下谈心。

海川将身伏在屋檐口，听三人说话，只听一个道：“二位往哪里去？敢情保镖保得不够本，想顺便做一回买卖贴补贴补吗?”

两人同声笑道：“蒋大哥，你真是三句不离本行，自己做买卖，将人也当作出来打食的。老实告诉你吧，皆因俺们不放心你和那个自称名唤哈一炁的老头儿打的赌，特意约着同到府衙去哨探哨探，好便中给你巡风，不料迎面即遇着你。蒋大哥，此去可曾得手吗?”

海川听罢，才知那和两人会着的人即是神偷蒋渔舟。只听蒋渔舟笑道:“俺如不能偷得到手，岂肯空手而回?况且一次不成，要盗上两三次，也就不配称作神偷了。”边说边在背上卸下只长方式的木匣来，递给二人过目道:“二位请看，这不是那《汉宫美人图》吗?”

二人接过木匣，同声称贺道:“毕竟是蒋大哥的神通广大，所以手到擒拿，这黑地里，俺们就要看也看不清楚，且等到明儿白天里再慢慢地欣赏吧!”

蒋渔舟仍将木匣接过去，背在背上，随口说:“古兄，莫非是米兄告诉你的吗?二位在何处遇着的呢?承二位的情，不惧艰险，夤夜到来相助，真使小弟感激。”

二人道:“蒋大哥说什么客气话?俺们在外保镖，很有两回是蒙蒋大哥帮忙成全的。现在既知道蒋大哥有这么回事，置之不闻不问，岂是朋友之道呢?”

接着一个又说:“正是呢，俺到米兄镖行内去拜访，恰巧米兄公出，遂留下地名。等到晚间，米兄到俺下处里来回拜，闲谈之中，说起蒋兄打赌的这件事来，故此俺得能明白。不料同着米兄来得迟了，蒋兄已经得彩回来了。不知蒋兄是怎生盗法，得能如此稳快?”

蒋渔舟笑道:“二位都是明人，俺今番所做的事，简直说一句极其普通，并不足奇，左不过那哈一炁郑重其事，说得那知府官儿像天来大一般的本领。俺明儿送木匣给他的时候，倒要取笑取笑他呢!”

海川这才明白，这说话三人谁是姓米，谁是姓古，正在留意认识三人，好将来在路上见着时，和他们开一回玩笑，警诫警诫他们，免得他们仗着自己的本领，目空一切，在外面胡作非为，贻害地方。

正在此时，却又见蒋渔舟笑着接续说道:“俺此番去盗画，是预先写好张小纸条儿带去的，纸条儿上写的乃是‘特来暂借《汉宫美人图》画册一用，日后有机会，再当奉还，请勿惊慌，错怪亲随人等’。

俺带着这张字条儿，径到知府衙门屋上，寻到后面书房，正值知府在灯下看案卷，俺便倒挂下去，伸手将纸条儿从窗口送进去。说声：“大人请看！”知府抬起头时，俺早已缩身上屋。那屋上本开有天窗的，俺即在天窗明瓦里往下面瞧看动作。那知府见了俺的字条儿，面色陡变，即刻唤亲随王福：‘赶到后面去将画箱打开来察看，将那册《汉宫美人图》拿来，不得有误。’王福领命，径向后面行去。俺即在屋上跟随，直到后面上房对面屋上，只见王福走到上房里，将画箱从几只皮箱上面搬下来，用钥匙开锁，打开画箱，从里面搬出这木匣来，捧在怀里，即出上房向前面而行。俺遂又跟着到前面书房屋上来，在天窗里看得明白。只见王福将木匣呈给知府，知府接过打开，取出本画册来看了一看，微微笑道：‘原来是狡贼使用的问路之计，本府几乎被他所欺。’边说边将画册放在木匣内，命王福：‘到后面上房里去将画箱锁好，这木匣搁在本府面前，但看那贼人如何偷法。’王福领命向后而行，俺此时焉肯怠慢？急急抢先到书房后檐口等候，等到王福从下面走出来，便跳将下去，迎着他亮刀拦住。王福大吃一惊，大呼救命。知府听得声音，赶紧从里面出来时，俺已将王福点住了穴，飞身上屋，来到前面，跳下天井，从窗口一伸手，将木匣拿到手内，挟在腋下，纵上屋檐，飞步逃走。恰巧遇着二位，料想此时府衙内定已闹得沸沸扬扬了。失物的人向来总是贼去关门，他们谅来也是有同一毛病的，这会儿正在加紧小心。二位倘或去了，定然有许多意外，幸而俺们两下遇着……”

蒋渔舟正说得眉飞色舞，娓娓动听，猛不防从土地祠屋宇内走出一个人来，拍手哈哈地笑道：“姓蒋的，枉空你号称神偷，给人家做了半夜的傀儡，还不曾明白，拿着假的当作真的，白辛苦一趟，自己还大言不惭地告诉人呢，真也亏你有这副厚脸！俺告诉你吧，你上了哈一炁的当了。那真画册已经被哈一炁盗了去了，他答应送给你的金牌，别说你不曾偷到真的不能得到，即或偷到真的，那金牌也是休想的。因为强中还有强中手，那金牌已被别人偷了去了，你们如其不信，明儿见了哈一炁，立刻就可以明白，才不是俺姓那的造谣呢。少陪了，再见！”说罢，纵身上屋，望见海川伏在屋上，遂向海川点了点头，说声："辛苦！"即如飞而去。

海川认识此人，正是那二人谈话说过的武昌怪杰那行空，不由一愣。只见下面三人齐声称怪，说："此人突如其来，非言出有因，他自称姓那，莫非就是名扬各处的怪杰那行空不成？"

蒋渔舟忽然跺足道："定是此人无疑。今儿白天里，俺们在茶坊里喝茶谈心时，他不是独自坐在俺们隔座上吃茶、吃瓜子吗？定系他听得详细，弄了玄虚，在俺们之先下了手，或是哈一炁已见真画册盗到手，故意地给俺空心汤团吃，和俺开玩笑，亦未可知。这在旁观者想，他说真的已被哈一炁偷了去，料想大概是真的。但是真的已被哈一炁偷到手，俺们要这假的何用？"说罢，便要从背上取下木匣来掷在地上。

古、米二人忙阻住道："蒋大哥，且别性急，焉知此人不是哈某的同党？深恐你将此画去向哈一炁要金牌，他却故意用言辞来激怒你，使你将木匣掷在此地，他却暗中拾去，送给哈一炁，使你全功尽弃，既不成名，又不能得到金牌，此乃初全之计。蒋大哥不可中他的诡计。"

蒋渔舟闻言点头，仍将木匣背上，便说："俺们回去吧！"

未知三人上屋，和海川见着否，且待下回续写。

第六回

波谲云诡异人传异事
石破天惊豪客发豪情

话说蒋渔舟说："俺们回去吧！"三人却立起身来。

海川看得明白，深恐三人上屋，看见自己，将方才受着那行空的乌气一齐从自己身上发泄。虽然自己不怕他们，但是无端地代人受过，未免太不值得，因此急将身体轻轻使个鲤鱼打挺的架势，翻身纵到屋脊后面，隐伏着等候。只听得嗖嗖嗖一阵风响，只见三个人影子连珠价鱼贯着箭驶般从下而上，飞也似去了。

海川等三人去后，即从屋后跳下去察看一番，才知那行空方才系从后屋下去，隐身在土地祠内听壁脚的。心中深佩那行空的身法快捷、胆识过人。因又想着："米、古二人谈话，称那行空和哈一炁是南北齐名的两个异人。哈一炁虽然不曾见着，但是那行空的本领已经见过了，总可称作名下无虚。如果但讲武技，异人两个头衔似乎还安不大上，莫非他俩另外还有别的惊人出色的本领，亦未可知。"边想边纵身上屋，回转客店。

只见隔房窗内的灯光闪耀，从窗纸上透将出来。悄悄走去，就窗隙向内窥看，只见里面只有一人，正是那姓古的，独自坐在床沿上，脱下袜子，用手搔脚丫儿。那位姓米的却并不在内。因又想道："他们谈话时口气，姓米的原是本地人，谅必系同着蒋渔舟一路回去了。"边想边悄悄从窗口回进自己房内，也不点灯，即便上床和衣而卧。仔细寻思："自从下山后，在高桥镇即便开了杀戒，遇着这位号称南方怪杰的那行空。到得此地，又在暗地里看了这幕好戏，总算是不虚此行了。不过哈一炁既有这么大的本领，为何不自己去偷，却反要激引蒋渔舟去偷？照那行空适才对三人的说话，哈一炁已将真的偷去，又说他的金牌亦被人偷去。如果并未戏言，这简直可称为偷中偷了。其中情节，实在有些玄幻不测，推查下去，莫非哈、那二人游戏三昧，哈一炁借神偷的本领探路，他却自行其是。那行空又从暗地里将他的金牌偷去，使他也夸口不得，故意使他们两下震惊错愕，以独显他的技能，亦未可知呢。话虽如此，但是哈一炁既称侠义，当然是位不取不义之财的人物了，因何要来偷知府的古董？从来一介不以予人，一介不以取诸人的，方才是真正侠义行为，如果单为着要和蒋渔舟打赌，才且借画册为目标，那也未免太失于游戏了吧！”海川如此反复思忖了一会儿，渐觉精神疲倦，于是蒙眬入睡。

次日清晨起来，洗漱早斋毕后，一心想到新大方客栈去探访哈一炁和蒋渔舟的动作，看他们两下交涉，究竟结果如何。因此遂空身径寻到府东大街新大方客栈里，问柜上可有上房空着没有，柜上回说有，即令小二招待着领到后面去看。真是无巧不成话，恰巧空着一间上房，乃是六号房间，正中海川的心意，遂连连点头称善，当即付了房金，回到那先住的客栈里，立在房外走廊下，察看隔房的动作。

恰巧正逢着隔房的那位姓古的走将出来，目光对海川瞬了一瞬，忽然又回身进房，立刻唤小二来，吩咐他到柜上去结账。小二显露着很奇诧的神情，问了声：“古爷，你老不是说本地镖行里还有事情耽搁吗？刚才还说今儿不走的，怎么这会儿又吩咐开账呢？”

姓古的瞪了小二一眼道：“俺要动身就动身了，你多问些什么？”

海川听二人说话的口气，知道那姓古的镖师因为见了自己的形容可异，所以才动疑要走。其实他断不会就动身，定系和自己一样，换一个客栈去住着罢了。“但不知他怎么刚一见俺的面，就生了疑忌畏惧的心呢？可见他们当镖师的，出门时多，见识的人广，所以才一经照面，即便看得出对方的人是何来历了。这大约完全从经验中得来，非可一日蹴及的啊！”边想边走回自己房内，也高唤小二到来，命他也到柜上去结账。小二口中应着，心中生疑："怎么这两个房内的客人清早起身都不曾提起动身的话，这会儿各从外面回来，陡然不约而同地齐命开账呢？尤其是那古镖师格外可疑，他刚令俺泡茶，不料他才走出房门，忽然变卦，立命开账动身，这真正令俺费解了。"边想边到柜上去将两边房内的账单开了，分送到两边房内来，将账结清交柜，又多少叨光了些酒钱。

海川将行囊物件收拾，自己担着，提了戒刀，径到府东大街新大方客栈六号上房里去放下，倚好禅杖、戒刀，静坐着窃听隔房的举动。正听见小二领着二人到隔房内去，口中说："老客人，有两位客来拜望您呢！"接着便听见床上有人打哈欠和坐身起来的声音。

只听得有两人同声道："老前辈，早安啊！冒昧奉访，不料有扰清梦，多多得罪，请勿见罪！"

接着又听见一人道："不知二位早临，未及相迎，殊为抱歉。二位请坐！"

海川听那来的二人声音，正是蒋渔舟和那姓米的镖师，遂走到板壁缝内，向隔壁偷窥。只见一位须发皆白的老英雄，坐在床沿上，蒋渔舟和姓米的各坐在临窗小方桌两边的一张椅子上。那小二已退将出去。

蒋渔舟随手将房门推上，将放在桌上的一只长方的小红匣双手取过，捧给那老者道："老前辈昨日所委，晚辈幸不辱命，已将画册取到，且请老前辈过目。"

老者笑着将匣接过，并不开启，即放在床上，侧转身从床头前取出一只红木匣来。那形式与蒋渔舟盗来的一般无二，双手递给蒋渔舟道："蒋大爷虽然手段神妙，无如昨夜取到之物，乃是那官儿欺人的物品，并非真货。老朽在昨夜也曾亲自取来，已将那真的取到，请蒋大爷过目。两本画册当面比较，即可明白了。"

蒋渔舟闻言，陡现惊异之色，即将木匣接过打开，从里面取出一本画册来，同时那姓米的也走过来赏鉴。只见那画册乃是用白绫画就，精工糊裱装订成功的，上面画的一幅一幅美女都是古代宫装，坐立不等，无一幅不曼妙天然、美艳夺目。那画的白绫虽然已经烟黄，但是上面的颜色却完全丝毫不曾走动。只可惜那白绫已有好几幅被虫蛀过，虽然裱订整齐，终未免有些美中不足。在那每幅美女旁边，都题写着字句。海川虽然目光锐利，毕竟在板缝里，又离着较远，所以看不清楚。推想上去，大概是写的那女子的姓名、年岁，以及何时被选入宫，现在哪一宫。

只见蒋渔舟将画册略一翻阅，即便红涨着面皮，仍旧合拢来放入木匣内盖好，双手捧给老者道："老前辈毕竟手段高妙，晚辈实是拜服。但不知老前辈怎么能将这东西到手？"

老者笑道："过承谬奖，其实不过是老朽取巧，论功原是蒋大爷的力量居多。原因老朽以意料所及，知道那官儿收藏着这本古画，定然视如拱璧，轻易不肯示人。但既已被人家晓得他收藏着《汉宫美人图》真迹，亲戚故旧以及新交当然免不了要来请求欣赏，增长美术观感，更有班连一知半解都没有的人，因为要附庸风雅，也来麻烦，这亦系题内应有之义。那官儿如果一一回绝，未免因此得罪人了，倘或拿真迹给人人赏鉴，一则怕弄肮脏了古画；二则更恐被有大势力的人用强迫手段豪夺了去。他因有这两种原因，当然只有另请现在的画家造意模仿，画出一本杜撰的古画来欺骗那些闻名而来的人。本来现在专做古人假字画真迹的人几乎各省都有，他们的手段，写的、画的、刻章的、造纸的、调印泥的以及装池的，由各人专精一项，通力合作而成，所以虽然是假的，却也很值得佩服他们作弊的本领。

"当初老朽因据着理想，意料那官儿定然画有副本，所以到本地来行事，要专诚相访足下，好同去做这件功德。并然老朽不善于用谋，实因已知那官儿是练过武的，万一因为做手脚时和他较量起来，孤掌难鸣，要不伤他，怎能取得到手？要伤了他，岂是侠义行为？故此要来寻访足下同去行事，由你去智取，老朽却准备和那官儿交手，此乃分工合作之意。不料住在此处，前日白天到府上拜访大驾时，恰巧尊管回称公出在外，老朽刚回身要走，恰巧足下陪着几位朋友回来。老朽因为人多不便，只得退回。原想昨日一早到府奉候，不料刚走到大街上，即看见足下和别人开玩笑。老朽一时高兴，做了回游戏，借此好和足下认识。

这便是以前的因果。

“讲到昨夜之事，怎么说理应推尊是足下之功呢？皆因足下有手段将木匣取到手，走后，那官儿赶到后面，察看情形，虽然怒恨，并不惊慌，回进上房。他的夫人已得信从别间上房子里赶来探问，埋怨那官儿不该如此大意。那官儿笑着安慰他夫人，说：‘虽然大意，总算不幸之大幸。因为偷去的是假的，并非真的，而且借此一招摇，扬言出去，可以免得人家再来借看，从此可少去许多麻烦。’他夫人当他是捏造言辞安慰她的，哪肯相信？那官儿见夫人不信，只得亲到夫人房内，开本人书箱，取出这真的来递给他夫人观看，他夫人方才欢天喜地地相信。那官儿收好后，仍旧到前面书房里去批阅公文案牍，老杇当时原伏在屋上，跟着那官儿紧紧相随，当即乘此机会跳下来，闯进房去，伸手将夫人点了穴，扭下书箱上的锁，开箱取了这木匣儿，复又点活夫人的穴，飞步出房，上屋回店。假使不使足下先将假的取到手，这真的老杇也断断不会取得到，所以老杇说应推足下之功。老杇不过只取得一回巧。”

老者将前后的情形说完，不由又忍不住笑道：“蒋、米二位，天下的事真是出乎意外的极多，老杇昨儿不是面许蒋大爷，说用唐明皇赐给李太白的金牌作酬劳吗？不料强中还有强中手，居然有敢从虎口里夺食的朋友，不动声色地乘空来将俺的金牌拿了去，可知这人的胆量、本领亦非常人可及了，并非老杇以小人之心度君子之腹，不知二位昨儿回去，可曾将打赌之事无意中对何人说及吗？”

二人闻言，一齐正色道：“老前辈莫非疑心俺们在背地里做的吗？那未免是老前辈太多心了。”

海川听到此处，果然不出自己所料，觉得此事愈有兴味。正在心中高兴，忽见那老者打着哈哈道：“二位别见气，幸亏老杇有先见之明，也和那官儿一般，预先打就的一块杜撰金牌，倘若老杇真个有一块唐明皇赐给李太白的金牌时，一般也是古物，一般可值巨万，又何必要到这里来设法呢？实不相瞒，二位都是明公，老杇此番来向官儿盗取古画的原意，皆因去、今两年甘肃省内各处地方旱荒之后，继以水灾，汉、回两族的人民流离失所，饿死、冻毙的随处皆是，老杇因不忍见故乡受如此巨灾，遂立意想设法募捐赈济。无如老朽非比什么达官显宦，可以登高一呼，即得群山响应，又不比什么富有潜势力的首领，像从前康熙年间的黄三太，可以指镖向各路绿林首领借银。老朽纵有赈济之愿，却一时无从措手；再则老朽想着，如果像和尚募缘般向各处地方的大家小户人家去募化，别说杯水车薪，无济于事，况且灾民嗷嗷待哺，万万也等不及。从来募化小缘三千，不如募化大缘一二，所以俗说'募众不如募一'。俺往年在京城素闻睿亲王家资饶富，当先皇乾隆宴驾、当今天子接位之后，查抄权臣和珅的家产时节，睿王曾参与其事，曾将和珅的不义之财中饱了不少，所以他的家财在现今各亲王贝勒、贝子、公侯、大臣之中，要算是首屈一指。如果向他募化到几百万，赈济故乡灾民，在睿王正如大牛身上拔了根毫毛，并不觉得怎么样，可是灾民却受惠不浅了。但老朽又素闻睿王性爱古人字画，无论钟鼎铭盘彝品雕刻，皆在欣赏之列，只要他看得中，无论你索价多少，他都肯斥金购买。不过他的目光极其锐利，审美观念比任何人为强，无论谁有怎样善于模仿古人笔迹的本领，只要一经入他的目，立刻便能给他看出真伪，故此非得到真正古人的字画，不能够得到他的喜爱。因为这个缘故，老朽穷思极想，方才想着这官儿收藏着的《汉宫美人图》，于是老朽特地从甘肃赶到本地，求得这本古画，并且要乘此领略领略蒋大爷的神偷本领。果然蒋大爷的手段高妙，不愧'神偷'二字。"

说到这里，哈一炁又微微笑道："老朽假造的金牌完全是预备酬谢蒋大爷的，不料竟被一位不识古货真伪的朋友劳动大驾来拿了去，虽然那面牌是金子打成的，送到典当里去，也还值得些银两，但是已经贻笑大方了……"

海川在隔房里听到此处，听出了神，因心中深佩哈一炁的这番盗窃行为，实系大侠举动，深合佛家慈悲济世之旨，不由忘却顾忌，冲口而出，念了句"阿弥陀佛！"连称"善哉善哉！这才真是大侠大义，不愧号称北方异人，真可使我和尚顶礼拜服！"

海川这几句忘形之言出口，不由将隔房三人惊骇非常，立刻将话头打断。同时忽然听得房外有人笑着应声道："和尚且慢赞他的侠义举动，在俺看来，还仍旧难免美中不足呢。”

海川听得，吃了一惊，赶即回身开了房门走出去看，同时隔房三人也开门出外来看。原来外面接口说话的那人非是别个，正是那号称南方怪杰的那行空。只见他正立在走廊上，望着海川点了点头，望着哈一炁等三人龇齿微笑。

哈一炁毕竟是位见多识广的前辈老英雄，目光究竟比众不同。当时他目光如闪电一般望着海川和那行空瞬了一瞬，即已知道这一僧一俗都是非凡人，遂带笑先向着那行空拱手，口称：“既承台从过访，且请到里面坐。”一面又向海川拱手道：“大和尚，俺们芳邻密迩，老朽未曾过访，却先蒙大和尚谬奖，实在愧不敢当，也请同到敝寓来谈谈如何？”

那行空、海川二人先后抱拳合掌回礼，各说一声：“遵命！”

那行空先举步走进五号房间，海川顺手将房门带上，也移步走到五号房内。哈一炁向走廊外面望了望，并无人来，连那店小二也不知往何处去了，遂回进房内，将门掩上，请问二人的姓名上下，并让二人坐下。海川将法名说了，那行空也道出姓名。哈一炁、蒋渔舟和那姓米的镖师原都是久仰南方怪杰之名，而未见面的，这会儿一见，欢若平生。至于对于海川，因他是方外之士，也十分钦敬，遂先问那行空的寓所。

那行空笑道：“哈老英雄方才不是说芳邻密迩吗？俺就住在这紧隔壁的四号房间里啊！”

哈一炁闻言，不由笑得拍手道：“巧极巧极，幸会幸会！”说着，即将蒋、米二人给二人介绍。海川才知那姓米的镖师名唤元章，弟兄二人，兄弟名唤少章，哥儿俩同在本城开设一爿兄弟镖局，原是汴、洛一带的有名英雄，在镖师同行中，可称得出类拔萃的能手。海川因乘势又问那姓古的镖师名唤什么。

米元章道：“他叫作古道生，是四川重庆府的著名豪杰，专走各处远路的贵重镖。俺们当初原是打出来的相识，此番他从北京回来，路过本地，特意便道到兄弟镖局来访俺。大师父何以能够知道？”

海川笑着将昨日夜的见闻说了一遍。那行空也将过往之事说出一半来道：“俺从高桥镇到此，即住在这里，做了番手脚。因为无事，所以还不曾走。昨儿清早起身，因见哈老英雄的气概非凡，心中生疑，遂暗暗留意。哈老英雄出门到街坊闲逛，和蒋爷开玩笑，俺也在后面，后来两下在茶坊内喝茶谈话，俺也走进茶坊，背着脸坐在隔座上窃听，所以昨夜还在那土地祠内和大家会上一面。”

哈一炁等三人到此方始恍然，即大喜追问道：“如此说来，俺们大家可算得都是志同道合了！那面金牌，不知那爷可知是何人拿去吗？莫非便是……”说到此，觉得有些碍口，便停住不往下说了。

那行空笑着接口道：“三位疑心便是俺拿的吗？那就真正失之千里了，俺有个凭据在此呢。三位须知，天下事出于意外的极多，然而是非只为多开口的训条却是不可不信的啊！”边说边从身边摸出个小方胜儿来，递给哈一炁道：“老英雄，请看了便明白了。”

毕竟那方胜儿里写着些什么，请待下回再续。

第七回

数行留言美人激异侠
一声欸乃舟子斗渔翁

话说哈一烝将方胜儿接将过来看时，只见那方胜儿折叠得非常精巧缜密，那纸的颜色乃是粉红色的，衬着那方胜儿面上写着“留言”两个蝇头黑字，娟秀端正，格外显得鲜艳，不由先暗暗称奇。打开来看时，只见上面写着几行道：

晨间在茶肆品茗，得闻长者与蒋君所言，甚佩豪兴。窃以长者既已藏有唐代金牌，何以愿为以羊易牛之事？殊深不解。意者，所谓金牌，殆长者之伪言耳！因欲一觇究竟，爰特造寓窥其确否。

启视长者行箧，果藏金牌一事，虽篆刻甚精，然非古物，则可断言。因将此牌取去，以为讹言者戒。倘长者怒倩不告而取，定欲问罪，而希珠还者，则倩愿以末技请益而后受教。幸长者恕其狂，而与其进焉，不胜大愿。谨布区区，伏维霁照。

孔妩倩留上。

×年×月×日灯下

后面又写着一行道：

敝寓在曲阜县睢庄，长者如惠然肯来，请以三月为期。最好先约时日，俾得在舍恭候。倘逾三阅月，即认为长者已舍弃此物，不愿教诲后进。倩即不再候，仰祈垂察。

哈一炁看罢，不由叹了一声道：“真是匪夷所思，奇怪之至。看这字迹端秀，和具的姓名，分明是位女子。她居然能识出金牌的真伪，目光已是不弱，又敢责老朽讹言欺人，自恃其能，欲和老朽较一日之短长，可知她绝不是个寻常女子了。不知这张字柬怎生会到那爷的手内？那女子是何等样年貌，那爷可曾见着吗？”说着话，海川、蒋、米等人都已立起身走到哈一炁面前，同看那字柬上面的字句，一齐不由同声称奇。

海川心中忖念：“这真出俺的意外，俺先前还满谓金牌定系被那行空盗了去呢，万不料偷金牌的却又另有其人。从此可知，天下之事，奇幻不测的尽多，未可以理想认为事实呢。”边想边回转身复到原位坐下。蒋、米二人也回身坐下，八只眼睛不约而同地齐照射到那行空的面上来，等待他的答复。

只见那行空不慌不忙地低声微笑道：“讲到这一层，可就又要将话说回来了。俺方才本只说得一半，现在且再将详细说一遍给诸位补充上吧！原本俺在茶肆内听见哈老英雄和蒋爷打赌的时节，其时和俺同坐在一桌喝茶的还有一人，乃是一位秀眉俊目俏面庞的少年，穿的衣服极其入时，穿一件雪青色七丝罗的夹衫儿，上罩件元色素缎一字襟巴山虎式的坎背，戴着顶六瓣西瓜皮元色杭纱的小帽，真珊瑚的小帽结子，衬着精洗的白玉帽，正映着他那吹弹得破的雪白红润的面皮，真个俏丽非凡，美艳夺目。当时俺因心神贯注在哈老英雄和蒋爷的谈话，未曾留意这少年的行藏，再不料这位美少年就是写这留言的孔妩倩。原来当时你们的说话都已被她听得清楚，不动声色地在你们三位走后、俺未走之前，即便若无其事地走了。到得昨儿夜间，俺本想和哈老英雄开回玩笑，意欲等候哈老英雄出去之后，趁空儿来将那面金牌取到手，再到府衙去看你们两下的动作，所以悄悄熄了灯火，和衣睡在四号房内等候。及至听得哈老英雄吹灯开窗出去之后，俺从床上起来，正待轻开门走过来做手脚，因为其时俺也疑心哈老英雄的一面金牌绝非真正唐代之物。如果是真的，哈老英雄准定随身携带，绝不会放在行箧之内，所以要知真假，即看在不在行箧内为定。

“那时俺正要开门，却听得这边短窗咯的一声，接着便从板缝里射进一线亮光来。俺暗唤一声惭愧，自幸以为还亏不曾走过来，倘或走过来，恰巧被哈老英雄撞个正着，岂非无趣？因此缩回身躯，就那板壁缝儿向这边窥看，才知并非是哈老英雄回来，却原来是一位美丽少年姑娘，点起灯亮，悄悄地打开行箧，慢慢地逐件地搬出来搜寻。俺当时心中讶怪，这姑娘的面容好像是在何处见过的。仔细一想，方才想起是白天见过一面的那位少年，因她此时易了装束，所以才一时间几乎认不出了。只见她从行箧内取出面小小的金牌来，在灯下反复看了一遍，微微地笑了一笑，即将金牌揣在怀里。随手在怀中取出张粉红色的纸来，又在身上挂着的笔袋内抽出支笔来，坐下身，伏在桌上，就灯下写下这张字条儿。看了一遍，叠折成小方胜儿，又写了两个字，即压在这桌上砚台角下面，将笔收入笔袋内，回身到行箧面前，将取出来的衣物逐件慢慢地放入箧里，还了原样，复又盖好锁上，微微地笑着，吹熄灯火。只听得窗槅一响，俺知道她已走了，心中好笑。俺本想拿的东西，不料却被她先下手为强地得了去，但不知她写的字条儿上说着些什么，因此回身轻轻开了房门，走到这边来，也推窗从窗口进内，摸着将方胜儿取了，回转四号房内，掩门点上灯亮，将方胜儿打开看过，即照着原样儿折叠起来，放在怀内，这才吹灯出房，径往府衙。

“其时正值蒋大爷得手，从下面上来。俺即伏着不动，让蒋爷走过，再留神探视下面，正见哈老英雄也在那里窥探，因此俺便暗暗跟着哈老英雄察看情形。后来见哈老英雄从下面将真画本儿得到手，飞身上来，箭矢般去了，俺也就慢慢地飞跃着从原路回店。猛可里见一所屋檐口伏着一个人影子，一时好奇心动，遂悄悄绕到那房屋屋脊后面，才知是福德神祠。向前探望，认识那伏着的正是在高桥千佛寺见过的这位海川大和尚。夜深人静，万籁俱寂，所以蒋爷和米、古二位在下面说话，俺也听得清楚。因为一时高兴，遂反身从屋后跳下去，悄悄走进神祠正屋内，却再由里面撞出来，和蒋爷等三位说了几句笑话，并略将所知的情形说破一二，即行上屋回店。其时这边房内灯火正亮，哈老英雄还未睡呢，这便是昨夜俺所见的情形了。”

哈一炁等听罢，一齐称奇，遂又问那姑娘的装束和年岁的大概。

那行空道：“那姑娘的年纪大概在二十上下，她的装束，将一条油松乌亮的大辫子盘在头上，并不用绸帕或是布包头，穿着短衣窄袖的紧身黑绸夹衣，背上插着把倭刀，在灯下照着，晶莹雪亮，下面穿着条黑绸夹裤，扎着脚管儿。要不是一双削瘦窄小的金莲给俺看见，俺一时间仍旧要和白天里一般，要莫辨鸟之雌雄呢，皆因她两耳并不曾穿过眼儿，所以在白天里不曾看得出她是个姑娘，夜间就更不用说了。”

众人听罢，一齐默不作声。哈一炁笑道：“这姑娘既然敢独行外出，从曲阜到这里来，谅情不是什么等闲之辈。不然，她又怎敢留言要和俺较量呢？不过俺此行为的乃是家乡急赈，不能分身就去和她见个高低，计算俺前往京都，卖画得到银钱，采办米粮，请求官厅保护，装运到甘肃去赈灾。此事非一旦所能了。三个月内，能不能赶得到曲阜，那还在未可知之列，俺也只好听其自然，将来再作道理。倘或到京城遇着往山东去的便友，即请他寄封信去，告诉她恐不能如期赶到，须得缓些时再约日期相晤。

“本来那牌子不值得什么，她却向银楼金铺兑换了也不要紧，她即将这牌子逢人说项，谈笑俺在她手中栽跟斗也不要紧，因为老朽已到行将就木之年，这身外之物的空名誉，三十岁老娘倒绷孩儿，又有什么要紧呢？只恐她扬言于外事小，将老朽和蒋大爷赌偷画册的事情和盘托出，那可就闯祸不小了。虽然俺不怕什么，但是俺此番盗取此画的用意，完全是学当初荀伯假途灭虢时所说的取之内府，藏之外府之意，无非是借这本画儿权当一个抵押品罢了。将来仍旧要再设法从王府取出来，奉还那官儿的。因为睿王所有的古物颇多，失去一两件当然可以不要紧。这位知府家藏的古物只有这么一件，陡然使他失却，岂不是等于杀伤他的性命？倘或他竟因此愤恨，以身殉画，老朽虽然救得家乡多命，但是送却一命，亦非善计，更非侠义所应为。再则万一这官儿发了恨心，辞去官位，仗着他的武技，投身江湖，设法访查出下落来，寻俺和蒋爷作对，那时，俺们在明处，他在暗处，上了他的暗算，死去简直还要做不明不白之鬼呢……”

话未说完，那行空即已接口道：“照啊！俺方才不是说海川师且慢赞为侠义行为，可惜有些美中不足吗？正是此意啊！哈老英雄既然知道这一层，该当怎样补救呢？”

哈一炁笑道：“老朽昨夜回来，才上床即已觉着所为不妥，因此连夜写好一封恳切的信，说明暂借之意，请他不要声张，并约定以半年为期，准即原物归还。这封信写好，俺即连夜亲自送去，放在府衙大堂公案上砚台下面，大约此时已早被那官儿见着了。但是老朽现在复又想着，反正大丈夫做事，生平无不可对人言，诸位都是当今侠义之士，老朽也用不着藏头露尾地隐瞒各位。老朽现想，这古画如其卖给睿王，得到善价以后，即在当夜到王府去用偷天换日的手段，即用这本假的将那真的换将出来，免得日久生变。或者即在第二天，由另外一人将这假的拿了去求售，引动他的好奇心，定然将真的拿出来比较，即在此时，用巧取豪夺的手段，将真的取出来。老朽采办粮食，运载上路后，即将这真画本儿送还给这里的官儿。从来说的，单纱不成线，老朽意欲奉请蒋大爷同到京都一走，帮着俺圆满这件公德，不知蒋大爷现在可能空闲同去吗？”

蒋渔舟不待思索，即回称：“老前辈既为桑梓地方民众请命，做晚辈的岂有畏难退却、不去之理？”

那行空接着也说：“既是哈老英雄为着此事要求人帮忙，反正俺是闲云野鹤，到处逍遥，本想此去先到开封，再往京津关外，绕蒙古、新疆、青海、甘肃，从陕西往四川、云、贵、湘、广，再从闽、浙、苏、皖、江西回转湖北，做一番周游全国的壮举。本预备是缓缓而行，各处都有耽搁小住的，现在既哈老英雄急于要往京都，俺也不妨就沿途暂不耽搁，伴着同往京城去走遭。办完了这件事，然后再各行其是，分道扬镳。不知哈老英雄亦欲俺同行吗？”

哈一炁大喜，拱手道：“能得二位同去，大事成矣！老朽谨代甘省民众道谢二位的劳绩。”

海川原想同着他们一齐动身的，但一想：“有这三位能手通力合作，大事定可稳妥成功。出家人和俗家同行，易于惹人注目，还不如独往独来的便利。”因此遂不掺言。同时蒋渔舟、那行空二人也抱拳谦逊。于是哈一炁道：“从来救灾如同救火，一刻等不及一刻，俺们在未曾得手之先，那是无法之事。现在既已得手，还在此耽搁时日做什么？俺意即在今日午后动身，请二位各将衣服行囊预备，不知二位可来得及吗？”

那行空道：“俺本在客边，所有的衣服物件都在隔壁房内，只要略一整理，便可动身。”

蒋渔舟也道：“俺并无什么物件要收拾整理，此去时日并不多，只要回家略取几件换洗衫裤，和随后天热的衣服，打成一个小包袱，便可启行了。”

米元章道：“既这般说时，蒋兄可即回去收拾。俺要去寻古道生，他打从此地路过，俺们同行义气，理应去招待他，咱俩同行吧！”

蒋渔舟道：“好！”说着，站起来，向哈、那、海川三人作别。

米元章也同时立起告辞，并说：“各位饭后动身，恕俺不来送别，且待下次各位到此时，再行畅叙吧！”

海川亦向哈、那二人作别，于是大家起身，同走出五号房间。蒋、米二人请各位留步，拱手便扬长而去。海川回转六号房内，哈、那各回本人房内，匆促收拾。

哈一炁唤小二来，要酒菜饭食，并命小二另备素斋，遂又走到四、六两号房内，将那行空、海川二位让到五号房内，大家同桌而食。海川乘此细询哈、那二人的里居籍贯，并盛道仰慕之意。二人逊谢着各将里居籍贯说出。

原来哈一炁乃是甘肃回族的世家子弟，甘肃省内，回族以马、董、哈等姓为最大，亦最有势力。哈一炁便是哈姓族中最有本领和特殊势力的一人。其时青海一带的缠回，除奉诵天经、信仰教义以外，颇有些善能各种法术的（见《左公平西》说部），像哈一炁便是其中的一人。哈一炁不但武艺精通，而且能化剑为丸，吞在腹中，吐纳使用，更兼擅能使用法术，所以人家称他为北方异人，即是此故。

至于那行空，乃是汉军镶黄旗人，因为驻防在湖北武昌省城，所以他生长在南方，自幼即是行伍出身，专心想练成武艺，到边疆上给国家建立功业，落得个马革裹尸的荣誉。适巧其时正值承平之世，那行空英雄无用武之地，于是改变宗旨，专以游侠自任。那时，旗人对于汉人，仗着皇上家奴的势焰，颇多专横欺压。那行空深不以为然，遇有此类事件，总是竭力地给汉人打不平。他又从喇嘛僧练成血滴子和剑法，生平作为，专好寓庄于谐，离奇怪诞，往往出人意料，所以江湖上人送他外号，称为南方怪杰。恰巧和哈一炁的名望八两半斤，一般无二。

海川当时询问二人的生平，大家都是侠义性情，当然互相契合。酒饭毕后，蒋渔舟已是改扮行装，头戴凉笠，身穿短夹衣裤，背着包裹，腰挂短剑，臂挽弹弓，一径走来。哈一炁问他用过中饭不曾，蒋渔舟回说："吃过了，咱们快些乘早动身赶路。"于是哈一炁唤小二到来，速到柜上开账，结算清讫。

哈、那、蒋三人即和海川作别，出离新大方客栈，取路出城，箭矢般往北京而去。

海川住在新大方栈内，走到街坊上去闲逛，便道到兄弟镖局去拜访米家兄弟，并顺便探询那古道生的踪迹。

原来古道生并不曾走，只因见海川的形迹可疑，所以才结账另住别家客店。当即由米家兄弟伴同海川到古道生的寓所，给两下引见。大家畅谈了些江湖上勾当，以及各般武艺，互述现今各处的技击名家，以及各路的豪侠盗魁。直谈到傍晚，大家方才分散。

次日，海川又到街坊探访府衙的动静，果然那知府极其镇定，并不曾将失窃画本的事声张，只不过限令各差役在外面秘密访缉，对于治下高桥镇寿圣庵、千佛寺两庙的和尚案件已经设法弥缝，并不曾怎样从严究办。海川虽然心中认为不满意，但也很原谅他的苦衷，因为这是为势所迫，不得不然，无可奈何的事。

海川打听明白，觉得在洛阳住着的任务已经终了，遂收拾行囊，仍旧改扮作行脚僧人，结算店账，离去洛阳，遂遵汴、洛大道，往开封而行。在路上因为听人传说，汴河中近来有了一霸，乃是父子两个，父为艄公，子作舟子，仗着水中本领，十分强横。无论什么船户，凡是要在汴河中谋生活的，都得拜他的门，仰承他的鼻息，孝敬他的陋规，否则休想立得住足。

海川闻得这个消息，心中十分不服，很想给汴河内各船户除去一害。但因本人中有陆路本领，对于水里技术只有一知半解，水性虽能识得，但除去游泳之外，别无特别技能，自知连一个普通船家还不及，焉能制伏这号称一霸的父子？因此只好耐着。那日，忽然得了个主意，雇了只船，舍陆登舟，往开封省城进发，意欲借乘船为由，探询那一霸父子的姓名年貌，想设法激引他父子俩到岸上来决斗，好除去此害。

那日，船到一处，船家舣舟上岸，采买菜蔬米粮柴薪。海川坐在舱内，独自无聊，遂立到船头上来闲望。只见河面甚阔，两岸除去舣舟的码头地方而外，尽是些芦苇港汊。正在闲眺，忽听得呀然一声，从那旁港汊里摇来一只渔船，船上一个后生摇着橹，一个渔翁在船头上张网打鱼。刚摇过面前，陡然一声欸乃，水波动处，从芦苇中飞也似摇出一只小船来。船头上立着个少年舟子，撑着黑漆了过的一根篙子，一个艄公在船后摇着双桨飞驶向那渔船。舟子口中大喝：“何方来的野种，敢到俺们的汛地里来取鱼，难道枣子没生，连顺风也没长不成？不要走，照家伙！”喝着，将手中篙子向渔船上一搭。那渔船几乎被他这一篙子打翻。渔翁大怒，骂声：“好小子，看俺来收拾你！”边骂边跃身跳到小船上，用手中网向舟子撒去。

毕竟两下决斗胜负如何，请待下回交代。

第八回

治恶霸奋勇称渔父
除凶徒仗义有侠僧

话说海川立在船头上闲眺，见那舟子用手中黑漆漆过的篙子向渔船一点，那渔船几乎被他打翻，水声汩汩，激起很高的水浪来。那渔船颠簸着，摇曳不定。恼了渔翁，踊身跳到小船上，撒网向舟子打去。那小船也被震荡着前后高低上下，水浪和水浪一撞，溅得水点儿高高激起，四下里乱飞。同时那舟子喝声："来得好！"提着篙子向水中一跳，让过了渔网，却在水中露出上半截身段来，掉转篙子，向那渔翁便打。渔翁撒手将网扔到渔船上，将身一侧，遂伸手将那根篙子接住，向怀中一扯，又踊身向前一送，也跳下水去。那舟子被这一扯一送，竟被浸到水底里去，只得丢下篙子，栽一个猛子，奔到渔翁面前，露出身体，当胸便是一拳。渔翁不慌不忙，喝声："来得好！"将篙子一丢，用巴手来接抓舟子的拳头。那根篙子却沉下水底去了。

海川这才明白那篙子用黑漆漆过的缘故。原来那根篙子乃是镔铁打就的，所以一丢手，即便沉入水底，估量那篙子的分量极其沉重，即此可知那舟子的手臂气力不小。说时迟，那时疾，舟子见渔翁使巴手来接自己的拳头，遂将身体向后一仰，躺在水里，使两只脚向渔翁的小腹上便踢。这个姿势，如在岸上交手，正是兔子蹬鹰的家数，原来很厉害的。渔翁忙使出鲤鱼打挺的式子，将身体从水中跃起，让过来脚，急从空中使饿鹰扑兔式，向下一沉，照着舟子的身上落将下来。舟子将两手在水中一划，如水蛇游水般箭矢价驶将开去，让过渔翁。渔翁扑了个空，落在水中，急栽一个猛子，奔赴舟子。舟子从水中坐起身来，也奔赴渔翁，两下迎个正着，在水中各显神通，扰得水光映射日光，耀人眼帘。那波浪竟如哪吒闹海般，一阵阵迭起，颠得三只船颠簸摇闪，如同在长江中遇着大风浪一般，汩汩颠将起来。

海川立在船头上，几乎立足不牢，被颠下不去。慌得他船上的船家伙计赶紧用篙子来点着河底，以防不测，又连声呼唤："大师父，你站着发呆，快些坐进舱去，这热闹是没有看头的。跌下水去，不是耍的。"

海川漫应着，回身走到舱内，立着伸头出外来张望。只见二人在水中斗有一会儿，好似两条龙在水中拼命地争斗，心中忖念："那小船上的艄公和舟子定是这汴河称霸的父子两个。那渔船上的渔翁大约亦系水路上有名的好汉，特地放船到这里来打鱼，不送陋规，存心来挑战的。常言：'来者不善，善者不来。'那渔翁既敢到此寻事，定然亦是能手，不然，他怎么敢来呢?"边想边只见那舟子被渔翁一把揪住辫子，向下一沉，栽了个猛子，又向水面上一提，眼见得那舟子已斗败了。

这时，恼了那小船上艄公，喝叫："休得逞能，待俺来取你的狗命!"喝着，从船上取了对青铜刺，飞身跳下河去，径奔渔翁便刺。渔翁只得放下舟子，回身来迎。那艄公使手中铜刺，如雨点儿般没头没脑地直向渔翁刺去。渔翁踏着水，逐步向后退让，飞身到渔船上，取了根钩镰枪，复又跳下水去，和艄公厮杀，两下如两个巡海夜叉般拼命地死力相扑。那舟子略息了息力，定一定神，回到小船上，揭开舱板，取出把牛耳泼风刀来，飞身下水，帮着艄公来夹攻渔翁。渔翁毫不惧怯，在水中忽隐忽现，将钩镰枪使得神出鬼没一般，上下左右，盘头护顶，遮住了身体，丝毫没有破绽。

海川看得出神，不由高声大喝一声好。他这一声，好似晴天霹雳，将两下都各吃一惊，各自跳回各人的船上去，望着海川发呆。海川深恐两下来寻自己的过处，遂回身从舱内擎了自己的禅杖，掖好衣袖下裳，防备两下来攻。两面见这边船舱门内立着个行脚和尚，都各怔着细认。因见海川并不向哪一方面打招呼，知道他是失声叫好，和两方面都没有关系，遂又各跳下水，两下厮杀起来。

那只小船因为无人驾驶，被波浪激冲着，直激荡到芦苇边浅滩上去搁着。两下厮杀得难解难分，猛可里从那旁水汊里又划出只渔船来，船头上立着个少年渔人，背罩持网，一见这边厮杀，即将手中渔网丢下，解下背上鱼篓子，大喝："姚家父子，你们仗着技艺，竟敢霸占河道，需索陋规，欺压良善。今日俺们特地约着，同来剪除你父子。你父子二人如果识得时务，快些趁早叩头伏罪，还好原谅你们父子，免得俺也帮着动手。倘或不识时务，那可休想活命！"边喝边在舱板上拿了把短柄长锋的单刀，扑通跳下水内，径奔艄公和那舟子。

海川听他的口声，才知这艄公、舟子的姓氏，果然不出所料，正是汴河的一霸。"俺本想来给各船户打不平，给他们除去一害，不料已先有两位渔人来寻他父子，这真所谓恶人自有恶人磨了。但看他们两下的胜负如何，倘或渔人输了，俺在暗中助他们一臂，亦未始非成全善果之道。"边想边拄着禅杖，探囊取出两支镖来，托在手中，预备暗助两个渔人成功。只见渔翁和艄公、少年，渔人和舟子，这时分作两处，捉对儿厮杀，越杀越勇，双方口中嚷骂着，手中各自拼命厮杀着。水光、刀光映射着日光，光芒四射；骂声、水声杂着兵器声，扰作一片，浩浩瀚瀚，竟如大军对叠一般。

海川托镖在手，静看双方的胜败。只见那渔翁忽然使钩镰枪钩住艄公的青铜刺，竭力一扯，青铜刺被扯脱了手。渔翁将钩镰枪抛却，飞身从水中跃起，落将下去，一把正揪住艄公的头发，往水中一揿，直揿到水底里去，复又从水中提将起来。如此一上一下，揿得那艄公头昏眼花，艄公已是输了。渔翁正在得意，却不料艄公被揿得火起，心中恨极，趁着被揿到水底、提将起来的势，伸张两拳，死命向渔翁的两胁打去。渔翁只得将手一松，从水面飞跃到芦苇滩边上去了。那艄公好容易才挣脱了身，这口气焉能得出？即从水中跃到渔翁面前，挥拳便打。

那渔翁并不回手，撒腿向海川的船舣岸之处便跑，直向岸上跑去。艄公破口大骂，边骂边追。渔翁忽然回转身来立着等候，冲着艄公便是一拳。艄公侧身让过，使顺手牵羊式，抓住渔翁的手，向旁边一带，想乘势使渔翁跌一个面磕地，用脚踏着他的背心，好双拳齐下，打他一个半死。谁知渔翁的手法、身法、步法都非常的敏捷，他被艄公向前一带，非但不曾跌下地去，却乘势使大鹏展翅，张开右臂，将艄公拦腰一夹。艄公被他夹起，正待挣扎，早被渔翁将手一松，随着飞起一脚，将艄公像踢球一般踢去丈外，紧接着，一个箭步纵到面前，一足踏住艄公的背脊，使两拳向着艄公的两肩便打。口中责问道："姓姚的，你服输了吗？你还敢目空一切、霸占河道、独自称王吗？"

那艄公运动身上的硬功，任凭渔翁拳如雨下，只管咬紧牙关，一声不响。渔翁见他不肯服输，焦躁起来，运足气力，使拳向艄公的肩臂乱打，口中仍旧不住地喝问："以后还敢不敢仗势横行？"

那艄公被打，见无人来救应，心中又惦记着儿子在河内和渔人交手，不知胜负如何，虽然运着功，无如渔翁的拳头大、胳膊粗、气力沉着，那拳头打在身上，一下便是一下，打得艄公火星直冒。艄公深恐真个被打伤了，未免犯不着，因此大呼："渔翁住手，俺们有话好讲。"

渔翁笑道："不怕你不服，俺和你无冤无仇，此来乃是给大家抱的公愤，没有什么话和你多讲。只要你父子从此安分守己，不再自恃本领霸占河道，索取陋规，即日将手下的一班羽党散去，俺便饶你。倘或你不肯答应，俺即叫你看俺的颜色。"边说边又是使足气力，打了他一拳。这一拳比先打的拳头又格外沉重。艄公无奈，只得答应照办。

渔翁道："你且对天盟誓，俺方能放你。"

艄公听说要他发咒，略加沉吟。渔翁足下一使劲，那右手拳头早又高高擎起，喝问："怎么样？"

艄公无奈，只得速声应允，对天立下重誓。渔翁待他发咒完毕，即说了声对不起，将足提开，哈腰双手将艄公扶起，口中说："俺们说过笑过，彼此不打不成相识，打出来的交情，比平常的交情要厚些。来来来，咱们俩握握手吧！"说罢，伸手握着艄公的手，口中又说："俺们同到河边上去，叫他们不要打了。现在是一家哪，还打做什么？"边说边握着艄公，向河岸便走，艄公羞得面红过耳，无精打采地跟着他走到河边上。

这时，那少年渔人正和舟子在水中杀得难解难分。渔翁大呼道：

“呔！大家住手吧，别打了，已经讲和了。”说罢，丢下手，跃到自己的渔船上去。渔人和舟子听得，各将身游泳出了圈外，回转各人的船上。艄公跳到滩上，使劲将小船推到河心里，然后飞身上船。渔翁命后生将船和少年渔人的渔船摇到一处去，大声对少年渔人道：“姚老爷已经答应了，从此不再索各家船户的陋规，也不再做河道上的霸王。这乃是他老人家听从俺的劝解，赏给俺们的面子，俺们应该邀齐各船户，公请他父子吃一桌和事酒席，从此大家可以安然无事。姚老爷的手下，也就从此散伙，俺们就此前往。”边说边又向艄公拱手道：“姚老爷，俺们停会儿见吧！”说罢，笑了笑，跳下水去，将钩镰枪寻着，回上船来，即命后生摇橹，同着少年渔人，将两只渔船向港汊中摇将去了。

艄公父子也跳下水去，将青铜刺篙子寻着，回上小船。舟子问艄公：“怎么轻易就答应了他们？”

艄公叹了口气道：“还说什么？也只得认作晦气。俺父子俩从此回转家乡，隐姓埋名，安分守己地务农为业罢了，还愣在这里做什么？快摇船回去吧！”

舟子闻言，默不作声，拿篙子撑着，开船前行。只听他问道：“爸爸，俺们走了，他们该当怎样呢？”

艄公叹着气道：“蛇无头而不行，俺们一走，他们自然会不解而自散，不了即可了，那还用得着再管问吗？”边说边驾起双桨，将小船摇着向前面港汊内去了。

海川见两下的一天云雾已散，察言观色，知道艄公父子已是服输，从此将霸占汴河的陋规取消，这正是各船户的福气，不由念了句“阿弥陀佛”。那伙计这时放下竹篙，拍着胸口走进舱来道：“好险啊！大和尚怎么并不怕呢？居然还高兴喝彩！幸喜他们两下不曾来和你吹毛求疵，倘或来向你问罪，你是不要紧，可以跑得了的，可是俺们这只船定然逃不出虎口。不是俺说，出门人总以省事为第一要紧，尤其是出家人，与世无争，与人无侮，更不应多事，明明地看见他们在水中死力相扑，怎么还敢多说闲话？真是好大的胆量啊！虽然你师父是位行脚和尚，带着镔铁禅杖、快口戒刀，谅来也是有本事的人，但俺并非小量师父的话，如要和他们对敌，那是万万抵敌不过的啊！”

海川闻言，微微一笑，也不和他分辩，即将手中托着的两支钢镖收在怀内，乘势便假意问他：“方才双方争斗的，是些什么人？”

那伙计回头向舱外望了望，回说：“师父是出家人，当然不能知道，总而言之，都不是什么好人。那小船上的艄公、舟子乃是父子两个，仗着本领，占住这条汴河，自称一霸，订立陋规，手下头目羽党极多，专一和往来船只为难。至于渔船，更是他的吃户，总之无论是客船、货船，哪怕即是官船，以及木排、竹筏，只要从此经过，都得孝敬他的陋规。倘或不瞅不睬，他们便呼啸而至，明白抢掠，或是暗暗从水底下来，凿通了你的船底，使你船舱漏水，沉下河去，或是当夜来偷，闹得你不能安逸。官厅虽然明知，无奈他父子俩的本领极大，又在水内，无论差役们不敢拿他，便是专门巡行河港的舢板以及小炮艇，也不敢来拿他。至于旱上的官兵，那就更不用说了，因此各处船户，凡是从此经过的，都只得孝敬他些规费，图一个目前太平。俺们东家上岸去买东西，去了这么大半天还不曾回来，即是因为要先到他们巢穴里去缴纳规费，所以才耽搁许久不曾回来啊！俺们如不是贪图开封省城有客货交易，如果要单载你大和尚这么一位客，发咒也绝对不肯受你的雇，从此处经过的！你只要看这河道里，除去俺们的船以外，过了这么大半天，不曾有另外第二只船从此经过，即可明白了。

“讲到他父子的姓名，和那渔翁、渔人的来头，凡是驾船为业的，此处无人不知，艄公、舟子爷儿俩乃是秦皇岛人，老子名唤姚老虎，儿子名唤姚德兴，父子俩初时本以驾船为业，后来因跟着别人合伙在海洋中劫掠来往的船只客商，得赚化用，看红了眼，于是遂正式做了海盗，凭着他父子的水性纯熟、武艺精通、力大如牛，因此他父子便在海洋里成了海盗的首领，在关外秦皇岛海湾里居然立下寨栅，凡是往来秦皇岛一带的船户，无不按季到他巢穴里花钱领取通行的符号，方才可以通行无阻。如有一季不去报捐领取，便休想能在关外海岸边通行停泊。但凡有他的符号，在关外海面上，无论什么贵重物品，一点儿也不会损失。倘或有人动了一草一木，只要到他的寨中报告，立刻可以将原物追回，并严办那来惊动偷盗的人，因此人人佩服他的办法严谨，所以都情愿按季去孝敬他些例规，他父子在秦皇岛海湾里总算享福已极。

“近来不知听从他手下何人的计划，设立一所分寨到这汴河里来，也照着在关外的例，向各船户收取陋规。他父子因为初战，不亲自出马，恐怕难以成功，所以父子俩都从关外亲自到这里来主持一切，预备打下江山之后，交付手下头目主持。满谓只要经过一季或是半年，准定可以成功，不料却因收取陋规太琐碎了些，弄得那些渔船怨声满河，便去将他们同业中的两位能人邀请到来给他们保镖，这两位能人便是方才的那个老渔翁和少年打鱼人了。这两人在黄河沿岸、山东德州一带亦是一霸，不过他们的手段比较姚家父子来得文明些，要钱却是择肥而噬，倘或是贪官污吏的官船从他们的汛地走过，非将财帛完全留下，休想安全过去。对于贫苦的船户却肯周济拯救，所以他们的人缘比姚家父子却好得多。他们俩平时在黄河中以打鱼为业，遮掩人家耳目，探听买卖。此番乃是这汴河一带的渔户辗转挽人到德州去将他俩邀请将来的，他俩一来为着同业的义气，二来因恼恨姚家父子太不分彼此、滥索陋规。内河的渔户不比得海洋渔户，岂可受他父子的爪牙敲诈？故此受聘驾舟，赶到这里来和姚家父子决斗，果然给他将此处的一害除去，乃是我辈船户的幸福呢。

“那渔翁名唤来德福，少年渔人名唤瞿大海，他们俩乃是结义兄弟，本领都是超群绝伦，虽然他们的行为颇合着俺常德人说的古时候侠客义士的气派，但是究竟总不是什么好人，脱不了一个水寇名色……”

正说得滔滔若决江河般顺口而出，只听得跳板上脚步响。二人向外看时，原来是船家从岸上回来了，后面跟着一人，帮着他挑着米菜等物，放在船头上，伙家忙出舱去接。船家给了那送的人力钱，打发他走后，命伙家将东西搬到后舱里去，遂命解缆开船，又到后舱去催他浑家炊饭。原来他这船上只用着两个伙计，其余便是他夫妻两个，和他的父亲。这日，他的父亲因为年迈，有些发劳倦，所以睡着不起来。另一个伙计也因感受时气，害着寒热病，也睡着不能起来，所以海川只看见一个伙计。

当时船家在后舱掌着舵，和他老婆说话。他老婆拍着心口，将方才渔翁和姚家父子打架的事告诉她丈夫，并问她丈夫："怎么去了这半天才回来？"

船家道："看见人家打架，就要吓得像小鬼一般了。其实像俺在岸上，听得老王告诉俺的一件事，那才阴惨惨的可怕呢。俺因为买东西，送例规，又在茶坊里和老王喝了几碗茶，听他谈新闻，所以耽搁了许久。"

他老婆忙问他："什么新闻，竟比方才双方厮杀还要可怕？"

船家遂昌言无忌地将老王所说之事完全告诉他老婆，原来是件奸夫谋杀亲夫的事件。海川在前舱听得明白，不由大怒，暗念一声无量佛，立意要去除那凶手奸夫。

毕竟其事如何，请待下回再写。

第九回

鬼祟祟人约黄昏后
喜滋滋月上柳梢头

话说海川独坐在秀舱内，听后舱船家夫妻说话，并看着伙家在前面船舱舷边上撑着竹篙子。只见那河岸向后倒退，知道船行甚速，心中思量："自己乘船，原本是为的要剪除那汴河的一霸，如今姚家父子已被来德福、瞿大海两人制伏。俺乘船的原意已经有人给俺代劳做过了，再乘船已没甚意思，不如到前面埠头时，舍舟登陆比较来得快捷些。以后除去要乘摆渡的地方，偶一乘船之外，决计不再乘船。"心中正在打稿儿，不料耳边厢猛听得后舱船家告诉他老婆，听见老王所说的那件阴惨惨的可怕之事，愈听愈加出神，听到末了，忍不住勃然大怒，要不是方才看渔翁、艄公等水战，大意叫好，几乎生出枝节来。这会儿几乎又要不知不觉地怒骂出声了，因此坚强忍住，打定主意，恨不得立刻便到开封，好上岸去办理此事。

看官，你道船家回来告诉他老婆，老王所说的一件什么事呢？

原来，那老王也是个驾船的舟子，家住开封府西越城内，父母、夫妻、子女，一家共是六口子，倒也是个安乐家庭，他因为受雇在人家船上，驾船为业，所入甚微，家中担负太重，因此往往在人前背后显露出他恼闷愁肠的神态来。新近他被一个朋友蛊惑，说："照你这样贫穷，每日在愁城中过些日子，倒不是像俺一样，做别项买卖，可以大鱼大肉地享受着，过活安闲快乐的日子，常言：'寻死不如闯祸。'你是明白人，难道这一层便意想不到吗？"

老王被他这几句话打动了心，把心一横，决计和他同流合污，因即央求他介绍。那朋友先前原也是做船伙计的，新近不知如何，加入了匪党，充当一名小头目，穿的绸，吃的油，登时快活起来，那“国法”两字，原是他做梦也想不到的。当时老王由他介绍，也入了匪党，奉派专门的给匪中做探子，探听官兵剿捕的消息，以为抵御的准备，并担任调查各地富户人家，以遂劫掠绑票的目标。老王究竟宅心仁厚，干这种杀人不眨眼的买卖，有些拿不下这个意来。他在匪中专一的教匪党规避官兵的方法，从不曾劝过同党，纠合起来，大规模暴动拒敌官兵，对于富贵人家的情形，他便是有所知道，哪怕就是和自己有过仇怨的人家，也从不肯对匪党说知，因此匪党说他无用，将他驱逐出党。他一时要想恢复原状，仍旧做舟子撑船生理，却没有寻处。人家因他曾做过土匪的羽党，见了他都是敬鬼神而远之，哪还有人肯再给他荐生意？

他处于这种环境之下，不得已为衣食所迫，只好又走向盗匪的路上去，恳求他先前介绍入匪党的那个朋友引荐引荐。那朋友狠狠地说了他一大套话，深怪他太没有胆量，可说：“其实现在时世，讲良心是混不到饭吃的，比如做官的，你如做清官，不肯刮削良民、孝敬上司，对不起，好一点儿立刻便要被革职为民，歹一点儿要受一个查办的处分，倘或你肯将良心染黑了，尽量地刮削百姓，只要你会勾结土豪劣绅、巴结上司，保你立刻就可升官发财，这乃是极平常显著的例子。不过做官的比做强盗的名色好听点儿罢了。其实只管要钱，不管人家的性命，何尝不是一样的？”老王只因被生计所困，只好听受他些厌话，当即由那朋友介绍到姚家父子新立的分寨里去，被派充向各船户收取陋规的头目。因为知道他和各船认识的居多，使他征收规费，比较地可以驾轻就熟，容易得多。

老王因为这个差使，比较要他出去一刀一枪恶狠狠地杀人放火来得稳善，故此也就安心任事。做了不满一个月，老王已分得不少的赃银物件。他因惦记着家中父母妻子，遂告假将所得财物亲自送回开封府家中。他恐怕父母、妻子为自己担忧，故此只说是外路做买卖，绝对不曾说实话。

那天他住在家中，因为自己天良不泯，觉得所得财物完全是欺心昧己的东西，不但犯法，而且丧德，因此他在床上竟翻来覆去地睡不着，又兼时光很早，天气又和煦，遂披衣起来，索兴等到倦了再睡。

当时他下床开了房门，走到堂前来，踱了个来回，觉得良心上极其痛苦，百无聊赖，思忖："常言：'只见活人吃肉，哪见死鬼戴枷？'但是俺这会儿良心受着责备，真比死囚犯上法场的时候还要难受。"边想边听见隔壁人家窸窸窣窣的一阵响动，接着又听见一声救命。那声音虽不十分高大，然而凄厉刺耳，听上去似乎被人堵着嘴，很像颇不自然。因此想着："隔壁这家姓贝的，丈夫也在船上做伙计，他的老婆夏氏原系和对巷那个教书的苗先生是有来去的。这会儿救命的声音很像那姓贝的声腔，莫非有什么故事不成？俺既在家想穷心思，反正睡不着，何不出去看看？"因此将窗槅开了，走出天井里到墙边来窃听。紧靠着墙边有一株石榴树，老王遂爬上树去。那堵墙本系泥土和些碎砖瓦砌成的，原不很高，老王爬到树顶上，坐在树丫内，隔壁贝家的情形正看得了如指掌。老王不看则已，一看了，几乎将真魂吓得出窍。

原来隔壁贝家的妇人正和她的奸夫苗先生在房里地板上谋害那姓贝的性命，房间里的短窗本系用纸糊的，那窗槅上的纸因为省钱，年下并不曾重糊，已被小孩子撕破了。这时虽然关着，比不曾关着也不过等于五十步与百步之分，所以老王在树上能够看得清清楚楚。

看官们，从来有四句俗谚，叫作："青竹蛇儿口，黄蜂尾上针，两般皆不毒，最毒淫妇心。"这姓贝的身被惨死，便是应了这四句俗语的末一句。原来姓贝的名忠，受雇在人家船上为伙计，生性事母至孝。当娶夏氏时，他的老母还在世，将夏氏娶回家中后，夫妻们感情在表面上原是很好的，但是在暗地里，夏氏一进门即已生了憎恶丈夫的心思。皆因那夏氏生得体态苗条、姿芳楚楚，真可称为一个美人坯子，平时顾影自怜，未免有些搔首弄姿。在娘家做闺女时，即有些不大安分，她一心原想嫁一个如意郎君，伴侣终老的，无如因为她在娘家的名誉即不甚好听，她的父亲做的又非上等职业，哪能将她高攀得给一个上等人家？又因知道女儿在家的行为不甚好，倘或即嫁得一个上等人家，亦难保不生周折，故此冯媒说合，即将她勉强迁就地嫁给贝忠为妻。

那贝忠自幼因患天花，满面是星罗棋布，成了个大花脸，又贪吃酱油，花疤难落，黑瘢斑点，却丝毫不能褪去，又因在船上执业，日晒风吹，那面皮的黑而且老，和夏氏的白而又嫩，相形之下，当然是天渊之别。当时夏氏进了门，一见丈夫如此丑陋不堪，不由生了厌恶之心，但是已经嫁了他，无可如何，也只得嫁鸡随鸡飞了。贝忠的母亲深恐媳儿不悦，所以对于夏氏总是温言和色，待遇十分客气，差不多的事都是她老人家亲自操作，不使儿媳劳动。贝忠是孝母的人，见娶了媳妇仍旧要老母杵臼亲操，心中老大的不安，每逢回得家来，总是抢先去做。他母亲在暗地里劝他，不可和媳妇争论，免得被人家笑话，因此贝忠顺从母命，对于夏氏只得耐着性气，赔着小心，十二分的温存体贴，故此夏氏虽然不乐，但表面上却得相安无事。虽然她自己很想做一番偷香窃玉、幽期密约的勾当，怎奈婆婆在堂，无隙可乘，娘家又远，不来接又难得归宁，即或有机会回娘家去住几天，一则这里贝忠回来了，乡风习惯，马上就亲到岳家来接，她无可久住；二则她先前在娘家结识过的几个少年小伙子又都风流云散，有的已经授室，有的出门做生意，有的因她已系有夫之妇，都不敢再来叙一叙旧交情，故此她虽回到娘家小住，依然不能使她称心如意，因此她也就死了心，不再想回娘家去了。

不上一年，夏氏怀孕，生下一子，取命汴生，贝忠娘儿俩十分欢喜。如此过了六年，汴生已开蒙上学，甚为聪明，但亦很顽皮。不幸其时贝忠的母亲因为操劳过度，生了疾病，夏氏当然要侍奉汤药，各事劳动，因此她遂如小鸟脱离了樊笼一般，得了自由的机会。往往借着请医赎药和冲茶泡水的机会，到外边去勾勾搭搭，说笑许多时候，方才回家。在她自己，固然能除了胸中郁闷，但是在病人，却大受了影响。因此贝母之病一天重似一天，渐渐不起。等到贝忠回家时，贝母已奄奄一息了。过不两日，贝母即已谢世。

贝忠尽哀成服，终七送殡之后，因为生计关系，不得不上船复业。夏氏在家无拘无束，从此可以放心大胆为所欲为，但是街头巷尾的浮滑少年虽然有几个看得眼红，在背后给她可惜，品头评足的，说一句：

“好一朵鲜花插在牛粪上。”但是却没有敢来她家，实行做入幕之宾、不速之客的勇气。

可巧，夏氏每天送汴生入学，那书房即在她家对过的巷内，先生苗介侯原是个不第秀才，学问虽然很好，但是品行却不大高尚，平素教书，原是他的副业，他的正业乃是专一教唆词讼，包打官司，代写禀单，所以他的正业却是“刀笔”两字。当夏氏初送汴生入学时，苗介侯见了，即暗暗地生羡，腹中沉思：“美妇常伴丑夫眠，这是多么可恨的事啊！”过后夏氏穿着孝服，素装淡抹，俗语说得好：“若要俏，须戴三分孝。”所以妇人浓装虽然好看，总脱不了“俗艳”两字，倘使妇人穿孝，人家定要说她美妙天然，立刻加她个淡雅宜人的考语。那苗介侯原是个色鬼，在书房里见了夏氏的声容笑貌，觉得她的体态、面庞、声音，无一不可人意，更兼那一双雪白粉嫩的纤手，伸出来十指尖尖，如同春葱一般，已足令人魂销，再加上那一双不满三寸的瘦削细小金莲，穿着双雪白不染纤尘的网线弓鞋，俏波波的格外惹人怜爱，真是行一步如临风杨柳，十分的轻盈曼妙。苗介侯看见，不由啧啧称羡，暗说：“如此佳丽，真使我见犹怜。贝忠伧夫，何以能有此艳福消受？唉！真正可惜了。”他既存有怜爱羡慕的心思，少不得要使用他勾魂摄魄的手段。

苗介侯本来年纪不过三十以外，因为衣帛食肉，自幼即培养得好，所以出落得一表人才，看上去好似临风玉树，实真得“俊男”两字。像他这样的人品，正是夏氏意想中欲得的目的物，又值春时苗介侯新近丧偶，悼亡初赋，续弦未娶，所以他见了夏氏，正如一头饿狗，急待啃骨哺饭，别说像夏氏这么一位美妇人，便是比她丑陋几倍的，他也未免要此慰情聊胜于无之想了。

那夏氏嫁他贝忠，原是怨偶，早有另外抱衾与裯之思。初见苗介侯时，因而是教书的先生，不得不尊重些，后来见苗先生对于自己颇露佻达的神态。试想这么一个妇人，当着这么一个男子，哪得不秋波送媚、春山含情、约略流露、正似有意无意之间呢？初时不过眉目示意，逐渐地言语留情，那些读死书的小学生乳牙未退，情窦未开，简直一个个蠢如鹿豕，懂得点儿什么男女的爱欲私情呢？所以任凭他俩言窃语间调情、眉黛间示意，总是丝毫不知。便有几个大学生，能够一知半解的，但是这是先生的事，谁敢在牙缝中道半个是非？不但在书房中怕被戒尺打手心，便是回家去说给他们父母哥嫂听了，他们的父母哥嫂都是胆小怕事的，一齐都戒子弟守口如瓶，不许多言惹祸。更兼那苗先生是个有名的恶讼师，真所谓老虎不吃人，恶名在外，谁敢在背后议论他，遭他的恨呢？故此不曾经过怎样的挑情，苗介侯即已和夏氏由挑逗而发生恋爱。

贝家前后共总只有一进五架梁房子，并无厢房，只有一间灶屋，单门独户，并无同居之人，有何碍手碍脚之处？故此苗介侯得于月上柳梢头，实行他的人约黄昏后，前约贝家去畅所欲为。那汴生乃是个七岁小孩子，白天里顽皮了一天，一到晚饭后，还不是上床就睡？小孩子的心血足，又无有心思担着，谁不是头才靠着枕头即便睡熟的？故此苗介侯晚间到贝家来赴他的幽期密约，一无顾忌。说句笑话，那时除却贝家的门神灶君家宅，以及供养在家中的亡人神主，和天空的过往神明以外，简直无人可以知道。当他俩做他们的鬼祟苟且、恶浊无耻勾当的时候，除去那皎洁的明月照着窗眼儿，射进屋中来偷窥以外，哪还有什么人可以看得见呢？故此苗介侯和夏氏这一对狗男女尽量地可以停眠整宿，畅所欲为。他们起初还稍存顾忌，不过是夜来明去。后来想出一法，由夏氏做主，说汴生的命，瞎子先生排过八字，须要过继给人家，方才能安然长大，不然恐多磨难，于是借此为名，将汴生寄名给苗介侯，两下认作了干亲。由这一来，彼此遂可明白往来，不怕人家说话了。常言道得好："天下的事，只怕不做，不怕不破。"他们俩如此混混账账，焉能瞒得了人？哪消多少时日，早已被人家街谈巷议，十百传千，闹得哪个不知，无人不晓了。

苗、夏二人恋奸情热，别说人家不敢当面指着和尚骂贼秃，便是要讥讪打趣两句，也有些不敢，所以他俩也丝毫不知。便是有好多话传信给他俩听，讨好献殷勤，不认识的人，二人还不是抱着个笑骂由人笑骂，通奸我自为之吗？所以二人一点儿也不畏惧。

逢着贝忠回来时，苗介侯便暂时耐性两天，贝忠出去了，他们又好称心如意地图谋无耻快乐了。久而久之，二人的热度愈久愈高，终以不能做长久正式夫妻为恨事。在苗介侯，此心还觉得稍微冷淡些，但是夏氏却朝思夕想，一心一意地要苗介侯想法。可惜其时的律例，还没有现在时代的文明，未曾订明离婚的条款，所以苗介侯虽然是个刀笔，却无法可以使夏氏控告贝忠，要求和丈夫离婚。只得用温言缓住夏氏，慢慢地想法。

也是合当有事，那日，贝忠在外面不知听着什么快嘴的人闲言，将他老婆和苗介侯怎么长短的事情如数家珍般一五一十地告诉给他听了。那贝忠一向蒙在鼓里的，这会儿听得了，可怜直气得他索索乱抖，面容变色，回得家来，虽然勉强忍着一肚皮气，可是那嘴脸实在有些难看。夏氏究竟做贼心虚，当然要假意询问，因何这般气恼。贝忠被她一问，提起了心事，忍不住哼了一声，望着她狠狠地盯了两眼，可怜他本要辱骂殴打督责老婆的，忽然又临时强自镇定着，一语不发，只说了一个好字。夏氏更觉心疑，也不敢再问。贝忠也不再说，背叉着手，在家中踱来踱去。亏他穷思极想，居然被他想出一个主意，立刻变换了脸色，照旧如常，推说船要开离码头，往别处装货载客，径自离家出门走了。

夏氏等他走后，眼巴巴直到傍晚，亲到书房里去领汴生回家，就便约苗介侯晚间早些来，和她有要紧话谈，苗介侯应声晓得。晚饭后，苗介侯赶到贝家来，笑问夏氏有何话谈。夏氏将丈夫回来出去的神情告诉给他，并说："看上去，大约是哪个天杀的嚼舌根，将你我的秘密告诉给这麻鬼知道了，已经东窗事发。你我该当如何，方才可以得享安全呢？此番他是动身走了，但恐他下次回来，可就定然要生出别项不测的事情了。从来说得好：'虎无伤人意，人有害虎心。'俺们不先处置他，定要给他害死了的。"

苗介侯听罢，心中虽惊，但是毕竟他的心孔儿非常灵敏狠毒，眉头一皱，早已有成竹在胸，微笑着搂过夏氏来，拍着她的酥胸道："好人，你别怕，别说你丈夫是个粗人，便是个精明强干的汉子，也逃不了俺的手掌。只消俺到衙门里稍微花上几文，买通了县官及刑名师爷，和马快头，弄上件人命盗案，轻轻地移到那麻囚身上，立刻可以使他将命断送在祥符县衙门里，这是官的。倘是私的，只消暗暗买通一个杀人不怕血腥气的凶徒，在半路上去刺杀了他，这还是假手于人。如果要隐隐秘秘地无人知晓，只要你辣一辣手，便可轻轻易易将他送往鬼门关去了。”

夏氏忙问：“要自己怎样辣一辣手，可是用毒药吗？”

苗介侯笑着摇摇头：“那可不是笨伯吗？中毒死的人是有凭证的啊！”

毕竟苗介侯使用何计，请待下回再写。

第十回

鲁莽灭裂偾事撄巨祸
冰雪聪明悔过掩前眚

话说夏氏急问苗介侯是不是要自己在食里下毒，害死丈夫。

苗介侯笑道："用毒药杀人，那是笨伯做的事，但凡有眼睛的人，无论是谁，都能看得出破绽，岂非深恐死者没有凭据，特地给他留个记认吗?"

夏氏道："依你说，便该怎么样呢?"

苗介侯道："依俺嘛，只要你……"

刚说到半句，猛听得外面有人敲门。二人大吃一惊，夏氏忙问是谁。外面应道："是俺，快些开门!"

夏氏听见是丈夫的声音，不由吓得面色如土，连忙推开了苗介侯，口中应着"来了!"那两只脚却吓得软了，竟像生了根似的，再也提不起来。边向苗介侯道："怎么好？还不快些躲起来!"

苗介侯也慌道："这便怎么处?"边说边举目四望，看来看去。房里简直无处可躲，格外心中着急，急忙起身跑出房外，一口气跑到后面灶屋背后，躲在柴草堆里，拉了些柴草，将身体遮掩起来，提心吊胆地打着冷战，连一声大气儿也不敢出。

夏氏见他跑向后面，知道他定是躲在柴草堆里，心中略定，那腿脚登时健了，移动莲步，先去屏风后面将往灶间里去的两扇腰门闩好，然后再急匆匆跑到前面天井里，假意连声答应："来了，怎么这般大呼小叫、敲门打户地吓唬人？孩子才哄睡着了，吓醒了孩子事小，将孩子吓坏了，那可就值得多哪！”边咕噜着边按按胸口，伸手去拔闩开门。

只见贝忠吃得酒气熏人、红头赤脸的，同着两个大汉，气吼吼地撞将进来，口中一迭连声地骂道：“好贱人，你在家里忙着些什么来？要故作疑难地歇上这么大半天才来开门?”说着，奔过去，一把揪住夏氏，抡拳要打。

那两个汉子连忙扯住劝道：“大嫂开门稍慢，也是常事，何苦来便要争吵?”又说：“大嫂别动气，大哥多喝了几杯，已经醉了，俺们特地将他送回来的。”边说边扶着贝忠，向屋里便走。

夏氏怀着鬼胎，吓得目瞪口呆，无奈只得先将大门闩上，回身到屋里来，再作道理。

贝忠同二人来到屋里，六只眼睛先将堂前各处仔细看了看，转到屏后，见腰门已经闩着，遂回身先闯进房内。床上床后，以及床肚里、门后屋角，各处都看了一遍，见没有人，遂掌灯跑到对面房里去照看。这房间乃是他母亲在日的卧房，自从他母亲故后，一向空着，无有人住，里面堆置些家用什物。贝忠走到里面，仔细照看，见里面各样东西上的尘土依旧封着，和自己白天在家中的情形丝毫无异，分明不像有人来着，不由咦了一声，回身望着两人道：“这就奇了，俺们且到后面看去。”说罢，回出房来，径到屏风后面来开腰门。说也真巧，腰门开处，刚巧来了阵风，将贝忠手中掌着的灯亮吹熄了。贝忠只得回出堂前来，将堂前桌上的灯亮掌着，再向后面走。走出腰门，后面院落较大，那晚风当然也很大，呼呼吹着，早又将灯亮吹熄了。贝忠同着二人恨极了，不由口中骂着，又反身到前面来寻火刀、火石点烛。本来其时民间点的灯亮乃是豆油灯居多，点蜡烛的尚且无多，因为其时火油灯尚未曾普及各处，至于电灯，那更是没有。火柴亦未曾通行，所以各处人家仍旧使用着火刀、火石等。贝忠灯盏放在桌上，寻着火刀、火石，再寻着根纸吹，叮叮当当地敲动刀石，点燃纸吹，再点上豆油灯。这一来可就很经过了些时辰了。

那苗介侯是何等玲珑的人？他躲在柴堆里，听得开门声、脚步声，心中好不慌张，及听见三人骂风，不由暗暗叫声侥幸。即在此时，他忽然灵机一动，料定他们到前面点灯，须得有些时光，乘此机会，不设法换个地方，定然不妙，于是他急急轻轻推开柴草，从柴堆里跑出来，大胆冒险，移动脚步，掩到他腰门里，屏风后面，腰门的背后。果然贝忠点好灯亮，一径同二人往后面便走，不曾留心到腰门背后角落里有人。

苗介侯等三人进了灶屋，他急急从屏风后面溜到前面，深恐门外有人等候，因此一径躲进那面空房子里，爬伏在贝忠母亲在日睡觉的空床下面去。贝忠等人到后面照看一番，见没有人影子，只得复回到前面来，在前面屋外天井里照看了一会儿，仍旧无有。贝忠便回身进来，将灯放在桌上，又走到天井里，将大门开了，口称："二位请进来坐坐吧！"接着便又有两个汉子从外面进来。贝忠关好门，让二人同到堂前坐下。

夏氏这时见来势虽然汹汹，但所幸苗介侯并未被他们捉着，虽然有些胆寒，但是心中却比前定得多了，故意问丈夫："东寻西找，找些什么？莫非疑心俺在家有什么外遇吗？怪道白天里摆嘴脸给俺看，这会儿又约着许多人家来呢，想是活见鬼了！你是听信何人的言辞？哪个天杀的嚼舌根，要闹得俺们家不和，他好在暗地里看笑话，真好狠毒的计策。你是个忠厚老实人，容易上人家的当，拿着鸡毛当令箭，这是哪个婊子生、娼妇养的人造的谣言？还是你自己忽然无风要起三尺浪？快些说出来！常言：'捉贼拿赃，捉奸拿双。'你无缘无故地领着许多闲人跑回来，大惊小怪地开口骂人，你如不还出俺个明白的道理来，俺可是不依的。须知俺也不是什么省油灯，俺今晚不和你说什么，等到明儿白天里，将公亲、族长、邻居请了来，大家评评这个理。"说罢，竟坐在房门口的椅子上，妈天爷地地放声大哭起来。

贝忠是个没主意的人，被她这一哭，又因没有捉着证据，不由慌了，呆坐着一言不发。反是他同来的几个朋友起身开口打圆场，一齐推说道："大哥喝醉了酒，俺们深恐他在路上闯祸，所以特地送他回来安息。本预备送他进了门，俺们就走的，所以留二人在外面不曾进来。不料到大哥酒醉不醒，走进来便各处照看，俺们因恐他跌了，所以不能就走，只得在他前后照应着，等到停会儿，贝大哥酒醒了，他定然就得自知理屈。大嫂平平气，可别伤心，常言‘官长尚得让醉汉’，因为吃醉了的人，总有些酒后无德、神志不清、颠颠倒倒的，大嫂且服侍他安息，有话明儿白天里也好说。俺们明儿叫他给大嫂赔话就是了，大嫂可别多心，将侄儿吵醒了，小孩子吓不起，看在孩子面上，有什么话且待明儿再说吧！”边说边回身来扶起贝忠，将他扯扯拉拉地送进房去道：“大哥醉了，这里已到了家了，早些安息吧，明儿一早船就要开的。”边说边由一人掌灯，将他推送到床上去睡下，说声：“大哥明儿会。”即掌灯回身走出房来，劝说：“大嫂别着气，是俺们不好，多劝大哥喝了几杯酒，不料大哥即醉了。如今时候不早了，大嫂也安息吧，惊吵大嫂，请大嫂省几句，不要再说什么了，请关门吧！”说着，四人一窝蜂也似的走出天井，开大门走了。

夏氏拭着眼泪，本想将苗介侯放走了再关大门的，究竟心虚，深恐丈夫听见，反而不美，遂先去闩好大门。回身进来，又将堂前的窗槅也关上了，即便掌灯进房，闩好房门，且不安睡，却只管坐在临窗的凳子上掩面啜泣。

原来贝忠在白天里想出这条计策，推说开船动身，却并不曾走。回到船上，和四个同船的伙伴说知，请他们帮助自己捉奸。四人都说：“倘或捉不着，反而不妙，应得想个预防的法子才好。”

贝忠道：“俺们多喝几杯酒，一则好壮壮胆，二则你们好推说送俺回去，捉不着也好推在‘醉’字份儿上。”

四人齐声赞叹妙计。商量停当，于是早早吃了晚饭，一同进城，先到苗介侯家巷口，由一个船上伙伴到他家去敲门问询，苗先生在不在家，口称要请他做张禀单。苗家的人开门出来，见是个船伙计，真个当作要做禀单打官司，遂说：“先生不在家，请你明儿白天来吧！”

伙计道：“俺这件事很要紧，先生停会儿可回来吗？如其回来，俺便打个转身再来吧！”

家人回说：“先生今儿不回来了，你还是明儿早些来吧！”

船伙计回身走到巷外，告诉了贝忠。五人同到对过巷内的自家门口，约定贝忠领二人进去，留二人在门外把守，以防奸夫脱逃。于是贝忠上前敲门，进去搜寻了半天，不料只落得“白忙”二字。此时和衣睡倒在床上，一时竟懵懂起来，自悔不该孟浪，本来苗先生和她有没有来去，又不曾亲自见着，如今这一闹，反而弄僵了。“别说不曾捉着，由得她嘴犟；便是捉着了，她预备将脸抓破了，不顾一切，索兴和俺大闹，论起法度来，她原不过只有监禁的罪，俺最多将她休退，她依然可以嫁人，反而可以使她称心满意。俺到底仍旧落了个人财两空，怪不得一班文人咬文嚼字地说起来，总是说‘量小非君子，无毒不丈夫’呢！”想到此，不由悔恨交并，更听见夏氏嘤嘤的哭声，格外觉着难受。转念一动，忽然得了个主意：“俺不如暂且忍耐，明儿绝早即便起身上船，等到下次回来时，暗暗调查清楚，立逼着她跟随自己动身，她如不走，俺即用狠毒的手段，半夜里将她刺死。倘或能连苗介侯一齐捉住，便将两人一同处置，死后到官自首。俺素常听人言，杀奸自首，罪从减等，俺只消预备坐几年长牢，总可以出来。那时俺岂非仍旧可以立身自活？”再一想：“不妙，杀奸自首，虽然没有死罪，但是儿子尚小，无人照应，岂非难事？况且儿子将来长大成人，给人家谈论起来，他的娘是怎样怎样地被杀，叫这孩子的脸面将何以为情呢（编者按：世之妇女不贞，及离婚者，倘转念及此，其良心痛苦将何如乎）？怪不得人家常说‘虽孝子慈孙，百世不能盖其愆尤’，跨灶干蛊，是极难的事啊！”

贝忠想到此处，望望熟睡在床头前的儿子，忍不住长叹一声：“唉！”那眼泪竟如断线珍珠般扑簌簌地直落下来。因这一转念，遂想出个良好的方法：“决计暂时隐忍，将家眷搬到外方去住，自己索兴将祖遗的一份小小家业完全变卖了，到外路地方去开设一爿小店铺，改行做小本经纪，自己监守在面前，老婆纵然要出花样儿，也难于施展了。过得几年，儿子大了，她的年纪也老了，那时还要以颜色招引游蜂浪蝶，休说不便利，而且也难得人家的爱了。”想来想去，决计采用此法，并且用温婉的手段从缓细劝老婆，给自己及儿子着想，庶几可以使她的野心潜移默化。

贝忠想出这“愚者千虑，必有一得”的方法来，心中略定，叹了口气，拭干眼泪，起身将衣服脱去，即便盖被安睡。毕竟他是在船上做粗活儿的人，终日劳动，一到晚间，已经疲倦，所以极易睡得熟。哪消半个时辰，已是呼呼打鼾。

夏氏哭了一会儿，这本是她撒娇撒泼的手段，欺负丈夫无能，故意借此一哭，好洗清身体，并可治治丈夫，使他下次不敢再来侵犯自己，这原是淫荡妇女的常态。及见丈夫已经睡熟，心中一动，忽然生了杀心，悄悄将房门开了，点燃了堂屋里的灯，跑到对房去，将苗介侯唤将出来。

苗介侯见说贝忠已睡，慌忙要想乘此回去，并说："照此情形，实在危险，俺们以后还是断却来往吧！"

这原是他惊魂甫定的实心话，可是那妇人听得此言，觉得竟像生离死别一般的伤心，那泪珠儿直滚，只说了句："苗先生，你真好狠心，难道竟舍得吗？"即已扑倒在苗介侯的怀里。

看官们须知，妇人家的眼泪乃是无价之宝，无论怎样铁石心肠的男子，只消妇人对着他掩面悲啼，立刻可以使他软化，假如是已有过恋爱关系的，那就更加厉害。这种景况，凡是涉猎情场的人，大概都很能明白吧。

当时苗介侯被夏氏这一哭，那要走的心立刻变作温慰的心，回肠荡气，那两眼的泪珠儿也不知是从何而出，点点滴滴，竟将夏氏的粉颈衣肩湿了一大片。抚摸着夏氏，很想用一番言辞来安慰她，无如方寸已乱，要想说几句体己的热情话，竟一句也说不出来。只说了几句："好人，你别伤心，这也是无法的事啊！俺何尝舍得你呢？你别再哭了，将他哭醒了，可不是要的，放了俺走吧，有话明儿设法再谈吧！"说罢要走。

夏氏一把扯住道："你别走，俺有话说呢！你说没有法子，俺却有个法子，常言'打人不如先下手'，他这会儿睡着了，正如死猪一般，一会儿绝不会醒。俺们与其等他醒了来处置俺们，不如俺们先动手将他结果了，俺们便可做长久夫妻，急得这般提心吊胆，夜宿晓行，偷偷摸摸地不能安闲自在，你看怎么样？"

苗介侯沉吟道："杀人须要偿命，不是儿戏的事，还是再讲吧！"

夏氏急道：“你怎这般没胆子？堂堂男儿汉，竟这般没有主张，你这会儿走了事小，他半夜里醒来，如果一时性起，将俺先杀死了，那时可怎么办？你既不依俺，俺反正迟早都是死，俺与其死在他手里，还不如死在你面前来得情愿些。好好好，你以为一走便可了事吗？俺不死则已，要死也要死到你家中去。说句总话，俺早已决心对你说过不止一次了，活着是苗家人，死去是苗家鬼。你不答应，也得答应。”说罢，两手使劲死命地将苗介侯扯着，说：“果真不依俺，俺就先大声嚷叫，将他嚷醒了，俺们要死一齐死吧！”

苗介侯被夏氏这么一要挟，哪还能再打得定主意？说：“你别嚷，俺依你就是了，你不如开门同俺一齐逃走也就得了，何苦定要杀死了他呢？”

夏氏急道：“亏你做刀笔的人说出这般脓包不值价的话来，难道你连斩草不除根的话也不明白吗？”

苗介侯被她一哭一扯，早已乱了主意。况且被情丝束缚着，哪还能想得出什么摆脱的方法？只得说：“好好好，怎说怎好，俺一切都依你。他是一个虎一般的男子，你要处置他，却用什么手段呢？”

夏氏想了想道：“这个容易，他现在睡熟像死猪一般，俺们家中有的是粗绳子，非常牢结，原是他船上背纤用的。俺们将绳子打成活结，给他手、足、头、颈套上，使劲一抽，他不动还好，如其挣扎，那活结愈抽愈紧，立刻可以使他丧命。他家五服之内的近亲已都死得净绝，纵有几个，也都住在远方外省，平素连音信也不通，还有谁来给他申冤理屈？那时俺们再从长计，或由俺娘家出面再醮，或即由俺自主，用招夫养子的名义，将你招赘在家，成为天长地久的正式夫妻，可不是好吗？怕什么呀！”

苗介侯听罢，即说：“很好，绳子呢？快些拿出来，趁早动手吧！”

夏氏扯着他，走到空房里，摸索着拿了船上背纤的粗麻绳，同走到堂前，在灯下将绳子活结打好。夏氏拉了苗介侯的手，悄悄走进房来，命苗介侯拿着绳子，掩在床头前帐子外面那往床后去的维桶巷里，自己走到床前，推了推帐子，低低唤了他两声，看他醒还未醒。

贝忠正睡在酣熟的当儿，丝毫不曾理会。夏氏见他睡得沉迷，不由大喜，向苗介侯招招手，接过绳子，先轻轻揭开被，抬起贝忠的两手套好，又将双足也套在活结内，这才将头套在绳子里。经过这番动作，贝忠已被惊醒，双目一张，见二人立在面前，不由大怒，刚要发作。二人见他醒了，哪敢怠慢？竭尽平生之力将绳子一抽，贝忠挣扎呼救时，那绳子已是抽得紧紧的了。可怜他从床上一挣扎，直滚到床下来，口中只嚷得一声“救命!”嗓子被勒着，已不能出声儿。

夏氏深恐他再嚷得出声音，伸手扯下床上的被，扔在贝忠的头上，一屁股向被上一坐。可怜贝忠虎一般的汉子，下身只滚得几滚，已不能挣扎，直挺挺死在地下了。这么一番响动，已将汴生惊醒，哭将起来。夏氏命苗介侯坐在贝忠的头上，自去床上拍着汴生，哄他睡觉。

一会儿，汴生睡熟了，夏氏下床，命苗介侯起来，揭去被。可怜贝忠双目凸出，面皮紫涨，青筋暴露，舌头伸出口外，鼻孔口边流出鲜血来，那景况实在惨人。

老王在隔壁树上，从短窗槅里看进去，灯光照耀，看得清清楚楚，不由吓得魂飞胆落，哪还敢再向下瞧？早从树丫上溜下来，一口气跑回自己房内，和衣钻进被内，蒙头盖面地睡在老婆的脚头，吓得胸口扑扑地跳，心惊胆战地连气都不敢大大透出。可怜他愈想愈怕，愈怕愈睡不着。好容易睡到敲打四更，方才睡熟，可煞作怪，不知如何，心中一惊，忽然又吓醒了。

毕竟老王醒后，如何成为大侠，请待下回再续。

第十一回

具揭谛心悬崖勒马
秉真如念苦海回头

话说老王虽然未曾受过几年教育，但是天性至孝、忠厚诚实，因为受着经济压迫误入歧途，万般无奈，才二次加入盗党。这夜因受着良心责备，睡不安枕，下床踱步，又突闻隔壁贝忠呼救之声，从石榴树上窥看贝忠的惨死情状，吓得他躲在被内，连大气儿也不敢出。

睡到四更以后，方才入梦，不料陡然一惊，忽地又从睡梦中惊醒回来，那颗忠厚仁慈的心兀的在胸膛里忐忑跳个不住。这时愈想愈怕，格外地不能睡得着。蒙头躲在被里，好容易耳边厢听得外面鸡声喔喔，知道天光明亮了，那心中的恐惧方才稍减。壮着胆子，伸头到被外来张望，不由自己失笑。原来方才因为吓得慌，不但灯未吹熄，房门也未曾关，帐门也未曾放下。联想到堂前的窗槅也不曾关，灯也点了一夜。

看看天已明亮，胆子不由壮了起来，遂起身下床，走出房去，将灯盏吹熄，进房又将灯吹灭，脱去衣服，重复进被安睡。他老婆被他惊醒了，问他："到哪里去来？怎么天亮了还不曾睡？"

老王含糊应着，说："适才起身出恭，并不曾往别处去过。"他老婆也不再问。

过了一会儿，天光大亮，老王心神已定，遂酣然入睡。他的父母妻子先后陆续起来，同时只听得隔壁贝家哭声震耳，口口声声，哭着亲人。不多时，便见贝忠的浑家夏氏领着儿子汴生到四邻各家先来叩头报丧，请邻舍去帮忙。说是丈夫昨夜由外面回来，忽发急痧，延医不及，天未明亮，即已死了。说罢，痛哭流涕。人家虽然疑心，但因惧怯那苗介侯是个虎而冠的歹人，平素无孔儿还要想找孔儿，何况你去找他？况且人命关天，岂是轻易可以胡乱说得的？故此大家只有搁在肚里，始终无人敢大胆出口。

当日老王一觉醒来，已是日将近午，他老婆将贝忠半夜发急痧死，夏氏母子来报丧请邻舍帮忙，家中二老都已去帮同内外照应的话说了，又说："你既在家，也应该去磕个头，奔丧致唁，乃是分内应为之事，别被人家说俺们不懂得丧礼。"

老王听罢，猛又想起昨夜亲见之事，不由吓得面色纸白，急忙回道："不去也没甚要紧，俺父母都已去了，俺何必再去，这不简直成为亲家母拜家堂，多此一礼吗？况且怪可怕的，俺不去。"说罢，那头上的汗珠儿不知不觉地竟流露出来。

他老婆见他陡然吓得面容变色，推却不去，哪还敢再说？

老王洗漱后，便用午饭，在家中帮着老婆操作，收拾打扫，闲暇即逗着小孩儿玩笑。因见天色将晚，家中各事已毕，思量在家已无甚事，汴河机关里收陋规的伙伴人少，在家多耽搁无甚趣味，遂和老婆说知，打算明儿动身，命老婆："到隔壁去请父母双老回来，年迈力衰的人哪有精神帮同人家熬更守夜？"他老婆领了言语，即到隔壁贝家去将翁、姑二老请回家中。

二老回得家来，闲言中说及，"贝忠忽急发痧身死，太觉蹊跷。别的不讲，但讲他口张眼开，便非病死的神态，可怜死者无有大力的亲族能够出来给他申个理屈。至于闲人，谁肯多管闲事？没的羊肉不曾吃着，先惹着一身臊。"

老王听他父母的谈论，陡又想起昨夜目睹的情状，不禁打了个冷战，有些胆寒毛战起来，当即首先进房，脱衣安睡。在床上翻来覆去，思前想后，忽然大觉大悟，觉得贝忠的死无人给他申冤，细想起来："世间屈死的人断乎不止贝忠一人。那凶手也绝对再没有比苗介侯和夏氏二人格外狠毒的。照此推查，倘都要凭王法去处治他们，国法徇情，也不知世间要有许许多多漏网的凶手；若凭着报应，那可更觉得渺渺茫茫。虽然常言‘善恶到头终有报，只争来早与来迟’，俺想那报应得早的，眼前报应，方可以警世醒俗，倘或报应得晚了，知道他们先前景事的人已少，虽有报应，终究不及速报为直截痛快。”老王想到此处，因又转念想着：“王法虽然无私，然而法律条文尽可活用，花钱即可买命，无钱总是败诉。好像法律这件东西，完全是为着富人而设的，怪不得俗语尝说‘小小衙门朝南开，有理无钱莫进来’，照此看去，国法还不及盗中规则来得严肃整齐。现在各处新组织秘密社会团体，谁不是戒律严整，执行戒律亦毫不徇情，不像国法可以随意出入，似此‘盗亦有盗’的一句话，确乎是颠扑不破的了。照此想来，官场的狠毒，竟比那杀人放火的强盗不分什么彼此了。俺老王身居盗窟，觉得他们打家劫舍，平日的行为已属罪在不赦，然而比较借着官场幌子，草菅人命，和像苗介侯、夏氏等一类奸淫人物却要强得多了。总而言之，都不是些好人，最好能够像古代的侠客义士，专地一给人间打不平，虽然亦是杀人犯法，但却可称为替天行道。可惜俺不善武技，倘俺有侠客义士那般的本领，昨夜见着的事早就要给贝忠报了仇了！”

老王想来想去，豁然心胸开朗，彻底觉悟，细忖：“那古代的侠客义士并非天生成功的，出娘胎胞，何尝会得拳棒？都是后来刻苦练成的独到本领。俺老王一般也是人，何妨乘此拜访名师，练习武艺，等到武艺完成，那时即可替世间打尽许多不平。本来做强盗非俺本愿，只为环境所迫，感受着经济痛苦，方才流入盗党。俺如今正好急流勇退，勒马悬崖，改过迁善。好在俺在汴河主管的乃是收取陋规，每在收入很觉可观，俺只消给他个大卷包，送回家中，自己即便改容易服，出门求师习艺。反正姚家父子们所收的规费统属不义之财，俺将他卷回家中使用，虽然亦属不义，然而悖而入者亦悖而出，乃是天理循环，应有的果报。”老王既将主意想定，登时恐惧全无，立刻安然酣睡。

次日起来，辞家动身，复回汴河的机关里，管理银钱事务。他此番是存心来做大卷包的，所以各事格外巴结，仔细留意，暗暗将现银收集，预备逃走。

那日在街坊茶肆里碰着海川雇乘的那个船家，船家给老王道贺，说："你现在穿绸吃油，每日看得见白花花的银子，比俺们在船上冒风浪雨日挣几个血汗钱容易得多了。"

老王闻言，叹了口气道："朋友，这买卖哪配俺们做？左不过是无法营生，才只得铤而走险罢了。你看俺在此，大碗吃酒肉，大秤分金银，似乎很得意。其实俺精神上的痛苦真是无可言状，只好混一天算两个半天罢了。在船上做生意，虽然辛苦，但是良心上却很可得到安慰，在俺看起来，还是彼胜于此呢！"

船家道："话虽如此，究竟现在时势不比从前，像你在此，虽说良心不安，然而比先前你在别处借道栖身时总该要好些了。因为你的胆子小，俺是素知道。现在你只管收钱，其余都不要你问，谅该总可不劳而获了吧！"

老王道："究竟这个营生非是久计，提说了俺的胆小，俺倒又想起一件事来了。在前俺总以为做强盗的杀人不怕血腥气，是再狠毒没有的了。哪知狠毒的人比强盗还要加倍的竟有，这真叫作千闻不如一见啊！"

船家道："王哥，此话从何说起？"

老王道："俺说此言乃是亲目所睹，况且提起此人，和你亦是相识。"

于是将自己此番回去，亲见夏氏同奸夫谋毙贝忠的情形告知船家，并说："你想，这奸夫、淫妇两口子都不是做强盗的，外表上看去，一个是文绉绉的书生，一个是娇滴滴的妇人，平常看见蛇虫百脚都得装模作样，吓上一大跳的，谁知他们在背地里做起凶手来，竟比强盗杀人放火还要加一倍的厉害。俺当夜给他吓得一夜不曾睡得着，如今回想起来，还有些余惊未已呢！"

船家见他说得有声有色，也兀自吃惊，遂说："贝忠为人一生忠厚，如何反遭恶死？真要怨怪苍天没生眼睛了。可恨俺们不是他的近亲，人命不比儿戏，无从多事。更可恨无有钱财势力，便想多事，也有些不能。倘如俺们有大势力，准定给他申一回冤屈方才显得出天理昭彰，不使那奸淫漏网。"

老王笑道："要给贝忠报此仇恨，除非马上就有什么书本儿上和古老相传的，像古代的侠客义士等一流人物方才可以成功，否则像俺们虽然给他义愤填膺，究竟无拳无勇，还不是只好空发一回恨罢了！”正说着话，却见从外面匆匆走来一人，到老王面前，咬了个耳朵。

老王面色陡变，即刻立起来，给了茶钱，对船家道：“俺们再见吧！”

船家见他神色大异，忙问他何事惊慌。老王伸颈弯腰，凑到船家的耳边，低声道：“这里的分寨现在被德州来的前个道中朋友将姚老虎父子俩杀败了，他父子俩传下命令，立刻就要撤销，着俺们大家各散，所以俺立刻就要回去。俺们改日再见吧！”说罢，向船家拱拱手，同着来人，匆匆走出茶馆，往他们的机关里去了。

老王此番从家中到此，原是存心卷款潜逃的，得此机会，岂肯错过？当时回到机关里，和众兄弟见着，即用言语将大众稳住，说：“一切银钱向来俺每日总是缴解到姚头儿那里去，如今他老人家吩咐俺们各散，俺们应得商量善后办法，还是到老人家那里去领一笔款子来，大家表分再散；还是一齐随从他老人家同到秦皇岛总寨里去？”

大家派人将他请来，原是想的钱，见他说钱都在头儿那里，一齐着急，皆因大家素知老王是个忠厚老实人，向来不曾扯过谎，所以丝毫不曾疑心，当即同说：“老王，你这会儿可急速到头儿船上去，向他说明俺们弟兄的难处，请他派些给俺们。俺们好大家分散。秦皇岛远在关外，大远的俺们去也犯不着。”

老王巴不得他们说这一声，立即答应，说：“各位可在此等着，俺马上就去。”说罢，别了大众，匆匆出了机关，悄悄先回转自己的下处里，将所有收集的银钱物件收拾停当，立刻动身上路，不分昼夜地飞速赶往开封城里家中，将所有财物完全交付给父母。吩咐老婆几句话，命她好生在家服侍双亲，自己跟着朋友出远门去做买卖：“倘若有人来寻问，就说不曾回来过，切切不可说曾经回过家。俺到到何处，当即捎信回来。家中门户，务必小心。”吩咐毕后，即刻忙着拜别双亲，动身绕路往登封县嵩山少林寺去，叩见代理方丈海慧和尚，恳求收为门徒。

这主意本是老王在上次离家到汴河去的时候即已打定的，因为久知少林寺的拳法乃是海内的正宗，传授出来的能人极多。自己既从大智慧中感觉到应该悬崖勒马，急速从苦海回头，因此才具有大愿力、菩提心，抱着练成绝技、普济世人，当然要乘着至诚的我佛如来的真慈悲念，往少林寺去学艺，方才可以成功。所以他卷款回家，即动身往少林寺来，这皆因成竹在胸，才能举止坚定。

话分两头，且说当日那船家得到汴河匪党机关撤销的喜信，很高兴地将米柴等物买好，回转船上。因为给他老婆一咕噜，怨他上岸好久不回来，害得人家在船上担受惊吓。船家因问她："因何害怕？"

他浑家将姚老虎父子和来、瞿二渔人在水中决斗的经过情形说知，说罢，按着胸口道："你摸摸看，俺的心，直到这会儿还兀自跳荡不定呢！"

船家笑道："白天里明枪交战，算得什么可怕？俺方才听见老王告诉俺的一件事，那才真正可怕呢！"

于是将贝忠惨死的事告诉他老婆，并说："在半夜里，像这般情形，倘或给你看见了，不知还要害怕到什么程度呢！"

他们夫妻在后舱谈心，原是说的闲文，却不曾防到海川是位有心人，不啻一位未曾装金的活阿罗汉。当时给他听见，记在心头，恨不得立刻船抵开封省城，马上到岸上去给那屈死的贝忠报却此仇。因此坐在船中，盘算抵开封后，如何着手。想定办法后，船上已是开饭。海川用罢素饭，问伙计："前行的路程，还要经过多少时候才能到开封埠头？"

伙计回："大师父，不必心焦，俺们要赶到省城装货载客。再加上同伴有人病着，沿途没有好大夫，也得到省城上岸去诊治服药，比大师父还要紧呢！俺们今儿夜里也要开船，并不停船。俺们是空船，行驶得快，沿路卡子没有耽搁。你放心，明儿饭后，准可赶得到省城码头。"海川闻言心喜。

到了次日午后，果然船抵开封码头。究竟省城是大去处，客货多，那海岸码头一带停泊着的船一艘靠着一艘，密密层层的不知其数，那高竖在各船上的桅杆远远望去，好像一座枯树无枝叶的树林，那岸上的行人往来如穿梭般络绎不绝，挑抬扛的苦力伙役，上货下货，搬行李，一片声打着口号，哼着无调山歌，不绝于耳。繁盛热闹的景况，真非沿途各码头可及。

海川当将船上的账目付清，又谢给伙计些酒钱，挑起自己的行囊，径自上岸，一路问到城内大相国寺去挂单。

那大相国寺乃是所大丛林，在河南省境内亦系有名的庙宇，而且是座古刹，颇有些古迹在内。今古名人题赠的诗词、画的山水鱼鸟花卉等墨宝真迹也颇多，故此寺内不仅进香的善男子、信女人很众，就是从外方慕名来游玩的游客也很多，逐日价真可称作冠盖相望，仕女如云。

海川到得大相国寺，径行投往知客堂内，和本寺的知客僧厮见，彼此互道法名，才知那知客名唤妙乘。海川当从身边取出少林寺的度牒，并将本人的历略告知。妙乘见他是从少林寺来的，本来大丛林和少林寺原是互通声气的居多，所以妙乘对于海川的法名亦系素知，只恨闻名未曾一见。此刻见着，当然殷勤招待，立命小沙弥到后面客师房内收拾一间净室，请海川下榻，并命香火，将海川的行囊挑送到后面去。海川的行囊原不重，可是那铁禅杖分量极其可观，香火奉命来挑，压得肩头火辣辣地生疼，使尽平生气力，方才勉强挑送到后面净室里去。妙乘亲自陪伴着，让海川到净室里去，陪着说了些闲话，吩咐沙弥好生伺候，方才回到知客堂去。

海川在净室里洗面沐手涤足，更换过衣服，请小沙弥引导，到前后各殿去焚香礼拜，诵过佛号，又到知客堂内请妙乘陪着往本寺各执事僧人那里去引见过，方才谢了妙乘，回净室休息。

次日清早，海川用过早斋后，径行问到祥符县衙门，在左近寻了爿茶馆泡茶坐下，询问茶博士："那刀笔先生苗介侯的住址在何处？"

原本衙门左近的茶坊饭店客栈进出的顾客大半是打官司、完钱粮的人居多，所以茶博士能够知道那些善撰单状子等讼师的地址，因为他们平时都有联络的关系。当时茶博士见和尚问苗介侯，即说："大师父寻苗先生，有何贵干呢？难道出家人不惹红尘的，也要和人家打官司吗？"

海川笑回："和尚虽然出家，但还居住在寺院内修持，并非已真和人世隔绝，专能真个将烦恼祛除净尽呢！俺找苗先生，正是为着要和人打官司啊!”

茶博士也笑道:“苗先生家住西门越城内左首那条小胡同儿里,你还是亲自上门找他去,还是着俺们这里的人请去?”

海川心知这是茶博士兜生意,希望些利益,便说:“你们这里有人认识,那是再好也没有,就烦你去唤个人来,陪着俺同去,酒钱俺自多给些。”

茶博士见他开口即许愿心,便说:“很好,请你等一会儿,俺给你招呼一个人同去。”说罢,往别座上去了。

海川喝茶,坐了一会儿,茶博士招呼一个伙家过来,说:“大师父,你可跟着他同去。”

海川说:“好!”随口谢了他,即掏腰给了茶钱,另又多给他些酒钱,便同着那伙计走出茶坊,径往西越城来。转弯抹角,不多时,已由那伙家伴领到苗介侯家书房门前,前后同行到里面。恰巧苗介侯正在那里命学生背书,伙家走到他面前,尊声:“苗先生!”苗介侯原和他常见的,即说:“小李,有什么事?”

伙家将海川一指道:“这位师父要请先生有事呢!”

苗介侯见小李身后立着个和尚,正望着自己,遂起身招呼,让到书房对面客座里去坐地。海川先谢过伙家,给他些车力酒钱,打发他回去,即和苗介侯合十行礼,口称:“师父久仰苗先生的大名,渴欲一见,只恨无有机缘。今日特地造府奉谒,有些小事奉烦,不料有扰教坛,请勿见罪。”

苗介侯口中谦逊,边让海川请坐,边请问海川的上下,何事下顾。

毕竟海川怎样和他开场,请待下回再写。

第十二回

诛奸淫碧血溅衾枕
论拳技豪气干云霄

话说海川见问，回说："贫僧法名觉空，在洛阳府属高桥镇地方千佛寺出家，此来因为师弟悟空霸占寺产，无端将贫僧摈在寺外，居然自为住持。因为其时贫僧往朝南海，将寺中事务完全托他管理，不料他乘此机会，竟敢窃据自雄。贫僧当即在本府控告，岂知悟空寺产财权在手，竭力花费运动本地绅董，孝敬官府，因此贫僧败诉。贫僧心有不甘，特地进省，意欲上控，打听得先生笔大如椽，故此特来拜访先生，请先生鼎力帮忙。但愿得能胜诉，贫僧回寺住持，对于先生的酬谢，绝对不敢稍有短少，定当格外从丰。"

苗介侯见和尚为争夺庙产及住持职权兴讼，败诉进省上控，要自己给他设法。此乃一件最好的生意经络，进益方面，有绝大的希望，不由大喜，暗说："怪不得方才喜鹊在书房屋上望着自己叫个不休呢，原来果有应验。"边忖边说："觉空师，此事虽有法想，可事很为难办，因为你在当地已经败诉，县府两审都已经过，省里的官司虽有可将全案推翻的希望，但是官官相护，亦系常事。况且悟空有的是财权，从来钱能通神，尤其是打官司，格外非钱不可。师父是明达高僧，当然对于这一层已有准备，不知师父进省来时，可曾预先下有决心？"

海川回说："苗先生言之有理，贫僧此来，早已下有决心，不论花钱多少，务要将官司打赢，完全抱的出气宗旨。该用多少，请先生吩咐，无有不竭力供应。"

苗介侯闻言，满面堆下笑容道：“只要师父有决心，那就好办了。因为官场虽然习惯上颇多官官相护，但是看在银钱面上，也只好破例，所以有了银子，官司就有胜诉的希望了。现在第一步，运动从差役师爷起，直至本官止，这笔款子就很可观。因为第一次不给他们吃饱了，事情就不好办，反而弄巧成拙，完全落空，不知第一次师父肯花费多少？”

海川略一思索，即回问：“苗先生，不拘多寡，贫僧都可应诺，大约一万银子，总可使他们满意了吧！”

苗介侯见他开口便是一万，不由心惊，暗说：“这和尚的胃口好大，莫非千佛寺的寺产极其富厚吗？不然，他怎么肯出偌大的运动费呢？”

边忖边回说：“大和尚，第一次花费一万，计算起来，也可勉强足够了。”

海川听罢，不禁心中暗暗好笑：“这讼师好恶心，一万银子还说勉强，难道还要花上几十万才可以胜诉吗？”

正在思维，苗介侯又接着问道：“大和尚，这递禀单和投禀单的费用还不在内呢。”

海川点头应道：“那是自然，另当重谢。”

苗介侯见他百依百诺，觉得这件买卖太顺手了，不由动疑。即说：“大和尚，既要做状子，可曾将以前在洛阳县府两衙递的禀词原稿，和悟空方面递的状子，以及府县官的批文，一切本案经过的文件，完全带来吗？”

海川道：“当然完全带来。”

苗介侯道：“大和尚可带在身边吗？”

海川回说：“搁在下处里，未曾带在身边，停会儿苗先生放了学，贫僧晚间再来奉看。那时请苗先生过目后，再行动手吧！”

苗介侯即问：“大和尚寓在何处呢？”

海川适才入县衙街前走来，看见一爿客店，招牌唤作鼎升，因即随口回道：“住在县前鼎升客店三号上房里，此刻苗先生功课要紧，贫僧晚间再来吧！”

苗介侯沉吟道：“大和尚最好在晚饭前来，不嫌怠慢，可到寒舍用素饭。因为晚饭后，俺另外有约，恐怕不能恭候。”

海川腹中有数，料定他是要到贝忠家内去寻欢作乐，暗暗好笑。当即应声遵命，立起身来告辞。苗介侯直送至门外，方才回进书房，仍旧令学生背书。

海川走出苗家这边的小胡同，一径走到对面的小胡同里面去，访问贝忠的家，在胡同里第几家，有人告诉他：“走过去三家，门口有白纸贴着的那家人家便是。”

海川谢过指引之人，走到贝宅门外，仔细望了望，认明暗记，即上前敲门。里面应声开门，走出一个年轻貌美、身穿缟素的妇人，娉娉婷婷，十分妖冶。只见她娇声问道：“和尚到此何事？可是从关帝庙来的吗？”

海川见说，随机应变，即说：“正是从关帝庙来的。”

那妇人正是夏氏，当即让师父进内。海川跟着她走进去，才知进门却是天井，天井过去，即是正宅。仔细探望着，正宅堂前，供着灵案。

夏氏让海川坐下，便说：“师父，上次烦劳各位师父来放焰口，经钱尚未奉上，皆因一时不便。今儿又劳师父法驾到此，舍下却又没有，等明儿着人送到宝刹吧！”

海川原是随口应答，见说，即回称：“不妨，贫僧并非专为此事而来，乃系便道经过。”说着，四面留神望了望，随口又问了声：“令郎上学去了吗？”

夏氏回说：“正是呢。”说着话，新近雇用的老妈从后面灶屋里来了。夏氏命她献茶。

海川连称：“不必客气，贫僧还要到隔壁王家去呢！”

夏氏道：“不错，听说王家早晚要放台焰口，师父到他家去，莫非就是为的此事吗？”

海川信口应了句：“正是。”当即起身告辞。

夏氏亲送到门口，海川出门，回头见夏氏已将大门关上，遂迈步走到巷口，径自回转大相国寺的后面净室里。一会儿，寺中已开中饭，海川随着众僧用罢斋，即在寺中各处随喜，留意各处进出的道路。到得夜间，等候各房僧众俱已安睡，海川将长衣脱去，掖紧短衣，插好戒刀，佩挂百宝囊，悄悄开了短窗，吹熄灯盏，飞身从窗口出去，顺手将短窗带上，一扭身形，纵上屋去，飞也似向西越城右首的小胡同内贝忠家屋上来。到得贝宅屋上，向下一望，一眼果见隔壁那家人家天井里，靠墙植着株石榴树，知道这定是王家无疑。再向下面贝家房间里观瞧，里面灯光闪动，听了听，隐隐有笑语之声，遂就檐口使了个金钱倒挂式，头下脚上，将两脚钩住屋檐，伸头张目，就那窗槅纸破碎之处向内一张，正见那苗介侯搂着夏氏，在夏氏耳边唧唧哝哝，不知说些什么。那夏氏只管抿着樱桃小口哧哧笑个不住，微张星眼，望着苗介侯，伸手在他头上啪地打了一下，清脆入耳，口中骂声："放你的狗屁，老娘不是那般人!"打得苗介侯吱吱咯咯地笑。那光景十分亲热熨帖，指着便见苗介侯给夏氏松纽扣儿，罗襦半解，酥胸显露。苗介侯便伸手抚摩着笑问："这是什么东西?"

海川看见这副形容，不由打了个恶心，从屋上轻轻跳下天井，立住身体，吐了口沫，悄立在檐前，等了一会儿，只听得里面帐钩儿锵银一声，回身到窗前张望时，只见里面二人已上床安息。那帐钩声响，乃是垂下帐子的缘故。

海川见二人已睡，思忖："此时不给贝忠报仇，等待何时呢?"

遂从背上将戒刀拔下来，一刀劈断那短窗的小闩，推开跃身跳进去，扑奔到窗前，揭起帐子。苗介侯、夏氏大惊，那夏氏睡在外床，伸手正揭帐子来看，恰巧海川也揭帐子，两下正好手和手碰着。海川见奸夫、淫妇二人正睡在一头，苗介侯还伸着一只手臂枕在夏氏的粉颈下面，这副形容，实在不雅观，哪还能容忍得下？不由怒从心上起，恶向胆边生，喝骂一声："狗男女，可认识俺和尚吗?"

苗介侯见是白天见过的那个和尚，不由惊异，忙说："大和尚，慈悲慈悲，俺们有话好说。你托俺的事，准定给你效劳就是。"

夏氏也哀求道："师父饶命，明儿俺准定多送些银子到关帝庙，交给师父受用。"说着，二人在被中像筛糠般抖战起来。

海川笑骂道："瞎了眼的狗男女，俺和尚有什么事要托你？谁稀罕你的钱？今日此来，乃是给贝忠报仇的。休得多言，照刀吧！”说罢，一刀挥去，早将二人的头颅砍将下来，滚到床下。

海川伸手将两颗首级提起，将他俩的头发结在一起，笑说：“你们二人这一来可就成为正式夫妻了！”边说边将两颗脑袋放在地上，放眼一见，那床上二人睡的脚头还睡着个小孩子，海川陡然想起，不由自悔鲁莽：“杀去二人事小，这小孩儿该当如何办法呢？可怜贝忠只此一子，如果不给他设法，岂非使他绝后？”一转念：“有了，天下的事无论多大，只要有钱，无不迎刃而解。隔壁王家，据那日船家的言辞，乃是一门良善，如将这孩子付托给他家，定可使此子得所。”想到此，即俯身提起两颗人头，仍从窗口内蹿出去，飞上屋檐，即往苗介侯家屋上而来。到得苗家屋上，往下一望，只见黑魆魆的灯火全无，知道下面已是全睡，遂去他屋外大门上将两颗人头悬系好了，回身再到里面苗介侯的正宅屋上，从身边百宝囊中摸出千里火筒来，跳下天井，使刀石点燃了，照看明白，使戒刀将窗槅劈开，抢步进去，推开房门，里面有人惊问是谁。海川回应：“是俺。”边应边走去，先将那问的人用点穴法将他点住了，然后使千里火将房中灯亮点好，用刀劈开箱笼橱柜，逐一翻寻，只要是现银，无不拿出搁在桌上，顺手拿了个包袱，将银子点了点数，包扎好了，掌灯再到对面房内去。那间房间原是锁着的，海川一刀削落，抬腿踢开，走进去照看，才知这间房间方是苗介侯本人的卧房，里面陈设整齐清洁，华丽堂皇，衣橱皮箱，比对面房内多出两倍，而且只只全新。海川用刀将箱橱一齐劈开，橱内完全贮放的单夹皮棉，各种绸衣，并无现银。那皮箱中却是只只贮放着大半衣服，小半雪白的元宝。海川大喜，思量：“自己出门，既不曾向各方信善募化过，此去长途跋涉，完全靠自己掏腰包，像这种不义之财，用他十只元宝，不过五百两纹银，有何要紧？”因即放下灯盏，先将元宝拿了十只，揣在怀里，然后寻了两个大包袱，将那些元宝一只一只地取将出来，包扎在内，看了看，仍旧留下甚多。索兴又寻了两个包袱，将银子包好，四个包袱分两臂挽在背上，复又掌灯到对面房内，将那个包袱也提了，走到床前，将那被点过了穴的人一脚给他点活了，吹熄灯盏，回身放在桌上，出房走到天井里，飞身上屋，复又回到贝忠家内。

所幸其时贝汴生睡在床上依然未醒，海川走到床前，意欲伸手去抱，一想："这孩子寄养在王家，亦不能算得妥当，诚恐反而因此害了王家，惊官动府，不如索兴将这孩子送到祥符县衙内去，俺再给他写封信，给那县官。那县官除非是毫无心肝，或是胆比天大，方才敢吞款遗弃这孩子，不然，绝不致使这孩子流离失所的。"想定主意，回身在桌上寻找纸笔，恰好汴生上书房的书包摘在桌上。海川放下包袱，伸手打开，取出纸笔，立在桌前，草草将贝忠如何被害，自己如何替天行道，特地到此刀杀二命，头悬苗家门前示众，取得苗家白银若干，特将贝汴生送到县衙寄养，请大人恩施再造，将此子抚育成人，并查明贝家产业，代为保管，将来好照数发还。倘大人欺心昧己，贫僧便仗佛力，定不宽饶，末写四字道"侠僧敬白"。写毕，将纸叠好，放在汴生怀中，用被将汴生包起，扛在肩上，提起包袱。

汴生早被惊醒，海川用手点住他的穴道，使他哭嚷不得，并说："别怕，俺送你到好地方享福去。"边说边走出房外，飞步到天井里，纵上屋去，箭驶般向祥符县衙而行。这时海川肩臂上共有五个包袱、一个孩子，腰间又挂着刀囊，怀中揣着银子，如非他的神力，早就累坠不堪。当时他飞行到祥符县衙屋上，望了望，径奔后衙，下面各房男女人等都已安息。海川跳下天井，走到檐下，使劲一足，将窗闩踢断，呀的扑通一阵响，窗槅分两下大开。海川闯进去，将汴生放在地下，先进点活了他的穴道，使他能啼哭说话，一面将五个包袱卸下，搁在汴生身旁。这番响震，早将两边房里睡熟的人惊醒，齐声喝问："外面是谁?"

海川回答："是俺来给知县大人请安的，大家不必惊慌，俺有信在这小孩子的怀里，看了便能明白。"说罢，回身出来，飞身上屋，径回大相国寺的净室里。收好银子，刚才上床，天上已渐呈白色。

海川略睡了一会儿，东方日出，即起身更换衣服，并悄悄将沿途换下的衣衫同时完全拿着到寺后井边，借只洗衣裳的大木盆，将来洗净，即在晒场上用竹竿晒着。回到净室里，复又回转净室安睡。睡到饭后起身，洗漱毕后，到后面将衣服收回来，折叠打在包裹里，将行囊收拾起来，即到寺外各处去逛，就便探听消息。果然祥符县已将此案雷厉风行地秉公处断，并悬赏侦缉凶手，另将贝汴生留养在县衙里，将五大包袱的纹银送存在本城著名的钱庄内去生息以作抚养教育贝汴生的费用。所有贝家产业交付县署官产处好生管理，一面据实详文各上宪衙门，报告此事。海川探明情形，心中略定，总算此事已告一段，忍不住好笑："官场的侦缉凶手，像俺这样高来高去，毫无记认的人，那角海捕文书，只好吓吓呆子。倘要希望他真能缉凶到案，只好睡里梦里罢了。"边想边回到寺内，决计明日动身。当即先和知客僧说知，遂又向本寺各执事僧人告辞。

第二天一早，海川起身，用罢早斋，即肩挑行囊上路，一路向京城大政进发，沿途又很做了几件尚义任侠的勾当。

那日来到天津，住在客店里，可巧这爿客店住的客商官宦颇多，内有一部分乃是各处保镖进京路过天津的镖师，向来大家路过天津，都住在这爿客店里，一来取其熟识，招呼比较周到；二来大家同行可以在此厮会，免得东寻西访，所以这爿客店里住着的镖师比较任何一家为多。

这时海川住店，恰巧和两位山西镖师打了个照面。这两位山西镖师乃是大同府的有名人物，嫡亲手足，哥哥名唤任长海，弟弟名唤任长川，哥儿俩武艺精通，专走各路贵重远镖，交游广阔，见识丰富，当时一见海川，不由心中一惊，很注意地盯了海川几眼。任长海即悄悄对兄弟道："这和尚目光如电，腰腿甚健，行囊沉重，佩挂戒刀，用镔铁禅杖做扁担，可知是位武勇过人的和尚，不可当面错过，须得结识结识。因为俺们向来保镖走道，诚恐他是个江洋大盗，改装出家，将来在路上遇着的机会定然很多，趁此先和他结交，免得将来在路上多一个劲敌，或许还能得到他的援助，亦未可知。"

任长川应道："兄长之言有理，无论好歹，结交他总是有益无损，如是歹人，不必说是将来可免许多麻烦；如是好人，俺们目前先就可以叨学些武术。"

弟兄俩商量停妥，暗暗留神，等海川看定房间之后，即来拜访。

海川当即招呼，请问二位居士的姓名，二人回说过姓氏，请问过上下，即道仰慕之意。海川谦逊：“僧无德无能。”

弟兄俩连说：“俺弟兄俩迎面见着，即知大和尚是精通内外两家拳术的方外高人，大和尚不必客气！”

海川因见二人是镖师打扮，料知二人来意完全是真心结交，因即不再过谦，于是让座献茶。常言道得好：“英雄识英雄，好汉爱好汉。”当下三人谈了一会儿，觉得非常投契，于是顿时成为方外倾盖之交。二人当即在店中请海川用素宴，并将各位镖师邀来作陪。酒酣耳热，大家谈论技击，以及当代能手，因此海川在谈话中询问：“各位可知南方怪杰那行空、北方异人哈一炁二人？”

就中有几位曾经会过的，也有闻名的，也有不知的，都各道其实情。并说：“大和尚想曾见过他们俩？”

海川即说：“曾经会过，他二人拳技功夫极好，手、眼、身、法、步真可称为无独有偶，实可拜服。”

任长海笑道：“大和尚话虽不错，可是二人的本领虽好，名誉极大，除去武术以外，还仗着些法术帮忙，所以才能一个称异，一个称怪。倘若真正讲起武术来，他二人还不能算得绝顶独一。现在京城充当侍卫教师的王老师，那才可称作独一无二的名家。”

同时在座诸人十九都是佩服王老师的，可在酒后，因见海川盛称那、哈两个，故此同声附和，说：“那、哈的武技定然不及王老师，因为王老师不仗法术。大和尚如不信，将来进京后即能明白。”

海川闻言，心中不服，以为大众过誉，故此决定进京寻访王老师比较武艺，以验真假，才闹出本书第一回夜闹宫阙的事。

毕竟后事如何，请待下回再续。

第十三回

较拳足见虎跃龙腾
比家生仰刀光剑影

话说海川见大众盛称王老师之能，以为大家过誉，心中有些不服。因为那、哈二位是自己亲自见过，本领确乎超群绝伦，不讲别个不是他俩的对手，即自己在少林寺中称作独一无二的人物，尚不能略占便宜，何况其余人物？猜想上去，大约这几位镖师都是王老师的门下，所以才这样推崇备至，否则绝不会这般夸强。因此海川打定主意，决计进京找王老师比武，以验真伪。

当日散后，海川第二天即结算店账进京，到得京城，寻到弥陀寺内挂单，安顿下行囊之后，即到六街三市去仔细探道，玩赏京城市景。如此经过了三天，在各处茶坊，以及本寺各僧人的口中探问，那王老师的本领确系出类拔萃的唯一老英雄。海川心中仍以为大家言过其实，皆因疑惑大家见王老师充当着各侍卫的教师，又兼任着各皇族宗亲的教师，皇上以及各王公大臣见了他的面都不呼唤他的名字，统称他作王老师，以致外间无人能知他的真名，可知大家都是以耳代目，绝对尊重他的虚声势力，谅非完全真有本领。故此找他比武，以验真假的心遂更加决定。故此当夜即进紫禁城，乾清宫屋上和彭国梁等各侍卫闹上那么一回事，约期三日，激引王老师来寻自己。

果然王老师得到各侍卫的报告，心中生气，又被各侍卫怂恿着，不由不去寻海川比武，故此当日王老师四下着人打听，得到消息，即亲到弥陀寺内来会海川。

当时他才过三尊大佛宝座的后面，在南海观音殿前见一个和尚趺坐在蒲团上打盹，如系别人，见了定不猜测此僧即系海川。毕竟王老师是位有真本领、见多识广的大英雄，他一见和尚打盹，即说原来在这里呢，遂悄对各门徒道："你们以为他坐在蒲团上打瞌睡吗？其实他是趺坐运功、吐纳罡气，这乃是内家基本功夫。即此一端，可知此僧本领不在俺下，你们不可造次取辱，待俺亲自上前和他先礼后兵。"

说罢，移步到海川面前，深深一揖道："大和尚，莫非就是从少林寺到此的海川法师吗？弟子特来拜访，多有冒昧了！"

海川被这一揖，觉得一阵拳风，知道来人不弱。抬头一望，只见来人把拳当胸，仪表非俗，葳蕤整肃，发鬌花白，态度娴雅，知道他是王老师。便立起身来，合掌打个问讯道："贫僧正是海川，居士莫非就是王老师吗？"

王老师应声然也，即说："承蒙师父法驾光临，弟子失迎，门人辈不知尊长驾到，多有冒昧，故此弟子特来拜见师父，当面请罪。"

海川笑道："居士满门桃李，名扬四海，贫僧无缘拜会，故此略施小技。果蒙居士驾到，贫僧多有得罪，尚望居士海涵。"说罢，合十行礼。

海川这一合掌，那阵拳风比王老师方才向他奉揖的那阵拳风更大。王老师乃是名家，见他合掌行礼，即已知道厉害，赶忙抱拳回礼，这阵拳风和海川来的拳风正好半斤八两，两下迎住，彼此心中都各吃惊，暗暗佩服。

王老师道："师父法驾枉顾，欲指教弟子的拳棒，弟子万分荣幸。不过自知武艺久疏，见着师父，正如小巫得见大巫。弟子实自愿甘拜下风，不敢妄以末技和师父较一日之短长，不知师父可能见谅否？"

海川见他言谈客气，自己已有了面子，料定王老师的本领并非专恃虚名，确系有实际的。正想借话收科，消散一天云雾，哪知王老师的门人御前侍卫周仁立在王老师的背后，却不待海川说话，即已接口道："大和尚法驾到京，专为要和俺师父比试拳棒，俺师父虽系客气，自甘退让。但是大和尚的本领，昨夜虽曾领略过些，究竟在黑地里，弟子们未曾看得真切，最好请大和尚和俺师父比较个上下，使俺们众弟子都增长些见识。不知大和尚还是执行昨夜的法旨，还是遵依俺师父的言辞？”

海川被周仁这几句说得难以收场，自恃本领，原也不十分放在心上，即说：“王居士措辞太谦，贫僧此来，原系慕名奉访。只因不知王居士的府第，方才冒昧进宫托各位侍卫捎信，并非要自示其能。蒙王居士率领各位侍卫高足到此相见，果然名下无虚，贫僧已领过教益，本可不再比高低。但是这位侍卫既如此说法，贫僧如不和王居士比较一下，定被各位讪笑，说贫僧非是王居士的敌手，所以一见之后，不敢和王居士比较。现在贫僧之见，无论王居士如何吩咐，贫僧准可按时前来赴约。”

王教师笑道：“孩子们不知言语轻重，师父休要着恼，弟子原不敢斗胆和师父较量高下，但师父既从大远地来了，弟子如当面错过，不在师父驾前请求指教，未免使师父的教诲后学之心失望而去，岂非反而不美？弟子之见，请师父不吝赐教，明儿早起，俺们在先农坛厮会，先到先等，不到不散，先较拳足，后比刀枪，以连斗三日为期。三日之内，谁比谁胜，即是谁强；倘或弟子输了，准定一如师父法旨，即日隐姓埋名地回去；倘或师父高抬贵手，让弟子几手几解，总算师父不和弟子一般见识，保全弟子的名誉，弟子亦当终身服膺，从此不敢以技击骄人。好在师父是出家人，对于‘荣辱’二字久已视如浮云，谅亦无所轻重。师父这会儿在此休息运功，弟子不便多扰，就此告辞，明晨再见。”说罢，哈腰拱手。众门人亦都跟着抱拳道别。

海川忙合十还礼，应声：“遵命，明日早起，准到先农坛相见。”说着，相送王老师师徒，直到弥陀寺山门口，方才作别而散。

海川回到里面，早有别个僧人走来问询，说：“方才来的乃是御前教师王老坛越，寻访道友，不知所为何事？”

海川随口回说：“没什么事，皆因贫僧是从少林寺来的，他们偶然高兴，慕名来访，约贫僧去和他们比试拳脚。”

那僧人伸了伸舌头道：“道友，那王老师是满京城皆知的拳教师，居然会来访寻道友比武，可知道友的本领亦是不弱了。不知道友可曾和他约定日期、地点吗?”

海川点头道:“已经约好了。”

那僧人道:“道友,不是俺好多话,你也太大意了,俺们出家人既不为功名利禄,何苦为他们名利场中人物争论高下?休说道友的拳棒功夫未必真能胜得那王老师,即或真能胜得,试想他的脸面被你扫了,岂肯就此罢休?定然另生枝节,那时道友须有许多麻烦了。这不是‘天下本无事,庸人自扰之’吗?”

海川闻言心动,但因事已如骑虎背,无法可以摆脱,只得前往赴约。即笑道:“道友之言有理,贫僧明儿去赴约时,只要退让些,谅可无什么枝节了。”边说边回到自己禅房里,趺坐运功。

做过功课后,躺在禅床上,思量明儿赴约之事:“据方才王老师的拳风、目光、腰腿身手等看来,此人的确可称得名手,只恨自己太鲁莽,无端生事,寻他比武。倘或让他几手,败在他的手里,从此少林寺的名誉定要一落千丈,千百年来的少林正宗一旦败在自己之手,自己怎能对得住历代祖师,以及各处弟子?倘或不让他几手,他身为御前侍卫教师,扫了他的面皮,他定然铤而走险。俺本身危险事小,只恐他迁怒到少林本寺,那可就从此多事。”想来想去,决计以身殉名,比武时绝不稍让,保全少林寺名誉,最多和他杀个平手,全他的脸面,断断不能输在他的手里。海川因为这么一想,遂将心一横。在这天夜里,独自一人在弥陀寺后面院内,将少林寺内外各派的拳术,以及自己变化出来的独到本领完全温习了一番,又将软硬功夫完全运起,以防比武时的意外算计。调息运功养神,直到天明方止。

早斋后,提禅杖,挂戒刀,独自出了弥陀寺,一路寻问到城外先农坛去。到得天坛,王老师已先率领着门下几位侍卫在那里等候,那几位门人正是本书前文所说的彭国梁、吉绍武、巴英杰,以及周仁等各满汉侍卫。师徒一行,共是五人,一见海川来到,即由王老师迎住请问早安。双方各客套了几句,即相约走到天坛附近旷野无人的僻静地方。

王老师道:“这地方平原广阔,行人稀少,俺们即在这里比较比较吧!”

海川应声好，即将戒刀解下，和禅杖统丢在一边，将外罩着的长大僧衣脱去，当由彭国梁上前接住，给他拿着。王老师同时也将长衣脱去，束好腰间丝鸾带，拔紧足下薄底短靴，盘好头上花白的小辫子，衣服由吉绍武接过拿着。王老师此来，只携带着一柄御赐的七星宝剑，由周仁拿着，并未佩在腰间。当时四位侍卫退在一边，蹲坐在青草地上，八只眼睛如电光般照射到海川、王老师二位的身上，瞬也不瞬地看二位争斗。

王老师伸出右手来道："海川法师，俺们先拉拉手，表示敬意。"

海川知道他的意思，试自己的手劲、指功、腕力，哪甘示弱？遂伸出右手来迎。两下握住，走了几步，相视着哈哈一笑，同说一声请，即都放下手来。王老师抢步到下首，丢下个门户，等候海川。海川说声："承让，贫僧有僭！"即从上前使了个推窗望月式，应用指掌，向王老师打来。王老师因刚才拉手时已知海川的手劲、腕力、指功和自己恰好二五等于一十，所以心中也严加提防，又因昨儿初见时，海川合掌行礼的那阵风，知道他的内功确系超人一等，深恐自己成为三十岁老娘，倒绷孩儿，一生名誉栽在海川的手里。自己败了不要紧，无如自己的门人甚众，为师的一败，叫他们将何以为情，亦难于立足。故此心神并用，以守为攻，先到下首立门户相候。

当时见海川一掌打来，即用亮爪展翅式，侧耳让过来掌，并回敬他一下，这一手姿势拳法，原亦系少林派的解数。海川一见，心中奇异，对方原来亦系同宗。忙将身法变换，让过来拳，托地跳到王老师背后，飞起右脚，向王老师的腰眼里踢来。王老师侧身向后一退，一面让过来脚，一面却使用龟背功向海川怀中便撞。海川缩脚伸手，两耳贯风，向王老师的太阳穴便打。王老师将头向前一栽，乘势使臀部向海川腰下一撞。海川缩手忙后退，让过来臀，使用连环步鸳鸯脚，进身向王老师下部便踢。王老师见来势凶猛，亦使出连环步法来向前让过，回身使用指功，叠两个指头来迎海川的脚，意在击海川的踝骨。海川见他叠指来接，知道是使指功，忙将鸳鸯脚步收住，改使黑虎偷心式，抡拳向王老师心窝便打。王老师将手缩转，急用怀中抱月式相迎，等到海川缩拳回去，王老师即乘势进身，左脚金鸡独立，右脚飞起，向海川拦腿便踢。海川将拳一放，亮掌向下迎击来脚时，王老师早又缩回右脚，改使童子拜观音的架势，合掌向海川胸部便打。海川侧身一让，使顺手牵羊式，左手将王老师的手掌握住，向前一带，右手叉住王老师的后颈，向下一磕，原想趁此使他跌一个面磕地，谁知王老师的身手灵活，反而借劲向下一扑，使一个枯树盘根，就地一腿，向海川扫来。海川托地跳起让过，使倒曳牛尾式来抓王老师的脚，王老师使鲤鱼打挺，从地下跃将起来，向海川怀中便扑。海川缩手逃让时，王老师却又趁势使倒拔垂杨的姿势来挟海川的腰臂。海川一点足，跃将开去。

二人如此一往一来，上下前后地跃跃闪逃，从早至午，脚底下尘土飞扬，日光中人影闪晃，只听得空中风声呼呼，却不闻足下声响大作。四位侍卫见着，一齐咂舌佩服，互相咬耳朵，称道二人的拳技非比寻常。只见二人斗到日影西移，仍旧不分胜败，四人腹中辘辘作响，觉得饥饿，于是商量着，高声请二位师父息手。

二人斗得正酣，闻呼各自跳出圈外，收住拳势，各道一句承让，即问四人何事呼唤。四人将腹饥说了，请二位暂停。二人交手时原不知饥饿，被这一提，才觉得有些枵腹，于是王老师即命巴英杰将带来的荤素饭菜茶水取将出来，让海川到一处，席地而坐，即在草地上胡乱进了饭食。这原是王老师隔夜命人预备下，装盛在提盒内，令巴英杰提着带来，以备饥饿的，所以彭、吉二人接拿衣服，周仁拿宝剑，巴英杰不曾上前做事，即系此故。

当时六人用罢茶饭，略息一会儿，王老师即和海川立起身来。海川从地下抽出戒刀，王老师抽出宝剑，二人各道一声请，即在草地上交起拳来。这时不比空手，那呼呼风声竟如虎吼般一阵阵寒气四散，侵人砭骨，震得那旁的树枝摇曳，将树叶儿簌簌不断地落下地来，枝头集鸣的小鸟儿也被震惊得四散飞去。一闪一闪的刀光剑影，霍霍照人眼帘，映射如电，四个侍卫的目光直被耀得不能逼视。只见两团白光在日下滚来滚去，从尘土障天中显露出来。四人看得呆了，忍不住连声喝彩。

二人在日光下草地上，刀剑翻飞。直斗至日色西沉，依然不分胜负，于是彭、吉等四人高声呼唤："二位师父暂停，天色不早，明日再比吧！"

二人闻言，跳出圈外，各将兵器收住，同到四人面前，放下兵器，穿好长衣。王老师将辫子放下，宝剑仍由周仁拿了。海川佩好戒刀，从彭国梁手中接过禅杖，巴英杰仍将提盒提了，一行六众，从旷地经过先农坛，再进北京城，大家分手，约定仍旧明晨在原处厮会。

海川回到弥陀寺内，心中稍觉安定，自思："还不至真个败在王老师手里，只要明后两日能够不败，少林寺的名誉即可保全，而且可以从此和王老师成为打出来的交情，互相尊敬，将来定比别个朋友亲近。"海川满腹如此着想。

那王老师在家中也未尝不如此存心，左不过王老师经过了这一天的比较拳术，已经腹中雪亮，知道海川的本领的确可称巨擘，但斗到结果，定然敌不过自己，所以心中十分安定，但因此却存下稍为退让的心思，以顾全少林正宗的名誉。故此第二天清早，王老师仍旧率领各门人同到先农坛去等候海川。不到一会儿，海川已是如约而至，于是照着昨日的话，先比拳足，后比刀剑。斗了一天，结果仍然不分胜负，各自回去。

第三日清早，两下又在天坛原处会见，依着前两天的例，交手比拳。此时两下都因系最后一天，各用全力相搏，在王老师的初意，原拟退让几分的，无如海川此时用的全力，不容自己稍为退让，因为稍不留意，定被杀败，故此亦只得使全力迎敌。哪知王老师一使用全副精神，手、眼、身、法、步，招招都比海川略高一筹，蹿上纵下，刚要斗到日中，王老师猛喝一声着，手伸一掌，打在海川的肩上。海川应手而倒，幸亏他的腰腿极健，虽然跌倒，就地一使鲤鱼打挺，早又跃起立定。海川大呼住手。

王老师收住身手立定，拱手欠身，说："师父有何吩咐？"

海川羞惭满面，合掌说："贫僧已输，何必再比？"

王老师虽然明知，但系海川身法快捷，跌倒即已跃起，料定各门人都未曾看得出，所以忙使眼色，说："师父何必过谦？并不曾分得高下，岂可自认已输?”

海川被他这一说，心中虽然明白了顾全自己的面子，但是自己实深惭愧，一时气愤羞急，无地自容，忽然背转身来，飞步向山僻小路就走。王老师见他神色大异，知道他定有变故，急忙飞步就追。海川举步飞行，直向山林深处跑去。跑了半天，来到一座高山石壁之下，回身一望，并无人来，不由叹了口气，闭目伸颈，冲着那石壁锐角上便撞。

不知海川性命如何，请待下回续写。

第十四回

以首触石遽萌短见
顺手牵羊权作偷儿

话说海川被王老师跌了跤，羞愧万分，一时无地自容，回转身来，如飞向山林深处就走。随路前行，来到一座高山石壁之下。那山势非常险峻，高耸直入云霄，两旁冈峦起伏，树木森森，景象非常苍凉。海川回身一望，并无人来，不禁仰天一声长叹，自语道："俺海川在少林寺中，乃是独一无二的首领，不料今日败在王老师之手，从此少林寺的名誉扫地，俺还有何面目生在世间？目前前无去路，后无人来，这地方正是俺海川绝命之处，还觍颜贪生作甚？"说罢，闭紧两只眼睛，伸长脖子，使足气力，向那石壁锐角上撞去。满谓这一撞，准可丧生毕命，哪知撞在石壁上，竟不曾死，不但不死，竟连头皮都未损分毫，只觉得那石壁软绵绵的，撞得头昏，身不由己地向后倒坐下去。张目一望，却见王老师身遮在石壁之前，望着自己。

海川格外羞愧，恨不得立刻送命，无如头昏特甚，一时立不起身。却见王老师抱拳道："大和尚，何苦如此气急？俺有一言，此地并无第三人，师父须要明白，师父身为少林正宗，倘因一时气愤，毕命在此，无形中竟使少林拳法断绝宗派，师父的罪可就比死罪还重；再则师父之败，只有俺王某一人知道，俺的门人，他们绝不能看得出，况且师父的本领今日幸亏是王某还可以比试，倘或遇着别个，俺敢说句满话，绝对不是师父的敌手。师父身为沙门，对于功名利禄，一切荣辱，俱已早置度外，又何苦如此认真？古人云'小不忍则乱大谋'，师父岂可如此不能忍呢?”边说边走到海川面前，双手搀扶，并用手在海川头上按摩着，使他不致再昏。遂又说道:“师父请听从王某之劝，休要误会，以为俺是奚落师父。现在俺有一法，可以使彼此两全，师父起来，俺在前跑，师父在后追赶，仍到原处交手，总算彼此一样，不分高低，大家名誉一般，岂不很好，不知师父意下如何?”

海川被他这番诚恳的言辞剀切劝导，登时心平气和，觉得言之有理，忙起身拜倒:“愿拜王老师为师，练习武技。”

王老师忙下跪回礼，回称:“大和尚岂可如此?俺的本领委实并不在你之上，不过偶然占了一两手，算不得什么，师父切不可灰心。倘蒙师父不弃，俺们结为兄弟吧!”

海川见他如此谦逊温慰，不由感激涕零，当即两下在山前对拜四拜，结为兄弟，挽手立起身来。

王老师道:“贤弟，愚兄在前诈作败走，你从后追来，遮掩众门人的耳目。”说罢，径自前行。海川拔脚就追，二人一前一后，如流星赶月般仍从原路追到原处。王老师立足回身，迎住海川交手，斗有十来个回合，二人一声喝住，各跳出圈外。

王老师道:“师父的拳术委实不愧称为当代第一，王某实深拜服。往日王某从南至北，经过数百名人，从未有能斗到半天，不败在王某之手的。今师父与王某连斗两三日，竟丝毫无懈可击，可见师父有独到之能。现在时候已是不早，俺们且用饭吧!”

海川当即谦逊应允，于是六人同在草地上吃了茶饭。

饭毕，王老师道:“俺们比了两三日，无有高下，再比亦没甚意思。王某之意，欲和师父结为生死之交，以表钦仰诚意，不知师父可肯应诺吗?”

海川道:“辱荷抬爱，贫僧怎有不乐从之理?”

于是二人对拜行礼，认为兄弟。王老师即命四位门人进前拜见，称为师叔。行过相见礼后，王老师、海川二人将衣服穿好，兵器交给门人拿着，手挽手并肩而行。王老师命门人们先走，自和海川同到天坛各处赏玩风景，一路缓步逛进京城，同到家中。王老师命门人持自己的片子到弥陀寺去，将海川的行囊搬到自己家中来，留海川在家居住。一面派人传知各门人，明日同到家中来参拜师叔，并在家中置备素席款待。

这消息被一班王公大臣以及亲贵知道，都各送礼来道贺，并要求一见海川和尚的技击。故此，这天王老师的府上贵客盈庭，高宾满座，非常热闹。海川被逼，无可推诿，只得当众献技，末后又同着王老师打对子，打了两个时辰，众人见两位精神抖擞，一般出色惊人，不由同声赞叹，一齐佩服。二人斗罢住手，众人一齐向前行礼，以表敬意，并要求王老师坚留海川和尚居住在京，指授拳棒，同享供养。王老师当即竭力怂恿，劝说海川在京居住，教授各亲贵王公的子弟。海川情不可却，只得答应，但约定以三年为期，期满即当往别处云游，以终本人志愿，回本寺住持。众人大喜，齐声答应，当即陆续散去。

第二天，便有人奏知道光皇帝。道光素来崇拜王老师的拳棒，认为天下无敌，听得居然有这么一位少林寺僧能和王老师比武三日，不分胜负，其技实可崇拜，因即下旨召海川进宫，面试拳棒。海川当由王老师陪同进宫，在仁寿宫朝见皇上。皇上见海川和尚仪表非俗，已是大喜，赐座问话，除问了些技击以外，又考问了些佛典。海川一一回答，有条不紊，头头是道。道光格外欢悦，立即传旨，封海川宗室御教师，与雍和宫各喇嘛僧享受同等俸禄，并赐给许多珍贵物品。

王老师、海川二人谢恩退出宫外，回转家中。

次日，各宗室亲贵都奉旨到王老师府中来参见海川，拜过师父。海川离少林寺时，原不希望利禄，不料进京比武，竟得到这般意外结果，正所谓：

> 我本无心求富贵，谁知富贵逼人来。

功名利禄、荣辱得失，原非海川的本愿，故此海川自任宗室御教师之后，将所得的银钱珍宝，以及一切物品都在京城赈济鳏寡孤独等四种贫苦无告的人民。无事时又到京城内外各处去哨探，但凡遇着民众有何种冤屈之事，海川依然露出他任侠尚义、打抱不平的手段来，给他们申冤理屈。他这时既有拳有勇，又有财有势，当然举措如意，无不遂心。同时宗室中各贝子、贝勒，王公、大臣等亲贵，以及子弟们，有专心学习少林派拳术的，海川也无不尽心指授，左不过那些亲贵子弟肯用心的不多，故此三年之内，所能学习成功、得能达到升堂入室程度的，亦屈指可数。但有一层，当时少林寺的戒律，原多少含有几分团结同门、对满清革命的性质，故此海川对于指授各亲贵的拳棒功夫时，于尽心教授中，都留有几分看家本领，以为将来汉族拳家制伏他们的地步，此乃海川的深心。除去王老师暗中窥测明白之外，其余门人一个也不得而知。

时光如流水般一天一天地过去，三年光阴，自春徂冬，不知不觉地已是期满。海川当即请王老师代向各宗室亲贵说知，表奏天子，告辞出京。各亲贵因有成约在先，虽欲挽留，但是势难失言，只得奏请皇上做主。道光因海川欲往各处云游朝山，并回少林寺住持，亦系僧家的正事，守着君无戏言的信条，只得准许海川辞朝出京。当即传见，颁赐哈达、佛珠、红花藏经，又定制一柄赤金如意，及一根镔铁龙头禅杖、一把缅铁龙纹戒刀，赐给海川，并赐给海川遇库支银的银牌，以便他云游时支用的便利，另赐少林寺库银一万两，以作兴修之费。

海川谢恩退出，即借王老师的府第，设宴与各门徒告别，各门徒又择日公宴海川饯行，接着王老师师徒人等也治酒给海川送行。海川接连酬酢多天，方才能够动身。当将本人从少林寺携带出门的禅杖、戒刀托王老师好生保存，俟有便人，即捎送到少林本寺，交师弟海慧收藏。王老师当令门人肩挑海川的行囊，亲送到郊外，方才作别，坚约后会而回。

海川从王老师的门人肩上挑了行囊，取路向南口居庸关外进发。此乃海川预定计划，拟从居庸关出长城，前往蒙古，绕东三省，回经热河，再从张家口、包头、丰镇等处进雁门关，从山西往陕西，再从剑阁往四川，漫游云、贵、闽、浙、两广、湘鄂、西藏、西康、青海、新疆，由甘肃复到山西，绕山东曹州，进河南省境，回转嵩山，以期在路上或许能和师父法雨禅师会见，也许在库伦活佛、西藏班禅、达赖两喇嘛处，求得真经，所以他才取此大宽转绕路的途径。但他的本意依然是为着侠义事业，并察看蒙、藏、新、青等处佛、回两教的风俗言语，和南方各苗徭生番山居穴处的生活情形。

当时海川出得南口，地方渐渐旷野，人烟一处一处的不及关内稠密。那日来到一处，地名唤作倒马山，地形非常险恶，山路崎岖。海川挑着行囊，由下往山上行走，虽然他武功绝顶，膂力过人，究竟远路没轻担，又兼由下向上，哪能免得“吃力”两字？因此走到半山里，已累得浑身大汗，遂将行囊息下，蹲坐在青石上休息。其时初夏天气，气候已暖，海川从山下冒着日光，走上山来。幸喜山风习习吹在身上，如不然，定要烦热难当。话虽如此，可是海川当时坐在青石上休息，觉得非常口渴，半山之上哪有水解渴？海川举目四望，留神细听，隐约听得那厢有溪水流动的汩汩声响，从风中吹送将来。海川不听见水声倒也罢了，既听见水声，那口中的烦渴竟比方才加甚一倍。

看官们，大凡行路之人，遥见梅林，准可望梅止渴，如是耳闻水泉声，那口渴万万不能稍解，此种心理作用，乃是恒情，并非编书的信口开河，故此当时海川听得水声，烦渴愈甚，恨不得立刻将水取到。因此将行囊打开，取出钵盂，看看山上山下并无人来，料想行囊搁在此处，绝不会有遗失之处，况且行囊沉重，不是寻常人可以挑得动，因此很为放心，遂托着钵盂，循声寻去。穿过一重树林，越过一道山冈，方才见一条小溪从山上蜿蜒而来。那溪水清洌，流个不住，才知这水乃是山泉，从高处涌出，成为小溪，向山下流去。大约左近一带的农民，饮食、洗涤，以及灌溉田亩，全赖着这涓涓之水。

海川走到水边，用钵盂取水，送到口边，嗅了嗅，并无气味，遂一口一口地咕嘟咕嘟喝将下肚。

海川喝了一钵盂，烦渴已解，遂又取满一钵盂，边喝边回身从原路走回。走到原处，忽然不见了行囊担儿，不由大吃一惊。“因为行囊中有几件紧要之物，第一件，包裹内有皇上赐给的金牌，遇库可以支银，这个乱子，已出得非常之大；第二件，度牒文疏也安放在包裹里，亦是最要紧的东西；第三件，那口龙纹戒刀打在被内，一根龙头禅杖充作扁担，此二物都是御赐的东西，更有哈达、红花，以及许多御赐的珍品，价值颇巨，其余现款，还在其次。这副担儿如不追回，那还了得？但是这位顺手牵羊的朋友是从山下来的，还是从山上来的？一时不能决定他的来踪去迹。万一他是由上往下，自己却向山上追，岂不成为背道而驰？倘或追不着，报案请缉，休说充当宗室御教师的俺失去物件有些难为情，即在背后给人家说起来，亦是自不小心，咎有应得，这岂不是笑话？再则此人能挑得起这副担儿，他的气力也就着实可惊，谅来定是能手。”想到此，遂抬头先向往山上去的道路瞻望，更低首向山下去的道路看视。无如山上、山下，树木甚多，穷目所见，亦只有几百步路，再远已被树木遮住，哪里还能看得出？海川心中发急，忙将手中钵盂丢下，重掖好长衣，拔紧足上草鞋运用足力，姑且先向往山下去的道路追赶。

刚追得几步，见道旁树根边抛弃着一柄钢叉，叉上还有一头小獐，另有一张小弓。海川见了，不由明白，定系一个猎夫从此经过，见了行囊，将行囊偷去，却将他自己的东西抛弃在此，看去定系向山下走了。因此海川足下一紧，格外向山下力追，随着来时上山的原路，追赶到山下，正见一个少年后生挑着自己的行囊，飞也似在前行走。海川见了，不由大声嚷喝：“俺和尚的东西，快些还俺便罢，倘或不还给俺，可就休怪俺送你的狗命！”那后生闻得喝声，回头一看，见和尚追来，吓了一跳，脚下慌忙急走，速率立刻比方才加倍。海川见后生的足力不弱于自己，心中奇异，自忖：“天下能人正多，实可说到处皆有，怪不得孔夫子要说‘十室之内，必有忠信呢’，试看这后生，便是个明证啊！”边忖边竭力疾如奔马般追去。毕竟海川是空身，那后生肩挑重担，因此被海川连蹿带纵，飞跃狂奔地追了一程，竟被追上。腾身跃到他的前面，拦住去路，大骂一声：“好不要脸的小子，小小年纪，居然如此不顾羞耻，在青天白日之下做贼，还当了得！俺和尚的东西，岂是轻易可以盗窃得的？快些丢下还俺，领了俺三拳头，叩个四方头，发誓不再做贼，方才饶恕于你。倘如倔强，立刻送你的狗命！”边骂边伸手一扯行囊，那行囊登时和后生的右肩宣告脱离关系，落在地下。

那后生恼羞成怒，反而破口大骂道：“好贼秃，怎么竟敢白昼冤人做贼？莫非要来拦劫俺的东西吗？你小祖宗亦不是省油灯，谁还怕你的拳头大、胳膊粗不成？不要走，着打！”骂着，跃身过来，照着海川的前胸便是一拳。

海川退身让过，腾身跃到后生背后，回转身来，照着他的背身里便是一拳。后生回身迎敌时，哪里来得及？早被海川打着，啪的一声，向前栽倒，待挣扎时，早被海川进步使右脚踏住，抡着醋钵儿大小的拳头向下便打。那后生领教了两拳，咬紧牙关，一声不响。海川打了两下，见他不开口，只道已打死了他，吓了一跳，将足提开。

那后生忽然从地下跃身而起，海川被他这一跃，吓得向后倒退。那后生大骂一句：“狗娘养的贼秃，你小祖宗是打不死的李逵转世，莲花化生的哪吒还魂，来来来，俺们再斗上几百回合！”

海川又好笑又好气，但又有些心惊：“俺的拳头力量，寻常人哪能经受得起？这小子被俺打了，仍旧如此神气，莫非他曾练过铁布衫功夫不成？”边想边又进步上前，冲着那后生不按家数，抡拳便打。那后生也抡拳相迎。

海川见他并无拳法，知道他是捣乱的本领，遂进步上前，飞起一脚踢天，正踢在后生的腿上。那后生立足不住，仰面跌倒。海川料他不懂得什么兔子蹬鹰的腿法，乘势进步，踏住他的胸口，抡两拳，如擂鼓般向下打去。

那后生起初尽打只不作声，后来被打得实在忍受不住了，才叫道：“和尚住手，俺偷东西并没死罪，你打死人，却要偿命的，快些别打。”

海川闻言，忍不住好笑：“这傻小子，讨饶也不会得！”遂说：“小子，你好好讨饶，发誓不再偷东西，便饶你。”

后生道：“要俺发咒，那是万万不能，你还是打吧！打死了，俺母亲定要到官厅衙门去告你，看你这秃驴跑往哪里去？”

海川被他这一骂，不由大怒，提起拳头，向下又打。

正在此时，那旁路上来了一头黑驴，驴上跨着个年逾花甲的老者，见了大喝道：“海川师，休打这孝子，快些息怒住手！”

海川停手看时，认得来人正是那甘肃异人哈一炁，同时那后生见着，大呼道：“哈老爷，快些来帮俺打这秃驴，他自不小心，将行囊丢在山上。俺好心给他拿了回去，做盘缠使唤，不料他狗咬吕洞宾，不识好人心，一口咬定就是俺偷他的东西。你老人家给俺评评这个理，究竟是谁错?”

说话间，哈一炁已到面前，跳下驴背。

毕竟哈一炁如何给后生解围，请待下回再续。

第十五回

全孝道侠士赠金
仗剑术异人除怪

话说海川正打那后生，恰巧哈一炁从大路上跨驴而来，大呼：“住手，休打孝子！”

看官们，从来侠义之士，最尊崇的便是忠孝节义，故此海川听得“孝子”二字，即住手不打。看时，认识来人是北方异侠哈一炁，遂托地跳开，迎住厮见。

那后生就地一滚，趁势爬起身来，嚷叫：“哈老爷，快些来帮着俺打这秃驴，他自不小心，将行囊打开，抛弃在半山路上。俺给他包好拿回去，慢慢地受用，他却追来寻事，硬赖俺做贼。请你给俺评评这个理，看究系谁错。”

哈一炁听他几句傻话，不由好笑，边和海川厮见，边说：“你别嚷，待俺问明了再讲。”

海川道：“哈老居士，这小子年纪轻轻，便不老诚，学着做贼。贫僧手下留情，姑且恕他初犯，倘非老居士来给他说情，贫僧定不宽恕。”

哈一炁闻言明白，即说：“傻小子，这位是河南嵩山少林寺的当家师海川禅师，你有眼不识泰山，还不快些给禅师赔话儿吗？”

后生见说，忙说：“哈老爷，俺并不曾打他，是他打俺的，什么反而要俺向他赔话儿呢？”

哈一炁笑道：“你不用多说，快些向禅师磕头赔话。”

后生无奈，只得向着海川叩头赔不是，口称：“算俺错了，哈老爷命俺向你赔话，俺却给你赔话咧！”

海川见他说话果然有些傻气，不禁好笑，遂说：“算了，你起来吧！并非俺要教训你，实因你小小年纪即不老诚，你自称是拿，须知不告而取即为偷。少年人什么事业不好干，却要学着做贼？哈老居士说你是孝子，俺现在告诉你，古人说好勇斗狠，不顾父母之养即为不孝。你做贼幸而逢着俺，倘或碰着别人，捉将官里去，你自己损害名誉，连你祖上的家声也都给你丢尽。假使你的父母因此急出病来，或是你因偷东西被人家打伤，试问，你怎么能对得起祖宗父母？你此后须要知过必改，方才不愧称作孝子；倘或不悔罪，那时你自己身败名裂。下次如再撞在俺和尚的手里，准叫你命丧……”

海川这几句话还未曾说完，那后生忽然面色大变，登时伏在地上，呜呜咽咽、抽抽噎噎地大哭。海川、哈一炁见他忽然大哭，齐说：“你起来吧，以后不再犯就得了，别哭别哭。”

二人不劝还可，一劝，那后生格外哭得厉害。哈一炁上前将他扶起，说：“禅师打你你不哭，教训你几句，你反而哭起来了，这是什么缘故呢？”

那后生强忍着，拭泪应道：“哈老爷，你不明白俺心中的苦楚，俺偷和尚的东西，是一时糊涂，因为终日上山打猎，俺母亲在家中总以为危险，不能放心，常劝俺改行做别项买卖。无如短少本钱，只好暂时不改行。恰巧见和尚将行囊打开，丢在半山路上，俺既见之下，忽然心动，故此将行囊偷下山来，意欲拿回家去变卖本钱，改行混饭吃。不料和尚追来，被他捉住。方才被他这一阵数说，俺心中觉悟，良心受着痛苦，哪得不哭呢？幸而行囊不曾拿回家中，假使真个拿回家去，俺母亲追问起来历，她老人家得知是偷来之物，岂不要气恼？反而生出变化，这岂不是我要想孝母，反而成为忤逆吗？现在东西未曾偷到手，俺自己的钢叉等物已是抛弃。和尚的手重，打得俺骨疼，假如回去发起伤来，定然耽搁几天不能打猎。俺母亲见俺生病，定然着急，她老人家急闷，俺做儿子的心中哪能可以安逸？即不发伤，俺的钢叉又是吃饭的家伙，抛弃了，哪来钱买？哈老爷，你给俺想，这可不是伤心的事吗？”

那后生越说越发觉着良心痛苦，格外难受，不由泪珠泉涌，号啕恸哭。从来侠义之士最重“孝”字，当时二位听后生这番至诚之言，不由动了同情心，几乎一阵心酸，陪他下泪，忙同声劝阻，说：“你休要啼哭，俺们同到你家中去，见见你老太太，定然给你想法。”后生闻言，慌道：“哈老爷，俺母亲知道俺做贼，那是定要气苦的。二位如去，万万不可说破。”

二位同说：“傻小子，俺们绝不给你说破，你放心就得了！”

后生道：“俺到山上去寻寻看，钢叉如果寻着，即请二位到家中去坐地；倘或寻不着，俺只得另外到别处去设法，可无有空闲工夫陪二位同去了。”

海川笑道：“不要紧，你的钢叉俺看见在山上抛着，你去寻找，俺们在这里等你，无论寻得着寻不着，你快些下来。”

后生听说，应了声是，回转身来，一口气向山上跑去。海川想着自己的钵盂亦在山上，遂大声呼唤，托他带下山来。后生应着，飞跑而去。

海川遂问哈一炁：“老居士认识这后生吗？为何称他做孝子，还是亲见他真个是位当今能尽孝道的人，还是听人传说呢？听他所言，确乎天真未泯，有几分孝意。老居士可能将所知见告吗？”

哈一炁道：“时穷节乃见，家贫孝始显。这小子确乎是个孝子，并非听人传说，乃是俺亲自见着的。提说起来，禅师想该记得，三年之前，俺和禅师在洛阳别后，同着那行空、蒋渔舟二位到京城行事，幸喜如愿以偿，当即由天津设法采办米粮，赶速运往甘肃，襄成善举，完全系那行空帮忙。原本画册仍由蒋渔舟从王府偷盗出来，带回洛阳，俺和那行空等米粮起运之后，又在京、津一带向一班巨商大贾、为富不仁之家偷盗了大批金银，方才动身。在路上又陆续运了不少粮米，运往甘肃。一面同着那行空起程赶路，回转甘肃。因为求行程迅疾起见，所以日夜兼程前进。

“那日路过此地，恰巧从前面那座山神庙外走过，迎面恰好见这小子一步一步地拜进山神庙里去，泪痕满面，口中不住地念着佛号。俺俩见他那副志诚神情，知道他是求神许愿，为一时好奇心打动，特意跟着他走进庙里，看他许的什么愿。只见他点燃香烛，跪在拜垫上磕了无数响头，口号祷告着菩萨，恳求保佑他母亲的病即日不药而愈。俺们见他许的愿虽只清香清烛，但是他那副诚恳的神情，和一片孝心，的确着实可钦敬。因此守他叩头起来，上前询问。他含着两泡眼泪，告诉俺们，说他的母亲忽然害病，‘家中只有母子两个，不但家中无人照应，而且贫寒无钱请大夫服药。倘欲自己在家服侍，自己便不能上山打猎，不能打猎，更无钱奉母；要顾全打猎，母亲在家又无人服侍，故此急急到此求神保佑，使俺母亲的病早日痊愈。’俺们听他的言辞，不禁给他伤神，因此商量着解囊相助。他说：‘施惠虽然由人，收受却须问母，因为母亲病着，受了人家的钱带回去，老母心疑，反而不美。’故此告诉俺们他家中的地址，要求俺们送到他家中，推说向来和他认识，特地送钱来的。俺们因成全他的孝意，遂立刻应允，问明他的姓名，才知他姓张名公侠。俺们着他先走，远远地跟着，同到他的家中。只见他仍就一步一步地拜出山神庙，很至诚地拜到他家中，在堂前进香叩头后，进房里请问他母亲的安。同时俺们已到他家中，三间茅屋，外围着竹篱笆院子，堂前虽然只安放着些破旧木器家具，可是颇觉收拾得洁净。俺们走到堂前，高声问：‘张公侠在家吗？’他应着走出房来。俺们即推说：‘许久不见了，听说你母亲身体有些欠安，特地送些钱来给你应用，将来等你有钱时，再慢慢地还俺们也不要紧。’他即拿钱进房去奉告老母，得到老母的允许，方才敢收受，出房来道谢，悄悄问俺们的姓名。俺们告诉给他，另又送给他十两银子，他再三不肯收受，俺们告辞走了。走到半路上，想着：‘他既这般老诚孝道，俺们在外走道，应做的什么事业，岂有见孝子不敬之理？’因此复又回转来，在左近地方住了客店。

“等到晚间，悄悄从屋上出店，到他的家内。恰值其时张公侠摆设香案，跪在屋外院落里叩头祝告过往神灵，用刀割股，煎药给他母亲吃。俺们乘势各从腰间取出两锭五十两的银子，另送他一小包伤药，扔在院落内，假托是过往神，因怜念他能行孝，特地送银子给他奉母养病，赐给他伤药，医治刀剑口。说罢，即便走了，所以俺知道他是个孝子。”

二人正说着，张公侠已飞也似从山上跑下来，到得面前，只见他左手中托着钵盂，右手中拿着钢叉，钢叉上仍旧扣着两只小死獐。

海川因听见哈一炁说他是孝子，所以此时十分注意他的形状、言语、行为，边从他手中接过钵盂，边去路旁将行囊扶正，打开包裹，将钵盂收好，挑在肩上。哈一炁将牲口牵着，同着张公侠一齐径到他的家中来。到得竹篱门内，哈一炁将黑驴拴在院内矮树上，海川将行囊歇下。张公侠丢下钢叉，让二人进堂前坐地，走进堂屋，恰值张老太太从房中出来，问他：“儿子，这两位是从何处来的?”

张公侠即将哈一炁一指道：“这位哈老爷，即是上次送钱来给俺孝敬你老人家养病的，还有一位姓那的大爷，今儿不曾同来。这位和尚是哈老爷的朋友，方才在山下遇着，特地同俺一起来看望你老人家的。”

他母亲闻言，忙向哈一炁道了个万福，谢他客途赠金之情，遂又向海川行礼，命儿子好生陪二位坐地，自去对房灶间里烧水泡茶敬客。

哈一炁这时因被海川问他称张公侠孝子的缘故，遂想起赠金之事，因想着赠金，遂想起张公侠仍旧打猎为生，反而学着偷人家东西，说是无钱改行，不由疑心：“这小子改了品格，面子上借着行孝骗人。”因此一路上想，越想越疑，不能再耐，遂问他这三年的情况，并说明：“当夜送二百两银子的过往神，即是自己和那行空假充的。你有了二百两银子，不做改业本钱，反而今儿学着做贼，却是何故?”

哈一炁因为心疑生气，所以说话间那面色颇形严肃可畏，双目直注到他的面上，等他的答复。张公侠惊异道：“哈老爷，俺当初只道真是菩萨显圣，天赐白银，万想不到是你老人家和那爷二位暗中帮助的。”说到此，又不由叹了口气道：“唉！哈老爷，不提起此事倒也罢了，提起此事，俺却也就想起了，真可称为祸不单行。只因当夜俺得到四只元宝，心中十分欢喜，禀告母亲。母亲的病在服药之后，得此消息，见了银子，心中一喜，病立刻减轻许多，由此渐渐地好了。俺因为很高兴，无意中在外面对人言及。不料因此竟露了风声，夜间来了个掘壁贼，将元宝偷去不算，还另外偷去几件衣服，可怜俺母亲竟因此又急出病来。幸亏二位送的银钱另放在一处，还有存着，未曾用完，所以还不至闹饥荒。假使同被偷去，那可就真不得了了。事后被左近各处的人家谈论起来，统说大约是俺的孝心不全，不然绝不至于被偷的。俺的心真不真，这本非要人知道，好讨好的事，所以也无须分辩得，左不过那个贼太无心肝……”

说取此，恰值他的母亲将水烧开了，唤他去捧茶出来敬客。张公侠打断了话头，进去端了两碗茶出来，奉献给二位。

海川听张公侠骂做贼的太无心肝，不由扑哧一声笑了出来，等他到了面前，低声对他道："你既知骂人太无心肝，为何今儿又要偷俺的东西呢？未免太不地道了吧！"

张公侠被他这两句说得面皮紫涨，作声不得，禁不住两行眼泪挂将下来。哈一炁这才明白，他未曾改行，反而学着做贼的缘故，遂决计资助他些银两，叫他买几亩田地耕种，在家务农孝母，娶亲立业，将来再改行做买卖。因即移身到海川面前，凑着耳朵和他商量。

海川道："这个容易，俺包里颇有现银，出家人要钱本无大用。既老居士立愿如此，贫僧哪有不乐与人为善之理？"因即走到院落内，将包裹卸下，提到堂屋里打开，取出在开封苗介侯家中偷来的元宝，拿出六锭来，放在桌上，交给哈一炁。

哈一炁也到院落内，将黑驴背上的褡裢卸下，拿到堂屋里打开，取出四只元宝来，也放在桌上，指着对张公侠道："俺们今日路过此地，因念你一片孝心，为成全你的孝道起见，特地再二度赠送你的白银。你改行做买卖，家中无人奉母，反而不好，不如将银子置些田地耕种，守到将来娶亲成家后，再改行做买卖。即不做买卖亦不妨，现在禅师不和你较量，你以后休得再犯。"

海川也说："俺们如不怜念你能行孝道，绝不能宽恕。你倘是矫饰欺人，将来给俺们知道了，可是绝不饶恕的。"

张公侠不敢分辩，回身急急走进灶屋，奉告他母亲。老太太听说，三脚两步走出房外，见了二位，说："承蒙二位厚赐，实在感激，但小儿无功不受禄，寒门贫贱之家，倘因厚赐而成暴富，恐外间人言可畏，虽出二位盛意，但老身愚见，只好心领，仍请二位带回。并非老身不情，实恐小儿无福承受，反而从此多事。”

二位听她言辞，知她的意思，疑心这十只元宝来历不明，深恐反而因此害了她儿子，所以不肯收受。遂笑说：“老太太休要心疑，这十只元宝是俺们二人凑出来的。因为见令郎为人老诚孝顺，所以才肯解囊相赠。”

张太太见二位言辞恳切，细看二位的形容，一个行脚僧人、一个年逾花甲，面目慈祥，不像歹人，遂说：“二位盛情美意，老身如再固辞，未免反使二位成全小儿的仁厚之意失却。姑且领收二位的厚赐，将来俟小儿仰仗着二位的福荫，有所成就，再当设法补报吧！”说罢，即唤张公侠出来。母子俩当面叩谢二位，将十锭五十两的元宝收了，二位还礼谦逊，遂将包裹褡裢打好，到院落内捎在驴背上和担儿上。

刚要向张家母子告别，猛听得外面锣声震耳，有人大呼着从门口走过道：“四方山上的妖怪，现在跑到俺们这新村庄东首的马鞍山上来了，甚为危险，大家以后不可再到马鞍山上去樵柴打猎、放牛牧羊，以免危险！”嚷着敲着，走将过去。

张家母子在里面听着，飞步走出门外去，追上那敲锣报信的人，问他是什么妖怪。问明情形，跑将回来。

二位本待要走，因听见说本地出了妖怪，一时为好奇心打动，思念：“妖怪为害地方，一日不除，这一方的人民即一日不得安枕。”于是二人遂互相商量，决计在此地用剑术将妖怪除却后再走。

当即回进堂屋里，问张公侠：“外面喊叫妖怪，是怎么回事？”

张公侠道：“离此三十里地，有座四方山，极其险恶，素为豺狼野兽出没之所。在前两月，忽然出了个妖怪，有两位大胆的悄悄躲在暗中看见过这妖怪，将它的形容记着去问读书人，读书人见多识广，回说：‘这妖怪名唤山魈，非常厉害。本来前往四方山上游牧的人很少，自从出了山魈之后，格外无人敢去了。总共两个月，这妖怪在四方山害的人畜已是不少，曾有许多猎户同业结伙上山去打它，无如妖怪厉害，结果不但未曾打得着山魈，反而伤害了两个同伴，因此吓得大家不敢再去。官厅虽然出了重赏，亦无人敢去。方才鸣锣报信的，乃是本村地保，据他说，不知如何，这山魈昨儿忽从四方山跑到靠近本村东首的马鞍山上来。今儿村后王三畏同着兄弟四立同到马鞍山去樵柴，给山魈见着，几乎送却性命，吓得屁滚尿流跑回家中，大发寒热。他兄弟四立因为跑得慢了点儿，竟被山魈害了性命，故此传信给本村各家知道，以免枉送性命。”

二位听罢，即说：“张公侠，你家中可有住处吗？俺们从小儿即练过武，也会得打猎，夜行山路也颇能去得。俺们想在你家中住两天，同到马鞍山去走一遭，除去这妖怪，免得地方上遭受大害。”

张老太太听得，念声“阿弥陀佛”：“二位要在此除妖，乃是好事，寒舍房屋虽不多，只要二位不嫌蜗居简慢，住两天是不妨的。”

二人大喜，当即请张公侠将黑驴牵到后面去喂料，将行囊及驴背上东西一齐拿到屋内放着。

张老太太吩咐儿子，将床铺让给二位安息，停会儿夜里，可到自己房内安睡。遂将二位的行囊搬到儿子的铺上去，铺叠好了。原来张公侠的房即在灶屋背后，二位跟着进去瞧看，才知这间卧房是将一间房隔分为两，前半间是灶屋，后半间做的卧房。

毕竟海川、哈一炁如何用剑法除妖，请待下回再续。

第十六回

剪径贼幻形害行旅
狠心人诡计杀同怀

话说哈一炁、海川二位听说马鞍山有了山魈，因此决计住在张公侠家中不走，待除怪之后，再行动身。皆因哈一炁此番系从甘肃到北京有事，各事办毕，刚从北京回来，所以有暇，可以耽搁时日。海川是出家人，本如闲云野鹤一般，多耽搁几时也没甚要紧，故此二人商量之下，决计除去山魈再走。

讲到海川和尚，虽然武功绝顶，可是出门走道，对于江湖上各种勾当却不能称得精明。至于哈一炁，从小儿即得到异人指授本领，十来岁即跟着甘肃的镖师出门保镖走道。在乾隆年间，又曾投身在行伍内，充当过军官，立过战功，中年闯荡江湖，在黄河以北各省地方着实干了许多惊人事业，对于江湖上各种勾当，真可称作无一不知，见闻广博。他此时听见说四方山出了山魈，忽然会跑到马鞍山来害人，后村王三畏的兄弟昨儿被山魈所害，虽然仗着他自己的本领，决计同着海川除去山魈，再行动身。但是他此外却另有一番用意，皆因他在江湖上素知有一种剪径贼，专门扮鬼怪行劫，疑心那山魈也是剪径贼的化装。原因他听说王三畏弟兄二人同到马鞍山上去樵柴，弟弟被害，哥哥却逃得性命回家，这其中亦未尝无情弊可疑。有这两重原因，所以哈一炁比海川要留居在此，待除去山魈再走的心思又深一层。

当日，张公侠给二位行李打开，铺在床上。他母亲忙着给二位预备饭菜，虽然青菜莱菔，粗米造饭，但是在张家母子已觉得十分殷勤款待上宾了。哈一炁、海川二位见他母子劳碌，觉得极其过意不去，饭后休息了一会儿，二人请张公侠引导，前往马鞍山去察看路径。张公侠连声答应，当即领着二人出门往村东马鞍山去。

到得山下，张公侠指点着路径告诉二位，将山形一看，虽然巍峨高耸，岩石交错，蒿草杂木苍翠植立，但是“险恶”二字却还不能称作十分。哈一炁即问张公侠，四方山离此有多少路途，是否和这山衔接着的。

张公侠道：“远呢远呢，山岭起伏，虽然相接，但是中间夹着条小河，还有所小村庄。那村上住户全是猎户，平日全使着四方山和马鞍山打猎过活。自从四方山出了山魈以后，各猎户遂不能上四方山打猎。如今又跑到这山上来，俺们村上的人家可又加一层危险了。”

哈一炁听罢，心中格外动疑：“山魈从四方山跑到马鞍山，中间既隔着河道，又有村庄人家，怎能这般容易、丝毫不曾伤人？显见得其中另有情弊。”当即同着海川、张公侠回到张家，悄悄和海川商量：“大约此地山魈总有一个，但是马鞍山上的山魈恐怕未见得是真的。就是那后村王三畏、四立弟兄上山樵柴，弟死兄逃，情节亦颇可疑。俺们今夜先到马鞍山去守候那山魈，等到山魈见着，便将它剪除；倘或不见山魈，那王四立的死便情节不符。俺们预备几天工夫，务必将山魈杀却。”

海川点头道：“老居士言之有理，俺们今夜先到马鞍山察看，不论是真山魈假山魈，凭着你我的本领，大约总可以对付得了。至于王四立的死，老居士认为可疑，这一点须要先调查他弟兄的手足情谊如何，尚或手足情重，断无别项事故；倘或平日不合契，便有可疑。”

哈一炁点头称是。说着话，恰值张公侠走将进来，二人便向他打听，王三畏弟兄平素可是相识。

张公侠道：“近村人家，哪有不识之理？”

哈一炁道：“如此说来，俺向你打听一件事，他弟兄俩的感情可是友爱的吗？”

张公侠道：“他弟兄俩平日同出同回，极其友爱，那是人人都知的。”

哈一炁紧接着又问道：“他弟兄俩可曾都娶过家眷吗？他俩家财如何？还富有吗？”

张公侠摇头道：“他家如有资财，还会亲执斧柯到山上去樵柴吗？王三畏去年新娶老婆，因为无钱，只好将高就低，娶的人家再醮之妇。那婆娘甚是不贤，自从娶了进门，夫妻感情虽好，叔嫂间颇多龃龉。”

哈一炁听罢，心中疑团立刻更深：“弟兄既极友爱，怎能容不贤妇人与兄弟不睦？兄弟也不应和嫂嫂反抗，况且再醮妇人，贤德的少，也许那四立的死即死在他嫂嫂手里，亦未可知呢！”哈一炁因这一转念，即说：“海川禅师，俺们反正此刻无事，何不到村后去逛逛，看看那王三畏吓出来的病现在已经如何？”

海川应道：“好，俺们同去走遭，即请张公侠领导同往。”

于是三人同行出外，径到村后王三畏家中来。走进里面，恰值王三畏的老婆在天井里晾衣服。张公侠上前唤声：“大嫂，大哥在家吗？”

妇人回说：“他睡着呢！”

张公侠道：“听说二哥在马鞍山遇着山魈，遭逢不幸，不知此话可是真的？”

那妇人道：“可不是吗？昨日下午，他哥儿俩同往山上去樵柴，时近黄昏，刚要回家，不料山魈忽然出现，吓得他弟兄俩拔步飞跑，连樵着的柴和斧子一齐都扔在地上。你大哥跑得快，幸免于难；二哥走慢了一步，被山魈捉住，送却性命。可是你大哥回得家来，口中喃喃，如同中魔，身如火烧，面色大变，抖战着像筛糠一般睡在床上，恍如不知人事。俺一个女流，遭此变故，真正无法可想。现在服下山神庙的仙方，稍微安定些；倘或不见好，俺想明儿央人将他抬送到城里去请医调治。”

张公侠和妇人说话之时，海川、哈一炁很注意她的容貌言动，觉得那妇人颇有几分姿色，妖冶浮荡流露在眉目之间，说话神情颇含轻薄之态。看罢她的神情言动，又很注意王家的房屋，四面并无别家房舍，这房屋是前后两进，前进是灶屋，及堆积柴草、米麦、农具等空房，后进是住宅，中间隔着个大天井，两边是土墙，前后两进，共是六间草房。二人看罢，即说：“俺们同到房里去看看王大哥可曾好些。”

妇人慌忙拦阻道：“他刚才服下仙方睡熟了，三位来探望拙夫，一团美意，等会儿俺告诉他吧。改日拙夫痊愈，再当到三位府上道谢。”又说：“张家兄弟，这位老丈和这位大师父并非本地口音，俺也从未见过，不知怎么会和拙夫相识？”

张公侠一时扯不起谎，瞪目望着哈一炁。哈一炁见妇人拦阻，心中更疑，接口即说：“三畏、四立弟兄俩和俺们认识已非一天了，不过俺们住在城时难得到乡下来。此番因下乡有事，听说他弟兄俩受惊，特地先寻着他。”说着，将手向张公侠一指道：“同来探望，既是三畏哥睡熟着，俺们也不惊动了，改日再来探访吧！”

海川接着道：“老居士，俺们从大远的来，为的是探望王居士。如今已到他府上，岂可不见面即回，徒劳往返呢？俺们既已来了，顾不得惊动不惊动，还是进去探望探望的好。”

那妇人忙谢道：“大师父的美意俺停会儿告诉拙夫吧，委实他神志不清，刚才睡熟。将他惊醒了，有许多不便，请大师父原谅吧！”

海川、哈一炁见她拒绝，并不虚让三位到屋内坐地，只得拉着张公侠，同向那妇人告别。妇人并不留坐待茶，即满口称谢，送三人到前进门口。

三人走回张家，天色已晚。张老太太已将晚饭预备齐整，掌上油灯，即请二位用饭，吩咐儿子陪着。

二人晚饭毕后，即对张公侠道：“俺们连日行路辛苦，须要早睡，休息休息，明儿方好去杀山魈。你和令堂也早安息吧。”

张公侠应声晓得，即点灯进后房，让二位安息，自去将灶屋内油灯掌到屋外去照看门户鸡舍猪圈，一一照看毕后，即关好门窗，掌灯到母亲房中去睡觉。

哈一炁、海川二人等他母子二人睡后，海川佩好戒刀，提着禅杖。哈一炁背上宝剑，将灯掌着，悄悄开房门出来，将灯放在桌上，开窗来到院落内。二人越出竹的篱笆，遵着白天张公侠引导的路径，前后飞行而至，径到马鞍山下。

哈一炁道：“禅师，俺们分前后走着，诱引那山魈出来。料想那山魈如是真的，山上野兽定然绝迹，见人必定来攫；如是假的，看见俺们两人，定然有所顾忌，不敢出来，所以俺们最好分作前后两起。”

海川应道：“正是。”

于是哈一炁将脚一点，遵着路径，先蹿上山去。海川遥跟着。

哈一炁来到半山里，猛听得嗖一声，从旁边草丛里蹿出头獾来，向着哈一炁便扑。哈一炁掣下宝剑，跃过去迎头一剑，刺个正着。那獾转身便跑，钻进草丛里去。哈一炁一忖：“野兽终是害人的畜牲，不如乘此杀却。”想到此，即哼了一声，从鼻孔里飞出两道白光来，向草丛中飞去。只听得哧哧一阵响，连獾带草斩削精光。

哈一炁将剑光收回，复又向山上而行，行不多远，猛然见草木丛中一阵蠢动，嗥一声，蹿出一头狼来。哈一炁早已见着，一个箭步纵到它面前，一箭刺去，正中在那狼的头上，立刻死在草地里。

哈一炁格外明白，山魈定是假的。举步再向上走，走不多远，从树中长嚎一声，走出个长大的山魈来。星月光下，映射着看得明白，只见那山魈头如巴斗，眼如铜铃，口如血盆，发似朱砂，青面獠牙，身体极其高大，腰围树叶，浑身青黑，手执铁蒺藜，冲着哈一炁扑来。哈一炁在江湖上见闻极广，一见这山魈，颇像一个夜叉，早已明白他是假的，不由一阵狂笑，挺一挺手中宝剑，迎着山魈便是一下。那山魈挥手中铁蒺藜便打，怎经得哈一炁艺高胆大，神力天生，大喝一声，山鸣谷应。铁蒺藜打在剑上，哈一炁伸手向上一翻，那铁蒺藜早被掀在一边。哈一炁使顺水推舟式，向前一进身，正刺在那山魈的腰间，笃一声穿将进去。那山魈哎呀一声，倒在地上。哈一炁进前看时，不由哧地笑骂道：“好胆大的山贼，竟敢扮假山魈欺人。今日逢着俺姓哈的，可就是你的死期到了！”

那假山魈在地上哀求道：“老英雄饶命，俺并非好做贼，实因饥饿逼迫，没奈何才化装吓人，希图得一些财帛度日，绝对不敢伤害人命。”

哈一炁用剑指着他喝问：“狗贼，你叫什么名字？做这买卖几时了？

你们一伙儿共有几人？那四方山的山魈是否和你们一党？昨儿黄昏时候，山下村后王四立同着他哥哥上山樵柴，是不是被你所害？你家住何处，多少年纪，家中还有何人？快些从实直言，如不直招，看剑！”说着，将剑向他一试。

那贼慌道：“老太爷手下留情，小人不敢说谎，俺名邱大，向以打猎为生，家即住在山下那往四方山去的小村庄上。父母俱已年迈，一家数口全凭俺一人维持生活。自从四方山出了山魈，俺们做猎户的伤了好几个，吓得不敢再上山去打猎，生计断绝。俺于无法中方才想出这个方法来，冒充那山魈吓人，一面即在这山上打猎。双方并顾，俺是独做，并没同党。这山上冒充山魈的亦只有俺一个，并无他人。讲到王四立昨儿死在这山上，说是被山魈所害，那可真正冤枉，委实俺并不曾做。因为他哥儿俩和俺并无冤仇，况且白天里俺也扮假山魈不像。他系从山岩石上跌下去死的，那尸首即在这左边山峰下面岩石上。那时，俺也在山上樵柴，趴在树丫内，亲目所见，王四立是被他哥哥王三畏从山上推落下去跌死的。”

哈一炁听罢，果然不出所料，即说：“狗贼，你说的是真话还是虚言？”

邱大发咒道：“俺如说假话，天诛地灭。”

正说着，海川已从山下来到面前，举目一看，不由好笑。原来那山魈的头和身段完全是用个木扎成，外面用颜料涂漆，头发是用马鬃做的。哈一炁剑刺在腰眼里，正是那贼的头颅上左边耳朵被剑刺破，所以疼痛得跌倒在地。海川看罢，即说：“老居士，此贼果然是假扮山魈害人，不出老居士所料，不如乘此除却，免得他再怙恶不悛。”

邱大闻言，慌忙道：“大和尚，活佛菩萨，俺并非愿意做贼，实因四方山出了真山魈，两月以来，俺们当猎户的生计断绝，没奈何，才想出这个方法来冒充。请求二位高抬贵手，饶俺一条狗命，俺以后绝对不敢再犯就是了。”

哈一炁喝骂道：“狗贼，不要装腔，快些起来，你这身山魈的头身丢在这里，给俺毁了，不许再拿回去。倘或你以后再做这剪径买卖，定叫你身首异处。快起来给俺滚吧!”

邱大正苦无法脱身，得此一句，正如死囚逢着赦书，心中大喜，忍痛爬起身来，向二位叩头谢毕，绕着山路往山后逃命去了。

哈一炁使手中剑将木头竹身毁成片段，又将那铁蒺藜折断，扔在地上，遂用剑将树皮削了一大片，用剑在上面刻画成几句道：

> 此山山魈，乃是剪径贼所假扮，兹已被人识破除却，有假身首及铁蒺藜等为证。山下居民，以及往来行人，不必再事惊慌。

刻写毕后，即对海川道：“禅师，俺早就忖想过，这山上的山魈定系假扮，果然不出所料。如今假害虽除，可是那真的还在，俺们明儿白天或是晚间准定到四方山去走遭。现在天时尚早，俺们同到村后王三畏家去察看他夫妻的举动。”

海川道：“很好，俺们就此前往。”

哈一炁遂将邱大所言告诉给海川，并说：“人心险诈，不可测度。据张公侠所言，他弟兄友爱素敦。但是邱大却发誓证明，四立是给他哥哥推落跌死，俺仔细思想，内中情节定然复杂非常，俺们快去。”于是二人飞跑下山，径到村后王家来。

到得王家屋外，二人略一点足，已上了墙头。向下一望，只见那上首房中有火光从窗槅内射到天井里地上。

哈一炁悄对海川道：“这般时候，乡村人家还不曾睡，定有事故。俺且下去瞧看，禅师给俺巡风。”说罢，轻轻跳下，走到上首房间的窗外屋檐下面，立定向内窥探。不看犹可，一看，不禁咂舌，惊怒异常，向着海川招招手。海川会意，跳落天井，走到他面前，也就着窗棂孔儿向内窥看。只见里面共是三人，一个便是白天见着的那个妇人，一个男子直挺挺死在地上，一个男子笑嘻嘻同着那妇人将那死者抬着睡在床上，翻转身来，给那死者尻门上用布揩拭血迹。

哈一炁伸手一扯海川，来到天井里墙边，低声告诉他道：“这分明是谋毙亲夫，手段非常毒辣，看上去死者定系王三畏。那奸夫却不知是谁，俺们见着，也是天理昭彰，丝毫不爽。禅师啊，这正叫作螳螂捕蝉，不知黄雀之在其后，恶人自有恶人谋啊！”

海川道：“俺们且闯进去，一个对付一个，问明其故，使他俩罪伏其辜，使地方人士得知果报。”

于是二人分开，海川从窗口一禅杖将短窗打开，跃身进去。哈一炁一脚踢开堂前窗槅，走到房门口，又一脚踢开，冲将进去。海川早已将那奸夫捉住，握紧他的头发，摔倒在地上，一脚踏住，低喝：“嚷便送你的狗命！”同时，哈一炁亦将妇人乌云揪住，摔倒踏在脚下，用剑指着她的面门，喝问他俩恋奸谋夫的情形。

看官们，那死者果是王三畏，他兄弟四立的确是被他谋害的。说起此事，原因实系复杂，编书的乘着哈一炁、海川喝问奸夫、淫妇二人的情形时节，掉转笔尖，给他俩补叙一下。

原来王三畏、四立兄弟平时手足情谊极其友爱，他俩还有两位兄长在北京顺天府衙门里当差，弟兄四人，依着排行取得名字，三畏、四立二人在家务农，守先人坟墓，兄友弟恭，非常和睦。自从三畏娶妻之后，弟兄感情便陡现裂痕，不过在表面上外人看不出罢了。日期久了，恰巧又逢着一事，遂致爆发。提起此事，真是说来话长。

究竟其事如何，请待下回分解。

第十七回

听妇言忍心残手足
申天讨仗义诛奸淫

话说王三畏、四立弟兄原是极友爱的，只因大二两位兄长在顺天府衙当差，远在京城，数年不归，音信隔绝。弟兄俩思量着先人坟墓将来恐怕年久无人祭扫，因此计议道："不孝有三，无后为大，弟兄们不娶亲成家，做一辈子的光棍汉，将来有许多不好。不如趁此勤苦，弟兄们娶一房妻小，也好内助有人，中馈无忧，只望生得一子，便可承继家业。但因家寒，娶亲一事不易措办，于是哥儿俩又从长计议，决计兄长先娶，随后看家境如何，再为酌定。故此弟兄俩同心协力、勤勤恳恳、省吃俭用，积蓄下些钱来，遂央人作伐。

恰好其时邻近村庄上有家大户人家，第三个儿子丧亡，媳妇毛氏新孀。不料那媳妇不惯独宿，性喜风流，丧期七七未满，即已与人私通，给家长父兄知道，暗中计议，都说："与其留她在家挂名守节，做出不端之事，不如守到尽七，将她再醮，免得将来出乖露丑、玷辱家声。"大家会议既定，遂先将毛氏偷汉郎头的凭证设法捉住，通知她娘家，堵住她母族的嘴，然后和平解决，给她再醮。

彼时民间风气，对于再醮妇人大都轻视，哪有人肯出来做媒呢？

恰值王三畏要娶妻，大户人家的女儿，他知道齐大非偶，不敢问津；小家碧玉，一时间哪有这般巧法？因此有好事的人遂将毛氏再醮的话头告诉给他，征求他的同意，王三畏遂和四立商量。

弟兄俩虽然生长在乡间，然而知识却很开通，认定女以入门为净的训条，决计娶毛氏。一则可以省俭费用，二则只要毛氏来家后，能守妇道，便可无事。弟兄俩商量既定，遂央请那好事的人作伐，好事的人遂走到那大户人家去说。那大户人家再醮毛氏，原不是择精拣肥、存什么挑选心思的，当然一说便合。于是两方行聘过礼，草草完婚。

王三畏自从娶妻以后，对于兄弟仍旧不改常态，极其友爱；对于夫妻感情亦颇融洽。无如有一件缺憾，那毛氏搔首弄姿，揽镜自怜，深悔嫁着王三畏，不晓得房中厮伴、帐中温存，故此表面上对于丈夫虽然颇觉情深，其实她芳心中并不认为美满。因见四立年轻，比较乃兄美貌，遂存心挑逗，每尝趁着丈夫不在家，便抄袭那《水浒传》中潘金莲调戏武松的老文章，以为四立定然肯就范。谁知四立的性情品格竟和武松今古一律，严词正色地拒绝。

毛氏见小叔不解得风流，心中既羞又恨，深恐他在丈夫面前说出真情，有许多不美，因此先下手为强，在王三畏面前挑拨离间，竟一口咬定，说四立调戏自己。做丈夫的对于床头人所说的话向来耳根软的居多，何况兼有个“醋”字在内呢，故此王三畏被他老婆一咕噜，立刻接受了枕头状，酸性大发，从此对于兄弟便存有嫉视之心，友爱之情立现裂痕。

那四立因嫂嫂往往调戏自己，心中遂瞧不起嫂嫂，那“敬重”二字从此一天一天地淡了许多。兄弟叔嫂间既有了这层隔膜，当然要发生事端。

恰巧其时邻村有个姓杨的成衣匠，人品俊秀，虽然做的手艺，可是比王家弟兄上山樵柴，逐日价被日晒风吹得像黑炭鬼一般的要显得美丽几倍了。

有一天，毛氏因要添做衣服，王三畏去将杨成衣请到家中来做针线，自和弟上山打柴。毛氏和杨成衣因此遂由主顾而渐成相识，哪消几天，杨成衣和毛氏遂由眉目谈笑中成就了女字边干，由此暗中来去，已非一日。王家弟兄被蒙在鼓里，丝毫不知。

也是合该有事，那日下午，王三畏进城去卖柴，王四立因独往山中樵柴，遇着杨成衣的同业花成衣，彼此立在山路上厮会闲谈。那花成衣知杨成衣平日因为同行嫉妒关系，两下积不相能，这时有意无意中，遂将杨成衣和毛氏通奸的情形说给王四立听了。王四立少年气盛，同知详情，哪里容忍得住？立刻收拾斧头，背着柴草，回转家中。恰值杨成衣在嫂嫂房中和毛氏姿情调笑，听见王四立回来，赶着溜出房门，从后门逃走了。

毛氏迎住四立，问他今日如何回来得恁早。王四立因见杨成衣走了，一口怒气按捺不住，赶紧出后门就追。无如杨成衣已失去踪迹，只得恨恨而回。

回到家中，恰巧王三畏已从城中卖柴回来。毛氏深恐小叔说破自己和杨成衣的事，于是不待四立和三畏说话，即先将丈夫唤进房去，诉说："四立知道你不在家，竟敢回来调戏。幸亏杨成衣来讨取裁缝工账，撞破了不能给他遂意。他竟寻事破口大骂，将杨成衣骂去了，还无理取闹，要追出去打人家呢！你此刻如再不回来，俺可就有些危险了。"说着话，一把眼泪一把鼻涕地哭着。

王三畏先入为主，不问青红皂白，走到堂前，喝问兄弟："为何回来得恁早?"

四立因恐将实情告知兄长，怕兄长气苦，而且捉奸拿双，不曾捉着奸夫，空口无凭，反而不美。因此嗫嚅着，一时不及回答。三畏见兄弟吞吞吐吐的神情，格外将毛氏的话信以为真，遂叹了口气，也不再说什么。回转房内，和衣睡在床下，从此弟兄俩遂格外不睦了。

恰巧又有一事，适逢其会地来凑这个劫数。那日饭后，王家弟兄同到马鞍山上去樵柴，恰巧又来了个行人，背着两个包袱到他二人面前探问路径，顺便坐身在石上休息足力，因为腹中饥饿，打开包袱，取出干粮来充饥，不料因此露了白。他那包袱内完全是些黄白之物，本来其人亦非善类，乃是个大官的保镖，此次系跟随主人往热河行宫去有事回来，半路上因财起意，将主人害死，将主人所有的金银细软打成两个包袱，逃回家乡。路过马鞍山，见着王家弟兄，探问路径。他自恃是个镖师，哪将两个樵夫放在心目之内？故此毫不小心，取干粮充饥，将黄白之物露了白，丝毫不曾介意。哪知王氏弟兄从旁看见，立刻眼红，悄悄商议："这行人乃是个孤客，身带多是金银，显见得所有金银亦非什么好来头。俺们弟兄如此苦力操作，不知要苦到哪一天方才有出头之日，不如乘其不备，合力将这行客害死，夺得他的金银，俺们弟兄从此可成为富人。"弟兄俩商量既定，遂决计行凶，悄悄从树上下来，各拿斧头，走到岩石前，诈语道："好大的一头蛇啊！"那行客信以为真，走到二人面前，伸头向下瞧望。弟兄俩乘其不备，各用斧头使劲向他背心上打了一下。那行客被这两斧，头重脚轻，立刻应手向岩下跌去，下面本是绝壁，高有寻丈，行客跌将下去，哪还能活？早将脑袋跌破，脑浆迸裂，顷刻死在岩下。弟兄俩一齐大喜，走去各将一个包袱提了，背上柴草，匆匆下山回家。

毛氏见他弟兄俩老早即回，不由暗说一声："侥幸，幸亏杨成衣不曾在此，倘被遇着，那可不是玩儿。"边想边问丈夫："这两个包袱是从哪里来的？"

王三畏很高兴地悄悄将来头告知毛氏。毛氏听罢大喜，将包袱接过，弟兄叔嫂同到房内，在桌上打开察看。只见里面黄金打成的叶子金条，以及元宝首饰，和白银元宝等，计算价值，足有巨万。三人大喜，当由毛氏收在衣橱内。弟兄俩走到堂前，商量金银支配之法，正应了句俗语，叫作："小人发财如受罪。"弟兄俩意欲陆续购置田地，建造房屋，搬到城内居住。四立并欲托人作伐，早日娶亲。

弟兄俩商量的计划早被毛氏在房中听见，等到丈夫回进房内，毛氏对他道："你这人真太无主意，马上将银钱花用，左近人家见俺们暴富，定然生疑，岂不弄巧成拙？不如缓些再讲。"

王三畏听了他老婆的话，因此对兄弟说知。四立见兄长陡变主张，别项不讲，但是娶亲一事乃是切要的先决问题，岂肯不说？故此催问乃兄。王三畏回说："缓些时日再说。"

四立闻言，疑心兄长听了嫂嫂的话想独吞这笔财爻，登时气得横眉怒目，不免口出怨言。王三畏因屡听老婆说兄弟欺负她的话头，这时见兄弟对自己果然如此不恭，忍不住也动了怒，于是二人言辞间遂起了冲突，结果皆因恐将谋财害命的事被外人听见不妙，大家遂各忍住。

过了一天，王三畏在外边听人传说，四方山的山魈怎样怎样的凶恶，又说现在马鞍山上不知如何，晚间也有山魈出现，不知是否即系四方山的山魈跑到马鞍山来的。王三畏听得此言，心中灵机一动，陡生一计，回得家中，悄悄和老婆商量。毛氏见他要害死兄弟，独吞金银，不由大喜，当即参加主张，说要手脚干净，做事秘密，不可走漏风声。

王三畏点头道："那是自然。"于是约着兄弟同到山上去樵柴。

四立哪能料得到他兄长要送他往鬼门关去呢？因此拿着斧斤绳索，跟兄长同到马鞍山上去照旧樵柴。三畏走到岩前，向下探头一望，故意大惊失声道："兄弟，快来看，这下面是包什么东西？"四立闻言，走到岩前，向下探望。三畏从他背后使足气力，向下一推，喝声："好兄弟，你还敢调戏你嫂嫂吗？俺今日送你回老家去吧！"

四立被推，应手倒撞下去，头下脚上，正撞在石角上，立刻脑浆跌出，死在就地。王三畏向下一看，见兄弟死得甚惨，毕竟有些手足之情，心中一痛，立刻吓得心惊色变，眼泪汪汪，哭了几声。遵着预定计策，用泥土树叶搓匀，搽在面上，转身一口气跑下山去，大呼小叫，诈言："在山上遇见山魈，自己跑得快，逃得性命。兄弟被山魈捉住，不知性命如何？"边跑边见人即说。跑回家中，像吓疯了一般，装模作样，在家中跳来跳去，呼喊吓杀，慌得毛氏假意四面请人来帮忙看守，自去山神庙拜求仙方。带了包香灰，算是仙丹，当即回转家中，用香灰煎水，给丈夫服下，推说服下仙方，稍觉安定。

其实王三畏经过长时间的呼喊跳跃，实已疲极，当然要睡。那面上的青紫原是树皮草根做的色，本来谋杀胞弟，天良有些不安，那恐惧和眼泪的确系真的，故此装得极像，外人丝毫不疑。

王三畏睡在床上的当儿，村庄邻舍的少年胆大者，早有人约着，同往山上去寻觅察看，见他弟兄俩的斧子绳索遗弃在地，遂在那左近地方寻找，果见山岩下面有王四立的尸首，大家猜度："以为是四立见了山魈，心慌逃走，失足跌下去死了。"于是回来报知他兄嫂。

毛氏拦阻众人，说："三畏刚才安定入睡，且请大众将此事瞒着，休说给他知道，等到将来再告诉他听。"一面央请大众，设法到山岩下面去将王四立的尸首收殓，抬到王家祖坟上去，再作道理。从来人多好做事，当时大众因怜念他弟兄平日待人和平，遭此不幸，毛氏一个女流，所以大家很愿意地帮忙料理。从寿器铺里抬了口棺材来，到山岩下面去将王四立的尸首收殓，抬到王家祖坟上浮厝着，一切都请当地保正过目，所以保正当作真情，鸣锣左近村庄，以免人民受害。

当时杨成衣得到消息，借着探望王三畏为由，来到王家，与毛氏厮见。毛氏暗暗将内中情节悄悄告知杨成衣，并说："俺有一计，只要你依着俺做，俺们便可做长久夫妻，而且光明正大，以后且可只享富贵不愁贫。"

杨成衣闻言大喜，即问她有何妙计。

毛氏道："趁着三畏推托受吓回家卧病的机会，俺们想法害死了他，推说他是吓死了的，当然无人疑惑。他家两个哥哥都在京城，别说不晓得，即晓得亦无妨，有近邻为证，准可太平无事。他死之后，俺即光明正大地嫁你。你本来不曾娶过妻，当然无人说话，俺这里娘、婆二家，娘家当然无事，婆家又没有人，各事当然都听凭俺自己做主。俺嫁给你后，便可推说往外方去做工，那时俺们便可动身到别处去，有这许多金银，何处不能开铺子、买田地，岂不立刻成为富户？"

杨成衣闻言大喜，即说："好极！准定照计行事，停会儿俺夜间准来。"

当时杨成衣回转家中，穷思极想，居然给他想出一条计策，走到左近的镇集上，寻着个乞丐，向他买了条小蛇，用细竹管儿盛着，拿回家中，晚饭时喝了些酒壮胆，等到二更时分，悄悄带着小蛇离家，往王家后门口来。门原是虚掩着的，杨成衣推门进内。

其时王三畏正睡熟在床上，像死猪一般。毛氏正盼望奸夫，等得心焦，一见杨成衣来了，恍如得宝一般，非常快活，即说："三畏正好睡着呢，俺们该当怎样动身，才能使人看不出痕迹呢？"

杨成衣将手中竹管儿一扬道："即用此物，送他的性命。"

毛氏问他："这细毛竹管儿，怎么能够杀人呢？"

杨成衣道："只要你先和俺将他捆好，用东西堵塞了他的嘴，使他不能声张，俺即可使用这竹管内的东西送他的性命。”

毛氏问：“竹管内何物？”

杨成衣遂将实情告诉了她。毛氏大喜，即说：“绳子现成，但恐人家能仍看得出痕迹，不如不捆，凭着你我二人的力气，对付他一个，谅来无有不可。”

杨成衣道：“那是不妥的，仍以捆缚为妙。”

于是毛氏将在王三畏弟兄平时捆草的绳索寻了两根，扣好活结，各拿了一根，悄悄进房，走到床前，揭开卧被。毛氏套王三畏的手，杨成衣套王三畏的脚，两下同时收紧。那王三畏被绳捆勒得痛了醒来，张目一望，见杨成衣同浑家捆缚自己，心中明白，大呼一声救命，早被毛氏拉过卧被，盖在他头上，那声音虽大，可惜堵在被内，外面谁也不能听得出。王三畏竭力挣扎，从床上直滚到地上。毛氏急扯被蒙住他的头，一屁股坐在上面。杨成衣从一旁拿过竹管，扯下王三畏的裤子，露出臀部来。杨成衣将身骑坐在王三畏的脚上，拔去竹管上塞，头将竹管眼儿凑准对着王三畏的尻门，一面从毛氏头上拔下根大针，刺进那竹管内去。那小蛇被针刺着尾巴，护痛向屁眼内一钻，立刻钻进王三畏的腹中，王三畏头被蒙在被内，哎呀一声，双足一阵颤动，立刻送却性命。

杨成衣扔下竹管，毛氏起身揭被，只见王三畏瞪目张口，直挺着死在地下，于是将被扯到床上，即先同杨成衣将王三畏手足上的绳子解去，抛在一边，然后将王三畏抬上床去，用布揩拭王三畏尻门上的血迹，给他将裤子拉上束好，刚才扯被给他盖上。万不料哈一炁、海川二位一从堂前一从窗口，突然踢开门窗，飞身进来。哈一炁将毛氏踏住，海川将杨成衣踏住，逼问二人的口供。二人一见哈一炁白发白须，威风凛凛，海川是个僧家，错认为神佛显圣，哪敢说谎？慌忙照直实供，在地上叩头如捣蒜般发誓许愿，只求活命。二人闻言大怒，一声吆喝，海川一禅杖打得杨成衣头碎脑裂，哈一炁一剑戳了毛氏胸口一个透明的窟窿，当即一齐毙命。

哈一炁对海川道：“天理循环，报应不爽，禅师看这王氏弟兄无端见财起意，杀害行客，兄杀弟、妻谋夫，完全都是立刻现报，俺们今日此举，不但替天行道，而且大快人心，应该留言题壁，警惕世俗。至于王氏弟兄所劫得的金银，原是不义之物，俺们正好带去，救济孤贫，禅师以为如何?”

海川道:“老居士之言有理。”于是哈一炁用剑割下毛氏的衣角，蘸着血去那白石灰粉过的土壁上将王家兄弟手足相残，及毛氏、杨成衣谋害亲夫的经过情形写了个大略，末后将过路杀死奸淫、以彰天讨的本意也写了两句，并写两句警诫世人的话头。写毕之后，二人用刀剑打开衣橱箱橱寻出那两包袱金银来，各提一个，飞身出外，回转张公侠的家中，悄悄关窗门掌灯回房，上床吹灯安息。直到次日午刻，方才起身。

毕竟二人起身后如何，请待下回再写。

第十八回

孽果恶因如响斯应
山魈毒蟒随手而踣

话说哈一炁、海川二人，第二日午刻方才起身。张家母子因将二位当贵客看待，所以早起不敢惊动，等到二位起身，开房出来，方才彼此请问早安。张公侠忙给二位端整茶水。

二位洗漱毕后，喝了壶茶，张母已将饭菜盛送到桌上，请二位用中饭，二位才知时晏，胡乱称谢吃了。同时张公侠在门口听见邻近人家谈说村后王家的事，不由吃惊咂舌。他虽然有些傻气，究竟不比得真正痴呆，当时听见，心中明白，定系留居在家的僧、俗二人所为，暗暗捏了把汗，悄悄回到里面，低声告诉给他母亲听了。他母亲慌忙急用手堵住他的嘴道："祸从口出，休得多言惹祸，人命关天，不是儿戏的事。你又不曾看见，怎好胡猜乱言，以非为是。"老太太口中虽这般说，可是心中却也雪亮。因为昨儿见二位赠送儿子十只元宝，便疑心他俩有些来历不明，左不过不便出口。于是假托寻物，走进后房去偷看，陡见多了两个包袱，伸手一提，觉得极其沉重，摸在手中，觉得里面都是金条银锭，心中格外明白。回步出来，担着一肚皮的忧心，深恐事情闹穿，自己母子有知情不举、窝藏匪类的大罪。他母子的心思不知不觉地从面容上流露出来。

哈一炁、海川二人究竟是老于世事之人，况且心虚，哪有不能忖知之理？因此悄悄一商量，当即告辞，谢别他母子，立刻动身。张家母子恨不得他俩就走，只因不便出口，见他俩要走，哪还肯虚留？即说：

“简慢莫怪，既要赶路，不便屈留。”并道：“谢昨日赠银之意。”二位略一谦逊，即各将包裹、行囊收拾。

哈一炁请张公侠从后面将黑驴牵出来，于是二人别了他母子，匆匆离了张家，取路过马鞍山，往四方山而来。二人到得四方山下，哈一炁将驴子系在树上，海川将行囊歇下，同坐在路旁树下休息。海川猛然想起，说：“哈老居士，贫僧记得当年老居士在洛阳时，有一位女子，留言与老居士打赌，约期到山东比试武艺的，不知老居士可曾前往山东赴过约吗？”

哈一炁见问，不由笑道：“禅师不必提起，提起来真正可笑可气。那女子自命不凡，无端留言给俺，要和俺比武。因为赈灾要紧，先同着蒋、那二位到北京去办事，随即回转甘肃，事毕后即同着那行空往山东曲阜县睢庄去寻访孔妩倩。果然有这么一位奇女子，无如她并不在家，留下书信，知照他家中人等，交给哈某。俺当即拆看，信上言辞，仍是自视甚高，傲气凌人，说：

因有要事，往江南去走遭，不及在家等候，只得失约。随后如在江湖路上遇着，准定面会比试，请勿见怪。

俺见了信，心中好恼，即给那行空看了。那行空也说：‘她太将人作耍，俺们应该警诫她一下，使她知道些厉害。’俺想她究竟是个女子，何必和她一般见识？况且俺们和她比试，纵然胜了，亦未必即成为好汉。因此遂劝住那爷，得罢休处且罢休，姑且将这件事情抛开，故此，俺们虽曾到曲阜去过，实际上等于徒劳往返。”

海川道：“孔妩倩一个女子如此狡狯，她如没有本领，断不敢到老居士的下处来留言相邀。但她既往江南有事，也许她到江南，委系有紧急事故，并非故意避面，亦未可知。”

哈一炁道：“反正俺偌大年纪，不以胜她为荣，将来见着她也罢，不见着她也罢。”随又说：“禅师此番离京云游，不知可有什么目的地没有呢？”

海川将自己云游的意志说给他听了，又说："家师出游已久，现在不知住锡何方，俺此行倘能见着，即当跟随他老人家回转少林寺去。倘不遇着，贫僧即当照着预定计划，绕上一个大圈子，再行回寺。"

哈一炁道："禅师，你看这山形果然高丛险恶，比那马鞍山实有许多不同，这山上出山魈，比较地似乎可信。因为昨夜邱大曾再三言说，四方山的确出有真山魈。再有一件，路极无君子，比如张公侠那傻小子，他原是位循规蹈矩的忠诚老实人，但他竟会偷禅师的东西。虽然他不曾说是因四方山出了山魈，生计逼迫，但是据俺想来，多少也有些关系。你想，他前儿打猎寻觅野兽的山，和马鞍山完全无甚分别，山小野兽定少。像这四方山方圆既大，又十分高峻，如果到这山上来打猎，岂不要比较的容易得着些？所以古人说，寒饥生盗心，原是颠扑不破的啊！"

海川点头道："也许这小子为的此事，但人家打猎，总是夜里，偏他却在白天里，莫非他系奉着母命，怕夜间危险吗？再有一件颇为不解，贫僧的拳脚，常人绝对承受不起，偏他被俺打了几拳，若无其事。如说他练过武功，他和俺对抗时，连一个招儿都没有，分明是不懂得拳棒。如说他不懂得功夫，怎么又能经得起贫僧的几拳呢？老居士可能知道吗？"

哈一炁道："禅师说白天打猎，的确这是他的孝意。因为俺上次同那行空路过此地，见着他时，曾听他说过，他母亲曾吩咐过，不许夜间打猎。因为夜间野兽出外觅食，本无伤人之意，如去打它，未免有伤天和，况且黑夜间看不真切，也比白天危险，所以他打猎只在白天。讲到他承受得起禅师的拳头，却也有个原因。当日那行空因见他能尽孝道，逐日上山打猎，恐他被野兽所伤，特地传给他练习一种硬功，以防野兽的侵伤。这种硬功，唤作铁布衫，那爷传给他练习的方法时，只抱着个民可使由之，不可使知之的主意，并不曾告诉他名目以及功用，但说：'此功练成，可以抵御野兽的脚爪猛力。'此外，又教给他陆地飞行的身法步法，那小子虽呆，但是对于练习武功，却颇聪明，居然能一学即会。俺们去后，到今已隔三年。大约这小子在此三年内很下过一番苦功的练习，因此他能经受得起禅师的拳头。”

二人谈说休息了一会儿，遂相约起身上山。哈一炁将黑驴牵过跨上，海川挑上行囊，缓步上山，一路察看山景。走不到两三箭路，那路旁大树上挂着块木牌，牌上张贴着本地官厅的告示。二人走到面前，立定看时，上面大约说的本山新出山魈，伤害人畜，劝行人止步，并悬赏招请勇士，尚能将山魈除却，赏白银百两。二人看了个大略，即说："果然此山有山魈呢，俺们且到山上去寻它去。”说着，哈一炁将驴臀一拍，双腿一夹，那黑驴四蹄提起，奔上山去。海川跟在后面，双脚一紧，飞步赶上。

来到半山里，看看天色，已将垂暮，那太阳已如盘般大，高挂在西边云眼里，射出红光来，映在天上，烧起晚霞来。日光射在树上，枝枝叶叶都表现出苍黄气色，一眼望去，好似一幅晚景图，颇觉凄凉感人，迎面吹来的晚风习习生凉。

二人立住商量道："天色已是不早，凭着俺们的足力，跑过山去，定已黑夜，不如索兴在山上过夜，并且等候山魈。”于是二人极目四望，察看有无栖止之处。一眼见山上有一堵红墙被日光映射着，颇现荒草颓垣的气象。二人同时看见，即说："俺们今儿即住在这庙里吧！”于是二人径往那红墙地方走去。

到得面前，仔细一看，只见庙门上横勒着“福德神祠”四字，才知是本山的土地庙。那庙门已歪倒在一边，像是久无人来过问的苦庙。

哈一炁跳上驴来，牵着先行走入，即将驴子拴在天井里一株小梧桐树上。海川跟着走进去，将行囊担儿歇在土地神龛供案的前面，一看两旁塑立着八位鬼役，黑白无常快班等鬼，狰狞可怕。二人见了，不由笑道："别说见了山魈，即见了这几位泥塑木雕的，亦有几分可吓呢。”说着话，海川将行李打开，铺在地上，二人坐在上面，趺坐着休息运功。

看看天色渐黑，一会儿，从天井里射进月光来，照耀得甚是清晰。二人趺坐着吐纳运气，闭目养神。约莫已到二更时分，二人因为未用晚膳，腹中觉着有些饥饿，互相计议，深悔不曾带得干粮。

哈一炁道："此刻时候不早，料想那山魈定已出现，俺们腹中虽然有些饥饿，究竟不比得一天未曾进过饮食。熬过一夜，谅也无妨。俺们不如乘此到山前山后各处去巡行一周，谅来定可遇着那山魈。凭着禅师的禅杖、戒刀，俺的一口剑，万无对付不了之理。俺们就此前往吧！"

海川应声而起道："老居士言之有理，空坐着反而腹中格外显得闹饥荒，不如寻些事来做做，比较地可以不觉得。"

哈一炁随即起身，二人各将兵器拿好，走出土地祠，迈步循路而行。绕到山后，刚走到一所坟墓前面，猛然听得一声长啸，那声音山鸣谷应，风过处，震得木叶簌簌落将下来，大有地动山摇之势。二人一惊，立定向前细看，只见得从树林丛中扑奔一个身高数丈、腰大十围、面白如纸、发红似朱、吱吱长啸、腿臂长大的山魈来。那形容活像一个活死尸，不过是特别放大的罢了。二人见山魈扑奔到面前，以为它亦和邱大是一类的赝鼎，于是同声大喝，恍如半窗起了个霹雳道："好胆大的山贼，冒充僵尸鬼吓人。看家伙！"说着，跃身过去，照着那山魈禅杖、宝剑齐下。

那山魈长啸一声，并不逃让，若无其事地伸长两臂，直向二人身上扑来。二人的兵器击刺在它的身上，见它丝毫不觉，反而震得手腕生疼，又见它直扑将来，不由一惊，这才相信它是真山魈。哈一炁深恐斗下去给它的指爪捉住，难于脱身，又恐海川不会得剑术，吃了大亏。因此心中一急，吆喝一声："禅师后退！"即同时和海川跃退到丈外，立下脚即说："禅师且住，待俺独自对付这孽障！"说罢，鼻孔中哼了一声，飞出两道白光飞剑来，直向那山魈头顶上飞去。那剑光晶莹夺目，照耀如闪电，夭矫如游龙，从上面落下来，像剪刀一般绕在山魈的头颈内绕了一下。

那山魈吱吱啸叫了一声，立刻身首异处，倒在地下。哈一炁指挥着剑光，连续着将山魈分为几段。见它不动了，方才将剑光收回。

海川在旁看得真切，心中惊异，方才明白哈一炁是当代的剑侠，比自己和王老师又高一头，怪不得人家称他为北方异人呢。不由心中敬羡，遂上前给他贺功，并同他走到山魈面前，借着月光仔细观看。只见那山魈遍体是毛，恍如野人，又像夜叉。那形容非常可怖，用戒刀、宝剑劈刺两下，竟丝毫不能伤损，不由一齐惊奇。

海川问道："哈老居士，那行空人称南方怪杰，不知他亦精通剑术吗？"

哈一炁点头道："那爷亦颇精于化剑为丸、吐纳剑光使用的方法。不过他的剑比俺的略有不同，俺是白光，他是青光。禅师可亦精于此道吗？"

海川道："贫僧却不曾学得。"

哈一炁道："这就奇了，俺往日在江湖上听人传说，少林寺的方丈法雨长老深通剑术，有当代剑仙之目，怎么禅师是他老人家的首席弟子，反而不曾学得呢？"

海川道："贫僧往日见家师在寺中修练剑丸、吐纳运用时，原曾跪求过，家师说贫僧福薄，恐怕压制不住，反而有损无益。曾许贫僧将来出寺下山，云游过各处，做过无量数侠义功德之后，方才可以传授。"

哈一炁道："这就难怪了。俺听人言，令师法雨长老的剑光乃是红色，不知可是真的？"

海川道："正是红色。"

哈一炁道："剑术的初起，乃是从战国时代，越国大夫文种聘请楚人陈英教练拳术时，同时有位白猿仙也被文种访请着，教练越国子弟的剑术。当时白猿仙所流传下来的，便是青光。后来张三丰祖师出世，在武当山大兴武当派技击，发明太极拳、太极剑，别出心裁，从青光中练成白光。那行空的剑光青色，原系从白猿仙一派练习而成。俺的剑术乃系从武当派名人练习而成，至于令师法雨长老的剑术，据传乃系从达摩祖师面壁九年悟成大道时修炼成功的。评论起来，剑术颇有高低，青光逢白光，往往致败，但是青光修炼的年月如比白光久远，白光亦难讨便宜。至于红光，据传还比白光稍高一头。但是俺闯荡南北各省，并未曾遇着，皆因练习剑术时，即须受极严的戒律，非至万不得已时，不许轻擅妄用，所以各省虽颇有深通剑术之人，但因不轻用之故，竟使大家虽有会晤，亦多交臂失之。"

海川闻言点头，心忖：“怪不得那行空人称南方怪杰了！”因又进一步问道：“哈老居士，人称那行空为南方怪杰，称老居士为北方异侠，既称怪异，当然有比人不同的怪异之处，不知可能见告吗？”

哈一炁笑道：“禅师此问，真如想入非非，怪杰异侠，乃是承人推崇，公送的外号。其实俺和那爷并无什么怪异之处，但有一件非人可及的是，俺们各会得些法术、五雷手诀等等。俺是从青海一带回族能人中叨学来的，至于那爷，他住在武昌，和湖南各属的术士颇多相识，因此他学得些法术，所以人称怪异，或许即是从此而来，亦未可知。不过俺们非至万不得已，绝对不敢恃法术欺人。比如这山魈，俺方才如制伏它不得，因它是害人之物，有伤天和，俺便可以使用法术对付它。”

海川闻言点头，遂说：“现在山魈已死，俺们可以不再巡行山岭。径行回转土地祠去，等候天明，即行动身了。”

哈一炁道：“反正时候尚早，俺们回转土地祠，无事又睡不熟，不如绕上一个弯儿。倘或见着猛兽毒蛇，俺们也好乘此诛却，免得那些猎户费力。”

海川想了想道：“也好，俺们就此走吧！”于是二人舍下山魈，向前循路而行。

行行又行行，才过一个弯儿，远远见一株大树，树上挂着两盏灯亮，闪闪有光。二人不由奇怪：“这树上为何有人点灯？莫非有甚奇异之处？”于是脚下一紧，纵步到那灯亮面前。从月色下见着，才知那树上并非挂着灯笼，乃是一条巴斗粗细的大蟒蛇。那儿蟒蛇在树上倒挂着，昂首吐气，一道红芯从口中吐出来，像些电光一闪一闪，若隐若现。二人一见大惊，齐将脚步止住，不向前行。

哈一炁道：“果然这山上有毒蟒呢！试想，那普通猎户见着了它，那还能逃得性命吗？可真不是玩儿的。俺们二人既然见着，理应将它除去，不但它的那身皮可以值得巨价，就是这一对眼珠，也就值得巨万哪！俺前年如果遇着此蟒，也可以无须到洛阳找蒋渔舟偷《汉宫美人图》了。”

海川道：“要除此蟒，还须仰仗剑术，倘或和它厮斗，可真不是易事。”

哈一炁道：“禅师且退后一步，待俺先用五雷诀震它下来。”边说边将右手掐指捻诀，口中念念有词，将手一散，喝声道：“疾!”只听得空中震响，起了个大霹雳。那掌心雷乃系对着毒蟒放的，一声响亮，震得那山谷应声，树木摇晃，许多睡在树枝上的鸟雀被这一震，吓醒飞将起来。同时那毒蟒被这雷击震着，吓了一跳，嗖一声从树上落将下来，向那丛林深处疾如掣电般爬去。

哈一炁看得清切，哪肯放松？早又捻诀，放出第二个掌心雷来，向那毒蟒头顶心打去。毒蟒吓得回身逃走。哈一炁见二雷不能伤它，知道它已有道行，非用剑光不能致它死命，于是哼了一声，从鼻孔中飞出两道白光来，向毒蟒飞去。那毒蟒居然昂起头来，吐芯迎敌，和剑光厮斗。二人远见蟒蛇吐的芯，恍如电光般上下飞舞。哈一炁指挥着剑光，又放出一个掌心雷来向毒蟒击去。只听得咔嚓哗啦唰的一阵响，那毒蟒已被雷和剑光杀却，咔嚓乃霹雳声音，哗啦是毒蟒昂头在半空中，被剑光斩为两段，跌落下地，将一株树带倒，所以有此声响，唰的一声，乃是那毒蟒护痛，尾巴向上一扫，扫在树枝上，所以有此巨响。二人见毒蟒已死，一齐大喜。哈一炁将剑光收回，同着海川跑将过去观看。

毕竟二人在山上还生出何事，并再杀何物否，请待下回再续。

第十九回

叹险巇侠客惊失窃
弄狡狯恶贼逞机锋

话说二人跑到毒蟒面前，那毒蟒的尾巴兀自在地上动着呢。哈一炁跃身到毒蟒头前，用手中剑将毒蟒的两颗大眼珠血淋淋地剜将下来，揣在怀里。回身同着海川，仍遵着山路向前行走，边走边说："禅师，可惜俺们没有带着剥皮的东西，如果将这张蟒皮剥下来，定可值得巨价。"

海川猛然想起道："皮不过可以蒙大鼓，或是做别项用处，那蟒的骨节里，照想起来，定然还有许多珠子，俺们何不辛苦辛苦，将它斩断，逐节寻取珍珠？"

哈一炁道："也好，俺们回身去取。"于是复又跑回到毒蟒面前。

两人同时动手，将毒蟒的骨节一段一段地斩断，果然逐节都有精圆的大珍珠。二人共取得一百多粒，塞在怀里，取路往前山土地祠内而来。到得祠内，天时已过四鼓，二人坐下休息，盘算天明下山，一面将所得珍珠各从怀中取出来放在被褥上，借着射进来的月光照看。看毕，二人各分一半，海川包放在包袱里，哈一炁包放在褡裢里。

一会儿，天光大亮，二人起身收拾行李，预备动身。猛然见各少了一个包袱，说也真奇，这两个包袱即是从王三畏家中得来之物，别项一件也不曾少。二人吃了一惊，齐说："奇怪，这地方有谁敢来呢？"猛抬头，忽见那塑立在土地左首的白无常泥身失去了一个，昨晚进来时，分明见两旁各塑立着四个鬼役，此刻右首四个并不曾缺少，偏是这左首的四个鬼役少去了一个白无常，不由诧异惊奇。

海川道："难道这白无常鬼是活的不成？怎么竟会走了呢？俺们的包袱也许即是它偷的，亦未可知。"

哈一炁道："可不是嘛，这狡贼虽狡可是偷俺们的东西真也太不自量了。俺们且寻寻看，这白无常的泥身不在这里，却被放在何处？"于是二人走出屋外，见黑驴依旧拴在梧桐树上，并不曾遗失，于是寻到土地祠外，绕到祠后。见墙下倒着个白无常泥身，歪睡在那草地里。

哈一炁道："这个贼定系改扮白无常，躲在土地祠内，像邱大般改扮山魈，为害行人，谋夺财物的剪径贼。不过他既敢大胆到这山上来，定然非是寻常之贼。俺们总算是终日打雁，反被雁啄了眼睛，可真是意想不到、万料不及的。所幸俺们得来的这两个包袱完全是别人家的东西，被他偷去，总算是俺们的一些小报应，也不必追寻他了。好在俺们辛苦了一夜，得到许多珍珠，所得的代价，比那两个包袱的金银总还要多些。俺们回祠去取东西，下山上路，去打早尖，到前途且寻找个宿头，休息休息吧！"

海川道："也只好如此，除此以外，亦无别的方法。"于是二人回进土地祠内。海川将行囊收拾，哈一炁将黑驴牵着。海川挑起行囊，哈一炁牵驴先行，走出祠外，说："禅师，这牲口也该饿了，先给它啃些草吧！"

海川道："好！"歇下担，守哈一炁放驴吃草。

过了一会儿，黑驴已经吃饱，哈一炁牵着，向山后而行。海川挑起行囊相随，绕到山后，取路下山。走到山下，前行六七里地，来到一所小村庄。那村庄的路旁有两爿酒饭客店，二人走到门前，哈一炁将黑驴拴在店外门前木桩上。海川径行入店，歇下担，过卖过来："请问二位用些什么？"

二人说："先打面水，泡壶茶来。"

过卖应声而去，立刻照着办到。二人洗面净手喝茶后，命过卖取些大饼饽饽等点心来充饥，边问了地名。过卖回说："本地唤作周村。"

哈一炁正欲再问，清早可曾见什么人从此门前走过去，猛抬头，见里面靠壁的座上伏着个汉子，在那里打盹，桌上放着两盘点心未曾吃完，一壶茶、一只茶杯，最触目的，便是两个包袱。那包袱正应着两句小说成语，叫作：“踏破铁鞋无觅处，得来全不费工夫。”

原来正是二人失去的原物。哈一炁一见，不由大喜，用手扯了扯海川的衣襟，低声唤：“禅师请看！”说着，向那里面座上努了努嘴。海川顺着势向里面座头上一瞧，不由念了声：“无量佛，这贼敢是辛苦了一夜，到这里来打瞌睡，也是俺们不应破财，所以他不曾远走。”边说边扯着哈一炁，立起身来，走到里面那汉子面前，拍了拍桌子，喝道：“毛贼！你做贼偷东西，也得睁开眼睛看看清楚，难道竟大胆敢到老虎头上来拍苍蝇不成？”

那汉子陡被惊醒，勃然大怒，跳起身来，指着二人骂道：“你二人做贼，还敢来骂人做贼！谁偷过你们的东西？敢这般清大早起，开口伤人，你俩如不给俺指出赃证来，俺们结辫子到城里打官司去，告你俩诬良为贼之罪。不要走，快给俺个证据来。”说罢，伸两手来将二人的衣襟扯住。

二人喝道：“狗贼！赃证现在桌上，你还想抵赖吗？别现你妈的丑，塌你娘的台了！”边说边摔开他的手，伸手各取一个包袱来。

那汉子忙伸过一手按住一个道：“且慢，你二人将俺的包袱硬赖着说是你们的东西，还敢骂人做贼，真是贼心肺、贼肚肠！你二人既说这两个包袱是你们的东西，可知里面是些什么物件？倘或说得对，便是你们的东西，俺甘愿担个贼名；倘或说得不对，留心你们的嘴巴。”

二人应声道：“什么话？俺们的东西岂有不知之理？这里面满放着金银。”

那汉子接口道：“好，打开来看，倘若不是金银，你二人休想保得住两面的嘴巴！”说着，即伸手自动解开一个包袱，另一个却由海川打开。看时，里面哪有什么金银？完全是几块碎石破砖，用破衣包着。二人不由一呆，那汉子大怒，指着二人大骂道：“好胆大的和尚、老头子，居然敢到俺们周村地方来冒认包袱，诬人做贼！伙计们，快些鸣锣，聚集本村的人民，将他们两个捉住。”

过卖闻言，即说：“看你们两位，一僧一俗，都像是规矩人，为何这般不老诚？清大早起的，即胡乱冒认人家的东西，骂人做贼？别处地方可以容得你们撒野，俺们周村地方可不能轻易由得你们胡为！不要走，俺去喊人去。”边说边跑出店外，一声大嚷，即有两个长大汉子应声而至，问有何事。

过卖命他二人快些鸣锣聚众。二人回声而去，顷刻间铛铛铛锣声震耳，左近人家的壮汉各执着器械，如飞蜂拥而至，由那两个长大汉子率领着拥将进来，同时那里面的汉子盘起辫子，脱去长衣，抢步到一旁壁上，摘下口牛耳泼风刀来，奔到海川、哈一炁二人面前，即便动手。

二人在各处走道，什么阵仗不曾见过？这时见他像煞神般挥刀奔来，明知金银原物给他掉了包去，存心在此等候相戏，其情十分可恶。这股怒气哪里还能容忍得住？喝叫一声：“来得好！”海川从腰间拔出戒刀，哈一炁抽出宝剑，迎住那汉子交手。那汉子怎能敌得住二位的神勇？只一合即已着刀受伤，跌倒在地。外面奔进来的两个长大汉子各执齐眉短棍来打二位，二位回身挥刀剑抵御，亦只一合，即已将两个长大汉子的短棍拨落，刺伤手腕，负痛向外逃去。二位也不追赶，即说：“你们众人休慌，俺们明白，你们定有首领，快些将你们的头儿唤来，和俺们厮见。你们如不去唤，俺们定然将你们这小小的村庄毁成灰烬。”边说边过去将那受伤跌倒在地的汉子扯将起来。哈一炁抓住他的手，海川用戒刀架在他头上，喝骂一声：“狗贼，你奉何人之命，竟敢使用金蝉脱壳之计，戏耍俺们？快些将包袱内原物，被何人拿去、藏在何处，供招出来，俺们便饶你不死。不然，俺们先将你宰了，再去寻你们的头儿算账。”

那汉子被戒刀威逼着，吓得浑身抖战，方才的勇气竟如被空气卷向爪哇国去了一般，筛糠价抖战着招道：“二……位……饶……命，这不干俺事，乃是俺们的头儿叫俺们做的。”

二人喝问：“你们的头儿是谁？”

那汉子道：“他名叫李福来，家住离此十里，名唤李家堡。那地方非常险峻，路径极不易识，俺们周村的人都是他的手下，你二位如有本领，不妨到李家堡去寻他。如没有本领，可就不必再想要那两包袱金银了。”

哈一炁听说李家堡李福来的地名、人名，不由恍然大悟，即说：“禅师，且饶放他，俺们去寻李福来要去！”遂又喝问：“这两个包袱是谁扮白无常从四方山土地祠内偷下来的呢？”

那汉子道：“拿两个包袱的假白无常便是俺们的头儿。”

哈一炁道：“是了，饶你不死，你快去到李家堡送信，就说俺哈一炁非比别人，可以任他戏耍得的，叫他亲自到来赔罪便罢；倘或不来赔罪，那时可就休怪俺们无情，准定即日剿灭了他的巢穴。”

那汉子心中虽怒，口中却只得应着，忍痛带伤，走出店外，一溜烟也似跑了。

二位看店中时，方才鸦飞雀乱的许多人，此刻都已不知去向，便是那过卖，也不知中躲到何处去了。偌大的一爿店，里外竟无一人，只有一头花狗坐在门口地上，望着二人汪汪乱吠。二人见内外无人，便也就不客气了，去灶前将现成的点心酒菜尽量地取过来。哈一炁拣荤的受用，海川拣素的充饥。二人吃得酒饱，拭过手脸，喝着茶。

海川问道：“老居士，这李福来是何等人物，老居士以前可曾相识，和他有过仇怨吗？”

哈一炁道：“这狗才在五年前，俺和他在热河曾见过。他的本领的确可称得不弱，只可惜他仗着本领，专一恃强横行，在热河串通太监，偷盗行宫的珍宝，已属不法。最可恶的便是不分良贱，一味地乱偷，偷得钱来，尽量地赌钱宿娼。有一次，他将热河一家姓孙的寡妇的首饰、衣服、现钱偷得一扫而空。那孙寡妇是个苦孀，焉能受此打击？可怜只急得痛哭。恰巧给俺知道了，俺便见那孙寡妇，劝她止泪免愁，答应她原物追回，一面仔细打听，知道是李福来做的。于是托人引见，面会着他，这便是俺和他认识的原因，也就是结怨的原因。因为当时俺见着他，立逼着他将所偷孙寡妇的东西完全原物交还，倘或不肯，立送狗命，死了仍旧要赔相当的代价，方才可以饶放。他见俺声色俱厉，来势汹涌，知道不是盏省油灯，绝对不是什么好相识，因此很漂亮地立即答应，将原物一些不缺地点交俺手，拿去还给原主。孙寡妇固然感激涕零，可是李福来却因此恨俺刺骨了。当时他即托人送信给俺，说不拘年月，倘如不能练成本领，无有机会便罢，倘有一日，得能将武艺练成，适逢其会地见着，如果不取哈某的性命，誓不为人。当时俺听得，以为他是放野火、吹几句大话，遮盖遮盖他自己的面子，所以一笑置之，原也不曾置意。万想不到冤家路窄，昨儿会在四方山上土地祠内见着。禅师但看他能有胆子敢到土地祠内去充鬼役，可知他是绝对不怕山魈和一切毒蛇猛兽的了。照此推想，当然他的本领今非昔比。从前俺初见他时，虽不曾比较过，但他的本领俺却在别人口中听得，已非寻常学武之人可及。如今隔别五年，当然已经过苦练，思量起来，定系一个劲敌。禅师，这狗才既要来寻着俺，俺如不去，未免示弱，只有前往，和他分个高下。好在禅师此行并无要事，俺们即在此地耽搁两天也不要紧，俺们的东西贵重，此处客店，别说他们不敢留宿，即俺们亦不便留宿。俺们须得向前面大镇集上去寻找客店，住下后再到李家堡去，否则定有顾此失彼之虑。”

海川闻言，即说：“当得，老居士既去寻他，贫僧理应相助一臂。俺们在此坐着，谅来那李福来也不敢率领手下来寻俺们明斗。俺们坐在这里，亦无什么意思，不如即刻起行，往前途镇集上去寻客店住宿。”

哈一炁道：“禅师说得是，承蒙帮助，共除此恶贼，完满功德，亦是禅师的志愿。俺哈某固当道路，地方良民，当然亦要给禅师叩谢呢！”

海川逊谢道：“老居士言重了，贫僧路见不平，尚且拔刀相助，何况李福来侵犯老居士，且兼带着贫僧，贫僧哪有坐视不问的道理？老居士，俺们就此走吧！”于是二人起身。

海川挑起行囊，哈一炁跨上黑驴，离去周村，径向前行。周村的歹人远见二人已走，才敢不躲着，各自跑回。更有那好事的，远远追随着二位，意欲知道他俩的住处，好去给李福来报信讨好。哪知哈一炁的黑驴原是久惯走路的牲口，脚程快捷。海川的足力更加迅疾，那跟在后面的人非比什么当赶马夫、驴夫跨辕儿赶车的出身，哪能及得上哈、海二位？因此遂应了句成话，叫作“望尘莫及”，哪消两个弯一转，业已彼此相失。那追赶在后的人见追赶不上，只得相约止步不追，一面却从小路绕到李家堡去送信。

哈、海二位前行到一处镇集，镇集上人烟稠密，往来行人如织，问人时才知道名唤作赵家营。哈一炁跳下驴来，牵着缓步而行。走到镇市的中心点，见有一家客栈，招牌上横写着“鼎升旅馆”四字，大门两旁挂着黑底金字的长市招，写着“仕宦行台，绅商客寓”，那气象颇为雄伟。在这乡镇上，当可算得首屈一指。

哈一炁回头对海川道：“俺们就住在这里吧！”

海川点了点头，二人相顾说话，早被立在鼎升栈门首的招待听见，忙迎住让道：“二位住店吗？请到里面来吧！”边说边接过哈一炁手中的鞭子和缰绳，边招呼伙计，抢步出来接挑海川肩上的行囊。那伙计万想不到海川的行囊沉重，刚一接过，即觉压手，上得肩，更觉压肩，不由暗暗吃惊。挑到里面，即行歇下。招待招呼着二位，径到后面，去看好上房。二位一看那房间号数乃是十五号，房内共是两张铺，窗明几净，甚为宽大清洁。二人将身坐下，招待取过纸笔，请问二位姓名上下，二位遂将姓氏法名说知。招待命小二给二位打了面水，泡进茶来，别过二人，回身到柜上去上了循环簿。

哈、海二人洗面净手时，伙计已将哈一炁缚在驴背上的褡裢和海川的行囊陆续送将进来。哈一炁吩咐伙计，将黑驴牵到后槽上好好地喂料。

伙计答应着去后，海川对哈一炁道：“老居士，俺们住在此地，当然要到李家堡去找李福来，向他讨取两个包袱内的原物。俺们还是乘着此刻天时尚早，马上就去呢，还是明早再去？”

哈一炁道：“论天天色，此时尚早，本可去得，但俺们昨夜辛苦了一宵，又不曾进食，此去断非三言两语所能了结，势必两下动武。俺们虽然武艺不弱，可是总以小心为宜，不如休息休息，今儿早些安睡，明儿早晨再去，精神恢复，方才可免误事。”

海川点头道：“贫僧也这般想，老居士既如此说时，可见彼此意见相同了。”遂又说：“李福来和老居士在四方山上遇着，狭路相逢，却只用挑衅的手段，不敢即和老居士动手，可知他还是自己胆小，深恐势孤，难敌老居士的英勇，所以用挑衅方法，无非要激引俺们到他的巢穴内去，才敢以多为胜，和俺们交手。老居士久在江湖，对于各路人物当然熟悉非常，可知李福来手下有些什么人物呢？”

哈一炁见问，略一沉思，即说：“李福来不敢和俺们动手，却只用挑衅方法，固然系惊弓之鸟，还有几分惧怯。但实际上也许他是用的计策，先气俺们一气，使俺们气愤之余，追到李家堡去，他再使用诡计，气俺们一气，俺们在火里，他却在水里；俺们在明处，他却在暗处，这乃是他的用意。讲到他手下有些什么人物，所结交的是些什么人，俺也略有所闻。只消禅师明儿同俺到李家堡去后，便可看见，立刻明白。总而言之，他手下的人物和结交的朋友，最多也无非和他一样的本领罢了。”

毕竟哈、海二位次日去寻李福来结果如何，请待下文续写。

第二十回

小不忍一言起风波
大无畏数语生枝节

话说海川听罢哈一炁的言行语，遂说："老居士所见不差，从来物以类聚，人以群分。他本人的行为品性如此，当然所交的人亦不过如此，那是可以断言的。不过彼众我寡，俺们明儿早起去时，总以忍耐小心为宜，免得三十岁老娘反有倒绷孩儿之诮。"

哈一炁道："那是自然，俺们明早去时，当然以随机应变为佳。"

二人闲谈了一会儿，天色看看渐晚，哈一炁唤小二进来，吩咐他取荤、素两项菜肴。哈一炁是回教，不食猪肉，点的是生炒牛肉丝、烧鸭汤。小二只听得"炒肉丝"三字，那个"牛"字却不曾留心听得，应声即去。一会儿，已将二人所要的菜送来。海川的素菜不去说它，可是哈一炁所要的两样菜，弄错了一样炒猪肉丝在内。哈一炁一眼看见，即说："小二哥，你弄错了，俺是回教，不吃这个的，请你快给俺去换了炒牛肉丝来吧！"

哈一炁如此低言悄语，原是很心平气和、客气非凡了，哪知这小二年轻，不肯认错，见哈一炁说他弄错了，开言即说："老客人，方才是你自己要的，俺们这里点菜下锅，不能更换，老客人还是马马虎虎地吃了吧！"

哈了炁见他硬要自己吃猪肉，这本是最犯讳的事，心中的气哪还能耐得住？进说："小二哥，你这是什么话？俺是回教，不像你们大教，怎么会叫你要这样菜？分明是你听错了，俺怎么会弄错呢？别多说话，快些给俺换了来便罢，倘不换来，俺和你到柜上说去，问问你们掌柜的，看究竟是谁错!”

那小二见说要到柜上去，便说：“老客人，换就换得了，说什么柜上不柜上的?”边说边板起面孔，红涨着面皮，拿起那只炒肉丝的盘子来，回身懒洋洋地走出房去。那副不乐意的神情，已足令人惹厌，偏又走出门外，口中咕噜着道：“什么回教不回教的，这班清真，其实背着人，何尝不是大块价吃呢?明明自己错了，反要派人错，也是俺今儿倒霉，遇着这么一个顶头货。”边咕噜着边走着。

哈一炁在房里听得明明白白，别话都可忍耐，唯有他说“在背地里何尝不大块地吃猪肉”这句话比骂他任何恶毒的言辞还要厉害，哪里还能忍受得住?不由勃然动怒，立起身来，追出房外，喝声：“呔!你这狗才，给俺滚回来!”

那小二见他骂自己为狗才，忍不住也就恶声浊气地回道：“老客人，何苦动怒，开口伤人呢?你要换，俺即给你换，还要怎么样?骂什么狗才不狗才，滚不滚的做什么?”

哈一炁被他这一顶撞，正如火上浇油，那股怒气更加按捺不住，大踏步赶奔到小二面前，一把抓将过来。那小二冷不防，手中的菜盘子被这一惊，哪还能拿得稳?只听得锵锒一响，连盘带菜泼了一地，跌得四分五裂。小二固然大惊，便是哈一炁见盘子跌碎，也吓了一跳，那只抓小二的手不由竟放了。小二反而大声道：“你要换菜，认晦气，俺答应给你换了，还要怎样?你现在将盘子跌碎，菜泼翻了，这可非要你赔偿不行!”

哈一炁见他声音比自己还要高，神气活现，哪还能再耐得住?遂冷笑道：“好，你要俺赔偿，那是再好也没有的了。来吧，小子!”说着，随手将他一带。那小二怎能经受得起?早被带倒在地，只跌得头青眼肿，忍不住放声大哭，口中高嚷：“你打你打，你如不将俺打死，便算不是汉子!老王八，老猪狗，好个老贼，你将要的菜硬挑眼，答应你换，你还要骂人，骂了不算，打碎了盘子不算，还要打人，好好好，你打你打!”嚷着哭着，一骨碌爬起身来，伸左手紧紧揪住哈一炁的衣襟，死也不肯放松，那右手却毫不客气，连环价向哈一炁身上打来。

哈一炁见他使出泼皮的手段来讹诈自己，不由怒上加怒。但是要再打他两下吧，又怕他没福消受，经不起两拳便要送命；倘不打他两下，这泼皮不受教训，如何肯休？因此含怒一转念，遂伸手在他肩胛上轻轻一点。那小二被点了穴道，登时撒手痛得蹲下去，哎呀连声，那头上的汗珠儿如黄豆般大小陆续着一滴滴地直流下来，口中仍旧忍痛嚷叫："好好，老贼，你打你打，你不打死俺，便是众人养的！你既知道打人，当也该明白吧，有道是'光棍打光棍，一顿还一顿'。吃了你的早饭，不还你的夜饭，俺也算不得汉子了，你尽量地用气力打吧！"

哈一炁见他嘴犟，依着气，真就要将他活活打死，但因他和自己无深仇宿怨，无缘无故地将他打死，未免也太辣毒。但如饶放了他，实在又有些气不过，况且他说着什么一顿还一顿的话，分明他是在什么帮的人物。如不打他，竟有些像是怕他的了；如果打他，打出人命来，也太犯不着。

正在此时，海川同各房间的客人，以及鼎升店内上下的员司都已听见，纷纷赶奔将来，齐都先后问什么事。海川是明白原因的，不待哈一炁回复，即代将经过情形说了。哈一炁又将小二如何嘴犟、自己如何抓他，他却故意将盘子打碎、菜泼翻来寻衅、破口大骂的话告诉大众，众旅客大家是出门人，当然含有几分回护的心理，齐都说："小二不是，客人花钱住店，要菜要饭，做店小二的理该好生听候差遣，怎好得罪客人？难道要客人花钱买气受不成？"

店内员司人等因为买卖和本身地位的关系，当然不好说客人错，只得先劝说："老客人休要动气，这小厮不懂得道理，你老人家总看他年轻，不懂什么言语轻重，教训他一顿固然是老客人的美意，但他究竟是个小人，你老人家偌大年纪，何苦要和他一般见识？劝老客人息息气，请回房去。俺们去关照灶上，将生炒牛肉丝做好送来，这点儿菜和一只盘子算不得什么，何况又是这小厮不是？你老人家是无意，哪里说得上赔不赔的？老客人休动怒，这小子待守俺们掌柜的回来时，俺们告诉掌柜的，再辞他的活儿，好好地教训他一顿就是。"说罢这几句，遂又带笑说："老客人，并非俺们自己人打起膀子向内弯有些护短，这小子虽然不好，你老人家就该到前面来告诉俺柜房里，好好地收拾他，却不应就摔打他。倘或打出玩意儿来，你老人家是出门行路作客的人，总以省事为妙，岂不因此生事吗？有道是'在家千日好，出门一时难'，你老人家好原谅些的地方，也只好曲全些，看俺们大众的面子，还请你老人家包荒些，守俺们掌柜的回来，再叫这小子到你老人家的面前来叩头赔不是、行礼道歉吧！"边说边来让劝哈、海二位回房用晚饭，同时又劝请各位客人回房。

哈一炁被店内各员司敲打了这几句，真如话中有刺，语语刺心，欲待发火，又有些发不出；欲不发几句话，未免被人家太说得难受，忍不住冷笑道："多承各位的好话，老夫出门人，岂有欲和小人同一见识的？只因这狗才做事太不情愿，硬要派人错。难道俺回教的人，反而叫他向厨房内要这样菜吗？倘如真正都要像各位的说话，先到柜上来告诉，那可不是麻烦杀人？恐怕那时各位又要说：'客人住店，好曲全的地方只好曲全些，这小二不好，待一会儿俺们再重重地收拾他，告诉掌柜的，辞他的活儿。'其实还不是几句装点门面的话吗？落叶归根，仍旧是住店的客人花钱做洋盘，买气受吗？不说别的，你们各位只要听这小子口中说什么光棍打光棍、一顿还一顿，便知这小子不是个好人。你们店里像这样的小二，多用几位伺应客人，管叫贵店的生涯鼎盛，营业昌隆呢！好，各位请自便，俺在此住着，亦不即走，但看这小子有什么颜色来和老夫报复就中了。辞不辞他的活儿，那是贵店的权衡，俺可不便多管，但是他敢于得罪俺，俺却不能容得他过，含糊着不管。"边说边同着海川回转十五号房内。

店中各员司人等劝请二位回房后，接着即命别个伙计到厨房内去要生炒牛肉丝，须要特别道地，快些做好，送到十五号上房内去，一面又劝请各位住客各自回房。同时又埋怨那蹲身在地的小二，怪他不应该得罪客人。那小二初时忍着痛，还能够嘴犟，这时竟痛得有些耐不住，那汗珠儿和眼泪珠儿竟和在一起，点点滴落到胸前，蹲身哼着，那面色委实难看。各人见他这副形容，神色大异，一齐吃惊，便问他怎么样了。

那小二痛得不能动弹，亦强木着舌头，嗫嚅着说不清楚，很费力地说了半天，才挣出两句来道："俺被这老猪狗点了穴道，打伤了。"

众人大惊，一商量，知道这位老客人神采焕奕，定非凡人。从来解铃还须系铃人，点伤了穴道，非求他本人高抬贵手，将他释放，那可非轻容易，因此大家公推那充当招待的到十五号房内去向着哈一炁赔笑脸、抱拳行礼，要求他老人家饶放了这小子，免他成为残疾。哈一炁被那招待员喝嚷打躬地央告着，怎还能再板面孔？况且原无有伤害那小二的心思，无非要教训他一番，警诫他个下次罢了。比如驾船，从来帆扯足了，总得要落得帆回，才是个驾船的经络，倘只能扯帆，不能落帆，那还算得个舟子、艄公吗？因此哈一炁抱着得放手处且放手的意思，乐得看着招待员的面子，做个顺水人情，即说："老夫并非要多事，依着俺的气，这小子哪经得起俺两拳？所以只轻轻地点了他一下，使他警诫警诫，俺本不欲轻轻放过他的。至少也要使他痛一两天。只因冲着大驾赏脸，来给这小子说情，常言'不看金身看佛面'，俺如不饶放他，是不给大驾的面子了，未免太无道理。也罢，俺看在大驾的面上，饶放了这狗才吧！"说罢，同着招待员走出房外，来到那小二的面前，喝骂一声："狗才，俺今日看在这位大爷的面子，饶恕了你，你如再敢放肆时，下次可不轻饶，你可当心了。"边说边伸手去那小二的肩胛上轻轻一拍。

那小二登时如释重负，止痛爬起身来，不敢再向哈一炁嘴犟，一溜烟也似的跑向外面去了。招待员同着店内各员司同声向哈一炁道谢。哈一炁略一谦逊，即便回房。

其时各旅客有爱看热闹的，立在一边，尚未散去，眼见哈一炁年迈之人，居然有此本领，不由一齐咂舌吃惊，暗说："怪不得老将黄忠足与廉颇并传后世呢，如今见着这位老英雄，可见四海之内，异人正多，原是不可轻易忽略得罪得的。倘或欺他年迈，那可不是讨苦吃了吗？"大众如此暗忖，见一幕武剧已完，便也就各自走回各人的房间内去。其时店内已陆续掌灯，十五号房内亦由另一个小二掌上灯亮，同时又一个小二送进一大盘生炒牛肉丝来，搁在桌上。二位虽然荤素不同，但因同住一处，海川所以等待哈一炁的菜齐方才举箸。

当时二人用罢饭后，小二进来收拾碗筷，揩拭干净以后，打面水泡茶进来。哈一炁见这个小二和先前的一个大不相同，前一个面孔板起，像似和人斗气，这一个温言悦色，小心奉承，因此乘机向他探问，从赵家营往李家堡该当如何走法，有多少路程。小二回说："远呢，约莫离此有三十来里地路，从此前往，可出东街头，过大石桥，一直朝东，经过两座高山，一处小镇市。那镇市名唤万家市，过得万家市，有一处河道，那河道原先本有桥梁的，近来被李家堡的人拆去了，所以非乘船摆渡不可。过得河道，便是李家堡，堡上的人家甚多，地方面积也很广大，照说一处堡子，不应有多少港汊，可是堡上的水道不比旱道来得多，客人如去堡上寻人，最好晓得那人住在堡上的方向地名。因为'李家堡'三字乃是个总地名，地方大，人家又多，如不先弄明白了，往堡上去寻人，那是很不易的事。"

哈一炁点头道："难道李家堡四面都是河道吗?"

小二道："那堡子三面是水，一面是山。那河道原先本不甚阔，且有木桥多处。近年才被堡上的人将河道开得深阔，比先前深阔几倍，且直通到外港，并将各处往来的木桥完全拆除。那堡后的山非常之高，比离此不远的四方山还要险恶高耸，故此凡是往来堡上的人都非乘船不行。"

哈一炁听罢，想再问他几句时，别房客人已连声呼唤小二，小二应声而去。哈一炁见他走了，不便唤住他多问，免动人疑，因为自己方才用点穴法制伏那个小二，谅情人人都已知道自己是会得武功的。李家堡上住着的人不消说得，都是些强盗，定无什么安分良民在内，纵然有几个良民，断断也安不得身，自己多问了，人家听见，绝不会疑心自己是衙门中办案的公差。因为装束形容不像，且有位和尚同行，所以定要给人家疑猜自己是和堡上的人同党。自己二人的行囊内，值钱的珍宝不少，如被人疑，不仅败事有余，且恐格外多事。因此只索搁下不问，即悄悄和海川商议道："禅师想已听见了，俺在江湖上虽曾听得人说过，但是李家堡地方，不但俺不曾去过，而且也不曾留心仔细调查过。如今仔细想来，那地方出入道路颇为不便，地形险要，完全半是天生，半仗人力。俺们明晨去时，须要在此地多带饮料食物，因为万家市虽然可以进饮食，但恐那地方竟和四方山下的那个村镇上一般，全是堡上的羽党。到那里进食，难免要有危险。”

海川道：“贫僧听得很仔细，据小二所说，离此有三十来里路，出本镇东街，过大石桥，一直向东，经过两座高山，才到得万家市。贫僧想来，定然还有别条近路小径可以通达到那里，因为俺们在四方山上曾遇着李福来过，假使四方山离李家堡远，他何至到四方山来呢？俺们和他相遇，原非他预先知道俺们将到，特地先化装到土地祠内相候。无非是适逢其会，事有凑巧罢了。据此细想，四方山既离李家堡不远，这里也断不至离那里过远。”

哈一炁道：“禅师言之有理，且待明晨俺们出去，到街坊上再向人打听吧！”

海川道：“俺们既须多带食物，就要早些预备，明晨预备，那是万来不及的。再则干粮易带，水是无物可盛，最好明儿到街坊上设法，买两个大葫芦，向茶水炉上冲上两葫芦开水带了去，方才可以。否则只好到哪儿说哪儿，在半路上掬些清水来喝喝吧！”

哈一炁道：“那也只好如此。”说罢话，起身走出房外，唤小二来，命他到厨房内去要两件素菜，做几斤饼，叫他取来。“因为俺们明儿要到乡间寻人，恐怕来不及回来用饭，所以要带做路粮。”

小二应声晓得，即说：“那素菜可是要烧得仅汤，绝不能汤多的。倘或二位路上不便携带，俺们这里有的是碗盏盘碟，更有小食篮、提盒可盛。”

哈一炁见他说一知二，连声说好，先谢了他，便索兴又问他：“可有大葫芦吗？借两个空的使用，明儿带回来奉还。”

小二回说：“有有有，老客人敢情是要带酒在路上喝吗？俺们这里有家酿原泡的上好全清，真高粱酒，唤作玉液，清香扑鼻，味美而醇，极其著名。老客人如要时，俺给你老人家打上两葫芦来可好吗？”

哈一炁笑回不要酒。小二应声是，接口又问：“老客人和大和尚可是要往李家堡去吗？其实万家市镇尽有饭庄子，荤素均肯，比较由这里带东西去吃简便得多。”

哈一炁忙摇头道：“不，俺们并非往李家堡去。”

小二应着，径自往厨房内去了。

当二人说话时，恰巧有一个旅客是住在九号上房里的，见二人说李家堡不李家堡，不由心动，匆匆从九号上房里探头出来张望。他只一探头颈，见了哈一炁，猛吃一惊，赶忙缩回时，哈一炁的目光原极锐利，说话时又极其留神，所以任凭那人如何缩回迅速，但是已早被他瞧见，不由主中一怔，暗讶道：“咦！此人不就是那假扮山魈在马鞍山上做剪径贼的邱大吗？他为何也住在此处呢？莫非他听说‘李家堡’三字，才出来张望吗？果然如此，他定系和李福来暗通声气无疑，但愿他是和李家堡一党，俺们往李家堡去，便可事半功倍，全赖他的引导了。”

毕竟哈、海二位到李家堡索回原失的金银吗？且待下回再续。

第二十一回

赤眉贼吹无腔短笛
少林僧演出奇武功

话说哈一炁和小二说话时，原系立在房门走路口说的，声音又不很低，所以易于被人听见。那小二原是无心，因为哈一炁问过往李家堡的路，所以顺口问一句可是往李家堡去。哈一炁是有心人，深恐给人家听见，另生枝节，故此忙回不是到李家堡去。两下一问一答，无意间被住在九号上房里的旅客听得，不由伸张出房门地张望，一见是哈一炁，吓了一跳，赶紧缩了回去。可是哈一炁口中虽和小二说话，两目原本时不住地四下留神，见那人伸头出来，凭着他久经练过的锐利目光，早已看得清楚，认识个九号房中的住客正是在马鞍山上扮假山魈行劫的毛贼邱大，心中一怔。即已料定他系听见小二和自己说往李家堡，所以才伸头出来张望。“可知他推说无可奈何才做剪径贼的话原是假托求活命的言辞，不足凭信的啊！俺们既在此遇着，倒不可不防呢！”边想边踱回房来，告知海川。

海川道：“他既伸头张望，当然是个有心人了。老居士意下，以为何如呢?”

哈一炁道：“俺想俺们明儿到李家堡去，正可趁见着邱大的机会，先用话挑逗他，看他知道不知道俺们在四方山所做的事。他如已知道，俺即说是要到李家堡去访李福来，先礼后兵，要求他帮助。他如一口应允，定系暗帮李福来，想借李福来的势力报俺前夜在马鞍山降伏他的仇怨；他如不答应，定非与李福来同党，谅系适逢其会，偶然路过此地，或者他暗地先到李家堡，见李福来报信。总之，俺们到李家堡的事虽然急于要去，但这厮既在此遇着，总须略加防范，所谓‘虎无伤人意，人有害虎心’，故此俺们不可不先对付他。”

海川道：“老居士说得对。”

正说着，小二进房来向哈一炁回话，说：“老客人吩咐的东西俺已经关照过厨房，明儿清早准有，不致误事。”

哈一炁说声有劳，即命他乘便去将茶壶内茶冲了。小二应声是，拿着茶壶出去，转瞬冲好送来。回身去后，哈一炁道：“禅师请稍坐一会儿，俺到九号房间里去走遭。”

海川道：“贫僧听候老居士的好消息。”

哈一炁呷了口茶，起身去到那边九号上房门口。恰值邱大虚掩着房门，独自趺坐在床上，运气养神。哈一炁伸手将门一推，房门应手而开，跨步进去。邱大早已看见，吓了一跳，只得下床迎接，口称：“老英雄何以得知小人在此？移驾到来，不知有何指教？请坐用茶！”边说边伸手让座，亲自倾满一杯茶，双手奉上。

哈一炁欠身迎接，放在桌上，即说：“邱大爷，老朽亦住在本店，彼此相隔极近。方才老朽和小二讲话时，曾见尊容，一时未知确否，未敢冒昧招呼，故此亲来拜访，果然正是邱大爷在此，岂非幸会巧遇？”

邱大道：“老英雄请恕小人一时眼生，未曾出来上前请安。”

哈一炁道：“邱大爷何必这般客气？老朽无事不登三宝殿，亲来奉访，确系有事奉问。不知邱大爷可肯实言相告吗？”

邱大道：“不知老英雄有何事下问，请道其详？小人知无不言，言无不绝，绝不有所隐讳。”

哈一炁道：“俺知邱大爷是爽快人，所以才敢实言奉问。只因老朽同着少林寺的当家师海川禅师在路上遇着，彼此顺路同行，道出此地，因闻四方、马鞍两山新出山魈害人，故此立愿为地方除害，不料在马鞍山得会尊驾。蒙足下允允诺，以后绝不再做，俺们总算给地方上做了半个功德，故此到四方山上来去寻真山魈。不料李家堡的李福来假扮白无常藏身在土地祠内，和俺们开玩笑，从俺们的东西中提了两个包袱去。

俺们当夜在山上除去一个山魈，诛却一条毒害蟒，回庙不见了两个包袱，本来想不到是他做的事。因为下山后，在周村小茶坊吃食铺里见一汉子伏案打盹，面前放着两个包袱，正是俺们的东西，因此走去探问。那汉出言无理，恼了老夫，轻轻指教了他两下，将他摔跌在地。提过包袱看时，包袱虽是原物，可恨包袱里的东西已完全变为砖石瓦片。俺们受人戏弄，此番可算得是破题儿第一遭，遂揪住那汉，问他受何人指使。那汉说是奉李家堡的首领李福来之命故意在此等候，激引俺们到他堡上去向他本人领取。倘是没有本领胆量，便休想索取原物，俺们到得这赵家营镇上，所以老早即先住店休息，预备明儿一早前往李家堡去。因方才见着尊驾，想起尊驾既在道中，当然和李福来方面的人物多少有些认识，或许尊驾竟和李福来本人有交情，故此老朽移步奉访。请问足下，从此地往李家堡，该如何走法？那堡上共有几条出路？有无机关埋伏？李福来手下实确有多少人？他本人的武技是从何人学得？邱大爷现在此遇着，亦是彼此有缘，可否帮助俺们一臂，同着俺们前往，会李福来去运回原物吗？”

邱大闻言，略低头沉吟，即说：“老英雄，小人不敢扯谎。李福来乃是此方的一位总首领，小人既入道中，实不相瞒，亦系他手下人中的一人。小人因在你老人家手中受过教训，所以心中发恨，决计改行，前往哈尔滨去找朋友做正式商业买卖，也不打猎，也不再借道存身。讲到老英雄要小人帮助，同到堡上去走一遭。那可正如造屋请着箍桶匠，别说小人的本领不行，不足轻重，并且小人吃里向外，为情理所不容。有这两层难题，并非小人推托，实在不能陪伴二位同去。至于由此地往李家堡去，分着水、旱两路，旱路有两条，一条便是小二方才对你老人家说过的大路，另一条是小路，由此地动身，亦出东街过得大石桥，可沿着河岸向南走不到二里路，过一道小木桥，转身向东，一直前行，完全是山路，不过崎岖难行些。讲到路程，可就比大路要近得多了，更有一层好处，从这条山路可以直达堡上，不必再乘渡船。这条路除却堡上的道中人，绝无别个知道，乃是出入堡上的一条简便捷径。另有一条水路，即出此地东街，在大石桥下雇一只客船，循着河道可以直达李家堡的护堡河，上岸进堡，比较走旱路来得省力，老英雄同着那位大和尚任凭从哪条路都可以去得。至于堡上有无机关埋伏，这一层小人亦不甚清楚，因为小人每次进堡都在白天里，有人领导着同行，所以从来不曾误触过埋伏机关。据小人所知，堡上的确是有各种埋伏的，布置非常精巧，制造的人乃是个能懂中国文字语言的西洋人，从外国到中国来探险游历，调查矿产，考察地质，路过此地，被李头儿的手下人捉住，留他在堡上，强迫他用外国的方法制造各种洋枪兵器，以及埋伏等种种机关。那西洋人为势所迫，希图活命，只得竭尽他生平的本领，给堡上设法制造了许多兵器、洋枪、火炮，以及各种机关。各事完备后，李头儿本想放他动身的，因听人言，深恐那洋鬼子出去后到官厅去报告，所有堡上的各种机关便完全无效，不如将他杀死，免遗后患，李头儿遂将那洋人在堡上杀了。堡上的人有本领的居其大多数，无本领的简直可称作无有。至于人数，平常无事时大约有五六百名；有事时只要李头儿发令召集，立刻便可聚集数千上万，故此说不定确数多少。并非小人怕事，要劝老英雄罢休，依小人愚见，老英雄不如认一次晦气，吃了这回小亏，不和堡上计较，省得烦恼吧！倘或二位定要去索回原物，那么胜负如何，真就要看二位的运气了。倘仅凭着武技，恐怕未必真能如愿吧！”

哈一炁听他说罢，见他不肯帮助，心中原也不怪他，但因他将堡上说得生龙活虎，仿佛是万万去不得的所在，反而劝自己俩人认晦气、甘愿栽个筋斗，不由动怒。遂冷笑道：“邱大爷，你以为李福来是怎样怎样的大人物，有了不得的大本领吗？其实他往日曾做过俺哈某手中的败兵之将，现在他居然敢戏耍老夫，约老夫去取原物。老夫如不去，便成为怕他了。别说他小小的李家堡不足以拒敌哈某，便是龙潭虎穴，老夫不去则已，既去，准得踹为平地，你瞧着便是了！既邱大爷不愿意陪俺们同去，俺也不便委屈，时候虽然尚早，但彼此都是行路人，还请早些安息吧，改日得有机会，再图良晤。”说罢告别，回转十五号上房内。

海川接着问：“老居士，邱大如何说法？”

哈一炁将邱大之言说知，并说：“看上去似乎邱大颇不像帮着堡上，也不像要借堡上势力报俺前夜之仇。”

海川道："他将堡上说得如此威武厉害，定系暗助堡上之意，果真堡上能齐集成千上万的强盗，那还不要造反吗？他不说得太凶，俺们还可以暂时不理问；既说得天来大，俺们如不去，反而给他笑话，说俺们是被他的大言吓退了呢！俺们早些安息，决计明早前往。"于是二人喝了几口茶，解溲后，宽衣上床，熄灯安睡。

刚睡得一会儿，还未曾合眼，猛听得房门闩咯的一呼，像是被人拨落，接着呀然一声，房门轻轻开了。二人都是久闯江湖、惯于行路之人，休说身居客店携带着贵重行囊，便是住在家中或寺院之内亦是十分的醒觉，休说时间尚早，二位都未睡熟，皆有目观四面，耳听八方之能，便是时已午夜，睡得正酣，亦能易于惊觉。故此当时听得拨门闩声和推门声响，二人同时都已知道，遂不约而同地各从床上爬起，悄悄掩立在床里角边，等候门外进来的人。只听得房门开处，轻轻脚步，走进两人，手中各拿着一个千里火筒、一把晶光雪亮的钢刀，扇动千里火一照，各扑奔到一张床上来。

海川看得清切，扑奔自己的，正是那和哈一炁斗口、被哈一炁点伤跌倒在地的小二，扑奔哈一炁床下的那人，生得狰狞凶恶，却不认识。哈一炁却认识来者乃是那住在九号上房里的邱大。说时迟，那时快，二人见有人扑奔将来，手起刀落，砍在床上时，各将右足一起，急照着来人执刀的手腕上踢去。小二、邱大两个万料不到两位不曾睡熟，会飞脚来踢，因此疏于防备，被二位的右足踢个正着，手腕一疼，执刀不住，锵锒锵锒两声响，二人手中的钢刀先后飞落在房内地平板上，不由各吃一大惊，吓得哎呀一声，回身向外抢先飞逃。

二位从床上一跃，早都跃到房门口，一位揪住一个，顺手一带，摔倒在地，用足踏住，同声高喝捉贼。

其时，店内旅客有的已睡，有的还未眠。就是那已睡的，但因出门人醒促的多，被这一阵惊动，早已一齐惊醒。听说捉贼，大家同为出门人，岂有不关心之理？于是同声响应，各从床上起来，点亮开门，慌慌张张地匆促着互相问询贼在哪里。结果听得十五号房内大声嚷叫，遂各将房门反手带上，胆小的只立在房外，远远地瞭望，听候信息，胆大的却不顾一切，移步到十五号房内来帮着点灯照看。同时值夜的小二也掌灯赶来，人多手众，立刻将小二、邱大两个从地下捆缚起来。外面柜上执事的人听说后面闹贼，忙赶到后面来，先高声嚷唤：“各位客人各回本人的房间，免得将各人自己的东西被歹人顺手牵羊地偷去。”后到十五号房内，见被擒的两个贼一个是本店的小二，不由发急，臊得满面通红。

那小二十分倔强，昂首四顾，丝毫不觉羞愧，只望着邱大低声埋怨，说：“都是听了你的话，倘依着俺，迟些等更深人静后再来动手，岂不容易？正如瓮中捉鳖。偏生你说他两个杀坏，辛苦过两夜，定已睡得像死猪一样了。哪知他俩命不该绝，竟不曾睡熟。”

邱大被他埋怨着，听得有些不耐烦，喝声：“没有种的小子，身体不是租来的，被他们捉住，最多送官法办，吃上几十板子，一顿夹腿，扛上项枷，坐几天牢罢了，再凶些也不过杀头充军。老实说了吧，杀了不起颗头，不过碗大的一个疤，再过两三年，便依旧做着个小娃娃。二十年后，仍旧是汉子，便可以报仇杀他！小子，说这些没种的话，岂不怪难听，使人丧气吗？”

小二被邱大这一顿喝骂，不再作声。

哈一炁听得，忍不住冷笑道：“邱大，你这厮现在这般倔强，说如许豪语。前夜在马鞍山上向俺哀求饶命时，这股勇气为何就一些也没有了？可知你也是个银样的镴枪头啊！别在众人面前充硬汉，尽量说大话，还不伸手摸摸自己的尾巴吗？”

邱大被哈一炁一番奚落，也不再言。

海川、哈一炁二位遂向那柜上的人道：“你们店里如此不规矩，用的小二做贼，并且敢于执刀行刺，这是什么道理？再有，这个邱大原是个剪径贼，在马鞍山下假扮山魈害人，被俺们捉住，好意放了他，居然他和你们店里的小二是同党，约着同来行刺，为害行人。幸亏俺们不曾被他俩杀死，倘或死了，你们店里便立遭人命，他们便法外逍遥。现在俺们不说别样，明儿到官，请官厅治你们个通连盗贼、谋害旅客之罪。”边说边向各旅客道：“列位以为如何？”

各旅客同系出门人，多少有些痛痒相关，那不好多事的便一言不发；有那好事的人凑着热闹打落水狗道：“二位言之有理，像这样的黑店，不从重治究，将来出门作客的人可就真太苦了。”说着，便跑到各柜上人的身边来，伸手扯住，将他们的辫子一齐结在一处，拴在邱大、小二的辫子上，口尊：“二位明儿送他们到官，俺们情愿住着不走，到官做证。”边说边有人出主意：“快些找寻本镇的地保，连夜先将他们押送本镇的保甲局内去。”

人多口众，你一言他一语的，纷纷呶呶。哈一炁因深恨邱大刁狡凶恶、小二十分泼皮无赖，故此一听见大众的主张，当即立示赞成。

海川是出家人，不愿十分多事株连，明知店内柜上的各职员与此事无关，但因不如此办便不好根究，所以只得附和着赞同。

各柜上人见说送保甲局，要出乖露丑，齐哀告道：“各位都是明达之士，俺们委实不晓得，哪有勾结强人之理？请各位高抬贵手，舌底下别压杀人。俺们如果通贼，定然天诛地灭。各位都是生儿育女、易长易大的人，修修吧！”众人被他们这一哀告，心也都软了。

海川乘此却为他们开脱道：“既然你们是冤枉，也罢，俺们将两贼连同凶器一齐交给你们，稍停保正到来，由你们押送到保甲局去，申请移县重办，便可表明你们的心迹。不然，俺们可不能轻易放过。这位哈老居士乃是薄海同钦，万流景仰的知名之士，姑且不去说他。就是贫僧，亦任过京城各宗室亲贵的教师，小小七品县令治下的保甲局，只消送张片子去，便可以使他们依命照办。你们如敢将两贼私自放走，那时可就休怪俺们无情。别说将你们这爿鼎升客栈封门，且要将你们大众一齐重办。”

各柜上人闻言，齐都又心惊又感激，说：“大和尚慈悲，俺们绝不敢造次，定然遵办。只求二位将片子留下，俺们好拿着送往保甲局去。”

海川遂和哈一炁商量。哈一炁假作凶狠，不肯答应。众旅客中有慈善的，便出来做好人说情，大家作好作歹，哈一炁方才松口答应。于是将各柜上人的辫子解开，海川、哈一炁二位各在包袱里探手取出张大红的名刺来。海川的片子原有两种，一种是有衔名的，一种是普通的，因为当日在京城任亲贵教师，会晤官场的时多，没有衔名，颇有不便，故此刻印有两种片子，这时正使用得着那有衔名的。当即取给各柜上人，大众一见，齐都着惊，暗说："这祸水闯得大了。"同声向二位道歉，一齐很足恭地立命伙计快去催寻地保，并到保甲局报案，请来提人。

不消多时，地保已领着伙计赶来，飞往保甲局报告。保甲得信，赶紧率领手下到鼎升栈捉人，并访见海川和尚，请问案由。海川将详情说知，请他移县重办，以保地方治安，并顺口询问他地方上匪风甚炽，李家堡如此凶焰熏天，为何贵局视同无睹，置诸不闻不问。这被捉二贼乃系李家堡的爪牙，须严加根究，不可轻易放过。

吓得那保甲诺诺连声，不住口地称是是。

毕竟后事如何，且待下回续写。

第二十二回

探贼巢闯龙潭虎穴
战盗首仗剑利刀锋

话说保甲领了海川的言语，哪敢声辩？只得连声称是是是，说："回去饬属严查，天明定将二贼送县根究。"

当即取了柜上各人的切结，率领手下，并带着凶刀，押着二贼，告辞海川、哈一炁二位道惊求恕，回转保甲局去审问二贼的口供。地保同着保伙也都跟着前往，同时各旅客贼去关门，格外小心在意地议论纷纷，关门熄灯安睡。店内各柜上有职司的人都因责任未完，心中怀着鬼胎，哪里敢睡？连夜商量明儿倘被县里来传去问话，该如何回答，一面着人连夜去寻访那小二的保荐人，一面到九号房内查看邱大所带的东西，逐件查明，写好清单，以备呈案。

哈一炁、海川二位因这一闹，知道李家堡得到风声，当然要格外严阵以待，此去想偷冷不防，绝对不能成功。只有直抵堡上，指名访会李福来，和他拼个高下，索回原物。因料定经此一番动作，住在店内断不致再有不测，于是闩门熄灯，各自上床安息。

次日清早起来，洗漱喝茶后，小二从厨房内将隔夜吩咐下去做好的干粮和菜送将进来。二位过了目，因为把细之故，心中疑虑，深恐在粮食之内安放着东西，不是要处。因此将干粮菜肴包好，带在身边，又各将所有兵器一齐佩挂拿了，走出房外，吩咐小二，好生锁了房门，同行出店。出得东街头，过了大石桥，二人商量："行旱道费力，不如乘船前往。"于是向舣舟在桥下的客船探问往李家堡的路由，程途远近和价目多少，连问了好几只船，船家都摇头回说不知道。二人颇觉灰心。

后来问到一位老舵工的面前，年迈人见二位形容有异，恰系前往李家堡去有要紧事的模样，便说：“二位要乘船往李家堡去，这里的船天胆也不敢承揽这笔生意。二位只有多走几步，沿着河岸前行，到柳荫下面，有座小板桥，桥过去另有道小港，港内泊有小船，乃是专门往来李家堡的渡船。他们是自己人，可以通行无阻，不受盘查麻烦。你两位去乘这些船，方才能直达堡上；倘或他们不肯载二位前去，二位只好赶早前往，辛苦辛苦二位的尊足吧！”二人谢绝了老舵工，依言前行。果然循河道绕过两个弯，两岸尽是垂杨柳树，绿荫深处，果然有道小板桥。

过桥走不多远，果然有条小港，港内果然停泊着小船，数了数共有六只，一般形式。每船上各有两个年富力强的后生，共是四把桨、两根粗长的竹篙子。二位看罢，即高唤船上的舟子：“俺们要往李家堡去，请问你们，可肯载渡俺们前往吗？要多少船价？你们说了，俺们照给。”

船上的舟子向岸上一望，见一位老头子和一位和尚，便有只船上的舟子起立应声道：“二位要往李家堡去吗？有什么事呢？俺们的船价没有一定的，随时由俺们船行的东家酌定市价，视乘客的身份而定。两位如乘船到堡上去，可不必论价，等到得堡上俺们船行里时，算账照给就是。不过二位先得将往堡上去有何事的原因说明，方才可以载渡二位前往，否则任凭你出多少价，俺们都不能载乘你们去。”

哈一炁笑道：“原来如此，俺们是特地从四方山到此，往李家堡去寻访你们的首领李福来的。老实说一句，你们如给李福来怕事，便休渡俺们到李家堡去；倘大胆不怕事，就载俺们去。这两句话，你们明白了吗？”

那舟子也笑道：“如此说来，二位原是有心人，那是再好也没有的了。俺们的头儿早已传下令来，吩咐欢迎二位前去。既是二位光降，俺们怎敢违令，不渡二位到堡上去开开眼界呢？不过有一层，二位去尽管去，可别懊悔，自恨不该鲁莽。因为俺们的头儿本领，俺们是素来知道的，二位纵有本事，俺们敢给头儿夸句海口，二位绝对不是俺们头儿的对手。此去正如飞鸟投罗，无非自寻苦恼，与其弄成个求荣反辱，何如不去为佳？况且二位到得堡上，成为来得去不得时，真有后悔之苦。俺们直言奉劝，还望二位三思。”

二人听罢，不由大怒，强自忍着，冷笑道：“如果没有打虎的本领，也不敢到深山去打猎了。俺们既敢到堡上去，当然是不怕事的，休得多言，将船撑过来吧！”

舟子闻言微笑，说：“不听良言，二位休要后悔。”边说边将竹篙一点，将小船拢岸。

二位轻轻一点脚，跃上小船，蹲身坐下。那小船在水中微微地晃悠两下，两个舟子齐喝一声彩，对着众船上的后生打着切口道：“朋友们，快些到堡上送信去，俺们在堡上见吧！”

五船上共是十个舟子，闻言齐声答应，各起身将竹篙撑起，先后将船开出港口，遵着河道，架开四桨，箭驶价往李家堡上去了。海川、哈一炁二人所乘的船上两个舟子亦跟着其余的五只船撑出港口，从河中慢慢地撑着。等到五只小船去得远了，方才架起四桨摇划着，向前而行。二位明知他们的意思，不由腹中暗笑，一面互相知照，留神提防，恐怕那两个舟子在河心里使用狡猾，又防着从两边芦苇中港汊里飞来贼船暗算。故此二人坐在船上，四面关顾着，看看那小船渐渐地驶行疾速起来，来到一处，乃是河道四岔路口，水流既急，河面亦阔，八面都是高深的芦苇。二人见船行至此，格外留心。

正在此时，猛听得一声梆子响，两个舟子忽然丢下手中双桨，打着呼哨，翻身跳下水去，那小船在河心里滴溜溜乱转。二人忙立起身来，接着第二次梆子声又起，猛听得嗖嗖嗖从四面芦苇里飞来无数弩箭，直向二人身上射到。正各拿兵器在手，听得风响，知有暗器，二人急背对着立着，忙将兵器舞动，前后左右地招架。同时那小船的船底忽然震动，漏进水来。

哈一炁见不是事，说：“禅师休慌，待俺使用法术，驱除这些恶贼的爪子！”边说边将鼻孔中的两道白色剑光哼将出来，用手一指，喝声疾变。那剑光立刻由二变四，由四变八，由八变为十六，顷刻间化成六十四道，光华照耀，笼罩天空，四散分开，飞向那芦苇丛中。只听得嗖嗖呼呼哧哧一阵响动，立将四面港汊两边的芦苇连根刈去。同时将隐身在芦苇中的贼党也斩杀在内。

哈一炁一面又捻诀放出个掌心雷来，向水底里打去，震得河水如沸，正打在那潜伏水底、使铁钻钻船底的两个舟子身上。打得两个舟子焦头烂额，死于水内，登时四面八方的弩箭停止，水波不兴。

哈、海二位在船上立刻转危为安。哈一炁将剑光归并，吞纳收回。二人在船上虽然得意，但恨船底漏水，船居河心。二人都是岸上英雄，对于水性都属不识，更兼路途不识，野渡无人，不知路之远近，连个问询的人都没有，因此二人可不免着急。

正在此时，猛听得咿呀摇船的声音从远而近。二人看时，只见一只大船，船上满插着刀枪，桅杆上悬挂着一方大红旗，旗心绣着白字，乃是个斗大的“李”字，下面又悬着面小方红旗，上面绣着个“令”字。桅杆下面坐着一人，身穿水衣水靠，手横短槊，两旁立着八名大汉，各拿着一把单刀，背弓悬壶，一式打扮，都穿着青油布衣靠。大船上武士极多，杂乱分立在船舱内外前后，由两名后生摇着橹，一名艄公掉着舵，直向二人立着漏水的小船撞来。二人见来势甚猛，小船被撞，定遭不幸，因此二人各说一声：“不如飞跃到大船上，和船上的人拼命。”说罢，便齐大喝着飞身而起，直跃到大船上去。

船桅下坐着的那人一见二人飞到，即忙横槊而起，喝声：“来得好，弟兄们，给俺斗杀这厮!”边喝边提槊冲着二人便打，同时立在两旁的大汉也都挥刀一拥而上。二人挥动兵器，和大众交手，那横槊的人指挥着手下拼命价向二人猛扑。二人虽然武勇，怎奈船上的这班大汉亦都凶恶异常，无有一个弱汉。

二人杀了半天，只博得个“平手”两字。哈一炁知道捉贼应首先擒王，这横槊的人分明是个指挥者，不先将他除却，断难将众人杀退，因此一狠心，从鼻孔中哼了一声，放出剑光来，飞向那人的头颈内去。那人哈哈狂笑，伸手一指，从指甲缝内飞出一道青光，迎着白光，两下在空中盘旋飞舞，绞作一团，飞来飞去，高下疾徐，丝毫不分胜负。

哈一炁大吃一惊，暗忖：“自己的飞剑从未遇过敌手，不想竟在此地遇此劲敌，真是出乎意外。”边忖边和大众厮杀。因为心中着急，手中的那口剑上下翻飞，手法愈使愈紧。

同时海川也心中发狠，手中禅杖亦尽量地使将出家数来。那些大汉虽然凶猛，究竟不比得海川、哈一炁二人的神勇，哪消怎样，早被二人连续着死刺杀了几个。余人大骇，齐发一声喊，纷向前后退走。那横槊的人见情势不佳，抡槊死命价向二人猛扑。二人一根禅杖、一口宝剑，使得神出鬼没。

那横槊的人力斗二人，虽不惧怯，但是以一敌二，终难免相形见绌。况兼又须分神指挥着飞舞在空的青光奋斗，哪能敌得住二人？因此不消半刻时光，即已难以支持。那人心中一急，速从口中呼哨几声，坐在舱中以及未曾动手，分立在舱前舱后之人得到暗号，各执兵器，虎一般直扑向海川、哈一炁二人来死斗。海川恨极，撇下横槊的人，挥动禅杖，专力和大众厮杀。大众被他的一顿禅杖打得折臂伤肩，破头伤脑，死伤之数，顷刻间已有八九个。其余的人见不是事，吓得扑通扑通，纷纷跳下水去，泭水逃命。那横槊的人见同伴都已死伤纷逃，仅有自己独力奋斗，料到难以取胜，便卖个破绽，腾身跃入河内，一个猛子直栽入水底，收回青光，急从水底逃命。

哈一炁哪肯就此罢休？指挥着白光，追入水底。那人已逃得远了，哈一炁只得收住白光，同着海川，姑且在船上搜索。有几个被杀伤的躲在舱板上，不能逃走，哼声不绝，深恐二人下手无情，送却性命，哀求二位留情。二位好乘此喝问：“方才那横槊的人是谁？”回称：“横槊的人姓屠名志刚，乃是李家堡上的二头领，和李福来是换帖弟兄。这只船乃是李福来的坐船，所以船上的旗号有斗大的‘李’字。”

哈一炁、海川二人闻言，即择那轻伤的喝逼着起来，命他们将船摇到李家堡去。那些人无奈，只得将船摇行，开往李家堡去。沿途虽遇着小船，但均无阻挡。船抵李家堡的码头上，哈、海二人跃身到岸上。那岸上沿着河岸，四面栽植着大毛竹，即用毛竹的枝，上面结在一起，下面又用许多竹排排列在一处，齐整着插入土内，成为竹城，每一道河汊可通内外之处，均有竹排门。那些竹竿都是碗来粗细的大毛竹，用铁丝绞成绳子缚扎结牢，坚固异常。

二人上得岸来，即走向那李家堡上的正门。到得门前，刚要进去，恰好李福来率领着二十名一般打扮的壮健汉子迎面走将出来。

哈一炁一眼看见，那股怒气从丹田冲脑门，喝骂一声："李福来，俺当初体上天好生之德，饶恕了你，你即应感激报德，从此力行向善，不料你怙恶不悛，如此大胆胡为。俺在四方山除山魈，你胆敢假扮无常偷俺们的金银，又故意差派手下在那村酒店里引诱俺们，俺们如系怕事的，也不来了。如今你为害地方，将来定难逃国法，俺们路过此地，并不曾与你相犯，你为何偷俺们的金银？现在你只要将金银还了俺们，毁去堡上的一切防御障碍物，立誓从此永远不再做偷盗威害百姓的事业，俺们便可饶恕你无知；倘若不然，那可休怪俺们的宝剑、禅杖无情……"

话犹未完，李福来已接口骂道："老贼，你们将人家的金银偷了两包袱来，本系不义之财，俺给你拿了来，散给众家弟兄，原不算错。俺当日败在你的手里，时刻想报此恨，可惜无有机会，今日你系自来送死，何况又伤害了俺们的弟兄多人？俺们如不将你们捉住，活祭众弟兄，那还算什么英雄好汉？来来来！俺先和你见个高下。"边说边抡着三节棍，哗啦一声，跃过来迎头便是一下。

哈一炁见他来得凶猛，哪敢怠慢？即挥宝剑相迎，让过来棍，使了个白蛇吐芯，照着李福来的胸前便刺。李福来使棍架住，同时那二十名壮汉一声吆喝，拥上前来助战。海川见了，舞起禅杖，迎头痛击。

彼此一场混战，堡上的人陆续得信赶来，愈杀愈众，将二人困在垓心。二人虽不怯惧，但因众寡悬殊，深恐时间长久，一有疏虑，便有许多不妙，因此各将本人的看家本领尽量地使将出来。堡上的人无非仗着眼多势众，讲到武艺，原极平常，哪里经得起二人的神威英勇？因此连续着被二人杀伤了三十余名。

李福来见弟兄们不是二人的对手，徒然死伤，害无利益，因此吆喝一声，传令大众退后，一律回进堡门，自已断后，力斗二人，诱引二人入堡门来。二人本系来入虎穴、求得虎子的，岂肯不追？因此随后且追且战，丝毫不肯放松。

李福来见二人已追进堡门，来到腹地，不由大喜，回转身来，吆喝着手下，传令各大小头目，火速到来助战，一面命大众向前猛攻。二人身临险地，哪敢稍为大意？抖擞精神，竭力和李福来及各贼寇死斗。

李福来先前的本领原很不错，自从在哈一炁手中栽过筋斗之后，格外立志发愤，誓报此仇，故此他往通都大邑、名山胜地，各处拜访名师，勤习武技，才练成全身软硬武功。适值其时八卦教蜕变为白莲教谋乱失败之后，余孽四散，仍旧蠢然思动。各处网罗豪杰，暗中组织机关，密谋活动，当时水、旱两路的绿林被八卦教所煽动蛊惑，加入教中，信奉教义的实繁有徒，李福来便是其中的一个。李福来自从加入八卦教，做了教中的教头，受当时总主教党国柱的使命，专司居庸关外，直至内蒙古一带地方的教中之事，发号施令，由主教付给特权，所以李福来在教中颇有威望，势力亦极雄厚。手下除去收集的亡命之徒极众，散居在李家堡左近的村镇，听候差遣以外，另有许多男女教徒听候驱策，所以他才敢在李家堡目无法纪，俨然方镇地胡作非为。休说当地官府不敢奈何他，便是蒙旗王公、都统、兵备道、将军等有兵权的高级官儿也不敢调兵来征剿他。李福来除去人多势众之外，因为信教，且为教中重要分子的关系，从主教党国柱传习得来各种法术，居然能吐气成云，呼风唤雨，诸般邪术无不精通，故此他如虎附翼，格外地凶焰高涨，目空一切，为所欲为。

自从四方山上出了山魈以后，李福来的手下因为山魈食人，害得行人不敢走路，直接阻断了交断，间接妨害了他们剪径打闷棍的买卖，因此公议，向首领请愿，要求驱除。李福来接受了手下的请求，仗着本领法术，亲自出马，到山上去察看了一次，回来制备了白无常鬼的衣衫，到山上土地祠去扮鬼，等候山魈。不料冤家路窄，正和哈一炁、海川二人见着。他心中一动，遂生此计，诱引二人到堡上来，好杀却以报当年之仇。

当时他率领手下，将二人困在垓心苦战。二人杀得火起，各将看家本领使出，堡上的头目和壮健汉子无非是仗着些蛮力和几手拳棒，哪能敌得了二位出神入化的本领？因此一转瞬间，被二人杖禅打、宝剑刺，死伤不计其数。只听得哎呀哎呀的呼声，和死伤倒地的扑通声响。李福来见手下的弟兄死伤太众，不由气得眼红，怒恨已极，将口一张，吐出一口黑气，随风变化，大如乌云，直向二人罩来。

哈一炁一见，知道这是邪术，遂将白光从鼻孔中放将出来，冲散了那团黑气。李福来遂又将手中三节棍向半空中一抛，口念咒语，变了一条合抱不交般粗、数十丈长的大蟒蛇，摇头摆尾向二人奔去。哈一炁急指挥着白光迎住，咯的一声，那条大蟒蛇仍旧变作三节棍，被白光削断，跌落下地。李福来大惊。

毕竟两下胜负如何，请待下回续写。

第二十三回

真元突怪杰助神拳
忒离奇异侠遭恶骗

话说李福来先时他和二人交手，原是使的三节棍，后因手下人四处奔来，纷纷奋勇齐下，所以他退立在圈子外面。及见自己人死伤太多，心中恨怨，方才吐出黑气来，奔向二人，想遮住二人目光，好被手下兄弟们杀害。不料黑气被剑光冲散，因此才念咒抛三节棍到半天里，变成巨蟒，张开血盆大口，吐出毒涎瘴气，扑奔二人。不料又被哈一炁的剑光斩成三段，落在地上，将剑光收回。

李福来见法术无灵，不由大惊，忙从弟兄们手中取过把三股托天叉来，喝声："弟兄们退后，待俺来杀他们！"众人闻言，纷纷跳出圈外，退往一边。

李福来双足一跃，纵到二人面前，抡叉便向二人没头没脑地叉去。二人双战他一个，杀到正酣的当儿，李福来因为步战使叉，比较二人使禅杖、宝剑来得吃力些，时间一久，渐觉有些不支。心中正在着急，忽听得一声大喝："大哥休得惧怯，待俺来帮助大哥，活捉这两个小辈，给众弟兄报仇！"边喝边跃将过来，抡槊便打。

二人看时，正是那在船上厮杀过的屠志刚。哈一炁心忖："强敌当前，不如先下手为妙。"于是抖擞精神，一手使剑和他二人交战，一手捏诀，口中念念有词，将手照着二人一放，轰的一声大震，一个掌心雷直向二人打去。二人陡吃一惊，手中兵器不由松懈。海川、哈一炁乘二人松懈的当儿，各将手中兵器格外使得紧凑，李、屠二人格外觉得费力。猛听得海川一声大喝，抡手中禅杖，照着屠志刚的头顶上就是一下。屠志刚急躲闪时，左肩上早被打着，不禁哎呀一声，向后倒退。海川乘势进身，又使禅杖打去。屠志刚急向旁边跃去闪过。海川心中暗惊："这厮的本领确实可以，俺的禅杖寻常人哪能受得起？如今他被俺打了一下，仍能跳跃自如，可见是曾练过很好硬功的。俺若稍松，留此恶人在世，定将害人不浅，不如乘此急取他的性命。"边想边又跃身追将过去，喝声："哪里走！"抡禅杖喝着打去。

屠志刚急用手中铁槊迎架，托的一声，那铁槊被禅杖打着，折成两截，震裂屠志刚的虎口，两臂酸麻，肩上伤处格外生疼。急切难以迎敌，索兴将手中半截铁槊短柄向着海川掷去，海川忙向旁闪让。屠志刚既惊又急，不由发狠，手指一弹，放出他保身杀人的利器，一道青色剑像一股青烟，直向海川射来。海川大骇，只得飞步后退，抡禅杖迎挡。

哈一炁一旁和李福来厮杀，见了青光，深恐海川有失，急从鼻孔中哼出两道白光来，指挥着一道剑光迎敌屠志刚的青光，另有一道剑光却飞奔向李福来身上去。

李福来见剑光飞来，忙从口中吐出一朵白莲花来迎住，满望能将剑光架住，哪知哈一炁的飞剑厉害，顷刻间竟将白莲花剁成粉碎。李福来的护身白莲花乃是主教党国柱授给的唯一自卫法宝，见被剑光剁碎，哪得不惊？急急念动咒语，咬破舌尖，喷出许多火赤练的小蛇来，从空气中乱舞着，直奔哈一炁的七窍。哈一炁忙运白光回来，诛斩那些小赤蛇，一面奋勇挥剑向李福来猛刺。李福林见仍不能取胜，一面交战，一面口中又念咒语，将手中叉向空一掷，变成无数钢叉，向哈一炁身上落下，一面空手赤拳，运用他全力的硬功来夺哈一炁的宝剑。哈一炁一剑刺在他的手腕上，丝毫不见他伤损逃让，反而乘势反手来接，不由吓了一跳，同时头顶上锵锒哗啦，钢叉直落下来，只得飞跃身体，向后倒退，运神分化白光，迎战那无数飞叉。李福来见哈、海二人都已到下风地位，心中一喜，精神陡振，喝令："众弟兄，大家一拥齐上！"众人闻命，蜂拥上前，围住哈、海二人厮杀。二人既须顾虑空中，又要严防大众的兵器，只有招架的份儿，哪还有回手的空闲？

正当危急之际，猛听得空中嗖嗖风响，飞来一道青光，矢矫直上，横冲直撞，帮着白光，将那些飞叉一齐收拾得干净无余，又帮着将屠志刚的剑光在空中飞来飞去地厮斗。接着猛听得喊声大作，众人纷纷乱窜。

从外面杀进一人，大呼："二位努力，俺来帮助二位，为地方除害。任凭他们将八卦教中的雅术尽量地使用出来，有那某在此，管叫他们无法可施。"

二人大喜，闪目看时，来人非别，正是那位南方怪杰那行空，同时李、屠二贼见敌方陡来帮手，正如飞将军从天而降，不由大惊。屠志刚见自己的青光渐渐不敌，心中着慌，遂打着切口，高唤："李大哥，俺们以暂逃为是。力战到底，恐怕难讨便宜。这来者你不认识，俺知道他是外号南方怪杰的武昌那行空啊！南北两位著名的怪异之士都已到此，又加上这个和尚凶猛异常，仅凭着俺们两人，断难力敌。不如暂逃，再作道理吧！"

李福来闻言，遂应声是，喝令大众各向后山河水中两处暂逃，听候后命。众人得到命令，纷纷四散退走。李、屠二人阻住三人力战了一会儿，等到大众退走后，遂各卖破绽，跳出圈外，分开向两旁逃走。

哈、那、海三位要拔步赶时，因堡内路径不熟，深恐脚下中了埋伏，因此止步不追，立着互问别来无恙。

各道好毕，那行空即问："二位怎能相约到此，适巧俺也到来，真是幸会。"

二人将张公侠偷海川的行囊、海川进寻，因而在山下遇着，及以后的情形详细告知那行空，并问："那爷如何能来到此地？"

那行空笑道："说来话长，俺在江湖上到处行走，几同四海为家，闻听人言，现在八卦教又在各处蠢动，总主教唤作党国柱，是山东临沂县人，机关即设在该县的党家庄他本人的家中。关内各省还不敢十分明目张胆，关外各地却十分兴盛，尤其是这里来得势焰熏天。俺又听得蒙古地方现在喀尔喀盟旗颇有叛变消息，因此想为国家尽国民一分子的义务，从关内赶出来。先到此地，闻听四方山上有山魈为害的事，遂往山上去察看，见除去山魈被杀之外，还有条大蟒被斩在山上，因此转念到除蟒及山魈之人，和巨蟒被杀后，蟒目及骨节里的珍珠定已被人取去，再看那蟒被杀的痕迹，并非普通刀伤，正是飞剑所杀。现在各地能使用飞剑的人极其稀少，因此俺又想到哈老英雄，故此追踪下山，先到周村打听。俺在江湖上已非一日，对于江湖上各种术语，以及各帮规律都已了然。本来到处俺都是冒充，所以下山后极其易于打听，遂得到二位的消息。思量二位既被激怒，定然追寻到此，故此俺探明路径，从堡后山路寻到堡内腹地上来。一路遇有伏路的人颇多，皆被我用他们教中人问答的术语回答了，所以一路无阻，得以赶到此地。听见杀声，又看见空中剑光，所以先放出剑来助战，然后奋勇杀来，和二位相见。现在俺们因为分神，剑光仍在空中，未曾收回。那贼人的青光却已先自收回了。”

哈一炁被他提醒，遂将剑光收回。那行空也收回了。

海川道：“俺们现在已入虎穴，还未曾得着虎子，该当如何办法呢?”

哈一炁道：“俺们的包袱原物，听李福来的口音，已被他们表分花用了，要想原物，已是不能，俺们现在既已来了，岂肯入宝山而空回?凭着俺们三人，还怕不能将他们巢穴剿灭吗?纵然他们会使用法术，谅来邪不胜正，况且那些妖法，俺和那爷也还都能对付得了呢!”

海川道：“既这般说时，俺们待在这里，亦非办法，还当前进为是，只要脚下提防着就得了。”

哈一炁道：“那是自然，那爷，俺们往前进吧!”说罢，举步先行，那、海二位后随。

行行又行行，循着路径向那堡上中心点的地方走去。抬头见前面房屋栉比，正中一所高大房屋，外面围着花墙，正中两面广亮黑漆大门，对门砌有照壁墙，门旁有石狮子。照壁墙后有一条河，河中停泊着几只瓜皮小艇，和几号大船，砌着白石码头，码头上面，沿岸栽种着柳树。靠照壁墙两旁有上马石，那光景一望而知，这所大厦定系李福来的大寨。

三人来到门前，那行空道：“俺们捉贼须捉首领，这里面纵然不是李福林的住处，定系别个首领的住处。俺们就此冲进去，二位以为如何?”

二人回道:“好!”

于是那行空举步先行闯入，哈、海二位随着，脚下留意，见所铺砖头都砌就“卍”字砖上，试了一下，并无可异之点。再向旁边地下一试，却见地向下落，呶一声飞上一支弩箭来，幸亏让得快，如稍大意，早被射着。三人这才明白，果然地下有机关安设，遂脚踏“卍”字形砖而行。

转眼间已到正宅外面，看时，乃是一顺五间的大玻璃敞厅。三人走上石阶，向厅上一望，只见空阔阔阒无一人，里面铺陈布置颇为豪华整洁。三人因见无人在内，遂折转身，下阶绕往厅后。只见后面房屋连贯着，共有十来进，三人踌躇着，欲待闯进去，但又恐脚下误中埋伏，徒然受伤；欲待不进去，已经来了，无有结果，哪肯空回?

正在此时，猛听得背后有人哈哈狂笑。三人回头看时，却是两个镖师，认识正是山西大同府的镖师任长海、任长川兄弟俩，遂反身相见。问:“二位何来？敢情是李福来约请二位来做帮手吗?”

任家弟兄含笑先给三人问安，回说:“三位别见疑，俺们乃是到这里寻李福来要镖的。只因俺们镖局内伙计保着一支镖，从大同进京，不料路过此地，被人劫去。打听得乃是李福来的手下所为，因此愚兄弟亲自邀集朋友，赶到此地，来会李福来。本来俺们在江湖路上和李福来相见已非一次，彼此总算是相识，虽然没有交情，总不应拦路截夺。李福来的本领固然是很好，俺们亦是素知。但因俺们吃的是镖行饭，他们劫了俺们的镖，正如打破了俺们的饭碗，此而可忍，孰不可忍，故此来寻他要镖。俺们约来的朋友现在都在万家市听候回信，俺们乘渡船进来时，听得船上人说，堡上有人厮杀。及到此地，却不见丝毫动静，前面厅上更无一个人影儿，穿过大厅，正见着三位，故此故意狂笑，意在使三位知道，回头来看，免得蓦然间呼唤，反而使三位着惊。”

三人听罢，即说:“二位来得好，俺们正在此踌躇未决。”于是将交战之事说了个大略，又说:“二位到此，虽系要镖，但是适逢其会，李福来定然生疑，能否就范，可就真在未可知之数。况且他被俺们杀败逃走，现在不知躲在何处，二位一时也无从寻觅……”

二人不待说完，即说：“三位有所不知，李福来的正寨设立在此，平常总是在此会集手下，所以俺们寻到此地来。现在他既不在此，俺们闻得他另有两个分寨，一在后面山上，一在堡外河内，地方没有这里大，然而却很幽静秘密。三位不如往分寨去寻，免得在这里闯空屋。”

几句话将哈、那二人提醒，说：“海川禅师，怪不得俺们方才听李福来用切口传令手下，分向水陆两路暂逃，听候命令呢！原来他们还有分寨在山上河下呢，俺们在此闯一进一进的空屋，不如放上一把火，将他这里的房屋一齐毁灭无余，烧去他们巢穴。他们如果来救，俺们就乘此杀他一个落花流水；倘不来救，俺们再到山上、河下两处去寻他厮杀。”

任氏兄弟听罢，忙说：“二位虽说得是，但是烧毁他们的巢穴，恐怕俺们失去的镖亦在这屋内，被带累着烧去，俺们这个亏可就吃大了。依俺弟兄之见，还以先寻人、后毁屋为首要办法。”

海川接口道：“哈、那二位居士，既是他两位有失去的镖未曾索回，总以先顾全失去原物为主。因他们的东西是别人的所有权，失去是要照保价赔偿的，关系非小，俺们自当依着他俩的意思办。”

哈、那二位闻言，即说：“也好，俺们看在二位分上，姑且暂停放火，但是俺们现在还是先到山上，还是先到河下呢?”

任长海道：“后山虽险，但在陆路上，俺谅他们定防三位上山追杀，却躲到河下水寨内去。因为他们都知三位是陆路豪杰，不识水性，在水中等候，比较的于他们有利，俺想不如先往河下去寻为便。”

哈一炁道：“二位去要镖，比较俺们寻仇索物似乎又较为要紧些，俺们同去，他们定然翻脸，不肯将原物逐件点还。不如二位单独先去，俺们却随后再往。”

任长海道：“此言正是。这样吧，三位可乘渡船到万家市去，吃饮食休息，等俺们的信，且待俺们事完，三位再去寻他们。”

三人回说：“好，就这么办吧！”于是一行五众，走出花院墙外。任家弟兄绕过照壁墙，仍乘原先进来的小船，摇往水寨中去。三人却取原路，走出竹城外面河岸边。寻找渡船，并无一艘，只得沿岸走了一程，才见泊有小船。

三人走上船去，船家回说："不载客过河，请三位照顾别个吧！"三位知道他是推却，遂威迫着他开船。船家无奈，只得应诺，将船摇过河去，靠岸后，伸手向三人索渡资。

三人笑道："你在李家堡充当船户，每逢堡上做着一笔买卖，你们船户所收得的金钱也就很有可观，哪还在乎这么一点儿？你现在向俺们要摆渡的钱，真也太不知足了，你的秋梦还不曾做得醒呢！"

船家要不到钱，反而被三人一顿教训，不由大怒，即说："你们乘船不给钱，不怪自己无礼，反而怨怪人家，真乃变相的凶恶强盗，比俺们堡上的人还要加倍可恶。可惜俺当初不曾练过把式，倘或练过武，定不轻易饶放你们，请吧，俺们日后再见吧！"

说话间，三人已先后登陆。船家气咻咻地将船撑到河心里，手指三人，破口大骂。三人本无意和他拌嘴，但因被他骂得火起，大喝一声，各从身边掏出支钢镖来，照准船家打去。船家哪能躲闪得及？早被三支钢镖同时打伤，扑通一声，仰面倒跌在河心里去了。三人寻着路径向前行走，见路旁田内有做活的农人，便请问他往万家市的路径。那农人原是李福来手下的毛贼，见问，将三人上下一看，知道三人正是和堡上作对的人，岂肯说实话？心中一动，就生一计，即说："三位走错路了，可仍从原路回走。走到那面，有条岔路，可从岔路走过前面小山。绕过小山，有条小河，沿河走不多远，有道小桥，过桥沿河而行，走到一处窗户的坟墓，墓前有条小路。从这条小路径向前行，有一所镇集，便是万家市。"

三人闻言，信以为真，遂反身而行，依着农人的话，果然有条岔路，从岔路绕过一座小山，沿河过桥，再沿河经过坟墓。遵着小路，走了好些路，方才来到一处小镇市。到得街上，询问街坊："此处可是万家市吗？"

街坊上回道："不对，本地名唤韩家潭，因为镇后有潭水，乃是一家姓韩的官宦人家的祖坟陷落下去，变成潭水，所以本镇地名唤作韩家潭。那万家市离此很远，从这里去，大约有二十来里地。”

三人闻言，才知上了那农人的当，不由暗恨，只得将错就错，姑且在韩家潭镇上找了家吃食小馆子休息，进过饮食，海川、哈一炁将所带的干粮取出来吃了。三人进过饮食，休息一会儿，顺便探问往万家市的路径。有人告诉他：“须出街头，沿途前行，经过坟墓，沿河过桥，绕过小山，到岔路口转弯，然后一直前行，便可以直达万家市。”

三人听了，不由好笑，原来仍须走回头路，于是谢了那人，给钱出门。离了韩家潭，遵着来时原路，赶往万家市去。

到得万家市街上已将近黄昏时分了，三人问街坊地名，果然正是万家市。三人寻找茶坊吃食馆子，就便暗暗访问任家弟兄，探问有无镖师等人物在此驻足。寻访许久，并无确息。看看天色，却渐渐黑暗下来了。

毕竟三人访问着任家弟兄否，请待下回再续。

第二十四回

臭烘烘茶坊尝异味
香喷喷客店赏奇葩

话说三人来到万家市街上，茶肆食馆各家都已走遍，不见任长海、长川弟兄的踪迹，只得探问有无镖师模样的人来过不曾。各家都回说不曾，三人好生奇怪：“任家弟兄绝不会扯谎，怎么会不曾来过呢？莫非他们为秘密起见，不在茶坊酒馆内等候，却另有集合的所在吗？但二人明说在吃食铺子里候信的啊！那可不是明明不对吗？”因又改向别家探问。万家市不比得赵家营，小小的镇集，一条正街，只有一里许长，店铺人家有限，哪消怎样，早被三人问完，并无任家弟兄的信息。

三人见天色已黑，店铺人家已上门收市，掌灯用晚饭了，遂商量着：“只得姑且投客店住宿，明儿白天再讲。”于是三人投一家客店住宿。

那客店后面只有两间上房，早被两位先来的客人住了去，三人只得住在中等房间内。中等房间乃是拼铺，三人为安逸起见，只得将房内铺位一数，共是三张床，照算应出六个人的钱，三人遂多花几文，多认了三人的铺钱。三人先吩咐小二，端整夜饭来吃，但因地近李家堡，深恐这客店是堡上的眼线，所以饮食起居三人分外留神，哪怕一杯茶、一碗菜，无不看了又看，嗅了又嗅，无异香异色，方才送入口内。至于房门壁角地砖床下都很注意地察看，见无破绽，方才放心。

三人夜饭毕，喝茶休息，低声商量，因为不见任家弟兄的影踪，消息全无，心疑任家弟兄或许竟是暗助李福来诱劝俺们出来，好让他们逃走。但仔细想来，亦不很像，因为任家弟兄在外走道保镖，上次遇着，其行为颇合于侠义一流，绝不至于陡然变异。但既不会流入贼党，何以又无消息呢？因此三人讨论的结果，竟使疑团莫解。最后三人商量到对付李家堡的方法，隔着水道，往来颇为不便，不如绕路从后山进内，索兴见人杀人，见屋放火，杀尽烧绝，完全毁去。虽然觉得凶毒，但是实逼处此，亦是无可如何之事。

因又谈到李福来和屠志刚二人，确系一条好汉，只可惜误入歧途，倘或能为国家办事，给人民尽些义务，岂非再好也没有的？无如此等人已至不可救药地步，万无放下屠刀、立地成佛的思想了。于是三人议定办法，决计明儿早晨在万家市街上访寻任家弟兄，访寻不着，多带饮水干粮，绕路往李家堡后山，由那行空率领，将李家堡毁平。如得着李、屠二人便罢，倘或得不着二人本身，只得回转赵家营鼎升店里去，耽延几天，打听着二人确实下落，再去擒杀二人，以免后患。计议定后，各自安寝。

看官们，哈、那、海三位心中怀疑任家弟兄，因何不见。其实任家弟兄也在那里怀疑，为何他三人不见了。说也可笑，他们两下的住宿地方却是同在一店，不过任家弟兄同着一班朋友占住了上房，并不曾用真姓名上循环簿，并且任家弟兄等人因为避免李家堡上人的眼目起见，在万家市街上绝对不曾穿着镖师打扮，仅任家弟兄俩带着行装，离去万家市，在路上、田内更换服装，到李家堡去要镖。他们既约人同来要镖，如何要改装、避人耳目呢？皆因恐李福来听说人多，反了毛，索兴硬到底，反而将能和平了结的事弄成非动武不可，所以才改装打扮。况且镖师人多，并不曾保镖，沿途怕遭人疑。且此来如失了风回去，以后走道，便更不容易，此乃他弟兄处世经验，胆大心细的一得。

当日，任长海弟兄俩乘坐小船前往水寨，拜访李福来。李家堡的水寨即在离堡三里许的宽阔水荡之内，那地方港汊交错，水深河阔，四面岸上尽是树林和高粱等田地，近水又是芦柴滩，盗贼每以高粱熟时可以隐蔽躲藏，出没不易为人看见，称为青纱帐子。像树木高深的所在，更是他们逋逃的渊薮，所以小说书上讲到盗贼见了树林的规律，叫作遇林而入，取其可以藏身隐匿，又叫作入林不追。因为仇人已入林中，彼在暗而我在明，防受暗算，所以不追。至于芦苇深处，水中可以隐船，滩上可以蔽体，比青纱帐子又较为进一步地可以隐蔽逃遁，所以李福来的水寨便设在其处，乃是天然的隐秘所在。

讲到他的水寨，并非在水中或岸边砌造着房屋，乃是用大小船只，排列成行，进退前后，都有组织程序，虽不及官兵方面水师营的整齐，然而也就颇不容易，煞费苦心了。

当时任家弟兄乘小船直抵水寨，由巡寨小艇上头目询明来由，到中央大船上去回。其时李、屠二人已从堡上败逃到此，正坐在舱中，会集手下各大头领商议办法，猛听得任长海弟兄来拜，当然明白他弟兄的来意，即问报事头目，来人共有多少，可有武器，回说没有兵器，空手赤拳，仅仅只有两人。李福来遂问屠志刚，该当如何应付。

屠志刚道："现在俺们正和哈一炁等作对，不能分神，和他弟兄为仇。只得迎接他弟兄，用缓兵之计，约期交还他们原物。他们为原物起见，只得如约改期再来，那时，俺们已对付过哈一炁等人，便可酌量情形，对付他弟兄了。"

李福来道："贤弟言虽有理，未免太狡猾了些，俺们既约期还他的镖，到期不还，便成失信。江湖上一经传言，俺们便使人失却信仰；要还即日就还，不还索兴赖个干净。"

屠志刚想了想道："大哥还是以答应还他为是，因恐他们和哈一炁等相识，而且来者不止他弟兄二人，那时俺们多树一敌，反给哈一炁等利用了去，有许多不美。俺们还了他们的东西，彼此总算够得上交情，他们因此关系，纵不来帮着俺们，也断不致帮助哈一炁等人来寻俺们的错。"

李福来依言，立命小头目驾小船去接，自率屠志刚等各大头目到舱外船头上相候。一会儿，小头目已将任家弟兄从小船上接到自己驾驶的小艇上，径到中央大船旁边来。任家弟兄上得大船，和众头领抱拳行礼，由李福来让请二位到舱中坐地，献茶后，请问来意。任家弟兄将伙计失镖的日期、地点，以及所遇的人说了，接着又说：“打听得劫镖之人乃是李兄的手下，所以才敢斗胆到此奉拜，恳请李兄看在彼此相识，和江湖义气上，将原物还给俺们，使俺弟兄得维持镖行营业和吃饭的脸面，愚兄弟不胜大愿。”

李福来笑道：“原来二位为了此事而来，真是杀鸡用了宰牛刀，些须小事，二位只消派人写封信来，兄弟还敢不依从台命吗？何须二位亲自大驾到此呢？当日兄弟据着手下报告，察看镖旗记号，才知是二位老兄手下所保的镖，深恐失误，当即标封存储等候二位的手下来取，并深怪他们这不懂事。现在二位既然驾临，当然原璧奉赵，请二位不要见怪。”

任家弟兄见他毫不推却，便也无话可说，只有抱拳称谢。接着又说：“这支镖，行程日期已迫，可否即请李兄命手下当面点交，愚兄弟好即带着回去，交付手下上路？”

李福来应称：“有何不可？不过二位既已到此，兄弟理应尽地主之谊，请在小寨盘桓两日再走，何必如此来去匆匆？”

任家弟兄谢道：“行程匆促，限期将到，不能再事耽延。盛情只好心领，将来再当叩谢。李兄慨允即日将原物交还愚兄弟带去，愚兄弟已是感激匪浅。”

李福来留二人款待，本是装点门面的客气套语，原非真心诚意，见说，即便顺水推舟，说：“二位既不肯屈留，只好随后再叙。所有原物，请二位稍待，俺着人到堡上大寨里取去。”

说罢，即传令给小头目：“取本人的信号，驾快船到大寨内去，将所劫夺的大同镖完全取来，不可迟误。”一面传令在中央大船上摆宴款待任家弟兄，亲率屠志刚等众头领相陪。

任长海弟兄俩固辞不获，只得叨扰。饮啖未毕，小头目已将所劫之镖完全取到，见李福来缴令。李福来即邀请任家弟兄亲自过目，逐件点明。任家弟兄再三道谢，酒席终后，即告辞谢别。

李福来命手下驾船护送，任家弟兄将原物逐件搬过护送自己的船上，谢别李福来及屠志刚等众头领，吩咐将船开抵万家市河岸，搬到岸上，由任长川看守着，任长海跑到街上茶坊里，招呼同来的伙计到河岸来搬运，谢过护送的人，即命各伙计，将各件搬运上路动身，往北京而去。一面弟兄俩改换寻常打扮，再到街坊上来，寻见被邀同来的众镖师，在茶肆内喝茶，即将索回原物的详情完全告知众人，又问众友："可曾见有如此这般形容的僧、俗三人到来？"众人回说不曾。任长海兄弟好生诧异，因为计算时辰，三人该已早到多时，怎么会不见呢？因此遂向众宣布，说："俺们原相约在此厮会，不见到来，定有变故，俺们可先到本地客店里去投宿居住。"于是遂由任长海出离茶肆，前往客店里看好两间上房，一齐租下，一面命兄弟带同众友在茶肆内等候，以免三人到来，彼此不见，寻访不着。等到任长河由客店回转茶肆，仍旧不见三人来到，好生心焦，懊恼不约也就罢了，约了反有许多失误。

弟兄俩正在等得不耐烦，恰巧听得那旁座上大起争执，看时，却见一个年约四十的买卖人，身穿老蓝布长衫，戴着平顶瓜皮小帽，从袖管里拿出包荷叶包着的小包儿，指着一个二十来岁、身穿绸衣、头戴缎帽、衣冠华好、面容俊秀的男子骂道："狗娘养的，你这衣冠禽兽，哪里还有人气？俺现在无话可讲。只有请你吃粪，叫你尝尝这个滋味，是不是同你那天在赵家营客店上房里所赏鉴的奇花香味相同？"边骂边伸左手扯住那人的耳朵，右手将荷叶包着的东西尽力向那人口鼻中塞送。

那人急忙闪让，已来不及，早被没头没脸地塞满了口鼻。只见荷叶破碎，涂得那人满口鼻的尽是些黄澄澄、臭烘烘的干粪。那股臭气，被风一吹，散向四座，臭得个个用手堵塞鼻孔，齐声大笑，说："真太恶作剧！"

有那好事的人居然堵着鼻孔，走过去问那四十左右年纪的，因何请那二十外岁的男子吃粪，并问他俩的姓名。一面劝说有话好讲，不必动手。

那四十左右的人气咻咻地说道："列位大爷有所不知，这婊子生、小妇养的贱种贼子，枉空读过孔、孟之书，却不曾懂得礼义廉耻。依俺的气，立刻说要将他杀死，只因无拳无勇，方才顺着他喜爱闻香嗅臭的脾味，请他尝尝木樨花的香味，警诫警诫他的色胆，表扬表扬他的丑史。列位大爷，俺姓湛名义，他姓汪名守德。”说着，伸张右手，啪啪在汪守德的面上打了两下嘴巴，咬牙恨骂道：“狗贼，俺打了你，再给你宣布罪状！”

汪守德尽他揪住耳朵，打着耳光，老是忍着不还手，亦不作声，连头都不抬。众人看不过，掩鼻劝湛义放手。湛义将左手放了，右手在汪守德衣襟上揩时，汪守德早乘着松手的机会起身拔步飞逃。不料跑得慌忙，脚拌在板凳腿上。那凳子是梨木制的，分量颇重，地又是泥地，高下不平。汪守德被这一拌，连人带凳跌了一跤，赶紧忍痛爬起来再跑时，忘却门槛，脚一撞拌，身往外栽，又跌了个面磕地，直撞得街心石子路上去，这一跤比前一跤跌得格外重，立刻血流满面，头晕目眩，一时爬不起来。茶肆内外看见的人无不哄然大笑。

汪守德被人笑得太难为情，可恨地下是石子铺成的路，没有洞可钻，不然，早就乘势钻下去了。好容易被他挣扎着爬起身来，拔步飞跑，头也不回，一口气跑出街头，回转家中，洗面更衣去了。

这时，茶肆内臭气已渐渐散去，只有湛义手指掌心内还有些余香未散，忙命茶博士打盆水来，抄水到盆外洗净，拭干后坐下身来喝茶。那好事的人因方才问他两下争执的原因，未曾得到真确答复，忍不住抱着打破砂锅问到底的精神态度，又进问：“湛大爷，你老究因何事打这姓汪的少年？说出来给大众听听，也好使闻者足戒。”

那湛义见问，叹了口气，红涨了面皮，呷了口茶，缓缓地将请少年吃粪、打他嘴巴的原因说给众人听了。众人也都喝骂一声：“狗娘养的活禽兽，湛先生打得好。可惜湛先生方才不早说，早说出来，俺们大众也要各请他吃一拳两脚，虽不将他打死，也得使他的生命打个八折。如今轻轻放过了他，真是便宜了这小王八。湛先生代报义愤，真乃侠义可风，古道热肠，可敬可敬！”

湛义被众人一捧，心中乐了，格外高兴，登时面现得色。

正在这时，从外面走进一人，见了湛义，即说：“老先生，你老人家因何打那汪守德，他是有财有势的人，被你打了，岂肯甘休？你这个祸可就算闯得不小了，还在此高谈阔论，快些远走高飞，别在此等候他喊了人来打报复了。”

湛义被他一说，立将高兴打破，即刻立身起来，给了茶钱，同着那进来的人急匆匆地慌忙走了。众人各回原位，纷纷谈论笑话，说：“汪守德有取死之道，仅仅请他吃米田共，还算这小子运好。倘或遇着俺们，断不肯轻轻放过他的。”

看官们，你道湛义因为要请汪守德吃粪，汪守德为何这般服帖？打了不还手，骂了不开口呢？

原来汪守德和湛义名义上是财东和伙计，湛义是汪守德父亲时代聘用的铺中掌柜。汪守德的父亲在日，在赵家营镇上开设一爿华宝银楼，生涯颇为不恶，多年经营，全赖湛义苦心毅力。自从汪守德的父亲谢世以后，汪守德无人管束，狂嫖滥赌，十分胡为，湛义因为多年宾东，又兼是父执的关系，往往地缓言劝规，谁知忠言逆耳，汪守德孺子竟不可教，居然怀恨在心，借事将湛义铺掌柜的职务解除。湛义被辞，心中怨恨小东家手段太辣，但也无可如何，只得托人另谋他就。无奈一时难有机会，他为生计所迫，仗着他幼时多念过几年书，只得回到万家市家乡地方教馆度日，过那冷板凳生活。

有一天，他到赵家营去访友，询问谋事的消息。那朋友见面即给他道喜，说：“本镇乾昌绸布庄适缺账席，因此一说即合，已将老兄荐上。财东素知老兄的才干和多年老诚的信誉，所以荐保两项都由兄弟独自承当，并不要再觅保人。”又说：“乾昌的账席须兼任副管事的任务，责任依然和在华宝当掌柜差不多，进项比在华宝大。”

湛义忙躬身欢天喜地地道谢，即问进店日期。那朋友说：“你回去预备预备，先得请人代馆，将馆事家务料理停当，择个吉日，便可进店。俺可先期通知乾昌的财东。”

湛义大喜，即要告辞，被那朋友诚意留住，喝酒谈天，时候耽搁晚了。湛义既不便住在那朋友家内，又不便远道回家，更不好意思到华宝银楼去借宿，只得谢别那朋友，投本镇最大的鼎升客栈去住宿。当日因为心中欢喜，和自己曾在华宝当过经理的关系，不便哭穷住中下等房间，只得破费些住了上房。

晚间初更时分，听得隔房有男女欢笑之声，那声音非常熟悉，心中疑惑，遂移步到壁缝内去张望。不看犹可，一张之下，只气得他目眦尽裂。原来隔房欢笑的男女非别，乃是宝华银楼的小东家汪守德和他已去世的父亲的姨太龙氏。那龙氏年轻貌美，嫁给汪守德的父亲不满两年，汪守德之父即已西归，她那时不过十九岁，少年姨太哪惯独宿？又值汪守德年正少壮，好色天生，庶母嫡子，同处在一个家庭之内，哪能怎样的十分清白？因此言语含意、眉目传情，不消怎样，便演成子蒸庶母的怪剧。汪守德家有母亲碍眼，深恐在家不便，偷鸡摸狗的勾当只得暗约龙氏托故出外，到鼎升客栈里来幽会，已非一次。初时还有些胆怯，日久竟视同惯常，色胆如天。

那晚汪守德正和龙氏在房间里恣意调笑，尽量取乐，宽衣解带，将龙氏倒放在床上，褪下小衣，借着灯光，俯首凝视，赏鉴龙氏的曲线美，情不自禁地嗅了一下道："好香啊！怪不得常听人言，乾隆皇帝宫中有位从新疆得来的美丽妃子，唤作香妃，说她吐气如兰，遍体香味天生，即她那妙处，亦是芬芳扑鼻，所以才有此雅号。如今你亦如此馨香佳妙，真不愧古人所说的'香泽'二字啊！"说罢，不禁吱吱咯咯地笑将起来。

毕竟后来如何，且待下回再写。

第二十五回

管闲事掌柜肇祸变
作调人旅客解争端

话说汪守德笑着说了这番风话，招引得龙氏嘻开樱唇，微露犀齿，乜斜星眼，轻舒藕臂，低声笑骂道："小子，看看罢了，偏不怕肮脏，竟凑上去闻，还说上这么一大篇屁话，真也太会寻乐了。当日你父亲在时，俺叫他看看，他从不肯张上一眼，说是看见了要倒霉的。如今你偏和你老子相反，每次须要先赏鉴一番，看了不算，还要凑上去闻。又得每次杜撰出些解语来打趣人，完全不像你老子的性情，莫非是变种不成?"说着，拗身起来，伸手捏了汪守德一把，又在他身上啪地轻轻击了一下，捏得那小子如泥菩萨落水一般，连骨头都酥了，吱吱咯咯地笑道："打情骂俏，捏着更妙，不打不骂，不成年少。"

他们这边调笑快乐，却不防湛义在隔房板壁缝内看得清切，听得明白，那般怒气几乎从丹田直贯脑间，恨不能立刻闯到隔房去，将这一对无耻狗男女捉住送官，严治究办。但因亡友的家声名誉，断不能因此扫地无余，故此只得勉强隐忍着。再就那板缝里张时，只见隔房床上的帐子已经放落，满房春色竟被那白色的帐子遮掩住了。

湛义也不耐再看，低声长喟，回身来到床边，上床安睡。可煞作怪，心中有事，无论如何闭紧眼睛，调息养神，终是翻来覆去地睡不着，尤其是夜静更深，万籁俱寂的当儿，隔房的一举一动都能于那空气中送进耳膜里来。越是湛义气恼得不愿听，越是听得清晰，恨得湛义牙痒痒的，忍不住睡在床上，自言自语地骂道："子烝父妾，该当何罪?

好个胆大胡为的畜牲，难道竟不怕你死鬼的老子在阴世跺足吗？”他那一番叹骂，早将隔房一对男女惊动，立即停止工作。

说也可笑，隔房的笑语声停止后，这边湛义竟应了俗语所说的耳不听心不烦，居然不多时即已酣然入梦。一觉醒来，已是黎明时分，湛义因记念着正事，急欲回家，起身洗漱后，略用茶点，即将店账结了，也不问隔房之事，急急出得鼎升客栈，离了赵家营镇集，飞速赶回万家市家内，欢天喜地忙着用过中饭，即命学生背熟书，上生书，讲书句。匆促忙好，出题名，各学生做文章，对联语，写字临帖，一面亲往外面去访朋友，接洽代馆的事，一面预备家事。

忙了几天，馆事停当，接着家事也就处理井然，择定吉日，收拾行李，正准备如期进乾昌绸布庄去接事。

那日午后，因有朋友约在茶肆内品茗，谈论事件。湛义提早放学，即亲自到茶肆内来会晤朋友。刚走进茶肆，即一眼看见汪守德高踞在那旁雅座内，不由心中一怔，暗忖：“他怎么会来呢？”仔细一想：“不错，汪家原是万家市的人，不过因为开银楼铺子的缘故，所以才将家眷搬到赵家营去居住。但是他家产业，以及近族人士仍旧在万家市，如今他陡在这里出现，也许是那他家近族有事，也许是他下乡来催租，或者竟是他因为嫖赌花费太甚，亲到乡间来变卖田地房屋，都在未可知之数。俺此刻和他见着，正合着一句，叫作‘冤家路窄’，趁着他左右无人，俺不如进去，和他厮会，就此劝说教训他一番。他如听了便罢，不听时，俺……”想到此，不由转念道：“这小子颇合着‘衣冠禽兽’的四字考语，俺如果劝说他不听，也许反而被他顶撞了回来，岂非俺自讨没趣？那时节俺的脸面却向何处安插呢？俺须得给他个警诫，方才可以使他明白点儿厉害。”

湛义想到警诫汪守德的办法，因回忆着那晚汪守德和龙氏在客店里种种情形，不由又好气又好笑，思量：“他既好闻香，俺何不索兴成全成全他呢？”于是打定主意，急缩步踅转身来，走到街上肉铺里讨取了张大荷叶，再跑到茶肆屋外后面茅厕内，打开荷叶，隔着荷叶从厕所里拾起两橛粪来，包好塞在袖管里，复又走进茶肆。一望那汪守德，仍旧独坐在那里喝茶、剥瓜子，吃着消闲。湛义走到他面前，唤了他一声。

汪守德坐着喝茶，原是等人的，心中有事，低头剥瓜子，丝毫不曾防着湛义会不约而来。当时抬头一见，不由心虚讶异，立刻面皮上飞起两朵红云，只得含羞带愧，起立招呼。湛义略一客气，即在他横头坐下。茶博士过来冲水，倾满了一杯茶，走将开去。湛义即问："少东何日到此？寓在何处？莫非有何贵干？不然，绝不会独自一人到这里来喝茶闷坐。"

汪守德信口回答，说："下乡来有些许小事，约好一人，到此相会。等了他好久，老不见来。"

湛义道："往往等人的最是心焦。"

汪守德闻道："老叔今日放学得早，到此喝茶，莫非也是有人约会？"

湛义应道："正是呢！俺也约会一位朋友，现在还未曾来呢！"遂低声道："少东，俺有一件事，好像骨鲠在喉，不吐不快。但是说将出来，又未免冲撞少东，不知少东可愿意听受吗？"

汪守德见他那副尴尬神情，真个不待开口即已知其来意，遂说："老叔，做晚的虽非顾曲周郎，然而也却颇能闻弦歌而知雅意，老叔的赐教，还是以默尔而息，以意会，不以言传吧！"

湛义被他一口拦住，心中本系有气的，哪能按捺得住？即说："少东，有道是'话不说不明，鼓不打不响'。俺的意思，既是少东已经明白，那么，少东可能直言无隐地将所明白的意思说将出来，和俺对对看，果然错不错吗？"

汪守德被他逼着，面皮涨得像紫猪肝一般，嗫嚅着道："老叔何苦迫人如此呢？有道是'人人有面，树树有皮'。"

湛义怒道："少东，你既知道有面有皮，为何读孔孟之书，却做禽兽之事呢？亏你还有这副老脸！并非俺好意要塌你的台，实因你有歼伦常，不肖太甚。俺不见也罢了，既然亲自见着，俺如知而不言，未免对不起你已故的老子。你那天在赵家营鼎升客店里干的好事，居然亏你不顾父母的遗体、亡父的脸面，子蒸父妾，还要涎着脸尽量调笑取乐，拿鼻子凑上去闻，还说一句‘好香!’这真不是人做的事，简直禽兽不如。”

汪守德被他当着面这般毫不留情地痛骂，不由恼羞成怒，从鼻孔中哼了一声，冷笑道：“姓湛的，清官难管家务事，你既非俺家的公亲，又非俺家的族长，看在先父面上，客气点儿，因为你的年纪占长几岁，尊称你一声老叔。老实不客气，你是俺家铺子里雇用的伙计，因为平时信任了些，你便得宠忘形，不看在先父手里雇用的人起见，早就要将你的职务辞却。后来因为耐无可耐，才将你辞歇，你因此怀恨在心，居然信口雌黄，颠倒黑白，妄造是非，该当何罪？莫非你冷板凳坐得不耐烦，要到保甲局里去尝尝板子的滋味吗？别说俺没有这件事，便是有这件事，又与你何干？什么香啊、臭啊的，闻啊、吃的啊，老实说一句，你从此闭紧了尊口，不再多言便罢，倘或不然，小心着你的嘴巴。”

湛义本来有气，被他这么一顶撞，可是再也休想耐得了，不由跳起来道：“好小子，你自己做的事还说俺冤赖你吗？你这狗头，既然好拿臭的当香的闻，好话当歹话听，俺如今给你一件东西闻闻吃吃看，比你闻庶母的那个东西味儿如何？”说着，从袖管里拿出那荷叶包着一橛粪来，连着荷叶，直向汪守德的口鼻边塞进去。荷叶本不坚韧，经这一来，早已破裂，那橛粪便应手塞进汪守德的口鼻内去。

汪守德猝不及防，那股臭气由口鼻中直贯脑门，不由向后挣脱退让，连人带凳，几乎跌倒，打着恶心，几乎呕吐出来。湛义边塞边骂，那声音比说话时不知不觉地竟提高了许多。汪守德虽然皮厚，恼羞成怒，究竟做贼的心虚，羞恶之心原是人类所共有的，当时被这一骂，哪还有回话的份儿？真个只恨没有地洞，如果有地洞，也要钻将进去了。因此他忍着一嘴脸的臭，起身拔脚就跑。因为太性急，不曾顾及足下，所以连接着跌了两跤，飞步出得茶肆，逃往在万家市的家中去了。

茶坊内喝茶的人们被这么一举动，都已惊动，好事的便走到湛义座头上去询问端的。湛义边要过水来净手，边将大略情形带着气愤告诉给大众。大众听了，有的不开口，有的却说：“湛先生见义勇为，应该如此。”有那不认识的还多话请问湛义和汪守德二人的姓名，有那老诚持重的听罢湛义的言辞，虽然深恨汪守德是个衣冠禽兽，但是对于湛义的这番举动并不敢恭维，总以为他此番举动太直狂多事，足以惹祸（为本书下集《怪杰奇妖传》中伏笔）。况且这是姓汪的个人私德，的确与你姓湛的无关，何苦来强预人事？姓汪的不好，将来天理循环，他自己会有报应。你这番动作，未免太冒失了！这班人腹内寻思，口中却不作声。

湛义正和众人说经过的事实，恰巧他约会的朋友从外面走来。那朋友已经得到消息，知道湛义有请汪守德吃粪的这么一回事，深恐汪守德事后来报复。湛义是实心人，难免被汪守德暗算，故此一走进茶肆，即说："湛先生别高谈阔论，走吧！多言无益，多事更恐惹祸。俺和你有心谈，快些走吧！"于是湛义给过茶钱，便宜了汪守德，连汪守德的一碗茶钱也给他顺便算了。被那朋友拉着，同出茶肆，一径走了。

那朋友边走边埋怨湛义，说："你不该这般莽撞，当着众人的面羞辱汪守德，一则他是你的旧东家；二则此乃闺阃家羞，不是玩意儿的事；三则汪守德有财有势，他岂肯就此罢休？万一在暗中来寻你的报复，你可就成为多事有事了。你是无拳无勇的人，只会动动笔杆儿，真个有笔如刀，究竟不比得真正的钢刀铁尺厉害。"

湛义被他这几句话一提醒，不禁恍然若失，深悔自己太鲁莽了，便说："为今之计，可有何法可以补救吗？"

那朋友道："除去你赶到他家中去向他赔礼道歉，推说是酒醉以外，别无话可以遮掩。不过事已弄僵，与其出乎尔反乎尔地去放马后炮，想将此事消灭，还不如以后各事自己留心些，谨慎提防为佳。总只怪你不知'打人休伤脸'的老古话，才做出这种粗鲁的事。事后追悔，已是无及，臭粪坑原是越淘越臭的啊！俺们还是讲自己的事是正经。"于是将湛义的话头岔开，心思打断，拉扯着湛义到他有中去商量湛义进乾泰铺内后，由他接后队，代理教馆的事情手续，和湛义去后别项琐事。当晚即留湛义在家晚饭，饭后方才分散。

湛义回去，也只得将应付汪守德的心思撇开，预备如期往赵家营去会介绍人，进乾泰号内去任事，暗中却设法打听，汪守德对于自己，可曾有何言语举动。得人回报，丝毫无有（故意一宕，此欲擒反纵之法也，为后集《怪杰奇妖传》中伏线）。湛义得此报告，心中略安。事后日久，也就渐渐地忘了。

话分两头，却说任长海、长川弟兄等人在茶肆内等候海川、哈一炁、那行空等三位，老不见来，却见闻着湛义和汪守德的一出把戏。依着他弟兄二人的性情，便欲破费些工夫，到汪守德家中去，调查他烝淫庶母的事究竟确不确。“那湛义单方面的话焉知他不自己护短？或含有敲竹杠、想好处的意念？照此推想，也许两个都不是好人，只消仔细一调查，立刻便能明白，那时给他们个眼前速报。但因此地离李家堡甚近，往来此地的道中人极多，焉知便没有好多事的？只要有些风声传进他们的耳内，管叫那汪守德立刻身首异处。自己弟兄此来系有事的，况且不知哈、那、海等三人究已如何，俺们多管这件事，耽搁住全体。”所以他弟兄俩虽然耳闻目见，只当作不曾有这么回事，不去理问。

等了一会儿，天色渐渐晚了，大众都说：“时候不早，他们僧俗三位还不见来，莫非在别处耽延住了，未必来啦！俺们在此老等，真好比痴汉等婆娘，不如同往客店里去，早些弄酒菜来吃晚饭，休息安睡是正经。”

任氏弟兄心中虽然讶异，深信三人绝不致失约，但是夕阳西下，并不见来，这分明是不来的表示了。因此遂依着大众的话，起身给过茶钱，出茶店往客店里去。临走时以为三人未必来，要来也得明儿才到，所以并不曾嘱咐茶博士“如有三位一僧、二俗的人来寻找充当镖师的人时，叫他们到客店里来会”的话，故此哈、海、那三人到和万家市镇上，各家寻问，并无确信，也只得到客店投宿。

真叫作无巧不成话，任家兄弟等一班人恰好和他们三位是同住的一爿客店，三人只知两间上房已全被别人先赁了去，却不曾知道上房内的人即是自己三人所要寻访的人，所以只得同住在中等房内。三人因在危险的区域内，深恐受着暗算，无意中栽上一个大筋斗，所以三人睡觉十分醒促，各将兵器安放在枕头底下，以防不测。

睡到半夜里，三人猛被一阵兵器交战的锵锒声响惊醒，不由诧怪，遂互相低声通知。各将本人的兵器拿着，轻轻将房门开了，走出去顺着那兵器响亮的地方寻去。只听得那声音在店后，似乎在屋外，不在店内。但因走过上房外面，一眼见两间上房内坐着好几个浓眉怪目、长身阔臂、雄赳赳、气昂昂的大汉。那些人都在房内拿兵器摩拳擦掌地发狠。三人一见，一齐讶怪：“怎么这般时候，他们还不曾睡，房门和短窗也都开着呢？这分明他们和那在外面交战的人有何种关系了。俺们何妨去看回热闹。”

三人正待缩回脚步到天井内去纵身上屋，哪知已早被两边上房里的人看见了，不由大家一齐站起身，喝骂一声：“好大胆的贼子，竟敢来捋虎须，不要走，着家伙！”嚷喝着，便有几个人从两边房内飞奔出来，各执兵器，向三人便扑。三人见两边房里的人都已飞奔出来向自己三人动手，哪肯当面示弱？便高嚷：“慢来！慢来！俺们井水不犯河水，正合着古人说的‘风马牛毫不相及’，为何你们要赶出来向俺们进攻？”边说边用兵器架隔，一面将脚步后退。退到天井里去，地方较大，才好施展得开。

那班镖师是任家弟兄请来助阵的人，当然都是上乘，倘系平常之辈，他弟兄找来帮忙，岂非真个要看自己的笑话吗？所以三人和众人一交手，一则觉得他们大众的兵器沉重；二则大众的身体魁梧高大，常言“身大力不亏”，可知大众的膂力不在自己等之下；三则觉得大众的身手步法颇为圆活，而且个个如此，并无一个弱汉在内。三人虽然本领高强，究竟遇着好几个都一般武艺精通的好手，心中也未尝不惊，因此边战边喝问大众是哪里来的，是不是和李家堡上的人一党。大众见问，即说：“瞎了眼的，你们以为俺们和你们李家堡是一党吗？那真是睡扁了脑袋，做你娘的秋梦吧！你们堡上也太不漂亮了，白天里说已答应将原物还给俺们，俺们还以为你们够交情呢，谁知都是些半吊子，这会儿又来行刺。你们不必装佯糊，假托不知，想抽空脱身，那是休想！俺们本和你们无有仇怨，既然你们来了，俺们如不将你们收拾干净，送往枉死城内去，也算不得会成人之美。总而言之，你们来时有路去无门，要想活命万不能。”边说边各将兵器解数尽量地使出来。

三人和大从在天井里乒乒乓乓地厮杀，声音大震，客店里的旅客早都被惊醒。内中有一位住客，住在中等房间里的，闻听得外面天井里厮杀的声音，霍地从被中坐起来，也不穿长衣，只将鞋子换紧，辫子重新盘好，伸手在枕头下面抽出自己随身的宝剑，开房门走出外面，径奔到天井里，亮剑冲进圈内，将双方的兵器横冲直撞地隔开，大声嚷道："有话好讲，何必动手，大众看俺的薄面吧！"

毕竟此人是谁，且待下回分解。

第二十六回

错寻仇隙指鹿为马
虔祀妖神以羊易牛

话说哈一炁、海川、那行空三人正和两间上房里住着的几位名手镖师在天井里厮杀，讲到众位镖师的本领，固然都是高强，但是在三人的对敌之下，却也难讨便宜，假使三人都各将全力使将出来，众镖师或许还得甘拜下风。因为三人的本领是超群绝俗、出类拔萃的，众镖师的武术哪能经受得起呢？不过其时三位和众镖师交手，原非本意，初时还疑心众镖师是李福来、屠志刚等一党之人，及至听他们的口气，竟是和堡上人反对的，更兼说“既已还了原物，又来行刺，做半吊子”的话，那口气竟像是和任家弟兄同来的人。因此三人心中有数，手下遂留了情，所以对于大众的兵器来时，只管架隔遮拦，并不十分认真还手。一来因为忖知众人的膂力虽强，但都是些蛮力，绝没有长劲，所以用架隔的方法，意在和他们久战，使他们力疲后，略展本领，便可占胜着，使他们拜服；二来因恐他们是任氏弟兄同来之人，果真伤害了他们，岂不使任氏弟兄为难？且又多结仇怨；三来希望他们真是任氏弟兄同来的人，所以用耐久交战、延长时刻的方法拖延着，预备等候二任回来，见了解围，彼此好给为打成功的相识。因此三人对于大众并不十分认真。

众镖师因见三人不甚还手，也忖知他们的用意，是欲久战待援，所以大众打一个暗号，对于三人却十二分地进攻猛烈。两下的思想动作恰巧成为反比。

当两下杀得正难解难分之际，恰巧那位旅客从被窝内翻身坐起，盘辫拔鞋，下床抽剑，开房门，到天井。他的目光极其税利，一眼见双方交手的都曾和自己相识，而且都是互相敬慕崇拜的朋友，所以他仗着自己的本领，不问青红皂白，闯进圈内，将双方的兵器四面隔开。

哈、海、那三位立在天井里和众镖师厮杀时，所立的地位原是丁字脚式的方位，和正三角一般立着，四面应战。那旅客闯进圈内，真也亏他，像旋风般四面旋绕转来，其身手步法的快捷，真足出色惊人。双方被他这一凑热闹，又嚷称：“大家有话好说，不必动手！”分明是个鲁仲连的信徒来解围的，因此双方各将兵器收住，看时，原来双方的人大半都是相识，不约而同地一齐开口道：“冼爷从哪里来？真是幸会，这一向安好啊？”

那人回说：“托福，彼此！”随即说：“你们双方还是闹着玩儿，在此比武，还是各不相识，彼此因小事误会？俺和你们两方面大半都是会过的，彼此都是自己人，何苦来大众以兵器相向呢？有话好说啊！”

众镖师道：“冼爷原来也和他们相识的！俺们住在这里，并不曾和他们李家堡的人作对，只因任长海弟兄手下的伙伴保镖进京，被他们堡上的人劫了去。任家弟兄邀请俺们同到此地来要，由他弟兄俩先进堡去要，李福来牙缝内也不曾说半个不字，即已满答应，将原物交还。任家弟兄从堡上回来，盛称李福来够交情，极其漂亮。不料他们堡上的人全是些反复无常的小辈，白天里客客气气，夜间却来偷人家的冷，到这里来行刺。幸亏俺们人多，不曾上得李福来等人的暗算，因此心中失望，遂不战而退，被任家弟兄同着几位热心的朋友追杀出外。不料任家弟兄率着几位朋友追杀李福来等人去后，俺们正待去打救应，却见他们三个探头探脑地在俺们住的房外张望。俺们岂肯容他们猖獗？因此追出来和他三人交手。冼爷，你是江湖上的少年老辈，请问俺们应不应围住他们三人厮杀呢？”

姓冼的听罢，即问哈、那二位道：“二位近来加入了八卦教吗？这位大和尚的贵上下作何称呼，可是二位的教友吗？”

哈、那二人见问，忍不住好笑，遂说：“冼爷，俺们怎么会加入八卦教呢？这真是他们疑心生暗鬼啊！这位大和尚乃是少林寺的方丈海川禅师，俺们在三年前结成相识，真可称为志同道合。俺们三人是同来寻李福来索回失去原物的，因此和堡上人杀了一天。虽然稍占胜利，究竟李福来未能制服，失去的东西亦不曾要得回来，总不能算是已有结果。所以俺们同住到此，准备明儿再去。俺们白天里在堡上曾和任家弟兄二位遇着，相约在万家市茶肆饭庄酒馆等处寻访，准可得见。谁知俺们到这里街上来访寻时，再也休查寻得着，只得到这里来住宿。方才听得兵器交接的厮杀声音，俺们心疑是李家堡的人来寻找俺们，故此立刻出来察看，不料走过他们的房外，因为他们的房门开着，所以张了一张，不料他们竟不问是非，赶出来和俺们动手，这真是鲁莽太甚。幸亏俺们不曾认真还手，果真一手都不放松，战到此时，那可真不知鹿死谁手呢！”

姓冼的闻言大笑道：“原来你们两下都是任长海、长川弟兄和俺的朋友，总可算是一家人了。只因大众不知，所以才发生误会，有道是‘不知不罪’，彼此既都不知道，原不足记恨，从此大众说过笑过，以后不许将此事记在心上。来来来，俺给你们两下介绍介绍，好化除意见。”

大众听说，三位正是任长海弟兄约在茶肆内会面、未曾会见的人，不由打着土白，哈哈笑道：“这真叫作‘大水冲了龙王庙，自家不识自家人’了。冼爷给俺们介绍，俺们当然捐除成见。”

于是由姓冼的先给双方引见了，就中有两位不相识的，便又另由别个给他介绍，他再给双方引见。同时众镖师让姓冼的和哈、那、海三位到上房里去坐。

姓冼的道：“且慢，任家弟兄和着另外几位既已追杀敌人而去，俺们在这里坐地谈心，岂不太安闲了？俺们也去帮个忙如何？”

大众被他说着，立刻想起，随即都说：“好！俺们就此前往。”大众正各自回身去带上自己的房门。回身来到天井内时，只听得屋瓦一响，嗖嗖嗖连贯着从屋上跳下几个人来。当先的正是任长海、任长川，后面几位都是二人邀请了来帮忙的镖师。

大众见着，一齐大喜。姓冼的先给屋上下来的诸人问好，诸人也回问过他的安，二位又给哈、那、海三位引见过众友，即请大众同到上房里去坐。哈一炁想着，海川不知姓冼的是谁，便重新给他两位介绍了，海川才知这姓冼的便唤介民，是广东新会县人氏，今年才只二十六岁，但是码头却已走了不少，十二岁即已出门访道，各处豪杰多半和他相识，为人豪侠慷慨，不拘小节，极爱交友。他的本领是跟着广东的徭民生番学来的，练习得像铜筋铁骨一般，刀枪虽锐，可以不伤皮肉。至于十八般武艺，陆上水内，无一不精，无一不能，更在云南贵州两省的各地访求得名人，传授得各种法术，并练得两口飞剑藏于口内，使用时，只消张口吐出，便能取人性命。

当时海川心中暗惊，不想此处又得会一个名人，自忖："当日到北京访王老师比武的勇气，满谓自己是高人一等的英雄，万不料见了王老师，竟如小巫见着大巫，立刻甘拜下风。现在见着哈、那、冼三位，又高出自己之上，可知天下的能人正多，只可惜未曾见着罢了。"当和冼介民见过后，同着大众到上房里去坐。这时共有十来个人，将房间里坐得满了。

二任先问哈、那、海三位："因何白天里不见，俺们在茶肆里直等到傍晚，仍不见三位到来，以为三位不来了，所以才住到此处来等候，预备明儿再到街坊上去哨探。却不料三位也同住在这里，其时要寻寻不着，不寻反出现。"

哈一炁将乘船怄气、问路上当的事告诉他二人，二人听罢，同着大众一齐忍不住好笑。

那行空接着问："任家弟兄到水寨内去会着李福来没有？原物可曾取回吗？方才是不是李家堡的人到这里来行刺？贤昆仲同着众位追将出去，结果如何？"

任家弟兄将见李福来要回失去的原物情形，以及回到万家市镇上等候三位不来，投宿到这里来的经过说了一遍。又说："适才俺们正在睡梦之中，猛听得窗槅一响，跃进两个人来，扑奔到床前，抡刀便砍。幸亏俺们都是惯家，一个鲤鱼打挺，即已都从床上跃起，拿好自己的兵器和来人交手。来人退出窗外，俺们当即后追，看得清楚，来者乃是李福来、屠志刚两个，外面另有两个伏在屋上把风。当听得李福来一声扯（术语逃为扯），李、屠二人即飞身上屋，四人一齐拔脚就走。俺们当即追上屋去，前走后追，且战且走，追到店后空地上，彼此一场恶斗。李、屠等四人又跳出圈外脱身，俺们一路追去，直追到一座树林边，四人蹿进林去，俺们方才回来。”

那行空道：“这就坏极了，他们既已将东西还给你们，又来行刺做什么？这真不是英雄好汉所应做的事啊！”

二人道：“他们既这样反复无常，俺们也未尝不可兴师问罪。不过这其中或有误会，亦未可知。”

冼介民接口道：“对了，俺却比你们明白了。大约李福来、屠志刚等人以为哈、那、海三位是住在上房里的，所以到上房内行刺，不料却逢着你们，这真叫作张冠李戴。”

大众听了，都说：“冼爷此话不错，他们果真要来行刺，何不在先不还呢？这分明是来寻哈、那、海三位的。”

三人听了，也说：“有理！不然，李福来何苦这么太不漂亮呢？”

哈一炁接着又问：“冼爷从何处到此？莫非也是到李家堡去有事吗？”

冼介民道：“正是呢！俺是从大远的来，特地寻找李福来报仇的。可惜适才俺不曾听得他们到上房内动手，如果听见，早就对他不起了！”

大众即问：“冼爷，为何和李福来结仇？”

冼介民道：“列位有所不知，俺有位表弟，名唤宗正道，是位忠信诚实的少年。只因俺舅父是在天津做军官的，所以家住在天津，置了产业。俺舅父去世后，俺舅母为省俭起见，将家搬到杨柳青镇上居住。不料杨柳青一带忽然有八卦教的党徒造谣惑众，说离杨柳青十里地范集地方有位活神仙从外方到此，结草芦为庵居住着，非常灵验，真能求财得财、求子得子。不过这位神仙生平有种吃血腥东西的特性，最爱吃生人脑子和整个的童男童女，每天须要地方上民众供奉。倘或不供奉一对童男童女或一个生人脑子，地方准有灾害。但有一法可以补救，即用十头牡牛和十头牝牛亦可替代。当时地方上人谁也不肯相信，果然在杨柳青方圆百里以内，白天里行沙走石十分凶猛。到得晚间，竟有人家的小孩儿被妖怪摄了去吃的，也有好好的一个人忽然被人半夜里将脑袋破开，将脑浆取去送命。因此地方上人士吓得慌了，没奈何只得大众公议，先到那茅庵里去焚香许愿，求神仙宽限两天，一面轮流设法集钱去买童男童女和死囚的脑子，以及穷苦重病垂死之人的脑子，或用牡牛、牝牛逐日到茅庵里去孝敬神仙。更有种愚民，即依着神仙的要求到庵里去求神仙保佑，求子求财。求得符水回来，服将下去，求子的夫妇交合之后，便可姑娠有喜。那求财的分正财、偏财，求正财的，由神仙交给一个木制的小如意，命他放在怀里，从此生意顺遂，逐日盈余；求偏财的，神仙给他一口木制的小棺材，也命他放在怀里，从此赌博必胜。更有患病的，无论内外疑难杂症，只要服了神仙的符水，一觉睡醒，准可痊愈。因此茅庵的香火大盛。

“俺表弟是从小学过武的，对于江湖上人，以及夜行人的勾当颇能明了。他在那飞沙走石的当儿，原还不甚注意，及至有人被害和小孩儿半夜睡在床上不见的事后，他便走去察看。不看则已，一看即已明白，回来对人说：‘神仙是使的妖法，那半夜人会被破脑袋，及小孩儿不见，都是夜行人弄的玄虚，大家不可相信，更不必吃惊。只要大家齐心合力，同到茅庵内去杀死那活神仙，包可太平无事。’无奈大众不信，反说他侮神仙是有罪过的。

“那日，该轮着俺表弟家内供奉十头牡牛和十头牝牛了。俺表弟本不信仰，极不愿意，哪肯花钱收买这许多耕牛呢？因此他想出一个方法，到几家羊肉铺内去收买了二十只羊头，命两个壮汉抬着，自己带了份香烛纸马，到茅庵里去见活神仙。见那活神仙欢坐在宝座上，堂而皇之，好像老僧入定。俺表弟见了，即心说：‘这是运用内功，姑且不去管他。’即命庄汉将羊头供献在供案上，自己点好香烛，叩头祷告，说：‘实在经济困难，不得已典质衣物，改用羊头做替代。’祷毕起来，焚化纸马。刚要回身，那神仙忽然从宝座上下来，扯住俺表弟怒道：‘宗正道，你这小子，胆敢藐视俺吗？你在外面出言不逊，破坏本神仙的名誉。今儿又只送二十只羊头来算是替代。俺现在对你说，限你明天送二十只全牛来，请本神仙受用。如果逾限，可就要吃你的脑子了！’俺表弟被他扯着大喝，忍不住怒笑道：‘好个活神仙，你做飞贼、使用妖法害人罢了，何苦定要认真？俺来供奉羊头、焚化香烛纸马，乃是给你的面子，顾全你不少，你还要不识相。实对你讲，俺也不是好相与，你的诡计只好骗骗地方上愚民，俺和你大家是脚碰脚的朋友（术语谓有差不多的势力和面子，在外面各处一样都能兜得转，即能圆活者，为脚碰脚的朋友），劝你息了吧！倘或不然，俺预备一条性命，你却准备着假神仙不做，大家试试看。老实对你说，各有三千年道行，强中还有强中手，别只管当自己是泰山一般高，看人家连小土丘也不如。朋友，你从外方来，不曾买本地人的账，已是你的错处了，你既在道中，可知道闯道访友的规矩吗？你别说限俺明天，便是一百个明天，也休想办得到。俺们再见吧！’说罢，俺表弟甩下那神仙的手，领着两个庄汉，径行回家。

“当夜，深恐那神仙来寻报复，谁知并不曾来。第二天夜里，俺表弟约着几个朋友在家中等候，俺舅母等长幼男女人等都在白天里到天津城内去住着。俺表弟自恃本领大，不曾远走，预备下黑狗血，专等神仙使用妖法。果然同着几个朋友等到半夜里，忽然一阵怪风吹得人人毛䯼，风过处，来了无数长大凶恶的鬼，手执刀棍，走进屋内。俺表弟忙用黑狗血泼去，立刻将几个纸剪草扎的鬼泼落在地，接着又来了许多毒蛇蜈蚣，也被俺表弟破了，末后才见那神仙亲自仗剑而来。俺表弟率众迎住，和他死战，直杀有两个更次，看看天将明亮了，那神仙口中吐火，将众朋友逼住了。俺表弟想回身取黑狗血，抵挡他的火，不料一失手，未能跳出圈外，被神仙杀死在地。众朋友吓了一跳，大众从屋内逃向屋后，急急逃走了。末后有位朋友心中气愤，一口气跑到茅庵屋后，放上一把火，将茅庵毁了。

“神仙得胜回庵，见庵已焚去，只得改住到别处。第二天，俺表弟的许多朋友集合在一处，大家欲找神仙报仇，一面到官厅控告，请官厅捕捉，一面约合朋友，要找那神仙和他的同党。打听得神仙姓李，是八卦教教匪首领，因为练一种妖法，需用五百头全牛、一百名童男童女，所以特地到此妖言惑众，想完成他的妖法。俺表弟的朋友既探知详细，即向地方上各处晓谕，一面见着八卦教的教友即杀。

“那神仙见风声大紧，立不住脚，只得远走高飞地走了。只可怜因他带累，被官厅捕捉，和被俺表弟的朋友暗杀而死的八卦教教徒，共有二十来人。当时颇为紧张，地方上真有谈虎色变的神态。后来八卦教教徒都已远扬，地方上渐渐风平浪静，逐渐地淡了。

“俺在前些时，从南方到京、津一带，在道口中人口中探闻得详情。那神仙乃是李福来这狗贼的幻术欺人，因他从山东党国柱那老贼那里受命练一种法术，预备将来兴兵时好大杀官兵，一阵成功。他本想回转关外，再慢慢修炼，因路过杨柳青，见地方人烟稠密，教友众多，故此他即先在杨柳青设法收取全牛的血汁和心脏，以及生人脑子、童男、童女等等，不料因为求效太速，成了个欲速不达，只得逃出关外。

“俺那时原不知俺表弟被害，及至俺舅母家中请安，才知表弟被神仙所杀。俺舅母只有两子，一即正道，一名大道，大道现在只有十七岁，还不能治生人事业。俺舅母命俺给表弟报仇，故此俺大远地到这里来。”

毕竟如何，且待下文再续。

第二十七回

怪侠客仗勇诛贼酋
店主东用计下蒙药

话说冼介民将此来为寻李福来给表弟宗正道报仇的话告知大众，并说：“俺在南方各省时也曾学得些法术，走道亦非一年。俺表弟被害，别说家舅母泪涕交流的嘱咐，义不容辞，便是不命俺报仇，俺也要报仇的。况且李福来是江湖上有名的恶盗，加入八卦教，给教中办事，格外如虎附翼，此等人不但是地方之害，且为将来的国家大患。俺不但为表弟之仇要来剪除他，便是为着国家观念，也要立刻将他消灭。俺从天津经北京，出居庸关，到这里来，一路都不曾耽搁。因此处从未到过，路途不很熟悉，所以寻路到此，投店住宿。这里地方小，客店只有两家，一家兴降客栈不很清洁，房间很少，然而高铺却多，完全是小客栈，俺哪能住得？寻到这里来，不料这爿德盛客店（客店市招，借冼介民口中补出）的两间上房已先被人租了去，没奈何，俺只得独自包租了一间二等房间，一人花费三张拼铺的钱，真有些冤。但因自己此来有特殊的任务，不好和别个旅客拼铺，共住一房间。俺为你们这里人多，倘如嫌挤，不妨住几位到俺房里去。大家是同道之人，不比得外人，要藏头遮面的。”

任家弟兄本因人多铺少，已叫客店里在房中添了加铺，仍形拥挤，见说，当即大喜，便说：“俺们弟兄到你房里去打搅吧，这里让出张铺来，也好宽大些。”

冼介民道：“好，二位到俺房里去，彼此正好畅谈。”

遂又接着道："众位大爷在此，冼某有句话奉商，各位此来，是帮着任家贤昆仲来要镖的，这本是同行义气，兼且利害相关，所以如此。现在各位的事总算已经达到目的，东西已经押运上路，料想各位即须动身，各自回去了。俺此来和众位不同，不将李福来除却，绝不回去，本想邀几个朋友来帮忙的，实在俺的性急，故此并未邀人，独自到此。比如方才各位在天井里动手，俺一听见，即闯出来，皆因疑惑各位的任何一方面或许有李家堡的人在内，更希望那李贼也在此，故此闯出来想乘此报仇。不料各位双方都是俺的相识，俺如今想恳求各位，在此多耽搁几天，帮俺一个忙儿，将李家堡剿灭了。不过各位颇有为难之处，俺也明白，皆因各位此来是为的要镖，镖已要回，照理不应该再帮着俺寻李贼的仇。但有两层，俺已为各位想过，一可借着他们方才来行刺的短处；二因要镖时，只有任家弟兄俩和李福来见过面，各位都不曾见过，俺想也不妨帮着俺去找他。因为现在的问题已经不同，不妨即此脱离要镖的问题，改为帮俺的问题，不知各位意下如何？"

大众听得，因为冲着冼介民的面，不好意思回说不肯帮忙。本来江湖上勾当，道行是修出来的，交情是作出来的，最讲究交情义气，好到处得人援故，故此大众略一沉吟，即都回说："冼爷不说，俺们也应帮忙，何况冼爷要求俺们帮助呢？"

冼介民见大众肯帮助，不禁大喜，立起身来，向着大众奉揖。任家兄弟因为哈、那、海三人和冼介民的交情关系，不能不帮助。

哈、那、海三人本来事不曾完，当然一口答应，且说："冼爷，俺们本来有事，这乃是彼此互助，再好再巧也没有的了。时候不早，俺们且各散安息，明儿早起再议吧！"说罢，立起身来，向大众作别。冼介民同着二任，大众分作两边房内，也都各散。

哈、那、海三人回转自己房内，重新掌灯，关好房门，上床安睡。

那行空问道："哈老英雄，俺们这么乒乒乓乓地打了一起，屋上屋外闹了半天，怎么这店里的人员，以及旅客却像不闻不见一般，无一个出来理道，可不是怪事吗？你老人家是在西北长大的，对于此事，或许有何见解，可能加以说明吗？”

哈一炁道：“那爷，这并非西北地方的乡风，老朽方才也曾因此讶怪，怎么无人理道？后经一想，方才明白，旅客是出门人，出门人总以不管闲事为第一要义，虽不必像柏树叶儿落下来打破了头一样的胆小，但究竟能省却烦恼、避免为佳。况且此地紧靠着李家堡，动刀动枪的，谁人不怕？更恐是李家堡的人和外方来的人打仗，出门人无端地招惹晦气上身，岂不是呆鸟？故此不敢出来张望理问。至于店内的上下人等，以俺的目光看来，大约和李家堡上多少有几分关系，他们所以假作痴聋，不出来理问的，并非怕事，因为一出面，有许多不便，这爿店便开不安稳。假使堡上人赢了，死却几个外方来的，没有苦主作对，他们只要将尸首抛去，便丝毫无事。堡上人输了，他们是自己人，将尸首抬送出去，也就完账，所以他们不出来理道（借二人问答，补出店家不闻不问的理由，是补笔）。”

那行空道：“原来恁地，俺初时以为店家也是胆小，不敢理问，但代他们想，此乃避免不了的，怎么能推作不见不闻呢？”

海川听着，心忖：“一处不到一处迷，此言确有见地。”

当时三人睡在床上，各问答了闲言，即已蒙眬入睡。

第二天醒来，只见那桌上的灯亮，仍旧点着，不由失笑，遂起身穿衣。海川将灯吹熄，开门唤小二打水冲茶，洗漱毕后，三人走到上房里去会晤众人。

冼介民和任家兄弟已经先在，彼此互问过早安，大家都用过点心。冼介民先开口问：“各位，水上的勾当，有哪儿位能够应付自如？因此去李家堡，非闯进他的水寨不能奏功。”

这几位镖师都是西北地方的好汉，从来南人乘舟，北人骑马，乃是常例，所以其中能精娴水性的人却不多，只有二任、一位姓曹名敬的镖师能通水性，但都不过如此。倘在水底的时候过久，便忍耐不住。

冼介民见有三个硬里子的帮手，仗着自己的特殊本领，和堡上人对敌，谅可不致吃亏。当即说：“有三位帮助，已是很好，俺们这样吧，先到河下去夺他们的船只；渡过对岸，烧他们的竹城；冲进堡内，不论何处，见人即杀，见屋即烧，见物便毁，这一路请哈、那、海三位率领着各位同去。俺和二任及曹爷同在水底护船照应，以防他们在水底里暗算，同时也到对岸去办事。等到陆路及李家堡后山的寨栅都已毁了，即同到水寨去，陆路以各位为主力，水路以俺和二任及曹爷为主力，彼此互相照应，只要将李福来杀死，使他们蛇无头而不行，即可少杀几个人，总算大功告成。俺们此去，厮杀的时候，恐怕极久，大家饮食该当如何呢？”

哈一炁道：“这还不容易吗？俺们昨儿从赵家营到此，是带的干粮，事后俺想了，不禁自己失笑。试想，大饼饽饽，尽可买现成的，何必一本正经地慎重其事？俺们今儿只消多买些饼食，饮水却是极易。”

众人齐说：“很好，照此办法。”

于是大家各将本人的兵器取了，将长衣脱下，一律穿了短衣，盘上辫子，吩咐店伙，房间锁好。

大家走出店外，在街坊上先买足了引火之物，又在饼铺里做了些大饼、炊饼，和饽饽、馒首之类，各人身边都带足了，即便离了万家市，前往李家堡的河汊上来。一眼望去，连船影儿也看不见一只，对岸也不见有。冼介民思量：“不佳，分明堡上怕人过去。”遂说：“各位且沿河走着，到前面港汊分河之处再作计较。”于是大众同行，随着河汊转弯，看看来到芦柴滩边，一望尽是芦花，被风吹拂着，摇曳生姿。

冼介民道：“芦苇中准有河道分流的港汊、水寇的藏船之处准定在两边芦苇深处，以避外河船只的耳目。俺先下水去试探试探，众位在此席地而坐，等俺一会儿，准可即来，寻着船渡，各位过对岸去。”说罢，即将身跃入河心，栽着猛子，泅水向那芦苇深处而去。

众人坐在地下，休息等候，约有顿饭时辰，只听得水声响亮，咿呀摇船的声音。大众都说：“有船来了，不知是不是冼爷弄来的！”说着，大众立起身来眺望。一会儿，船已摇出芦滩，看得清楚，船上划双桨的正是冼介民，不过船身很小，是只小瓜皮艇。大众大喜，招着手。

冼介民将小船摇到岸边，说：“这是堡上探事的小船，船上人被俺打落下水，夺得来请各位上船。不过小些，各位须分作两起，才见得稳妥。”

曹敬道：“冼爷，俺来帮着你摇船。”说着，当先跳上。

大众分为两起，哈、那、海等先行跳上，余人留待第二次渡河。曹敬、冼介民二人摇船，箭驶价渡到对岸，众人登陆后，二人又将船摇回来，接二任及众人上船，渡到对岸。大众登陆，一行人径到竹城边，用引火之物放火烧毁竹城，并沿着竹城走几十步即放上一把火。走到竹城门首，哈、那二人将剑光放出，剁削劈开竹城门，收回剑光，大众拥将进去，遵照预定计划，见物即摧，遇屋即焚，逢人便杀。各人足下谨慎提防着，恐有陷坑等埋伏，沿途无甚阻碍，即已闯进大寨。昨儿只有哈、那、海三位，此时人多手众，更兼胆壮，格外显得英雄。

大众烧杀进去，恰巧李福来同着堡上众头目正在大寨里商量应付之计，还未完毕，猛见外面火起，喊声大作，大家各拿着兵器冲将出来迎敌。冼介民正好和李福来撞着，哈一炁恐他不认识，即大声嚷道：“李福来，你这狗彘不食的东西，不要走，看剑！”跃过去抡剑便刺。冼介民知道这是哈一炁告知自己不可放过仇人，正是仇人相见，格外眼红，岂肯稍留余地？当将手中使的倭刀一紧，照着李福来以死力劈去。李福来让过来刀，好抽空回敌冼介民一下，他以为冼介民必须闪避，哪知冼介民是不怕刀枪的，不但不闪让，反而迎将上来，那手中倭刀略不迟慢，又冲着李福来刺去。

李福来的刀刺中冼介民的胸口，反被撞损刀尖，不禁大吃一惊，抽刀来架隔冼介民的刀时，哈一炁的剑已又到。李福来慌急之中，难以招架，向后退让时，哪里还来得及？右肩上被哈一炁刺了一剑，手腕上被冼介民刺了一刀，疼痛难忍，只得抛去手中刀，回身疾如鹰隼般逃走。冼介民在两广、云、贵一带同着苗徭生番跳跃如飞惯了的，脚下的快捷原非寻常练武之人可及。当时喝声：“李贼休走，俺特来给杨柳青一班的人民寻访活神仙报仇！”说着，连跃两跃，已跃到李福来的面前，回身使刀一剁，正中李福来的左臂。李福来忍痛跃避到旁边时，冼介民又跃到他面前，手起刀落，将李福来连肩带臂剁下一只右膀来。李福来虽曾练过功，又会使法术，怎奈那倭刀非比寻常钢铁打成的刀，锋利原是有切玉断金、吹毛得过的，试想李福来的皮肉如何承受得起？他在慌迫之际，一时竟想不出符咒的使用，所谓心慌不能做事。当时右臂被剁落在地，一阵疼痛，立刻哎呀跌倒。冼介民连续着又赏了他两刀，在前胸上戳了两个大洞，连心脏都被刀带将出来。李福来立即呜呼哀哉。

其余众头目正和海川、那行空、任家兄弟、曹敬等一班英雄对敌着，一见头儿已被人结果性命，无不心惊胆战，吓得手慌脚乱，手中兵器立刻失了解数手法，早被众人砍伤杀死了几个。有那本领较好、胆子略大、心略细的，却寻个破绽，拔脚飞奔，冲到前面，冒火冲将出外，逃命而去。

冼、哈、那、海、任、曹等众人见元凶已诛，目的总算达到，遂相约乘机先到后面搜索，并将寨中所有的赃银各尽量取些藏在怀中，以作将来的盘缠，同赈济贫穷的使用。现银大众各已取得后，即全头各处放火。这一来，黑烟冲天，火光熊熊，四处相继而起，立刻将李家堡上所有的房屋焚毁净尽。大众烧了大寨，即相约到后山去烧他的山上寨栅，杀他们的羽党，于是飞奔到后山。一路烧杀上去，顷刻间已将后山烧成一座火焰山。

大众得了全胜，同行下山，出得李家堡，来到河岸边，恰值水寨内的头目，以及贼兵喽啰由屠志刚率领着，全体出发，赶来救应，两下遇个正着。

屠志刚在江湖路上曾会过冼介民一次，知道他的本领非比别个，不但武艺精通，而且能使法术，又有飞剑，就是南方怪杰那行空、北方异人哈一炁，以及少林侠僧海川，他昨儿都已领教过。此刻一见，知道不妙，再见来的人数不少，又不见旱寨里的头目，即李福来本人的影子也不看见。只见那烟火迷漫笼罩着全堡，分明旱道的房屋已完全毁却，所有的人口大约虽不全亡，定然都已打了折扣。他为人精细，素有心机，这会儿见大势不佳，已到必败的地步，知道战必无幸，只要留得性命，将来总可以报仇泄愤。因此他见大众奔来，赶即传令：

“兄弟们快些退上船去，否则分向四处逃走，大家到四方山去会齐。”说罢，他即首先从斜刺里退到河边，跃身入水。

众头目及水兵见大头儿逃走，大家怎敢迎敌？赶即争先上船。有那慌迫的不及上船，即分开沿河岸向前乱奔，躲向有芦苇的地方去隐藏暂避，有那会泅水的，也学着屠志刚的样儿跳下水去。那走得慢的，被哈一炁等众英雄赶到面前，刀劈剑刺，有的送命，有的重伤，像砍瓜切菜一般，转眼间已被众侠义收拾得精光大吉。当即由冼、曹、二任跃下水内，追上两只贼船，跃身上去，一顿拳脚，将众贼从船上打落下水，夺了两只船，驾回河岸边，让各位上船，渡过河去。

大众下船，在河滩边掬水洗了身上溅着的血点儿，并取出饼食来吃了些许，吃了些水，收好兵器，取路回转万家市镇上。到得德盛客店里，回到上房里坐地，有那些携带衣包等物的人就先将衣服换了。哈、那、海三人衣物都搁在赵家营鼎升客店里，所以都不能更换。冼介民当即命店伙传酒及荤素菜肴，置备三桌上好酒席，摆在两边上房的中间那间客堂上，给大家贺功道劳，哈、那、海三人也乘便向众道谢。大家酒落欢肠，无不畅饮。

那时店主东见大家高兴，暗中却给李家堡的人叫苦。原来那店主东姓杨名尔风，本地人氏，和李福来本是亲戚，又兼信奉八卦教，果然不出哈一炁所料，正是和李家堡通声气的。初时他见众人先后住到他店里，口舌不一，服装也有许多不同，心中即知不妙。后来听得他们口气，竟是来和李福来作对的，他心中着急，颇想在饮食之内使用蒙汗药，无如大众道不用酒，吃菜时又很仔细，看了又看，闻了又闻，生恐他们人多，使蒙汗药露出马脚，立刻将爿店断送，故此他不敢使用奸狡的方法。

这时见大众兴高采烈地回来，料想李家堡上的人定必无幸，因此他暗中和堡上的几个教友商量，大家都主张用药麻醉大众，给堡上出气报仇。于是大着胆子，在酒菜内都下了蒙汗药。大家在初吃时，原也曾留心，及至吃了一会儿，都有了几分酒，又兼先吃的毫无弊端，所以防备的心思也就淡了，因此大家都着了道儿，一个一个地都陆续着倒将下去。就中只有海川和尚不曾被蒙汗药麻醉，皆因他是出家人，吃的素菜，又不吃酒。那席上的素菜在初吃时即已先送上来，因为素菜在荤菜之先下锅，以免沾荤的缘故，所以他不着被药力所侵。但他也是位有心人，正在吃时，见众人忽然接连着倒下去，知道中了酒菜中的蒙汗药，料想自己不跟着跌下去，指使的人和店内上下人等绝不敢来动手。不如也跟着跌倒，好使店内的人一齐放心，跑来动手。那时，好乘势先将动手的人逐一用点穴法点倒在地，救醒大众，再逐一将他们杀却。故此他胸有成竹，竟跟着大家先后跌倒下去。

店主东和几个堡上的教友，以及店内伙计、小二等人原是远远立着张望的，见三个虎一般的汉子都已受药力麻倒，店主东不由喜得打跌，拍手大笑道："将在谋而不在勇，果然勇不敌智。"随即吩咐伙计："快些动手，将他们先逐一捆绑起来，抬到后面去，用宰猪的尖刀将他们逐一杀去，好给李头儿出气。"伙计们原也是信教的多，得命当即各拿着先预备下的绳索到堂前来遂捆绑众人。

海川见时候已到，岂可再装佯糊？当即略一伸手，点倒了来捆自己的伙计。别个伙计见了，走过来问怎么了，海川乘势一伸脚，又将那伙计点倒在地。

毕竟结果如何，请待下回续写。

第二十八回

少林僧点穴震黑店
关东侠留书盗宝珠

话说海川一伸手，一伸足，接连将两个伙计点倒，店主东同着柜上的众人及伙计们见了，以为是两个伙计偶不小心，自己拌倒，却做梦也不曾想到是被海川点倒的，故此两个方才倒下，接着便又有两个伙计受着店主东的指挥，抢步上来，想使海川受缚。口中说：“你们俩怎么了？不曾捆着醉汉，却自己先做了醉汉跌倒了，待俺们来服侍他吧！”说着，走到面前。

海川这时哪还肯留情？等到二人弯腰伸手时，轻轻伸手舒足，两个伙计早又被点倒在地。店主东虽不谙行，但是俗语说得好，猪肉不曾吃过，猪却看见跑过。他虽不懂得技击，但因常和李福来等会见，也曾听见过精通武术的人善能点人穴道：“这和尚莫非不曾醉得厉害，所以还有几分醒觉，见人来捆，便用点穴法对付人。”他既想到此，便说：“乘着这贼秃未曾全醒，大家一齐动手，免得被他全醒时，制伏他不住。”

大家正在讶异，听见店主东这般说，当即齐声答应，虎也似拥向海川面前，用绳索来缚他的手足。海川一个鲤鱼打挺，从地上跃身而起，喝骂一声：“杀不尽的贼子贼孙，胆敢算计你佛祖爷！来吧，给俺一齐躺下去！”喝骂着，伸手一挥，随手挥倒了几个，脚下一使旋风腿，又打倒了几个。他的手足重，众人哪里经得起？跌在地上，大半都受了伤，小半吓得浑身酥软，动弹不得。

店主东和两个柜上的高级人员未曾动手的，见了这般情状，吓了一跳，赶紧回身向前面逃走时，早被海川将足一点，纵到他们的面前阻住去路，一伸手先将店主东摔倒，正跌撞在壁角上，将脑盖撞裂，跌倒在地，红色的鲜血和白色的汗汁交流下来，几乎丧命。两个柜上的人一时情急，无路可走，只得扑翻身跪倒在地上，叩着响头，如捣蒜般地哀求饶命。

海川笑骂道："好没用的东西，你佛祖爷肯慈悲，可是你们这班东西都是十恶不赦的，要想饶恕你们，且等大众醒了，看你们的造化吧！"边说边伸开两手，一手一个，早又将二人点住，即跪伏在那地上不动。

这时，由店主东起，直至众伙计，虽被点了穴道，依然能够开口，心中虽慌急，却都很明白，知道这一来，大家的性命定都不能幸免，于是异口同声地向海川求情。那声音的凄婉，真如蜀道猿啼，非常动人矜怜。海川是出家人，对于杀生的一戒，原是很注重的，只因此番出寺下山，为的行侠作义，方才开了杀戒。一路行来，除去在北京城里三年不曾杀过人而外，简直无处无时不破戒。此时被大众一苦苦哀求，一颗慈悲心立刻打动，知道大众醒来定将店主东以下的人一齐杀死。虽然他们死不足以蔽其辜，究竟人生在世，谁能无过？只要能改，便成为大英雄好汉、圣贤智者，所以有放下屠刀、立地成佛的故事。现在目见众人哀求，如不速放，定遭杀害。想到此，即说："你众人原也太坏，良心已不知安放在何处。现在到得生死关头，才这样苦苦哀求地乞命。俺如不放你们，未免不体上天好生之德。俺如放了你们，又对不起朋友。方才俺们如被你们缚了，这会儿便哀求你们，也只好算是活丢魂，断不能得到你们的一盼。唉，你们也太不恕道啊！现在俺应许你们，快些将解药取出来，给俺解救了众位英雄，随后俺准给你们说情，饶恕你们。你们以后须要改过迁善，不再附从贼党，不再信奉邪教。你们既要活命，可各发了重誓来，倘或不愿发咒，俺便不能给你们做主。"

众人都是怕死的，闻言恍如受着赦诏，哪还有不愿的？当即连接着各发了重誓。海川见大众都发过咒，即先将面前最近躺着的一个伙计点醒了，命他速取解药。那伙计问店主东可有解药没有，店主东回说："不消用药解救，只要取冷水来，给中了蒙汗药的人喝下去，顷刻便可醒转。”

海川闻言，立逼着那伙计用大碗取凉水来，督着将各位好汉侠义逐一灌救，亲自给各人解了绳索，一面使用拳术按摩的方法，给各人按摩了骨节。逐一按摩后，不多时，即见各人先后陆续着醒将转来，一见自己睡倒在那房内地上，地上放着宰猪的家什，又很像一所小规模的宰坊。明知是被店家用麻药麻倒，中了诡计，几乎送命，不由大怒，跳将起来，便要摔打那些被海川点倒在地的人们。海川忙高唤拦阻，即将经过情形说知，并说：“贫僧既已许他们活命，各位如杀了他们，未免使贫僧为难，还请各位手下留情，饶恕他们，使他们得一条改过自新的光明路吧！”大众被海川劝住，只得忍怒停手。

看官们，凡是被蒙汗药麻醉过去的人，虽然醒来，一时立刻，身体气力绝对不能即刻复原，所以当时各位侠义英雄虽然跳起身来要奔去摔打众人，究竟气力尚未复原，那足下终有些飘飘地浮着，所以未及动手抬腿，倘系复原，纵有海川拦阻解劝，那被点的众人多少总得伤害了几个了。

当时海川伸手抬腿，接二连三地将被点了穴的人逐一又点活了穴道，即说：“你众人死罪已蒙各位英雄饶恕，应该叩头谢过，发愿从此不再做不仁不义、不忠不孝的丧良心道德之事，方才可以不伤害你们。不然，各位英雄定都要给你们各留一个创疤，做个显明的记认，免得将来见着，不能认识，再上你们的算计。更恐别人不知道，还以为你们是好人。”

众人听罢，吓了一跳，赶紧扑翻身跪倒，向着各位英雄叩头，叩谢不杀之恩。又狠狠地发了个重誓，直立着跪在地上，像栽了半截矮树一般，等候众人的宽恕。各位英雄见了，又好笑又可怜，即说：“你们起来吧，只要你们以后不再做亏心的事，佛菩萨必然肯保佑你们一心向善，得到善报。俺们绝不和你们一般见识，饶恕了你们，你们须要谨记，不要事过即忘，落下疮疤，即忘却疼了。”

店主东和众伙计闻言，恍如接受恩诏，即又叩头谢过，方才一齐立起身来。店主东搭讪着让请各位到前面去坐，胁肩谄笑价十分足恭。各位见他这般恭顺，不由生了厌恶之念，说："店主东，你从此记着，不要足恭过甚，俺们到前面去重整杯盘，再进饮食，你只要不再下药也就够了。"几句话说得那店主东面红过耳，忸怩着趑趄而行。

各位英雄同到前面，各净面漱口，拍去身上灰尘。有那衣服带得多的，索兴将外面的衣服更换了。二位吩咐小二："传言下去，重新安排上好的荤素酒菜。"店主东自知理屈，便是那店内的上下人等也都良心不安。此时应了句俗语，叫作："六个指头抓痒，加一奉承，格外讨好。"美酒佳肴奉请各位受用。

这时，店内上下人等的侍应奉承，真比孝子顺孙还要乖巧，十二分地巴结恭维道地。大家闹了这一天，又在中过药酒之后，身体不由疲乏，醉饱之后，大众休息了一会儿，即便分别早早安息。

次日起身，大家会见互请早安后，即说："此地的事已算完毕，俺们大众不如即日动身，各自登程，以免耽延时日。"

哈一炁主张大家到赵家营用过中饭再行动身，大家都表同情。于是传命小二，要了早点来受用，用过早点后，吩咐小二到柜上去结账。店主东得知各位要走，心中的一块石头，虽然落下，但是自问有愧，在地主的立场上，不得不敷衍敷衍，于是亲到后面上房里去见各位，不肯要各位的酒饭店账，并虚邀请各位多在此盘桓几天，再为荣行。大众哪里理会他的虚邀人情，即说："心领吧！随后有缘相见的机会多着呢，何必拘泥呢?"又说："你们开店的是做买卖谋利的，俺们住店，酒食店账理应结算，如不结清，反而见得俺们仗势欺你们了，那怎么使得?"

店主东怎敢应诺，接受各位算清店账的话呢？坚请各位："既不赏脸多住几天，俺也不敢多耽延各位的行程贵干。至于店账，区区小数，在俺本应尽地主之谊，多有冒犯，已是该死，蒙情不尽，俺们又招待不周，只好等到下次各位驾到小地方时，再当格外报谢。各位要赐店账，俺们便斗胆脸厚，也不敢收受，还请各位不必再提吧！"

各人见他不肯要店账，思量："吃用他些，也不为过分。"遂也不再客气，口中说了个"谢"字，腹中却暗暗好笑，以为这正如俗语所说的"吃了就走，抹抹胡子扰孙子"的话了，当即各将自己携带的衣包物件，和应用兵器拿了，同行出店。店主东同着上下人等直送到店门外面，店内人员回进里面，店主东又亲自恭送各位，直到万家市街头上，方才再三道谢，和各位作别，各位也道谢告辞。店主东直等各位去得远了，连人影都看不见，方才各将一颗定心丸服下般快步欢喜回店。

各位同路说笑着前行，径到赵家营镇上来，人多谈笑着，虽然经过两座山和二十来里的路程，丝毫不曾觉得。到得大石桥左近那道夹港边，哈、海二位特地绕路去察看，有无往李家堡去的小船停泊在河里，看了看，果然没有了。到得大石桥河下，故意再问停泊着的船户，有无愿往李家堡去的，有些船户仍旧摇头，有的说愿往，问："是单放，还是来回?"有的说："李家堡新近被人放火烧得精光大吉，没有人了，去找一片荒地和瓦砾乱砖碎石去厮见做什么？俺们以前不敢去，现在却尽管去得，客人何时要雇，俺们随时都可以解缆前往的。"

二人问罢，推说："很好，俺们去回复两个朋友，如他们要去，俺们即同着来。"说罢，到大石桥上，和大众过桥，进赵家营的街头，径到鼎升客店里来。店家是领教过哈、海二位的，一见同着大队的人到来，吓了一跳，赶紧小心招呼，吩咐小二："格外伺应周到，不可有甚舛错。"小二抢先拿钥匙到十五号上房门口，将锁开了，请众位进去，赶着打面水，冲好茶，拿烟袋，绞手巾。

哈一炁见他这般巴结，腹中暗笑："这真是双料贡烛，不点不亮！"遂吩咐小二："传话给厨房里，要上好的荤、素酒菜，摆设在上房外面的客厅上。"自己做东，请那、海二位及冼介民作陪，奉请各位镖师。

酒饭毕后，天色已是下午，大家分别动身，二任同曹敬等众镖师仍旧回大同府去。

冼介民因为已将李福来杀死，理应到杨柳青去报告舅母，使她老人家安慰，所以即告别哈、那、海三位，回转天津去。

三人当日即住在鼎升客店里，预备明晨动身。哈一炁和海川因所带的包裹行囊里的东西非常贵重，所以打开查看，收拾收拾，免得明晨临行时匆促。哪知不看则已，一看，不由着惊。原来哈一炁包袱里的两粒大蟒蛇眼珠，认为价值极巨的，忽然不见，余物一概不少，只多了一张白纸写着黑字的小字条儿。哈一炁一见，不由惊诧，咦了一声，拿起字条儿来，未看即已先说道："莫非又是孔妩倩那丫头做的事不成？果真是她，那可不能怪俺了。"边说边将那字条儿一看，只见字条儿上写着：

久闻北方异人哈一炁之名，每讶其命名之之竟与鄙人之名暗合也！鄙人生平自诩，列为天涯怪杰之一。

据鄙人所知，今南北各省能以技击、剑术及法力行侠作义，使人闻名胆落者，厥有四人，在南方者为广东冼介民、湖北那行空；北方则哈一炁与鄙人耳。至若今世之能以技击一道，称道于世，而为各方豪杰之士所崇拜者，则有现居北京之王老师，及少林寺僧海川，余者自哙以下，固不足道，且亦更仆难数也。

若夫女子，则有曲阜之孔妩倩，亦颇能以剑术称于时，又有砀山之凤玉美、吉安之周鞶卿，亦均为女中丈夫，更有人谓郴州之于老太，其道术至高，而技击亦非寻常习武者所能梦见，所授男女生徒，杰出颇多。惜鄙人囿于一方，凡此男女豪俊，均未能见，每一念及，辄为神往。

他姑不论，唯我与尔，同处北方，而竟未见，岂缘悭耶？因特多方访求，得知台从在此，賫夜造谒，不知驾往何所，因挟包中所藏之大珠两粒，留此字柬奉告。倘蒙足下不弃，惠然肯来，请驾临锦州新民屯，双岗子敝寓，鄙人在舍恭候。请以三月为期，如足下不来，则巨珠虽为足下所有，惟昔人有云："匹夫无罪，怀璧其罪。"窃思足下此珠将亦为地方人民造福，决不什袭而藏，可以断言。倘逾三月，鄙人即将此珠出售，得金施诸贫婺，恕不请命。惟俟诸异日，面谒负荆耳。

双岗子化三清留言

哈一炁看罢，不禁又咦了一声。海川见他看字条儿原不曾注意，因见他自言自语地说："莫非又是孔妩倩那丫头做的事？"才有几分留心。

再听他咦了两声，忍不住问道：“哈老居士，究因何事惊奇？”

哈一炁将字条儿递给他看，并说：“禅师，常言道得好：‘人怕出名猪怕胖。’人出名，便多许多意外的烦恼；猪胖了，被宰的日期也就近了。像这姓化的，无端地要来寻俺，这不是个明证吗？俺如今要回甘肃去，本想将些珠子先到京城去变卖，售得现金，回转兰州，好给地方上再做一些事业的。因想回到京城，等到卖出时，又要耽延许多时日，怕误了俺回家预先约定的日期，因为敝地乡风每年须行一次迎神大会，乃是谢虮蜡神的，极其热闹。俺在家乡平素最热心社会事业，对于迷信的事原不甚信仰，唯有这虮蜡神，却只得信服。因为非常灵应，倘有侵犯他的，这一年的年成可就颗粒无收，所以不得不随众相信。蒙地方人士的爱，因俺年长，公举俺为会首，所以俺每年在外省时，必须于会期以前赶回家中，办理这迎神大会的事务。现在离赛会的日期已在不远，俺如卖完了珠子回去，必然来不及，所以只得将珠子带回甘肃，待到下次进京，再将它出售。不料横生枝节，来了这么一位姓化的和俺开玩笑。俺上次在洛阳时也遇着位孔妩倩，真叫作无独有偶。照他这字条儿上的话，将你、我，连那爷都被他列入天涯怪杰的名单里去了，俺们的本领自信也还可以对付，承他这般看得起，可见他的实也是位自命不凡的人物。

“说也巧得紧，俺名哈一炁，‘一炁’二字，原是俺学习剑术及道法时候的别署，并非本名，不过被人叫惯了，成为自然罢了。他的名字，唤作化三清，有意无意，恰巧和俺的名字相合，难怪他要讶怪了。”

海川边听边看字条儿上的话，听罢看完，即说：“哈老居士，现在应如何解决这件事呢？”

哈一炁还未回答，那行空已走过来将字条儿拿了去看，口中说：“哈老英雄，这字条儿便是化三清留下的吗？此人俺虽不认识，却曾听人说过。容俺看过他的留言，再和二位说他的生平。”边说边将那字条儿就着灯光读罢，即说：“哈老英雄，这化三清既约你老人家在三个月内去取珠子，你老人家还是去不去呢？”

哈一炁道：“俺方才说过，珠子本想等到赛会期后再进京发售，然后回转家乡，给地方上办些事业。因为甘肃各处灾荒以后，赈济虽有，但苦于杯水不能救车薪，所以终是美中不足，直到现在，元气尚未大复。俺想将这笔珠子售出来的款子拿回家乡去，设法以工代赈，不料被化三清取去两粒最大的。这两粒大珠子，分明是两粒夜明珠，价值极巨，其余珠子价值真只能抵得它的零头。俺为了这一层，已经要去取回原珠，何况化三清的口气，意在结交，并无恶意。俺如不去，岂不被他耻笑，说老朽无胆吗？不过俺回家主持会务后，再到锦州府去，往来的路程颇远，在家又颇有耽搁，三月期限，恐怕赶不上。别的不怕，只怕他将珠子脱手，俺便劳而无功。如果先到锦州府去，又恐误去家乡的会期，这回光景，竟和上次在洛阳被孔妩倩开玩笑一样。那爷和禅师都在此，二位可有何方法，使老朽得以两全吗？”

毕竟二人能为哈一炁划策两全否，请待下回再写。

第二十九回

用头功侠僧创顽童
显身手胡匪擒劣马

话说二人见问，那行空未及回言，海川已先回道：“哈老居士，回家举行迎神赛会，既属为乡党的公益，关系你约会的信用。依贫僧愚见，不如先回甘肃去，将迎神赛会的事托付给别人代理，即便动身到锦州府去。计算往来的行程，并不耽延，也许可以来得及吧!”

那行空接着道：“哈老英雄，这化三清俺虽不曾会过，但系在江湖路上却曾听得人说过，果然有独到的武功，并会得些道法，在奉天省里，极有威名。人家因他的本领高强，行为侠义，特送他外号，称作关东侠，又因他的武艺在关东各地可称首屈一指，故此各处的马贼、绿林都有些怕他，凭着他的信号，能够在关东三省的地方独断独行，所以又称他作独霸关东。此人年纪不独比你老前辈好对折，就比俺也要小上近十岁呢，真可算得是小辈英雄，后生可畏。据闻此人生得五短身材，面容姣好，有俊男之目。现在他来，留书盗珠，虽然无甚恶意，但却颇存着以武会友的意思。常言：‘强将手下无弱兵。’关东地方，人才辈出，他手下也许还有别个能人。你老此去，如果独往独来，还须小心。”

哈一炁笑道：“那爷，俺和你商量如何方能两全的方法，你却说得化三清的为人，可谓答非所问。他手下有无能人，俺却也不放在心上，便是他自己本人，俺也不甚重视。别的不说，单讲孔妩倩那丫头，在山东省内，以及江湖中人的口中，传说起来，不是很有名吗？但是俺和你去访她时，她又推说有事往江南去了，不敢和俺们觌面，这便是个明证。所以常言‘千闻不如一见’，此言确有至理呢！”

那行空道：“言过其实，本是世俗的通病，但是胆大心细，智圆行方，的确亦系人生处世的经络，你老方才所问的两全方法，依俺想来，你老可赶紧先回甘肃去办理会务，如有人可托，那是更好，无人可托，便不妨安稳过了会期，再到双岗子去。如恐怕三月期限来不及，俺却有个方法，可以使得两全。本来俺此次由武昌家乡地方出来，东西南北原是无有定止的，因在路上听得八卦教有死灰复燃的消息，故此又往北路上来。先到京城，看满朝的贵官一个个文恬武嬉，完全升平气象，丝毫不知民间痛苦和天下将乱的隐忧，真是全无心肝、尸位素餐、酒囊饭袋之辈，俺好生给国家担忧。因欲尽国民一分子的义务，遂由京城先到此地来，想独力先对付了李福来，随后好逐渐收拾八卦教的主教党国柱。因为和二任多时不见，猝然觉得有些不愿即离，所以今儿冼介民、二任等分别都已动身，俺却不曾说及要走的话，即系此故。现在你老既有不能两全的为难，俺想讨个差使就此改道登程，前往锦州府去，先给你老去会那化三清，告诉他，你须缓期到双岗子，叫他在家等候。你老尽可以在家从容布置迎神赛会的事务。海川禅师反正是到处云游，倘有兴，不妨同俺一块儿到双岗子去走遭。这办法，哈老英雄和海川禅师你二位以为如何呢？”

二人听罢，海川即先说：“俺们本拟先往蒙古去的，因为逢着哈老居士，所以改道同哈老居士往甘肃，由青海、西藏入川，由川往陕，或往云、贵、湘、鄂，再回少林本寺的。现在那居士既约贫僧同行，贫僧东三省各地原不曾去过，便从奉天往新疆，由新疆往西藏，亦是一样。反正都是不到库伦（蒙古的都会地名，即外蒙活佛所在地）。在俺的行程上，并无什么多大的变更。”

哈一炁大喜道：“能得那爷如此跋涉，乃是再好也没有的，何况海川禅师又肯劳驾同往呢？料想那化三清如是个明达之人，也就绝不会再生以武会友之念了。”

当时三人议定，哈一炁将字柬收在包裹里，和海川二人都将包裹行囊收拾完好，即唤小二进来，问他保甲局将邱大和小二两个究竟严办不曾。

小二回说："保甲局已遵着大和尚的示，将邱大同俺们的那位伙伴解送进城，归知县衙门重办去了，现在并无消息，不知究竟如何。俺们那伙伴家属曾多方请人进城去见知县老爷，请求保释，具悔过结，都被知县大人驳回，各碰了一鼻子灰。除此而外，别无消息可听。"二人听罢点头，即命他重泡壶茶进来。

小二拿了茶壶，应声出去，转瞬泡好送来。三人喝茶闲谈了一会儿，即便安息。

次晨起来，洗漱早点后，哈、那二人梳好辫子，命小二到柜上去结账，结算清楚，赏过小二的酒钱，三人各将自己的东西拿了。小二早到后槽上将哈一炁的黑驴牵到前面来。哈一炁将褡裢包裹等收拾好，小二牵出店外，海川用禅杖挑了行囊，那行空背上小包袱，三人同出店门，店家及掌柜的等到都和颜悦色地到门口相送。

哈一炁从小二手中接过鞭子，牵驴同着那、海二位走出赵家营的街头上，跨上驴背，向着二位抱拳，说："二位，在锦州府城内，大街上有家悦来客栈，店主人名唤袁克定，乃是走江湖要枪棒卖膏药的出身，和俺是多年的相识。他店里地方大，房间多，宽敞清洁，上下均有，二位到锦州城时，可即住宿在他店里，说是住着等俺的，一则招待照应可以格外周到点儿；二则价目可以便宜些；三则他在锦州多年，本人是江湖出身，开客店又是最易和各方人士接见的，也许他和化三清亦是相识。你们二位如住在他店里，俺到锦州也比较的容易寻访，免得彼此相错。"

二人点头答应，说："好，俺们准定在悦来店见吧！前途珍重，一路福星。"说着，那行空抱拳当胸，海川合十当胸，还礼相答。

哈一炁应了句彼此，即将腿一夹，举鞭在驴背上一击。那驴子四足腾起，疾如奔马般从大道上走了。那、海二人并肩走着，走到岔路口，那行空是各处漫游惯了的，路途方向原是熟悉的，当由那行空引导着取路回进居庸关，由京榆大道往山海关，出关径赴锦州。

当时二人虽系为着哈一炁的事，但是化三清留下的信上也曾说及二人的名字，故此二人前往，亦系为人并为己。只因有三个月期限，预算无论如何，总可以赶得到，所以二人沿途行去，却只管缓步行走。可是有一层，在二位自己看来，脚下已是缓步而行，但在别人看来，因二人练过精纯独造的绝顶武功，所以脚程极快，虽然他们自己觉得很慢了，在常人依然是望尘莫及。

那、海二人在路行有多日，那日已过山海关，来到一处小镇集上。二人寻着家饭庄子，用饭休息，同时进来用饭的有一位行人，骑着匹高头骏马，在门口停骖，拾好进来，恰巧和二人的座头坐在对面。二人将那人一看，只见他年约五十上下，白净面皮，满口短髭，身材中等，二目炯炯有光，背弓挎刀，佩挂百宝囊，身上衣服半时半古，全系绸制的衣衫。二人看他时，恰巧他也抬头向这边看，两下一对眼睛正好射着，彼此都各吃一惊。

看官们，凡是精娴技击的人，对于精擅武术的人最易注意，对方是内家抑或是外家，一望即知。第一个凭证即是目光如电；第二个凭证腰腿甚健，乃是最显明的，所以当时两下一见，都已心惊。海川即暗暗伸足踢了踢那行空，低声道："那居士，你瞧见了没有？此人看去颇像内家一派的人物，这身装束颇像贵介，但又不带着随从。你在外走道时多，可能识得出此人的行径吗？"

那行空听见，只不理会，只点了点头，口中却催那过卖："俺们要的菜叫灶上司务快些，俺们吃了还要走路呢！"同时偷看那对面的中年汉子。只见他两眼不住地瞟向自己二人的身上，和海川放在座旁的行囊上，颇为注意，也一迭连声地催过卖，快些将所要的酒菜饭等取来。那行空看他的神情颇像不怀好意，不禁腹中暗骂一声："贼囚，你的本领纵好，但是要想俺们的心思，那真是羊肉吃不着，惹上一身的膻气了！"

海川见那行空不理会自己，不知他是何意思，也就不问，专等菜来用饭。一会儿，两边座上要的酒菜饭等都已鱼贯着陆续送上，双方各都饮食。海川以茶代酒，吃着素菜。吃了几口菜，即便先吃饭，饭毕先擦脸喝茶，走到店外去解溲，解溲回来，看那匹马时，身体高大，肥膘纯毛，周身栗色，无一根杂毛，长尾高鬃，火眼金睛，嘶叫一声，响震耳膜，的系关外名驹，不由赞声好马。马背上配着副簇崭新鲜的鞍子锦绣坐垫，金镶着光华耀眼，鞍上插着根纹皮制就的马鞍子，扣着个包袱，鞍旁系着一管鸟枪、两管短铳，和火药、皮袋，又系着个长褡裢，看去内中全放着些夜行人用的物件。

海川心忖："这人身佩百宝囊，又带着这么个长大布褡裢，分明不是好人。说他是武职官儿，无兵弁亲随；说他是考武的相公，年纪已逾半百；说他是保镖的镖师父，并无镖行的标识记号；说他是行人旅客，衣服也太好，又无有行装；说他是衙门中差役，奉命出差，放快马报子，一来无须带这许多应用的武器，二来衣服也不像。就此推测，此人定系独行的大盗，或系著名的马贼。那行空所以不理会俺的，也许就是这个道理吧！"边想边又看了一会儿，走进里面，仍就原位坐下。

那行空已是吃好，漱口擦脸。同时那人也吃毕算账。那行空给过钱，喝茶休息了一会儿，同着海川，一个背上包袱，一个挑起行囊，出门上路。那人也随着立起身来，出门上马。那行空同着海川走出街头，那人正催马由后面冲来，口喝："让开，马来了！"二人向路旁分开闪让，那人扬鞭夹马，泼剌剌、嘀铃铃，从二人面前跑将过去，坐在马背上，回头望了二人一眼。二人让过马，合在一处，并肩前行。

海川道："那居士，此人究竟是什么人物？贫僧看了半天，很有些莫名其妙。方才请问你时，你又不肯说，却是何故？"

那行空笑道："禅师是出家人，究竟不知道江湖上以及绿林中的勾当。此人的打扮，可称得衣冠齐整；此人的面容，可称得威仪整肃；此人的举动，可称得光明磊落；此人的气派，可称得嵚奇正大。不问可知，此人乃是位我辈啊！你不见他马上的鸟枪、短铳吗？又不见他携带的兵器甚多吗？关外的胡子（关外称盗为胡子），像他携带这副武器的极多，不过气派态度不及他的正大豪壮罢了。此人行为定系侠义，而职业却是借道栖身。方才你问俺时，正是他注意俺们的时候，俺如将他的行藏点破，真言无隐地告诉你，说他在那里看俺们，他必然不再来注视俺们。在前途路上，俺们必生许多麻烦，虽然俺们不是省油灯，并非怕事之人，究竟此人的本领不弱，他在前途路上，如果一号召，指挥着许多马贼来和俺们玩笑，马贼是往来无定、行踪飘忽的，那时俺们便有些防不胜防，所以俺不即回答禅师的，即是此故啊！”

海川道：“俺也作此想，估量此人定是个马贼。”

二人说着走着，绕过前面的一座大树林，走不到二三百步，猛听得背后銮铃响。

那行空道：“禅师，那人又从后面来了！”边说边分向两旁田中一让，回头望时，果然那人又纵马飞驰而来，从面前飞驰而过。二人目逆而送之，只见他在马背上回头望着，微露笑容，一会儿，那马驮着人已转过前面的树林不见了。二人复又上路。

海川道：“这厮故意卖弄本领，躲在林内，等俺们走过，他却又从后面追来。前面有座树林，料想他又定然躲在里面等候俺们，俺们不妨穿林而过，看他怎样对付俺们。”

那行空道：“不，任凭他怎样，俺们只管不理会。他此番作用，乃是试俺们胆量的。俺们如穿林而过，他必笑俺们胆小，俺们还以行所无事为上。”

海川也不再言，二人走了一会儿，已超过前面的树林。行有两箭多路，以为那人必又从后面来了，哪知并不见后面有何动作。

海川道：“俺们幸亏不曾穿林而过，如果穿林而过，几乎上了他空城计。”

那行空笑道：“禅师别忙，今儿准有好戏看呢！你看，前面是什么来了？”

海川抬头看时，只见远远地从前面来了一骑白马，马上坐着一人，风驰电掣般迎面而来，一边走过去，一边迎将来，转眼间两下已是走到一处。只见那马上坐着个十来岁的孩子，左手中擎着把月牙式的铁胎小弹弓，带着缰绳，右手扬着皮马鞭子，大喝着：“站开些，马来了，马来了！”二人向旁闪让时，那马来得太疾，鞍鞘正和海川挑行囊的禅杖头儿一挂，将海川撞闪了个踉跄，几乎将肩上的行囊撞落到路旁田地上去。海川大怒，喝骂一声：“有人养没人管的小子，抢着去杀吗？”

那小子本已过去了，见和尚骂他，便将马头勒住，回转身来，高声骂道："好贼秃，你敢出口伤人吗？俺小爷不看你是佛门子弟的面上，准得打你两个嘴巴，扯下你的脑袋来！"

海川本来因那行空说的关外的马贼太觉威武，心中不服。这时见那小子撞了自己，不曾说一句道歉的话，所以才出口骂他，以为他总该当作耳边春风，装聋不理会，急驰马蹄而去。不道他居然勒住马头，回身骂自己贼秃，这口气如何咽得下？忍不住勃然大怒，歇下行囊，大踏步赶上去，一把扯住那白马的鬃毛，向怀中一扯，又向外一推，接着又向下一按。那马如何受得了？早站立不住，乱踢着马蹄，几乎将背上坐着的小子掀将下来。那小子飞身跃下马背，冲着海川的腰胁上便是一拳。海川将手一松，伸手来接那小子的拳头，以为他年幼身小，力气不大，小小拳头只要被接着轻轻一捏，虽不将他骨头捏碎，也得使他痛得打跌。那手刚一松，那匹白马脱了缰绊，负痛绝尘而驰。从来溜了缰的马最难擒控，况且这匹白马又是匹小驹，负痛带怒，四蹄起处，向前横冲直撞地乱奔。

海川接来拳时，那小子的拳头刚才伸出，即已缩回，飞起右足，向海川的腿弯里踢来。海川见他狡猾，急将腿一挺，预备他的右瞳踢着时，被这一挺的弹力弹跌出丈外去，谁知却又不然。那小子右足未曾踢到海川的腿弯里，即又缩回，乘势在地上一躲，飞身跃起，从上面落下来，使弹弓的铁背向海川的光滑脑袋上便打。海川见他身手灵活，心中也很吃惊，又见他不顾失马，却能如此处之若定，颇也暗赞他的定力。说时迟，那时疾，海川腹中虽暗赞惊奇着，可是身手却不肯放松，见他打下来，也不逃让，反而双足一起，使用头功，冲着那小子迎接着撞上去。那小子大吃一惊，逃让不及，只听得嘣的咯噔一声响，那把短小的铁胎弹弓打在海川的脑袋上，竟折成两橛，连弓弦也震断了。那小子的手腕被震得酥麻，连手臂都折损了。哎呀一声，从上面落下地来，痛得在草地上乱滚，直滚向田里去。幸亏不曾被海川撞着别处要害地方，倘被撞着别处，准可送却一条小命。

海川这时虽占了胜利，究竟余怒未息，指着那小子骂道："小子，你还敢放肆吗？你佛祖爷倘不看你年幼分上，不将你从马上拖下来，扯成两半爿，也不算得有法力的人了。”

正在喝骂着，猛听得背后銮铃响，闪开让过，看时，却见那半百年纪的汉子从前途路上又飞马回奔过来，从面前过去，却像不曾看见一般，拍马疾驰，向那白马追去。只听得他捏嘴吹着呼哨，将双足离去踏脚镫，翻身跃立在马背上。看看追到前面树林边时，那匹白马已冲进树林去了，那人从马上跳下来，将缰绳带着，拴在树上，迈步追进林去。那马一惊，又从林中绕着跑出来，仍从原路跑到海川等人立着的面前来。只见那人纵跃如飞，顷刻已超过白马的前面，将身跃起，从半空落将下来，不偏不倚，正落在白马的背上，立在那鞍子当中，一弯身，抓住了它的鬃毛，两足一分，骑坐在鞍子上，双腿将马腹夹住，喝声：“孽障，你还跑到哪里去?”说着，唰的一声，向那白马的面上打了一下。又说：“你不能保护主人，反而幸灾乐祸，趁势逃走，真是个无义气的畜生，俺真越说越气，非打你两下不能去心头之恨!”边说边又唰唰打了它两个巴掌。

正在此时，猛抬头见前面有人在那林边树上伸手将拴着的栗色骏马解下来，飞跃上了马背，迎着这里面前飞奔将来。到得面前，口中大言道：“天马不取，反受其殃，这无主之马，俺骑了去，请列位做个证人，俺并非偷马。”说着，纵马从面前过去。

毕竟受伤的小子和半百年纪的汉子，及偷马的人是谁，请待下回续写。

第三十回

请君入瓮怪杰戏小二
为徒复仇拳师斗侠僧

话说那半百年纪的汉子拴住自己的栗色高头骏马，飞身追那白色小驹，从林内追出来，施展身手，纵跃如飞，被他从空落下，超乘而上，居然将那匹怒痛劣性的白马擒住。

正在卖弄他的得意文章，故意伸手打那白马，数述白马的罪状，确不料螳螂捕蝉，背后又来黄雀。他猛一抬身，忽见由树林那边路上来了一条大汉，步到栗色马面前，毫不客气地将拴着的缰绳解了，跃上马鞍，纵马而来。到得面前，大声言道："列位听着，并非俺爱小，俺盗人家的马匹。实因此马甚好，须要有福德之人方能镇压得住，常言'天与不取，必受其殃'，因此俺将它骑了去。但是大丈夫做事，理应光明磊落，所以俺特地请列位给俺证明，并非俺贪小盗马，实系这马的主人翁自其放弃。从来英雄爱宝马，所以俺才骑乘了去。俺的意思已经说明了，就此少陪，随后再见！"说罢，催马前行，走将过去。

那半百年纪的汉子闻听此言，不由变色高声冷笑道："朋友，慢着，物各有主，你怎么能这样容易即将俺的马骑了去？快些跳下来，将马还俺，别开玩笑。"

那人头也不回，只管纵马前行。半百年纪的汉子大怒，带转白马头来，赶将上去，隔马一把扯住那汉的辫子，向上一提，又向下一放。那人被这一提腾了空，一放落下地，几乎摔跌一跤，不由大怒，立住扯着那栗色马的鬃毛，说："你这人好无礼，怎么这般扯淡？马是你的，你有记认在马身上吗?”

半百年纪的怒道:“什么话!眼见这副精致金镶的鞍子,便是俺的东西。休说记认,且漆着俺的名字在鞍靶上呢,还说俺扯淡!倒反是你顺手牵羊地不是扯淡是正经吗?快些丢手,别讨没趣!”

那汉子望了望鞍靶上漆着的金字,回说:“原来是你的,真是有眼不识泰山,有话好讲,何必这般恶声恶气的?大将一遭生,两遭熟,四海之内皆兄弟,人到何处不相逢?既是物各有主,俺将它还你就是。”边说边松手放在那鬃色马的身上,从头到尾,又从尾到头,摸了一个来回道:“果然好马,俺还你啦,再见吧!”说罢,迈步就走。

那半百年纪的是何等人?见他将栗色马顺摩倒抚了一个来回,这匹马立刻断送了,岂肯轻轻将他饶放?不由大怒,喝骂一声:“狗娘养的贼种,好个王八,你敢到俺手里来卖弄你做马贩子的本领吗?那真是瞎了你的狗眼了!俺如将你放走了,俺便是众人养的。”说着,捏起嘴唇,打着呼哨。

那汉迈步向前疾走,全不理会。半百年纪的只管不住地打呼哨,却不慌不忙地从白马背上跳下来,将两匹马的缰绳结扣在一处,从栗色马的鞍旁长褡裢里抽出根短柄铁枪来,插在地上,做了马桩,将两马的缰绳同拴在上面,然后迈步飞跃而前,向那汉子追去,口中仍旧不住地打着呼哨。那汉子见他追来,足下格外疾如鹰隼地飞跑,两下离有一箭多远,恍如流星赶月般前后跑着。

即在此时,忽听得呼哨声四面相接而起,从大路的两头和田埂上,飞也似奔来许多彪形大汉,一个个手执红漆细瘦的齐眉短棍,见半百年纪的汉子追赶那汉,便也一窝蜂似的向那汉前面迎头拦截,后面追赶,四面八方地围裹拢来。那汉见追赶拦截的人多,知道难以逃免,索性立住不跑,握拳等候。

少川、那行空看得清切,知道那半百年纪的汉子乃是近处一带马贼的首领,那想趁现成骑马走的乃是个贩马的马贩子,因为海川使用头功将那童子伤折手臂,料想这个祸水已是惹下不小,要走也是走不了,前面路上准得有许多事故。但是不走吧,立在此看他们以死相拼,亦非办法，因此海川走去将行囊挑上肩头，同着那行空从大路上向前进发。渐将走到他们那群人的面前，一条路已被他们大伙儿立满了，如要超向前面，必须从田中绕将过去，倘不绕道，绝不能走得过去。

其时正值大伙儿围着那汉子拼命攻打，那汉子立在垓心，空手赤拳地抵敌大众，究竟皮肉筋骨，怎能敌得这许多棍棒？那半百年纪的汉子拔出腰刀，正指挥着大众同向那汉进攻，猛可里瞥见海川二人走到面前，遂撇下那汉，从人丛中奔出来，拦住海川喝道："好凶恶和尚，你打伤了人，想往哪里走？俺看你不像这想偷马的贼，会脚底擦油，是个光棍汉子。你既仗着本领，敢恃强打人，有道是'光棍打光棍，一顿还一顿'，吃了你的，当然回敬。你现在叫明一句话，俺便让你过去，否则，要走，纵然此刻给你走了，前后方圆几百里内，你如能走得了，俺也不在这一带地方称豪霸了。"

海川见说，不由哧的一声笑道："你要回敬俺一顿吗？那是再好也没有。老实说，俺出家人无甚稀罕，听凭你何时何地，俺都可以奉陪你耍几套拳脚。"

那半百年纪的汉子赞道："好和尚，真是光棍漂亮，前面不远有处镇集，你如有胆，便在那镇上住店等候，俺们将这马贩子摆布了，便来和你厮见。"

海川应道："好，准定如此。"

那半百年纪的汉子嚷道："孩子们，让开些，给他们过去。"

大众见头儿嚷让路，便八字分开。海川同着那行空缓步走将过去。那和众人交手的马贩子乘着这个空闲，也便拔步飞跑。大众见他走，吆喝一声，紧紧追赶上去。那半百年纪的汉子见了，虎吼一声，拼命价跳跃扑奔着追将上前。那汉子哈哈大笑，嚷叫："孩子们，你们要追俺吗？来吧，俺站着不走，和你们斗三日三夜。倘或输在你们手里，也是俺的命该如此；倘或你们被俺摔打死几个，那是你们自讨，可休怨俺手足无情。"边说边回身迎将上去。

海川、那行空从他面前走过，见他精神抖擞的威风样儿，居然能独斗大众，丝毫并不惧怯，不由很注意地望了他几眼，走过几步，回头再看时，大众已由那半百年纪的汉子围裹着四面交攻。二人也不再看，并肩向前进发。

走不多时，即已来到一处镇市上，二人寻到一家客店，进内投宿。店小二抢着来接二人的包裹行囊，接着那行空的包袱还不过如此，接过海川的担儿，不由大吃一惊，那禅杖非常压手，一失手落将下去，几乎将足趾骨打着，锵锒一声响震，阖店上下人等无不大惊失色。海川弯腰将禅杖拾起，褪下行囊，由两个小二提着，向后面上房里便走。提在手内，觉得颇为沉重，不由互相目视而笑。

二人到得里面，由店家陪着看好间上房，二人将行囊等件安顿好了，小二忙着打水冲茶。二人擦面后，海川伸手拿过茶壶一倾茶。那行空见了，忙将茶壶从海川手中抢过去，揭开茶壶盖，闻了又闻，看了又看，对海川低声道："禅师，这茶和在万家市吃的酒菜一般，里面颇有些故事。"

海川闻言惊讶，即说："莫非此地又是爿黑店？"

那行空道："可不是嘛，俺有两件事疑心，所以才要留神。一件是那半百年纪的人约你到这里来住店等候，也许此地所有的客店都是他的同党；再则方才两个小二拿着禅师包裹的时候，那副尴尬神情，比那半百年纪的汉子约你住在此地等他的话格外可疑。凭着俺出门走道的经验，知道道中人和客店的人互相联络，颇有交谊的极多。他们既用蒙汗药茶来请俺们吃，俺们不妨拿他们开回玩笑。"说着，伸手将茶壶递给海川。

海川接过细看，茶壶内并无破绽。遂将茶倾出来，给海川看了。海川将茶杯拿在手内，仔细看了看，只见茶色发浑，闻了闻，觉得比较寻常窨香的茶叶香味微有不同，遂说："那居士，你要怎样和他们开玩笑呢？"

那行空笑道："这个容易，禅师看着就是了。"边说边嚷唤小二进来。小二怀着一肚子的鬼胎，走将进来，问有何事。

那行空笑嘻嘻道："小二哥，请坐下来，俺有话和你讲呢！"

小二道："客人有话下问，尽说无妨。两位客人在此，哪有俺的座位?”

那行空道:“小二哥，别谦让了，四海之内皆兄弟，何必这般客气呢?俺和你有话谈，岂有不坐之理?常言‘立客难当’，怎立着不坐呢?”

小二见说，只得坐身下来:“请问客人，唤俺进来，不知有何见问?”

那行空笑问道:“小二哥，你贵姓大名呀?府上住在何处?做小二已有几年了呢?”

小二回说:“俺姓吕名大成，本地人氏，家即住在本地乡间。原系做布铺生意的，新近方才改行，做店小二乃是无法之事。”

那行空道:“小二哥，俺有句话问你，此处地名唤作什么?这客店的东家是谁?”

小二见他问到本店的事情上来了，不由心中有些发毛，即说:“本地名唤黄土岗，本店的财东名唤方舟山。客人问他做什么呢?”

那行空道:“并无别的意思，俺不过问问罢了。”接着又说:“小二哥，俺再向你打听一个人，有一位半百年纪的老者，身材适中，精悍异常，骑一匹栗色高头骏马，常从本地经过。而且和你们店东相识的，看上去此人在这一方颇有些雄厚的势力。小二哥，你定能知道此人的名姓来历，可能告诉俺吗?”

吕大成虽是个店小二，但是胸中却颇有见地，因见这位客人将自己招呼进房，左一声小二哥，右一句小二哥，待自己太觉客气了，他很能明白古人说的“其言太甘，其心必苦”，况且自己在茶壶内已下了蒙汗药，又见他开口即问的店东名姓和那半百年纪汉子的姓名来历，料知这位客人非是寻常之辈。因此他却回道:“客人问的这位老者却不很明白，自从俺到此做小二以来，从未见俺们东家有这么一位朋友来过。你老说他和俺们东家相识，俺可真不知道，或许是别家客店的财东和这位老者相知，你老视错了，亦未可知呢。”

那行空见他口巧舌能，心忖:“你狡猾吧，俺叫你作法自毙。”于是拿过只空茶杯，倾了杯茶，递给吕大成道:“小二哥，说了半天闲话，茶都未敬你一杯，请用杯茶吧！”

小二接过，放在桌上，推说：“你老请用，俺方才喝了的。”

那行空将双目一瞪，冷笑道：“小二哥，你也太不识抬举了，俺好意敬你一杯茶，你却不赏脸，却要俺们受用。老实对你说了吧，你们在茶里使用蒙汗药算计俺们出门行路的。你如喝下这杯茶去，俺便深信你们这爿店是诚实可靠的规矩客栈；倘如不领这杯茶的人情，嘿！俺立刻将你们这爿店打了，看你们能到什么地方叫屈去？”

吕大成忽然见他变色，一时转不过招儿，深恐吃眼前亏，忙说：“客人休要着恼，委实俺方才喝过白滚水，喝得太多了，腹中正有些胀，所以不能再喝；再则俺近日因为有些小病，服着药，不能喝茶，因为茶能解药性，所以如此。客人无端地说俺们这里是黑店，这话未免太过分了。俺们这里安寓着的往来客商非常众多，向来未曾出过什么岔，客人说俺们茶里下了蒙汗药，其实客人多疑。因为俺们这里喝的河水近来浑浊了些，虽然挑回来贮在缸里，用很多的白矾搅过，无奈总还有些不清。客人因为茶稍浑些，便生了疑。其实换上一壶，也没甚要紧，客人何必动气呢？”边说边起身伸手将桌上的两杯茶泼在地上，拿了茶壶，向房外就走。

那行空立起追上，一把抓住他的后领，提了回来，喝声：“呔！这壶茶你敢倒去灭迹吗？俺告诉你吧，俺们出门走道已非一年，在江湖路上什么勾当不明白？你敢到俺们面前来扯过门，真是鲁班门前弄掉大斧。这壶茶非你喝下去现原形，不足以警其余。”说着，他手中抢过茶壶来，将嘴儿直送到他口内，下面用腿将他夹住，使他不能倔强挣扎，上面腾出抓后领的左手，捏紧他的鼻子，使他不能透气、张开口来。右手即将那壶热茶咕嘟咕嘟地直灌下他的肚去。

吕大成到此地位，只得力竭声嘶地挣扎讨饶，并高嚷救命。他这一声嚷，早将他的伙伴们惊动了，慌忙赶来劝解。那行空随手将茶壶向地下一扔，摔跌成几块，余茶泼溅满地，水点儿高高激起，溅得来劝的几个伙伴们的面上、身上都各多少些受了点儿惠赐。

那行空放下吕大成，喝骂一声：“鼠辈，胆敢在茶里用蒙汗药来赚俺们，俺们岂是易惹的？真个瞎了两只狗眼了！”遂又说：“你们大众都是这爿黑店里的伙计吗？俺姓那的不爱多伤人，更不喜和你们这班无名之辈较量。你们快去将你们的店东方舟三唤来，俺要请问请问他，开黑店谋害了多少过往的单身客人，劫得过多少赃银物件。他如像乌龟般将头缩在壳里不敢出来，俺便一不做，二不休，索性将这爿小小客店给他毁个干净。像你们这班受命于人的贼子贼孙，俺不必和你们计较，也不屑和你们计较。”

说话间，那吕大成因被下肚的蒙汗药茶太多，麻醉在地上，人事不知，恍如死去一般。

众伙计们被那行空指着脸上，高声痛骂，欲待回骂几句，明知敌他不过，光棍不必吃这眼前的现亏，只得红头赤脸地吞声忍气，一个个扯扯衣角，踢踢足趾，脚底明白，溜之大吉，飞速去报告店东和店内重要的人员，一面由个胆大的伙伴重泡了壶好茶，送到那、海二位住着的上房里，使劲掖起吕大成，挟到房外。别个伙伴见了，不能坐视，也壮起胆子，走来帮着。两人抬起，到后面空房里，放下来取凉水灌救。因为灌的蒙汗药太多，一时不易就醒，息久息久，方才苏醒过来。

吕大成想起被那行空灌茶、众人不出力相救和攻打那行空的情形，忍不住怒骂众伙伴：“无有胆子，太无义气，事情成功，弄得财爻，是有福大家享，被人家抓住，大家坐视不救，罪过却是一人当。狗娘养、娼妓生的，你们这回既这样无义气，以后有事，可休怪俺姓吕的做半吊子，太放刁。好啊，日子长呢，随后俺们还不是六月债，还得快吗？”

众伙伴们被他睡在空房里辱骂，忍受不住，即便隔着板壁回骂，彼此斗起口来。这个说：“小妇养的，不要脸，吃了点儿小苦，即这样怨天恨地地埋怨人，要是真正讲起规矩来，三刀六眼，白刀子进、红刀子出，不知要怎样受不住了。其实这有什么稀罕？真也太没种了！”

那边骂：“王八肏的小乌龟子儿，好一群猴崽孙，你们既然说得这么漂亮，为何见了人家便那样斯文？别说不敢动手去打人家，连硬础点儿的言语也不敢说一句，只有背后发狠的本事。在自己人面前吹吹牛，就算是真有本领吗？”

两方你一言、我一语地对骂着，先还骂的题内文章。后竟彼此互相攻讦，亲娘八代地混账，将一切本身丑史、家庭秽事完全如数家珍般骂将出来，正如不打自招，各给各写一张供状，和画一张小照。听得一班住店的客人们实有些听不入耳，有那好多事的人便在房中高声喝道："别丢脸吧，大家唱这种无谓的山歌给谁听呀？你们窝里反，害得俺们做客的耳中腻烦，怪难听的，俺们也给你们面红耳赤的无趣难为情呢。你们果都有种，便同到店外去打上一架，或是双方对骂个痛快，别尽管在这里叽叽咕咕地搅扰得俺们不安，你们即此住嘴吧！倘或不然，可休怪俺们了。"

果然这班互骂的店伙、小二等人都是些苏州道地的双料蜡烛，被旅客一骂，立刻住口，恍如蜮灯被火柴点着，立刻光亮四射了。

大众双方才住了口，外面已如虎如狼般拥进二十来个彪形大汉，由一个半百年纪的汉子牵领着，大声问道："孩子们，有一个和尚住在哪间房里，快些唤他出来！"

海川、那行空二人正在房中喝茶休息，耳听外面小二、伙计们相骂，心中盘算："身居黑店，饮食诸多不便，又须和那老马对敌，该当如何办法？"因此二人正在商量。

猛听外面有多人的脚步声音，和一个喝问和尚的声音，知道是那马贼率众来了，不禁给那马贩子捏了把汗，以为那马贩子定必无幸。海川遂立起身来，走出房外，那行空也立起随后跟着。

海川应声大喝道："神气活现地大呼小叫做什么？你佛祖爷在这里呢！"边说边向那拥进来的一群人望。并非那先在路上见过的马贼，却是另外一起人，当首的五十外岁年纪，身穿短衣，手执一柄镔铁短剑，后跟二十多个大汉，一律黑衣黑裤，手执一根铁尺，见海川出房答话，即说："孩子们，便是他吗？"

随来的大汉有一个应了个是字，那人哈哈大笑。

毕竟来者是谁，请待下回再续。

第三十一回

好勇斗狠一方称首霸
博施济群百里讴善人

话说那五十外岁的老者握着口镔铁短剑，见了海川，便问："孩子们，就是他吗？"

有个大汉回说："爷爷，正是这个和尚。"

那老头儿哈哈大笑道："老夫以为他是三个头、六个臂的，却原来也不过是一个怯条子贼和尚，便也敢到俺们黄土岗来逞强欺人？"边笑边走到海川面前来喝道："好贼秃，你是从什么野庙荒山来的，敢这般大胆？今儿碰在你老祖宗手里，管叫你来得去不得，快些留下个名儿，说明来历，把你打死了，也好报官收尸，免得你死去做个无名氏的的孤魂野鬼。"

海川闻言大怒，不禁鼻孔中哼了一声，冷笑道："好没来由，你这老贼，敢仗着人多势众，抱住门槛儿欺人，你佛祖爷体念好生之德，不和你们这班衣冠禽兽一般见识，姑且慢问你们冒犯本世纪师之罪，先问你们纠众前来寻你佛祖爷会斗，是为着何事？说明了，再行动手也不迟；更有一层，这里是客店，本师的禅杖、戒刀如将你们的狗命断送，须害店家打冤枉人命官司。俺要斗，可约个时辰，到外面空旷的地方去斗。"

老头子闻言，接口骂道："你这贼秃，也配约时辰和地方吗？老实说，打死了你，好比打死一条狗，拖出去扔在山涧里喂野兽就得了。俺明白告诉你吧，免得你死去做糊涂鬼！你方才在路上逞强，欺负一个童子，那童子便是老夫的末底门徒，好没来由，你敢仗着几手拳脚打俺的徒弟，所以老夫特地率着门下到这里来会你这贼秃，就是你生就三头六臂，老夫也要给你砍将下来，何况你只有一头二臂！这里的店家是老夫直进直出惯了的，打场把官司算不了怎么一回事，来吧，看剑！”边说边挺剑就刺。

海川方才明白，这老头子即是路上顽童的师父，遂将手中禅杖一紧，向那镔铁短剑一迎。海川杖重力大，来人亦正在怒气勃发之时，所以使剑的腕力亦比平时加倍。这会儿两雄相遇，因为各用的力猛，所以锵锒一声，几乎各将虎口震裂，尤其是老者被震更甚，几乎将手中宝剑丢却，不由各吃一惊，向后一退，跳出圈子外来。

老者将剑收住察看，见尖儿上和侧面口儿上已因震受损，发现裂痕，料不能用，遂将剑插入腰间服着的绿色鱼皮鞘中，运动周身硬功，赤手空拳，向海川奔去。海川见他舍去兵器，空手搏斗，料定来人功力不小，遂将禅杖一手握定，一手迎着老者的前胸，兜心一拳。老者喝声好，并不退逃，反而挺胸向着拳头一迎。海川此拳本系虚使的架子，意在试探老者的功夫，见他挺胸迎来，哪敢怠慢？忙将拳头缩回，随手赶紧使劲挥禅杖向着老者腰间打去。老者究是个惯家，早防和尚用的声东击西之法，故此不慌不忙地将身一侧，让过禅杖，顺势使手一抓，将禅杖抓住，向怀中一带，复又使顺水推舟式向外一推，将手一松，意欲使和尚跌一个元宝式筋斗。不料海川此时的拳脚、身法、手法完全出于试探性质，所以一杖打不着，被老者抓住向怀中带去时，即向前倾身体，使用连环步法，以防倾跌。及被老者一推一放，海川即赶紧顺势后退，所以并不曾倾欹栽跌。

这一来，老者知道和尚的本领极其厉害，非常人可及，便是他带来的门下见此情形也都暗自吃惊。

海川经过这一番试探，知道老者的功力、身子都是上乘功夫，确系一个劲敌，因此索兴乘势托地跳出圈外，将禅杖丢进自已住宿房间里去，然后赤手空拳，奋勇扑奔老者。老者吆喝一声，两下各将拳法使开，一手一解地搏斗。

其时，那行空早已走出房外，察看情形，一见来者声势汹涌、身手灵活，思忖："如经久战，海川和尚虽不至于吃亏，但是要想便宜，却是很难之事。料想自己如果帮着一动手，老者带来的那许多门徒定必一拥齐上。"故此那行空立在一边，只做没事人一般，像隔岸观火，坐观成败，边看边想出手助拳的办法。

正在此时，猛听得一声干咳，从前面走进一条大汉。那人生得身材高大，气宇轩昂，从老者带来许多的门徒身后挤到众人前面来大声道："双方住手，小店是住客的旅舍，不是比武的校场，彼此有话好说，不必动手！"

海川和那老者闻言，各将身体后退，收住拳脚，向来人一看。只见来人面带笑容，抱拳拱手，说："二位因何较量？"

老者原和来人是素识，见问即说："方爷，你老回店了吗？这秃驴仗着几手少林拳法，从关内游方到此，路过本地，居然敢将俺的末底门徒打伤。方爷是晓得俺的，俺们在这里地面上，推开天窗说亮话，真乃是吃人的人，终日打猎，岂有反被野狗咬了一口去的理？扫了俺们的面子，叫俺们还在这黄土岗方圆百里以内做什么人呢？故此俺才领着门下到此和他算账，有扰尊店，尚请方爷勿怪。"

海川、那行空二人听此口气，知道来人乃是本店的主人，正待开言，却见那姓方的接口道："周爷话虽有理，常言'不看僧面看佛面'，在家人何故和出家人斗气？况且他是个行脚僧人，彼此有什么是非荣辱可争？依俺愚见，不如看在佛门弟子分上，高抬贵手罢了。再有一件，并非俺姓方的好多说话，实因住在俺的店里，俺不能不说，小店安寓来往过路客商，乃是营业性质。你们两下动刀动枪地比武，一来惊扰各房的客人不安；二来恐有甚错失；三来怕传言出去，以后各处路过本店的人都要胆小起来，不敢到小店住宿，定必影响到本店将来的营业，所以俺要多言奉劝你们两下就此息事宁人。如果两下定要分个上下，没奈何，只得请两下原谅，请到外面去决斗，那时即不关小店之事，你两下想必定能依俺的请求吧！"

姓周的闻言，面容立变，冷笑道："方爷词严义正，当然是不错的，俺们惊扰尊店，有碍营业，无怪方爷要说话。就是换了俺，做本店的财东，也要说几句的啊！方爷不要见怪，俺们准定到外面去斗就是。”说罢，即说：“和尚，你如有本领、胆量，便跟着俺们到外面去比较比较，倘或不敢伸长头颈，想躲在店内，凭着这位方爷的维持，俺们冲着方爷的金面，暂且饶放你，容你苟延残喘，却也未为不可。”

海川尚未开口，那姓方的已接着道：“周爷休要着恼，俺和这位大和尚素昧平生，并非给他保镖，方才的话乃是就俺本身的立场上讲。因为客人住店，店家理应好生招待保护，以安全为第一。倘在俺们店里出了什么岔枝儿，岂不要使以后行人闻风丧胆？大家俱有戒心，定都裹足不前，所以俺才有这个请求。”

姓周的道：“这是俺们来冒犯你，多有冒昧，怎好反怪方爷说话之理？”

两下言来语去，虽然都各勉强微露笑容，但是那声音颇为刺耳，怒气早从面色上表现出来。

正在这当儿，猛又听得一声干咳，从外面走进一人，生得矮小精悍，年逾半百，听见两下带怒的口吻，即由周姓带来的门徒身后挤进来接口道：“自己人磕什么牙，岂不反给人家好笑？有什么话大家事后好讲，此刻先同心合力对付了这个撒野的和尚，然后帮着俺同去追那盗马的汉子。”

海川、那行空二人抬头看时，认识他正是那在路上见着的那个五十外岁的老者，听他口音，知道那盗马的马贼已被脱逃。同时方、周二人闻言，齐说：“秦爷来了！那厮到太岁头上来动土，难道竟被他逃走吗？”

姓秦的老者道：“正是呢，虽然被他逃走，但他已被俺击了一掌，料想走不多远，即要发伤睡倒。俺们分头去追，总还可以追得上。你二位不同心合力地先对付这和尚，怎么反而自己人先拌起嘴来？”

方姓店东道：“不是俺们拌嘴，实因在俺店里，俺不得不多说一句话。周爷误会俺的意思，动起气来，所以彼此各说几句。其实俺们自己人还会闹意见吗？俺们大家打起膀子来向内弯，绝不会反而帮着别人的。”

秦姓老者道：“对啊！这才是朋友呢！”边说边走到海川面前，冷笑一声道：“好个倚仗几手三脚猫拳术的和尚，敢到俺们黄土岗地方来伤人逞强！这里天井狭窄，又多旅客，诸多不便，俺们还是到店外去比个高下吧！”

海川虽然心忖：“这周、秦两姓都非寻常之辈，今日恐难讨便宜。但是事到其间，却也不便示弱。”即笑说：“很好，俺和尚遵依佛旨，惯爱给人间打不平。你们倚仗人多势众，就你们的言行看来，已知你们都非善良之辈，俺和尚疾恶如仇，正要收拾你们这班歹人，送却你们的狗命，你们却自来送死，那是再好也没有。别说这里狭窄，你请佛爷到外面去教训你们，便是到天上灵霄宝殿、水中龙王宫廷，俺和尚如不敢同你们去，也算不了是少林寺的僧人、佛门弟子了！好了，到什么地方，你们说出来，先去等着，俺和尚立刻就到。”

周、秦二人同声道：“秃驴！别先夸言，停会儿管叫你体无完肤、叩头求饶，俺们晚饭后就在这岗子东坡下面荒地上等你，你如怕死不敢来，只要你明儿在岗上街心里一步一拜，叩上一百个响头，便即饶你性命。否则任凭你背插双翅，也休想逃得了俺们的掌握。”说罢，即吆喝着众徒：“姑且让他多活一会儿，俺们先到外面饭馆里用晚饭去。”

众徒嗥应声是，便都遵命回身，鱼贯着先行走向前面出去。同时海川答应：“准定赴约，无论你们有多少人，尽管一齐唤来，俺和尚如果惧怯，不逐一指教你们，也算不得慈悲普度了。”

姓方的店东送着秦、周二人，同行出去。

海川、那行空二人回身同走进房间里，海川将禅杖倚好，唤小二进来掌灯、泡茶。

小二去后，海川便问那行空：“这一伙人是些什么路数？凭着那爷多年的经验，总该可以知道吧！”

那行空道：“看来这一伙人，那姓周的拳法甚好，带领众徒，大该是本地站码头的一霸，兼着立场收徒，充当拳教师。俺在江湖上曾闻人言及，黄土岗有个周荣拳师，本领甚好，莫非就是此人？那姓秦的想系同他们是素通声气的党羽，看他方才在路上的身手，和号召众人围攻那偷马汉子的声势能力，此人定系左近一带的马贼首领。这里虽然离山海关还不甚远，但究在关外，谅亦纱红胡子马贼的势力所及之区。即如那偷马的汉子，身手灵活，功夫颇佳，但看他伸手一抹马背的手功，即可知他是个有名的马贩子首领，如果没有上乘的出色本领，何敢到老虎口中来争食呢？那姓方的不消说得，已知他是本店的东家，亦系在帮的朋友，当然和秦、周两人是同党。不过因为在他本店里动手，固然恐怕要影响到他的买卖，所以他才出来阻挡姓周的，要求到外面去动手。但是仔细推想，恐怕这还是表面上的好看话，暗地里或许了和姓周的有些底气，所以他才来阻止决斗，否则他亦非好人，怎么不帮着姓周的动手呢……”

说犹未完，只听得房外脚步响，走进一人，正是那姓方的店东。冲着二人奉揖道：“适才小可不在，店伙吕大成这小子多有冒犯，虽然承二位包涵，不曾计较，只指教了他一点儿，真是这小子的造化。俺们这里住的都来往客商，向来伺应客人，总以使客人满意为宗旨，从不敢开罪客人。这小子今儿和同伴多喝了几杯烧酒，有些醉意，开罪客人，所以小可特地到此奉揖，给二位赔话，请二位看在小可薄面上，不要放在心里。将来到外方别处，仰求二位休向行客言及，以免小店因此受无形影响。”

二人见他突如其来，不由一呆，赶忙逊谢，说：“出门人哪还定要和人计论？既是店主东这样谦虚时，俺们当然不再向别人道及，请放心就是。”

店东又说：“承二位原谅，小可不胜感激。吕伙计随后俺当从重地警诫他，倘如不改，即当辞他的活儿。”

二人见他这般说，反而只得给吕大成说情，说：“他年轻气盛，稍微警诫警诫他也就是了。现在谋事难，辞了他的活儿，这罪过未免种在俺们身上。店主东还是恕了他初犯吧！”边说边请问店东的姓名，才知姓方的，名唤舟山，在本地开设这爿客栈，已有多年，历来生意很好。

二人乘此又问他：“方才那秦、周二人是何等人色？”

果然不出那行空所料，姓秦的名唤二宝，是个马贼头儿。姓周的单名一个荣字，果是本地的一霸，在家立场收徒，方才跟着蜂拥而来的那班人都是他的徒弟。那在路上被海川用头功伤了手臂的顽童，乃是周荣的末底门徒，这位关山门的徒弟，乃是他生平最喜爱的，所以那顽童年纪虽只十来岁，可是本领却已练得极好，许多师兄都及不了他，皆因周荣肯尽心传授，他又肯勤恳学习，早晚苦练，所以他能经受得起海川的头功。如系别人，早就丧命。

海、那二人问知大概，因索兴进一步细问方舟山："为何不帮着周荣和秦二宝，却像没事人一般，反而暗地里来向自己二人赔话?"

方知方舟山和周荣、秦二宝等虽然同在道中，但是彼此感情却素来淡薄。在前些时，方家客店里住有一位单身客人，从哈尔滨经商，回转北京，携带着贵重行李，无意中露了白，因恐沿途被人计算，特地恳求方舟山给他保镖。方舟山为招徕主顾、保护行旅起见，便一口答应了。那客人服下这粒定心丸，以为总可无事，不料由方家客店动身，方舟山特地将本人在江湖上的信号小红旗给他做护身符，以免沿途失错。哪知走离黄土岗不到十来里路，即被周荣率领手下将所有财帛劫去。那客人将方舟山的信号给他看，总算周荣顾全交情，饶那客人一死。那客人得活性命，回奔到黄土岗方家客店里，见着方舟山，哭诉其事。方舟山大怒，立即领着那客人找到周荣家中，向他要回原物，结果因为周荣抱着无论如何不肯空手徒劳的成例，定要将财帛截留一半，看方舟山面子，只肯还一半。经方舟山说得怎样舌敝唇焦，宁可动武伤却和气，不肯退还。方舟山无奈，只得暗自赔贴，将本人的银钱去换取客人的原物，点交客人动身。那客人固然感激涕零，回转关内，到处逢人称道方舟山的义侠举动，可是因方、周两下种下恶感，所以方舟山不帮着周、秦两人，却反而暗向海川、那行空二人道歉，即系此故。

原本方舟山自幼练习枪棒拳术，颇得名人传授，跟着他的师父完仁美走过江湖，闯过南北各省的道，访过各处的名手。完仁美本系山西雁门关一带的大侠，著名的拳师，既将方舟山领出了道儿，即便分别。临行赠言，叫徒弟须在仁义道德立场上做事，不可干不名誉、不道德的勾当，所以方舟山遵依师训，在黄家岗家乡地方从来不做伤天害理的事，也不结党，只独行出门做独脚大盗，做了几次买卖，即在本乡开设客店，安寓客商，在北京、天津、张家口三处都开有一爿陆陈行，以后每年出门一次，顺便有不义之财可收的，即便做一次飞盗，将所得的赃物带回家乡，赈济贫民，所以在家乡一带颇得一班人的歌功颂德，称作大善士。因他行为正直，虽然栖身绿林，但是却无人在背后议论他，即此一点。他和周、秦等所为已是完全不同。

那秦二宝原系马贼，比周荣在绿林中声誉、资望、势力都高一头。生平使来最得意的兵器，便是一对金装锏，所以他取名二宝，即系秦琼第二之意，可知他自命不凡。

那周荣不过系本地著名拳师，仗着本领，打下来的江山，立场收徒，造成势力。他的门下平时好勇斗狠，欺压良善，一班平民都敢怒不敢言，只得忍受。因为地方上有周荣这么一位恶霸，便格外显出方舟山是位大善人了。

当时，海、那二位就方舟山口中探询明白，彼此颇多钦敬倾慕之意。方舟山因恐被人传言给周、秦，说自己暗和外人通声气，格外结怨，故此不多耽延，即推说有事，告别二人，径自回到前面去。

海、那二人自方舟山走后，即商量应付周荣、秦二宝之策。毕竟那行空是位南方怪杰，多年江湖，当即被他想出一法，告知海川。海川大喜，决计照计行事。

究竟如何办法，请待下回交代。

第三十二回

假慈悲计赚可怜虫
真侠义力除社会蠹

话说海川、那行空二人商量应付周荣、秦二宝的计划，那行空道："秦二宝和周荣所处的地位不同，他是个著名马贼，系以各处地方作行劫的根据，不比周荣是坐地虎，专门在本地作恶。当你伤了童子之时，他竟如没事人一般，不曾即刻救护，亦不和你决斗，只约好在这里镇集上住下等候。可知他原无十分真意帮着周荣，只因同在道中，不得不互相援助。依俺之见，现在最好撇开秦二宝，单独对付周荣，只要适可而止，使他知道警惧，便可罢休。当你和他交手时，俺在暗中助你一臂之力，只消如此如此，便不怕周荣不屈服在你手里。"

海川大喜，二人当即传唤饮食，更换紧身衣靠，收拾应用兵器，带在身边，吹灭灯火，走出房门，回身带上。唤小二锁上房门，并肩走出客店，认明方向，往东坡子下面去会周、秦等人。

是日晴朗，月光皎洁，雪白如昼。二人在坡上向下一望，见旷地上蹲着立着和踱来踱去向坡上遥望的人黑压压挤作一片，已在那里候着，看去约莫也有八九十人。

海川微笑对那行空道："这班呆鸟，要他们摇旗呐喊，壮壮声势，还许有点儿用处。倘欲对付俺们，使用以多为胜的法门，那真正自来送给俺们多栽跌几个筋斗。像戏班子唱武戏，使用全武行一般。"

那行空笑道："禅师话虽如此，可是彼众我寡，也不可不防。"边说边快步走下坡子，来到从人面前。

众人一字排开，周、秦二人当先走出来迎住道：“好！野和尚居然也有些胆量，你们共来了只有两人，俺们这里人多，怎样斗法，由你们说吧！”

那行空抢先应道：“一人做事一人当，俺们这位海川禅师虽然是向来嫌少不怕众的，但是你们人多，如果一窝蜂也似的胡乱厮打，殊属不成话。既然你二人要俺们出主意，俺看不如直截了当，以一敌一，闲人不许帮助。即由海川和尚和周爷比较，秦爷事不关己，且暂立在一边观战，尚或秦爷定要不吝指教，小可我倒也不妨奉陪耍上几手。无论是空手或用兵器，都可一任尊便。”

周、秦二人即说：“好，俺们先比拳足功夫，再比器械。你这位说话的矮子是谁？报个名来。”

那行空笑道：“小可的外号唤作南方怪杰，本名唤作那行空。”

秦、周二人寄身绿林，素与江湖上南北各路的豪杰会见，多有接洽，早已闻知有个南方怪杰，不但武艺出众，而且剑术超群，更兼精通各种符箓法术，是当今的一位不可轻侮之士，万不料会在此相遇。所谓先声夺人，这一报名，早将二人的雄心大胆吓得暗打寒战，当着众面不能示弱，只得硬着头皮，各将头上发辫盘起，衣衫掖好，吩咐自己人退后，然后各丢下一个架势，说：“来吧！”

海川将禅杖丢在坡下青皮石上，腰间戒刀按按紧，拔一拔足下僧鞋，掖紧衣衫，使用少林本派的罗汉拳，向那周荣打去。那行空也将衣服掖好，辫子并不盘起，只将腰间短剑插紧，即将两脚一起，使用点水蜻蜓式，从上面落下来，挥拳击秦二宝的脑袋。秦二宝赶紧向旁闪，顺手扯住那行空的辫子，向右边一带，左手向那行空腰间便是一拳。那行空的辫子不缩髻或是盘起，原是存心戏弄秦二宝，好使他来抓，却乘势用头功、肩功。因此秦二宝的左拳打向那行空腰间，那行空却丝毫不闪让，运用软功，抵御来拳。秦二宝的左手恍如打在棉絮上，已是大吃一惊，更被那行空乘势一个狮子摇头式，连头带肩向秦二宝肩胛、胸口一栽。秦二宝连忙让时，那行空却又飞起右脚，使用旋风腿，向他腰眼里踢来。秦二宝赶紧松手，向下一倒，就地一滚，滚将开去，鲤鱼打挺，立起身来，扑奔那行空。那行空向下一蹲，复又向上一迎，使用猿猴献果，拱手向秦二宝心窝一击。秦二宝侧身让过，伸手来击那行空的太阳穴。那行空借着闪让的势，将头一晃，那根辫子却向秦二宝刷去，他这根辫子，在当日练习气功时，即已练得使用如意，恍如天生成就的一根软鞭。这原是他自幼游戏，闷出来的一套无名功夫，当时刷在秦二宝的身上，那股气力竟比拳足气力加倍。秦二宝自从投身绿林充当马贼以来，经过无数强敌，从未见过这个招儿，当被辫梢刷着，竟致立足不定，跟着辫子的旋风耍了个无锡人打话“团团转”。那行空乘势进身，使枯树盘根式，一腿扫去，秦二宝立即应腿而倒。说时迟，那时快，那行空早又托地跃起，侧身前倾，伸手一把扯住秦二宝的后领，轻轻提起，低声道：“朋友，俺们留些日后相见的交情吧！您的身法快，那些远立着的蠢汉子是不会瞧见的，事后俺绝不向别人提说，您也别放在心上。”边说边将手一松。

秦二宝毕竟也是个名家，当时虽然羞得面红过耳，心中却很感激。亏他身法、步法不比寻常，借着那行空一提的力，早已立定，拱手道：“名不虚传，果是能手。”

那行空抱拳逊谢，二人不再动手，一旁立定看海川、周荣二人交手。只见二人闪展腾挪，正是棋逢敌手，仔细看去，海川却比周荣略高一筹。

那行空原约定暗助海川，此时正逢其会，遂暗对秦二宝道：“秦爷，您和周爷是朋友，试看周爷的身手，远不及海川禅师，将要到分出高下的时候了。依俺之见，不如秦爷和俺出面，一人劝住一个，免得周爷当场出彩，抓破了脸，以后在本地须不大好看。”

秦二宝看在眼内，心中亦正在给周荣担忧，听那行空肯出来调停，正是再好也没有了，遂即说声：“多蒙成全！”立刻二人同时发言，高声请二位且慢动手。

海川原不欲过为已甚，周荣亦已心折，知道难得好结果，不如乘机收篷，得风便转，因此二人一闻高呼住手，即便收住拳足，退立一边，同问二位有何话说。

秦、那二人同声笑道："俺们可称是不打不成相识，现在俺们俩特地给你们二位解和，彼此以后在江湖路上尽多相逢机会，乐得现在将一团怒气化作一团和气，反正彼此都好算是自己人。无论东风压倒了西风，或是西风压倒了东风，都没有什么荣辱可言。尤其是海川师父，身皈三宝，跳出五行，丝毫无有荣辱得失的意见。即如周爷，虽系为着末底门徒，但是那孩子并不曾受着大不了的重伤，用自制的伤药调敷内服，现在想该已可痊愈。这原是那孩子目空一切，自己寻出来的苦恼，海川师略示警诫，亦是应该的。如今请二位看在俺们二人的面上，彼此弃嫌修好，握手言欢，大家既往不咎。海川禅师不再责那顽童无礼，周爷也不再理问，二位以为如何？"

海川原本不欲苛求，当然无可无不可。周荣因自己和海川斗过两次，都不曾占得些许便宜，本人如此，那些徒弟当然无济于事了，因此遂软了半截。再见秦二宝原系助拳的人，忽然变作从中调解的人，仿佛像军队里的将官，忽然倒戈，率领所部守起中立来，这更是个重大的打击，如不答应，一则伤却秦二宝的感情；二则自己孤立，马上就要吃亏。有道是"光棍不吃眼前亏"，更兼"君子报仇，三年不晚"，所以当下周荣心中一估惙，遂定了主见，暗叹一声："'量小非君子，无毒不丈夫'，不如且忍一时，留待将来吧（又为本书后集《怪杰奇妖传》书中热闹情事伏线）！"于是遂改怒容为笑容道："承蒙秦爷和这位那爷出来调处，俺周某立身在江湖上，理应看在江湖义气和朋友交情上，遵依二位的台命就是。"

那、秦二人见两下都肯就此罢休，目的已达，不禁大喜，拱手谢二位赏脸，遂即上前给两下拉场。

海川、周荣二人经此一番周旋，当然乘此收篷，两人遂即握手，各道一声冒犯不怪，于是秦二宝同着周荣，率领大众向那、海二位道声再见，抄着小路，绕着黄土岗，往斜刺里一所庄院内去了。

海川亦就石上拾起禅杖，同着那行空走上岗子，上得坡来，同回客店。海川边走边说："如非那爷，今日还不知鹿死谁手呢！虽然周荣的本领俺足以应付有余，可是他的徒弟羽党众多，一拥齐上，未必即能占得便宜。况且扫了他的脸面，他必拼死相争。”

那行空笑道：“俺的本意，原拟撇下秦二宝，单和周荣对敌。如果其势不佳，俺即遵照预定计策行事，使用法术，警吓他们。不料一经交手，秦二宝即颇知机，居然肯甘拜下风，立刻应许俺的要求，同俺给两下说和，真是意想不到。”边说边走回方家店内，径到后面。

小二见着，忙走来开了房门，掌灯、泡茶、冲水。那小二见二人安然无恙地回来，心中暗自吃惊，悄悄去告诉同伴，说：“吕大成真是造化，试看秦、周二位率领大众还奈何他俩不得，何况吕大成只懂得几路卖野人头的毛拳呢？”

这话被吕大成听得了，那小子死不服输，竟自腹中愤愤道：“俺今儿栽跟斗算不了什么，三五年后，俺的本领练成，如不雪耻，誓不为人（又为《怪杰奇妖传》书中事实伏笔）！”

且不说小二等背后议论，却说海、那二位回房后，略微休息，即便安眠。

次日清晨起身，用过早点，命小二结算店账时，小二回说：“方店东早已吩咐过了，二位的账无须客气，不论多少，由他自己账上算，叫不许收呢！”

二人说：“这如何使得？萍水相逢，岂可如此？”

小二说：“店东已吩咐过，二位不必客气了，随后相见的时候尽多，何必拘泥呢？”

二人问：“店东呢？”

小二回说：“昨儿半夜里从天津赶来两位陆陈行内伙计，不知为着什么，将店东请起，立刻动身上路，大约总是有要紧的事，否则绝不致这般急促。店东临行吩咐柜上，叫吩咐俺们，不许收二位的账，并叫向二位声述，本拟预备留住二位在此多住几天，可以畅叙畅叙，因有急事，动身进关，半夜三更，不便惊扰二位，所以不曾向二位告别，还说请二位别见罪呢。”

二人听罢，不知方舟山因何急事这般慌促，连夜动身，但是事不关己，也无须追问。这里的店账谅来是不肯收的了，只索留言托小二转致，向方舟山道谢，即刻动身上路，离了黄土岗，往锦州而行。

当日午刻，来至一处镇集，地名唤作李店，虽系乡镇，人烟却很稠密。镇市上店铺颇多，住户人家亦如鳞次栉比般望衡对宇，行人往来，络绎不绝。镇上有两条大街，约有二三里长，另有几条小街，许多胡同。在关外地方，像这样的镇市，真可算得“繁盛”二字。

当时二人来到李店大街上，寻着一家饭庄子，二人走进里面后进轩子里，拣副座头，对面坐下来。堂倌过来揩拭桌面，安放杯筷，请问二人用什么酒菜。

海川回说：“出家人守着五戒，不茹荤饮酒，你们这里有净素的菜吗?”

堂倌回说：“有，俺们这里荤素两便，讲到净素的，像什么素鸡素火腿炒冬菇、素什锦之类，碗碟俱全，师父吩咐就是。”

海川遂问：“那爷，可用什么荤菜?”

那行空道：“天热，还是素菜洁净些，师父用什么，即点什么，俺系素不拣嘴的。”

海川点头称是，即便随意说了两炒一汤的素菜，吩咐他快些取来，好赶向前路，免得错过宿头。

堂倌应声晓得，随即喊了下去，一面泡了壶茶，绞两把手巾送来。二人擦面喝茶，张目四面闲望，静等菜饭来时，赶紧吃了好走。猛可里见轩子左首里临窗的座上坐着两人，一个是中年男子，文人打扮，身上衣服甚为齐整，尤其是脑袋后面垂着的一条乌黑散花的大辫，梳得光润滑亮，虽在中年，却大有裙屐少年的神态。一个是二十来岁的少年，形容老诚，是个乡愿模样，对面对坐着，浅戡低酌，不知二人谈论的些什么。只见那中年的说话时，边吸着旱烟，边喝酒吃菜，好整以暇，颇有闲情逸致，那副神情，颇显露着十分得意的光景。那少年却满面忧容，虽然举杯动筷，可是饮啖迂慢，大有食不下咽的神态，尤其是两眼泪痕未干，面容暗淡，蹙额长喟，颇有难言之隐的光景。二人因座位离着稍远，不知他们所谈何事，那少年因何这般流泪忧叹，不由打动了侠义心肠，颇有欲穷其究竟的意志。

海川看在眼内，不禁望着那行空向那二人努努嘴，低声说："那爷，你看这是什么顽儿？"

那行空边望着那边，回说："俺也正在注意。"遂推说解溲，起身到后面小天井里阴沟头上，假意做了回姿势，便回身走进轩子，绕着座位，走过那二人面前，故意眼望别处，脚下却放慢了，留心听二人的说话。

恰也凑巧，那纸糊的窗槅上却因店主人喜好附会风雅之故，特意请了些略通丹青文墨的人写了些字句，画了些人物。那行空见着，即借着欣赏字画为由，立在窗前不走，虽装出瞻仰字画的姿势，那双眼睛却时不住地斜睨到二人身上，两耳却十分注意地听他俩的说话。听那中年人的口音，并非本地人，却是说的半官半土的汉口话。那少年却是道地本地土白。只听那中年人微笑道："老兄弟，不是俺说，天下哪有生就大腿会愁没有裤子的？有了三五百块钱，别说讨老婆，连做买卖的本钱都有了，岂不是好事？如照你老弟的意思，不但女眷未必保得牢，即单讲这债务的本利，日积月累，也就很可观的了。你既无法可偿，俺们大爷的性情脾气你是素知的，倘或将他的火气引发了，可不是要处。一来现在你就得吃眼前亏；二来纵打债务官司，你预备硬挺，也不能了事。有道是'小小衙门朝南开，有理无钱莫进来'，你还债的钱且没有，哪有打官司的钱财？常言'一文逼死英雄汉'，你没有钱，凭你有怎么样的正理也伸不得直，何况你欠人家的钱是真的，原是理屈词穷呢？你自己固然是不了，就是俺这中保人也脱不了干系。俺当初为好，一团美意，怎知有这样的结局。你自误事小，还要拖人下水，未免也太不够朋友了！"

少年叹息道："依你大爷的话，俺只收得几百块钱，却将老婆断送了。俺虽不是什么君子贤人，但是'气节'两字，也还略有些，像这样的肮脏钱财，别说几百块，就是整千上万，身外之物，不是一辈子使用不完的东西，有什么稀罕？"

中年人不待说完，即紧接着道："世间上固执的人尽多，却从未见有像你这样不通窍的人。你难道不知凡事有经有权，应该通权达变吗？

倘使无论何人都像你这般胶柱鼓瑟，那字典上简直可以无‘圆通’两个字了。依俺的办法，你立刻祸事可免，既有了钱，还怕没有老婆？还怕什么贫困？如照你的固执，不独祸在目前，即俺们大爷不十分追求，单讲你贫寒，常言‘柴米夫妻’，你弄得家徒四壁，囊空如洗，不怕你见气的话，恐怕到那时候，你那贤德夫人未必还能像你这样有气节呢，与其到时要夫妻离异，何不现在做一个识时务的俊杰呢？你是读书通达的人，怎么连这点儿都不明白呢？”

少年放下杯筷来道：“你大爷这句话虽然不错，可是因为些债务，要将女人卖给人家，还拿这笔找头再去讨亲。无如这样无耻勾当，不是稍有人气的人所应有，即像这般卖却馄饨买面吃的行为，难道不怕那后娶的妻子担忧，将来也将她如法炮制地出售吗？这如何使得？”

中年人鼻孔里哼了一声，冷笑道：“你这番迂腐言辞，真是太不知世事。现在你既不肯依俺的办法，那么，俺倒要请教你，究竟你预备怎么办法呢？俺们大爷是白花花的银子借给你的，有道是‘善财难舍’，照你所说，难道就罢了不成？老实说一句，你老弟别伤心动气的话，便是你马上因为债累逼死了，你这件事也不能算是一笔勾销，仍旧要出落在你夫人身上的。依俺劝，你老弟还是明白些吧！俺再很明白地告诉你，你那夫人早已变了心，你还指望她能真给你争气吗？别尽管睡在鼓里，俺给你一点儿小小的证据你看。”边说边在身边摸出张字条儿来，给那少年看道：“这是你夫人的亲笔……”

那行空是练过内功的人，目光锐利，不与众同，早已射到纸条儿上面，看见写着两行很秀丽歪斜不整齐的字句道：

> 我自愿与本夫脱离，卖与尊府，将身价除为本夫偿清尊府之债外，余金交本夫作另娶贤妇及谋生之需。事出自愿，绝无反悔，特立此据为证。
>
> 马于氏即于文英押。

末了还打有一个指模。少年见了字句，直气得面色立变，浑身抖战，半晌说不出话来，两眼泪珠儿却情不自禁地点滴下，湿了桌上一大摊，酒杯内也落了不少。良久良久，方才叹了口气道：“咳！罢了，俺真做梦也想不到她会变心，她既自愿了，俺还说什么呢?”

那行空目见耳听到此处，心中已是雪亮，侠义热肠不由格外打动，决心要在李店暂住，多管了这件闲事再走。遂回到本座，和海川说知。

毕竟其事如何，请待下回再写。

第三十三回

书生堕魔障玉软珠柔
妓女逞娇憨莺嗔燕叱

话说那行空听在耳内，看在目中，心中已是雪亮，明知少年姓马，因为债务，被债权人所逼，须以妻抵偿。完全是出于威逼利诱，硬生生要拆散一对恩爱夫妻。听那少年口吻，还有些气节，看中年人神情，完全是个奸猾刁狡阴险狠贼之徒。料想那中年人所称的大爷定是他的主人，必系本地著名的土豪劣绅之类，只要看他这番作为，即可知他平时为富不仁的举措。因此打动了热肠，决计住在李店，打过了这件不平再走。

当时他回到本座，恰好堂倌将海川所要的二菜一汤连饭用盘托将来，放好在桌上。那行空坐下来和海川用饭，边将见闻说给海川听了。遂说："俺们到锦州去的路程已近，日期却还远，料想化三清此刻最多也不过才回到双岗子，俺们早去了，也无甚事，不如在此地管了这件事再走。"

海川虽系出家人，但是他爱打不平的侠义热心却不在那行空之下，当即欢然应诺，说："那居士既愿意管此事，贫僧哪有不愿度救的?"

二人正在边吃边低声说话，边时不住地偷视着那边两人。却见堂倌走到那边座前，对于那中年人鞠躬如也地伺应着，显露出十二分巴结的神态，足恭谄笑，简直不堪入目。只听他大爷长大爷短地唤得震天价响，左一声是是是，右一声嗳嗳嗳，唯唯诺诺，尤其显出掮顺风旗的声口。二人看见，又好笑，又好气。

一会儿，用毕午饭，二人因那边座上两人未走，所以也坐着不动，只唤堂倌过来，问他多少钱、惠过钞，擦过嘴脸，却慢慢地喝茶，边是休息，边等候那边举动。堂倌先时见二人催饭菜甚急，说要赶路，这会儿可不即走，并毫不生疑，因为食客催促，乃是日常习见。

二人喝了会儿茶，只见那中年人向堂倌招招手，堂倌狗颠屁股似的忙着，一迭连声地应来了，忙提了开水壶，绞着热手巾，慢步过去，递手巾冲茶，满面堆笑，不作声地侍立着。等到二人嘴脸擦过，接过手巾，方才回身去放上开水壶，并不向别个座位冲水。

只见中年人高声道："堂倌，你去柜上给俺写上该多少钱，到节趸算吧！"

堂倌应声："是是是，大爷爷请自便，这个俺们自理会得。"

中年人便立起身来，约着那少年走了。

二人走后，堂倌过去收拾那座上碗碟，口中不住咕噜着道："也算老子晦气，这狗王八吃了半天才走。老子每次侍候他大半天，总未见他赏过一文钱，这么不费钱的大人先生，谁也会做。"边咕噜边收拾。

收拾完毕，叽咕却不曾止，托着碗碟从那、海二位面前走过。他那副神情和骂的话都被二位看见听得了，不由好笑，知道他方才那般恭维，原来是出于不得已，心中原不甚甘愿的。等到他回来时，便向他招呼，命他冲茶。那行空在腰间摸出几十文钱来，搁在桌上，说是赏给他的额外酒钱。堂倌是见钱眼开的小人，得了赏赐，当然欢喜称谢，马上将冷淡变作了恭维，也不禁老爷长、大和尚短地胡乱称谓起来。本来其时的生活程度低，平常赏赐一两文钱的小账已是仅见，十来文已算得是阔了，像这么几十文钱，简直可称为绝无仅有。那堂倌又焉得不喜欢巴结呢？当即无话寻话讲，敷衍二位，请问二位往哪里去，从何处来，在本地可有何耽搁。二位也胡乱回答。

那行空乘此却问道："方才那中年和少年人是谁？俺仿佛曾在何时见过那年轻的，记得好像他姓马，可是他的名字却再也想不起了。方才想和他招呼，又恐认错了人笑话，所以不敢冒昧。不知你可知道他的名字吗？"

堂倌此时得了赏钱，正要找话来说，见问，哪有不说之理？又更因那中年人每次来吃无不大模大样的气势十足，伺应稍不周到，即被呵责，还得告诉柜上，说许多闲话。酒菜倘若不如意，甚至连碗碟都扔了，还要发话，临了又从未得过他一文赏钱，真是恨极了他。故此见问，竟情不自禁忘其所以地直说出来道："这少年果然姓马，他是本街的人，俺们可算是光着头一起长大的了，哪有他的名字不知道的理呢？他小名唤作狗子，官名唤作福和。那中年人名唤夏清，乃是湖北人，在本镇广家当师爷，兼管账房职务。这位清客是俺们这里的老主顾了，可恨他每次到来，总是吆五喝六地将人当牛马般驱使。俺们充走堂的装着笑面迎人，为的是什么？无非是为着几个钱罢了，不然，何肯这般低首下心地服侍人呢？俺每次总以为像俺这样地恭维他，一串联儿不住声地尊呼大爷，流水价不停地冲茶递手巾，无论他是怎生不漂亮的啬吝鬼，到此地位，也只好破回悭囊了。哪知他却除去闹脾气摆架子以外，却是半文无舍。俺们这里的吃客像他这般啬吝的，真正少有了。"

那行空笑道："常言'说大话，使小钱'，他竟连小钱也不使一个，真也太不达世情了。俺却又要问你了，他既这么不肯花费一文半钞的，为什么你又那么巴结他呢？这个，俺可就不懂了。"

堂倌道："客人是行路的，外方人当然不知本地事。这位夏大爷，他是俺们这里广府的师爷，在广府主人以及公子面前说一不二，红是红极了。广府的势力真是谁人不知，哪个不晓，俺们并非巴结他，实在因为怕他在广府主人面前怂恿，作弄俺们，所以才不得已毕恭毕敬的。其实俺们见了他来，还不是存着个野鬼来上门，只好花些纸锭的主意吗？"堂倌这句话刚说完，早引得众吃客都喷饭大笑起来。

那行空听他口气，恨夏清是恨极了，只因他的靠山硬，来头大，奈何他不得，所谓敢怒而不敢言。深恐他多言贾祸，遂急用言辞岔开道："俺们是过路行客，当然不知本地事，但是那广府主人是谁？能有这么大的声势？门下一个幕宾出来敢这么作威作福，可知他主人的势焰当又格外厉害了。"

堂倌点点头，却又不敢大声昌言无忌，只说："广府主人，老爷名唤广安国，公子名唤广绍安。广老爷是武榜出身，曾在京城做过大官，并出任过外省的将军，所以他家中有财有势，本省的文武官吏谁不和他家有人情来往？本地官府更是他的脚底下泥一般了。现在听说又新升做什么省份的总督了，官衔愈尊，自然势力愈厚了。所以他少爷在家，本来从小儿即娇养惯了的，到了现在，仗着他父亲的势，可就格外的了不得啦。这夏大爷原系随广老爷在任上的，因为广老爷恐怕少爷在家失学，特地派他回来帮着少爷处理家务，免得少爷分神。那少爷新近抽上了大烟，又娶了个姨太太，什么事也懒得理问。自从夏大爷来了，一切都交付他管理，由得他任意捣鬼舞弊。府中原雇有两名镖师保镖，少爷出来，总有二三十名打手保护。这夏大爷更是个牵猴子玩把戏的主儿，终日教唆着少爷干些伤天害理的营生。老爷在外原是怕少爷在家失学，误却将来前程的，才派这位师爷来家料理家务，好叫儿子专心读书。哪知这一来，却反而使他儿子多了个专门出歹主意的军师，不但渔色的事做得比从前胆大了，并且使他儿子大烟抽上，各事懒问，娶多房姨太太……”

那行空见他说得溜了嘴，答非所问，遂截住道：“这是自然，有了这么一个牵线的，当然那木头人戏要比平常好看得多了。俺问你，方才那姓马的少年和夏师爷在这里讨论的些什么事，你可知道吗？因为姓马的在从前曾见过一面，有些认识，你就说这个吧，那些闲文不必讲了。”边说边倒了杯水，移了过去道：“喝碗茶吧，坐下来谈，不妨事的。”

堂倌四面望了望，见无有要去招呼的事，遂口中称谢，说：“你老真客气，你老在此，哪有俺们做堂倌的座位呢？还是立着伺候吧！”遂又接着道：“马福和是和俺从小儿光着头一起长大的，别人的事或许俺不知，那可不敢浑说。马福和的事，俺肚内好比给他上了一本账簿，差不多大小全知。他方才和夏师爷所讲的事，乃是因为欠下广府一笔债务，立逼着要还，不还，就得吃一场钱债官司。现在的衙门不比得往时，往时还有理可讲，现在只讲势力，谁有财就有势，没理也是有理，被告还可翻成原告，倘或无钱无势，保你稳输不赢。马福和欠债，无钱可偿，只得央求暂缓，广少爷哪肯答应？说句实话，实因马福和的老婆于文英生得太俊了些，虽然不事装饰，但是却天生成的美丽，尤其是一双秋波、两道蛾眉、雪白粉嫩的皮肤、乌黑光亮的头发、细柳也似的腰肢、三寸不满的小脚儿，格外来得讨人欢喜、动人心弦。

“也是事有凑巧，那天广少爷因为进城吃张知县大老爷的喜酒，回转家中。将近傍晚时分，打从马福和家门首走过，恰值马福和的老婆在门外井边汲水，给广少爷一眼看见了，即便盯了好几眼，口中不住地啧啧，驻马凝神了好一会儿，直等马福和的老婆提着水桶进屋内去，关上了两扇大门，连身影儿也看不见了，广少爷方才带着随从策马而行。边行边问奴仆们：‘这娘儿是什么门氏？谁的老婆？你们可有谁知道吗？’当有两个家丁知道的，即照实回禀了。广少爷即问马福和的人品、模样、职业如何，家丁也据实说明。广少爷不禁在马上摇头叹息道：‘唉！好朵鲜花，可惜插在牛粪上，兀的不辱没了美人。’

“当日回到家中，即请了夏师爷来，商量有何妙法，可以弄马氏到手。夏大爷想了一会儿，即生一计：‘少爷须得稍微宽缓些时日，门下却有个方法在此，包管少爷称心如意地到手。因为门下和马福和原是有几面之识的，闻说他家极其贫穷，全靠着他夫妻男巴女挣地支持过活。昨儿早起，门下在街坊上遇见他，只见他忧形于色，急匆匆地飞步行走。门下问他为何这般景况，他说：“家父年迈，向有痰疾，在两月前即已变成风瘫，半身不遂地睡在床上。昨夜忽然变症，痰喘上升，势极危险，这会儿赶紧要去请大夫诊脉。”边说边拱拱手，道声再见，即拔步匆匆走了。门下的主意，即从此下手。少爷不必催问，只要将全权交给门下，包在门下身上，不出半年，保可使少爷如愿。但是此事宜缓不宜急，倘或急了，门下即不能设法，所谓“欲速则不达”。少爷如不能耐，还是另请高明吧！’

“广少爷道：‘半年太久，能近些日期吗？’夏大爷道：‘不能，半年还是门下的特别抄近呢。少爷如真要快速，不如直截了当派人暗扮盗贼，去将马于氏抢进府来，立刻便能成其好事。可是此举太冒险，倘或被马福和探明了，他一告状，立刻就生大祸。万一被京城里的御史官知道了，奏上一本，说广安国纵子殃民，强抢民妇，窝藏匪类，谋为不轨。那时不但少爷自身危险，连老爷的官爵和府中的财产，以及大小人口，立刻都有大祸，这可不是玩儿的。’广少爷被他这一说，没奈何，只得答应他，付给他全权，着他酌量处置：‘该用多少钱，尽管自由支取，无须来告诉我。’

“夏师爷得了言语，这乃是件有油水的巧宗儿，既可讨好主人，又可多捞钱财，一举两得，早就喜得心花怒放，哪还管得了天良？当即带一名随从，携了些物品，到马福和家中探望马老头儿的病。他原想借探病为由，举荐大夫，好早些送马老头儿归西，再做诱骗马福和夫妻的第二步功夫的。谁知不劳他费心，他进门的时候，马老头儿已是一瞑不视，正忙着打去帐子，剃头换衣服，孝子孝媳正在哭泣号恸。

“夏师爷一见大喜，当即进去吊唁，叩头后，即劝孝子节哀顺变，一力担承地帮着马福和夫妻办理丧事。马福和愁治丧无钱，夏大爷说：‘不要紧，无论多少，都可向广府移挪。’又说：‘敝少东是慷慨不过的人，绝不会不肯通融。’马福和正当急用的时候，哪里管得了用得用不得？自然就央求夏大爷设法。于是夏大爷给他做主，移借款项，说：‘敝少东的性情慷慨的地方非常慷慨，小器的地方却非常小器，比如人家向他借债他总得先论还期及利息，讲到利息，真个有些骇人，无论至亲好友，至少须得按月五分，甚至还要按期三分。他这种计算利息的方法，为从以前在他府内当账房的面前叨学得来的，这办法按月是论月计息，按期是将一月分为三期，即十天算一次利息，利息须要先扣。比如借一百块钱，讲定两个月还的，以按月五分计算，就得十块钱利息，这十块钱须得在借的时候即先行扣去，说是一百块，实际只有九十块。但是在借据上却须要写明是一百元的，在这字据上，却又须写照典行息，按月八分。因为利息先扣，已在本钱里扣去，照例借款不可无息，所以须得另写此两句，以掩耳目，但是实际上，这一分八厘的利息却是不消还得的。话虽如此，照此看去，敝少东是非常厉害的了。其实不然，只要欠债的向他一诉苦陈情，他立刻便置之不问，马上肯将借据烧毁，以示决心，所以在实际上，又非常的仁厚。就敝少东平常的行为说话观察，可以知道他的心理，是要借此使那借债的人知道些世道人心，自己也学着知道些计算方法。其实真正斤斤计较，却丝毫不存这种不良之心。他尝说如安心重利盘剥，是要绝子绝孙的，所以俺敢保险，要多少银子或洋钱，尽管即向他借多少，不妨即照例写借据给他，其实到期还得出，还不出，都不成问题。'

“马福和当时一则因父丧急用，急来抱佛脚，不得不饮鸩止渴；二则被夏大爷这番甜言密语说得相信了，好似服下定心丸一般，因此不管什么利害，即请由夏大爷经手，向广府借款。如此一来，丧事办完，本则共借了一百五十块钱。因为马福和自己相信自己，三四个月绝不能还，遂预备半年还清。这一来，本利并在一起，遂变作一百九十五块银洋。写好字据，交给夏大爷。

“光阴如矢，不知不觉已到了期。夏大爷便催逼着马福和还钱，硬要他以妻抵偿，如不肯从，即送官究办。一面又用威迫利诱的手段，使用釜底抽薪之法，派人到马福和的丈人家中，推说广府有事请他商量。那老头儿也不曾细想，彼此素无来往，又不认识，无缘无故的怎么会派人来请？只因趋富的心太甚，一心想巴结广府，得到点儿好处，所以即刻就跟着来人到广府来了。由夏大爷接待着，非常恭维周到，和他商量，要他的亲笔信，托病去接他女儿。因为打听着于文英是识字的，所以要用这手续。那老儿既已落了圈套，身体失却自由，只得谨遵台命，当即写信，由夏清派精细人套了车子，绕路去接于文英。于文英见是亲笔，当然不疑，立即告别丈夫，乘了来车同去，因即被骗到广府。父女俩见面后，只有痛哭，夏清又来劝慰，并对于文英用威迫手段，要她写自甘脱离马福和、自卖的字条儿，如果不从，即先将她父亲处死。如果依从，另送她父亲五百两纹银做养老之用。于文英身落樊笼，失去自由，全孝即不能全节，只得先依了他们，救父亲出险，再后拚却一死，以明心迹，故此她当时把心一横，毫不迟疑地即刻写了字条儿，交给夏清，自己专等何时来迫奸，即便在何时拼命全节。夏清得到字条儿，即去访马福和，立迫他答应。在事前他却早有预备，深恐马福和逃跑，闹出乱子来，弄巧成拙，所以暗地里派人老早四下监视，防他逃跑。马福和因老婆无端失踪，丈人又在先不见，心急万分，哪有半分逃跑的思想呢？故此夏大爷一去即访个正着，先用好言安慰他，次用狠话吓吓他，再用甘言诱骗他，遂又将他用霸王请客般手段请到俺们这里来用酒饭，便要他依言承诺，写休妻的字据和甘愿卖妻的文书，这便是他们方才在这里谈判的前因后果。

“本来俺不知这么详细，因为俺的外甥小毛是在广府当书童的，终日伺应夏师爷的时候多，跟着跑跑腿儿。方才也跟到此地来在外面座上吃饭，和俺见着，因他心中不平，所以就悄悄地尽情告诉给俺，骂了几句，出一口闷气，免得闷在肚里，胀破了肚皮。因此俺才能晓得这般清楚。”

堂倌只管在这边巴结谈话，却忘了招呼别处，因此便有坐在别座上的食客高声呼唤他，要酒要菜，添饭冲茶。堂倌只得一串连儿地应着，立起身来，放下茶杯，赶紧从肩上抽下那块抹布来，往别座上赔笑脸称大爷去了。

那、海二位听罢堂倌的言辞，不由勃然大怒，立意要剪除这倚仗父势的广绍安和教唆作恶夏清，做一个榜样给一班想奸占人妻的贼子看，故此两人一使眼色，当即起身，出饭庄子，往街上去投店。落好店后，即相偕同到街上去探访广安国及马福和两家的住宅。在广府外面，前后左右仔细打量了一会儿，只见里面楼阁巍峨，地方极大，四面都砌就高可三丈的风火墙，墙头上又遍布着鸡爪钉。

二人看罢多时，正待要走，恰见从那旁手挽手地并肩走来两人，边走边说着话。衣貌也还齐整，只觉得这两人腰腿甚健，举步轻疾，尤其是四只眼睛炯炯有光，一眨眼间已相将走到面前。四人打了个照面，八只眼睛恰巧一径，仿佛电炬相对，不由各自一怔。那两人本系要走进广宅门内去的，到此却停步不走。

那、海二位此来本系探道，一见二人的装束，即知是广宅所聘的镖师，遂亦情不自禁地向二人打量了一会儿，因恐给二人看出了破绽，遂相将缓步走了。走了几十步，那行空低声对海川道：“这二人大约就是堂倌所说的保镖达官了，就那二人的身形、目光看来，却亦是行家模样，俺们要做这件事，可就要稍微费事了（为《怪杰奇妖传》书中恶斗事伏笔)。”

海川道:“那也顾不了许多,俺们的目的只在除去夏清和广绍安这两个首恶,其余的原可不必理问。”

二人边说边行,一会儿,已回转客店,准备着休息休息,晚间好到广府去行事。

刚坐下来,那行空忽然觉着有些腹痛,知道要大解了,遂站起身来,在铺上垫褥下面拿了几张草纸,对海川道:“禅师稍坐一会儿,俺去出恭,一会儿就来。”

海川漫应着时,那行空已是走出房外,问小二茅厕在哪里。小二指着后面,回说:“在后面大院子里。”

那行空依着他的手势,三两脚步走到后面大院子内,一眼见那旁角上有芦笆隔着,用草搭盖着一间矮屋,没有门窗。有两人蹲在里面,两手合抱,拿着草纸,知道茅厕即在那边。走到面前望时,仅有一个粪坑,上搭着四块板,恰好被两人占了,没有空闲。兼且地下、板上都有人粪尿溺,臭气四溢,恶浊得不能下脚。那行空看了看,转念:“不如到外面出野恭去。”

原来那行空是汉军旗籍,满人无论男女,向来拉屎都不用马桶,所以屙屎成了他的习惯。这时他一看后院,院墙上辟有小门,恰巧开着,遂从那门内走出去,看时,却原来是道小河浜,河浜码头上有妇女在那里洗衣服,这地方不便屙屎,遂沿着浜从独木小桥上走到对岸去。

离岸不远,恰巧有座小树林,颇像什么人家的坟墓,思量:“那地方僻静,定然无人,在那里拉上一回野屎,是再痛快也没有的了。”因此遂大踏步向那树林内走去。走到林边,向内一望,果然不出所料,是所坟墓。便走将进去,解下裤子,蹲在墓后拉屎。可煞作怪,方才腹中隐隐作痛,似觉非常之急,这会儿因为那茅厕不空,忍了一忍,不料竟因这一忍,将要屙出来的屎忍住了,这会儿竟一时屙不出来。那行空只索蹲着撒了场溺,使气略挣了挣,耐等那屎屙出尻门,谁知仍旧屙不出来,只得站起身来束裤带。

猛一抬头,见那旁一棵矮树上挂着一个人,不由唤声:“哎呀,青天白日，什么事过活不得，好好儿的要在这里上吊寻死呢?”边说边赶紧将裤带束好，飞步跑过去，将那人从树上解救下来，放在地上。摸摸他胸膛，兀自跳着，口鼻中还有些微气息。不由大喜道：“所幸还不曾死。”边说边伸手给他按摩身体，舒活他周身的血络，边仔细察看他的年貌服式。只见他形容憔悴、身材中等，虽然面黄肌瘦，泪痕未干，却掩不住他那年少翩翩的风度来。看去年纪约莫在二十内外，面容虽然瘦损，修肴却很齐整，衣服亦很华丽，身穿一件京酱色的团花宫绸夹袍，上罩一件一字襟巴山虎式的元色素缎的坎肩儿。光头梳一条油松光亮的大辫子。下穿一条水灰色的湖绸夹裤，使顺色的丝带扎着脚管儿。足蹬一双挖云的雪青色宁绸双梁薄底鞋，衬着白袜。

“照这年龄、服式看去，颇像一位时髦的公子哥儿，分明是位裙屐少年，为何好端端地到此坟前来寻死呢?莫非有甚难言之隐吗?”那行空边看边腹中寻思，双手却不住地给他摩抚着穴道、骨节。

那少年气舒血活，登时叹了口气，张开眼睛，望了望那行空。那行空见他叹气、睁眼，不由喜道：“好了，活了!”说着，那按摩着的手遂停止了。接着便问道：“你这人，年纪轻轻，为着什么事要到这里来寻死?”

那人见问，又望了那行空一眼，忍不住流下泪来，又长叹了一声，仍不言语。

那行空见他不开口，站起身来道：“俺看你的装束形容，不像贫苦人家的，当然不是为的经济问题。那么，好端端的，嫩笋般年纪，为什么要寻死呢?快些别这么化不开，寻短见。你将为难的事实告诉给俺，也许俺能给你分忧，亦未可知，别尽管叹气。大丈夫何事不可对人言?现在有俺在这里，你便要死也死不了，走也走不掉。老实说，你如不说明原因，俺是绝不会放你走的。要知道，天下的事，无论怎么为难，总没有不了的，也绝不会没有办法的。左不见一人之见不及二人之见罢了。说呀，地下肮脏，请起来吧!”边说边弯腰伸手将那人拉起来站着。又说：“这地方是俺家的坟地，俺家和你无仇，你无缘无故地跑到俺家坟上来寻死，贻害俺家打场不明不白的人命官司，是什么理由?你如不将真情为难之处告诉俺，俺是要将你送官究办的。你如说明了，俺不但放你过去，也许还竭力帮你的忙。”

那人被他握着手，对面站着，紧紧地追问，没奈何，只得唉声叹气，止不住流泪，低头望着树根青草，一言不发。那行空见他仍不说，遂又紧紧地追问。那人被迫无奈，又因他说要送官问寻死贻害他家之罪，心中慌了，深恐当官出丑，只得将真情吐露出来。

看官们，你道他因何寻死？真是说起话长，编书的因为他此番寻死的原因和以后的结果大可作现代一班青年的借鉴，和一班人处世的棒喝，并为本书后集《怪杰奇妖传》岔技斗笋的重要关节，所以不得不掉转笔尖，借着他对那行空吐露实情的机会，将他所以造成上吊寻死的原因写将出来。真是又绮丽又哀艳，而且在后来结果亦很奇特（又为《怪杰奇妖传》中一动人关节）。

原来此人姓关佳，名唤文锦，原是满洲正黄旗人，因为在汉文中写起来都不大便利，遂改用汉姓姓关，却将一个佳字取消，变作关文锦。讲到他此番寻死，乃是因为吸上了鸦片烟瘾和嫖赌而起，讲他堕落的景况，正所谓“一失足成千古恨”，如非遇着那行空救援，几乎要应了“再回头已百年身”的俗谚。

究竟其详如何，请待下回再写。

第三十四回

纸醉金迷花繁亦柳密
冰言冷语雨骤又风狂

话说关佳文锦虽系满人，因读汉文，和汉人交往时多，遂与汉人同化，将佳字取消，改为关文锦。他原本系吉林长春人氏，这年他正是二十一岁，他父亲在湖南长沙做着都统，因为地方远，所以不曾携带家眷赴任。他父亲虽系个武人，却生性酷好文艺，虽系满人，却喜爱研究汉文，故此他将儿子自幼即命读汉字，虽循例命他习武，却立愿要儿子从文场科举上求取功名，常说学拳棒打枪，只要能够上阵杀敌，能将来给国家疆场效死，不负国恩，和平时能自卫身体即足。文章却是要深求刻苦功用的，因为汉人常笑满人蠢俗，只知道武力，不知道诗书；只晓得从马上得天下，却不晓得用文字治天下，故此他父亲立愿想把儿子造就成个上马能杀贼、下马能草露布的文武全才。他虽然在外省做官，却时不住地有信回家，将此意告诫儿子。

关文锦秉承父训，谨守着不敢怠忽，故此一身除练就弓马娴熟、超群绝伦以外，文章亦非寻常学子可及。当时他因在本省中过乡闱，又在省城中过省闱，故此拜别母亲，带着名仆人离长春到奉天省城去应东三省的会考，好将来进京去应大考。

到得奉天省城，赁了间屋住下，即去报名，等候考期。在未考以前，真个是足不出户，除早晚练一趟拳脚以外，余时都伏案埋头苦读，满望考中之后，好进京去博取进士出身。因为清朝定例，为笼络汉人起见，特限定状元只有汉人可中，满人却不能中状元，只可中进士。

当时关文锦十分自信，以为此番定可中得举，谁知这一次会试的结果，竟大大的失望。到了揭榜的日期，只听得报捷的锣声从门外一起一起地过去，却无有一起到自己的寓内来。他眼巴巴地望了一日，老不见有报喜的人来，心中急得像热锅上蚂蚁一样，哪还能坐得住？仿佛怕凳子上有钉倒插着似的，屁股竟不敢去靠一靠，尽管背叉着两手，在堂前踱来踱去。看看天色晚了，仍不见有人来，知道是举人的衔头无望了，不由叹了口气，走进房去，也不唤仆人掌灯，也不脱衣，即向床上一睡，心中气闷愤懑到了极点，上床哪能安睡得着？翻来覆去，仿佛那床上有刺针似的，再也休想睡得安稳，仆人因知主人心中不痛快，只掌了灯来，半个字也不敢问。

一会儿，吃晚饭了，仆人不得不来请主人用饭。关文锦叹了口气，将头摇了摇道："你自去吃饭，俺这会儿不饿。"

仆人不敢多说，自去吃了。关文锦睡在床上，捣枕捶床，长吁短叹，良久良久，外面已打二更，方才觉得蒙眬睡去。只觉得自己依然心中愤愤，痛骂："主考房师们瞎了眼睛，怎么俺的卷子竟不曾看得清楚？像俺所作的八股文和策论，在应考的这许多生员之中，俺自信确可争元夺魁，为什么主考的大宗师竟这么有目无珠呢？像这样文字无灵，俺真自悔当初不应该在家苦读，倒不如专门地勤习弓马拳棒，将来还许可以从武职官出身，做到提督军门，也许能在沙场上一刀一枪地给国家干一番功业。似这般咬文嚼字，尽量地字斟句酌，章法如何严整，造意如何清新，立论如何练达，策事如何透彻，要想青云得路，在文章上博一个衣紫腰玉，除非皓首穷经，老死在书本儿上，还许仍是一个生员。中举且这般为难，进士、状元那可不更是难于登天吗？俺真何苦来呢？"

关文锦越想越气，越觉得一百二十分的不自在，坐不安位，食不甘味起来。不知怎么百无聊赖，竟恍恍惚惚地信步走将出去，在街上东走西逛。迎面只见一起一起报喜的人拿着报条，敲着报锣，兴高采烈地过去。关文锦目击这种情形，那心中的气愤更如刀绞般难受，心中气苦，觉得这街坊上来来往往的人，望着自己的竟都像含有讥刺嘲笑腹诽的神情。这原是他的心理作用，但因此便觉得这街坊上竟没有他行走立足之处，不由低下头，望着街心横着的石头，一块一块地数着踏步走去。

正在有神无气地走着，猛可里听得后面有人高呼："少爷，小的什么地方不找到？原来少爷却在这里散步呢！快些回去吧，报喜的人等着讨赏钱呢！"

关文锦抬头回身看时，原来是自己的仆人，不由怒道："你这狗才，晓得俺心中不快活，却故意造出谣言来哄我欢喜做什么？俺已明白了，文字是无灵的东西，俺终身只配做生员，举人是没有份儿的。你快些回去，收拾打点，俺们明儿即要向房主退租，回长春去，谁耐烦还在此住着丢人？"

那仆人被骂，吓得垂下双手，立在一旁道："小的斗胆也不敢来骗少爷，委实是因报子们来报喜，说少爷高中了本科第十一名举人，门房屏风上高贴了报条，不住声打锣，热闹喧天地在那里等候赏钱。少爷如不见信，可以回去察看的。"

关文锦见他说得这般认真，不由喜道："你这话当真吗？"

仆人恭恭敬敬地回道："小的怎敢欺哄少爷？少爷如果不信，请看，报子们不是都跟着寻将来了吗？"边说边将手一指。

关文锦看时，果然几名报子高擎着报条儿，敲着锣赶来，望着自己下扦儿行礼道喜，高呼："恭喜关大老爷高中本科第十一名举人。"

关文锦见了，不由喜得眉花眼笑，伸手将报条儿接过来看时，果然上面写着捷报某某科第十一名举人字样，不由哈哈大笑道："当真的俺已中了吗？"

正笑着，猛听见耳边有人接口道："正是呢，恭喜少爷，已是高中了举人了，报喜的人在外边候着赏赐呢！"

关文锦张开眼睛看时，才知做了一梦。红日照窗，房中光亮清晰，已是晨炊时分，床面前立着说话的，正是自己的仆人。手中拿着红纸报条儿，望着自己，等候回答，耳边只听得外方铛铛铛锣声敲个不停，这不是梦境，是真实的情形了。不由还疑是梦，以为哪有这么巧，一骨碌落翻身爬着坐起来问道："是真的吗？俺不是做梦吗？"

一句话问得仆人几乎笑出声来，连忙忍住，下了个扦儿道："少爷请看，这不是红纸报条儿吗？恭喜少爷，委实少爷是高中了。”

关文锦伸手接过报条儿看时，果是中了第十一名，忍不住惊奇，道了声：“咦！”接着又哈哈大笑道：“不是做梦，是真的，你出去对报子们说，休要喧嚷，叫他们静候赏赐，俺马上就出来。”

仆人应声是，起来向外就走。到外面去向报子们说了，锣声、人声立刻肃静。

关文锦下床将衣袖一抖，拂了拂衣服袍褂，用手巾略擦了擦手脸，拿着报条儿，很高兴地走出房外，来到堂前。报子们见关老爷出来了，一齐抢着上来，移了把椅子，当中摆好，请关文锦坐下，然后一齐下扦，高声儿恭喜。

关文锦这时心中说不出的快活，吩咐他们起来，立命仆人去开箱子，各赏给他们些银两。众报子边接银子，边说：“昨儿因弄错了地名，寻来寻去，不曾寻着，所以今儿一早才来。”边又说：“恭贺关大老爷高升一品，请关大老爷高升些。”

关文锦遂又命仆人再去取些银钱，加赏了他们。报子们接过，又请高升些，关文锦命仆人又赏了些，方才一齐下扦谢赏，敲着锣欢欢喜喜地去了。一起报子去后，二报又到，接着三起报子也来了。

关文锦照例都打发过后，即忙着预备访同科、拜主考等手续。同时房主以及同居的人知道了，也都陆续着来给他道喜，夸赞欣羡，说他少年中举，真是少年英俊，这种面谀的话钻入关文锦耳内，喜得他心花怒放，口中虽照例谦逊，可是那面上的眉飞色舞，如和昨天的那副懊丧神情比较起来，可就有天壤之别了。

关文锦有的是钱，当即在寓中治席招待房主及同寓诸人。这一日可算得是酒落欢肠，直饮到日影衔山方才尽欢而散。第二天，有他许多住在奉天省城的亲戚朋友知道了，一齐陆续着跑来道贺。他又招待热闹了一天。

次日，他便忙着去拜访同科，约期同去拜谒宗师，一切手续，都遵依着官场俗例，无须细述。

不过几天，关文锦已将拜访、回拜等事一齐办理完毕，同时即收拾预备动身回家。恰好其时有几个同科考取的举人约他同到北京去应试，此刻各回家去走遭，仍旧到奉天省城来取齐，好一同住着，不但彼此有伴儿，热闹些，且可互相叨教，切磋学问，等候考期临近，然后同行进京。关文锦少年情性，当然是好动不爱静，喜欢热闹的，遂即一口答应，约好日期，到奉天省城来会齐。关文锦收拾行李，因为不久仍旧要来，所以房屋亦未退租，一切动用物件本系向房东借的，当然亦不移动，所有自备的物件，此时亦即关锁在房内，不携带回长春去。

当日别过房主及同寓的人，领着仆人，雇乘车马回家。在路行程非止一日，那日到得家中，他家中早已得知捷报，见他回来，家人团聚，当然大喜。亲友闻知，亦都赶来问询道贺，先是家族接风，接着又是亲友排日邀宴。

关文锦在家住了些时日，遂又拜别母亲及家族朋友人等，领着仆役，复又动身到奉天省城来。到得奉天省城，主仆仍旧住在原处，其时那班朋友也有已先到的，也有尚未到的，彼此见面后，各自寒暄了一阵，互道别后情事。只因其时离赴京应大考的日期还远，彼此又都是已经中了举人的，不免都含有几分骄意，以为这回大考，状元及副榜等虽未必能中，但是传胪、进士等功名却是可以稳取到手的。尤其是关文锦，有此思想最深，因为自己是满人，算起来是皇上家人，对于考取得中，原比较汉人容易些，又兼自信文章高妙，有些目空一切，且又因有满人无点元希望的限制，以为一名进士绝对不会不稳稳到手，故此大家将于继续刻苦用功、切磋学问的思想观念及事实却反而比先初中举时淡了许多。这班人又都在少年时代，虽然腹中文字很好，究竟都是只有学，对于个“问”字和“养”字，却还欠缺得很，所以大家每日聚在一起，除去发起文集，是关于文字意味的集会以外，便又发起了聚餐会，彼此轮流做东。每逢大家聚在一处，除去饮啖而外，另有以赌为余兴，是怎么赌法呢？

原本科举时代，文人相聚，每每借着研究文学诗词为由，作一种文艺的赌赛，其赌法即是写好一句古人作的诗，无论五字、七字句，或是一句古人的词，不论是何词牌声律，将这一句中特意空去一个字或是两个字，另外写好几个字在句字旁边给人猜，猜中了的为胜，猜不中即为输。这种文艺赌赛，乃是增进文思、切磋琢磨炼字句的一种游戏余兴，其名唤作猜诗谜。初意本是消遣及切磋文字的，后为鼓舞猜射人的兴致起见，特意附送些赠品，猜着的得赠文具等用品，猜不中的却没有甚损失。降到后来，索兴将赠品等改为金钱，无论是猜射者或被猜射者，便以金钱为赌的目的，猜射者以银钱下注，被猜射者以银钱为赔偿。初时的文字游戏，至此遂一变而为赌博，这原是最可叹惜的事。

当时这班举子除以猜诗谜为赌赛之外，又有行酒令、猜灯虎等种种赛赌，彼此虽不定系以金钱为赌品，但大半总以金钱为事。初时关文锦对于这种赌赛，心中很为厌恶，认为非文人所应为，不但有小家子气，且失去切磋文字的本意。不意日子一久，也竟沆瀣一气、同流合污起来，所谓“入鲍鱼肆，久而不闻其臭”。

他们聚餐之时，有的在各人的寓所，有的因寓所地方狭小，遂又改为上馆子，或租一间客店的上房集会，一上到馆子和租到客店的上房，不免总闻得隔座或隔房的弦索歌唱和猜拳闹酒等声浪。这班举子大半都是贵介公子出身，原本富贵人家的子弟，总不免染有纨绔习气，他们这时虽然都有了功名前程，身份不比得寻常公子贵介，但究因平时的习气，不免有些近朱者赤，在家时和一班门下清客们亲近时，这班人原系专以巴结逢迎为能事的，当然对于主人的公子哥儿亦系十二分地竭力恭维。从来以诗书礼义巴结人的，世间总少，因为诗书礼义巴结人，难于使人乐意受用，除非受的人是个贤哲，或系大英雄豪杰，感受这书卷气，方才易于快乐。但是世间能有多少贤哲和英雄豪杰呢？当然就有些格格不入了。况且诗书礼义之为物，亦不是做巴结逢迎的东西呢，所以古今来，世间到处巴结逢迎人的手段，总不外以声色犬马、子女玉帛等物为工具，所以无论何时何地，富贵人家子弟都染有嫖赌吃着、骄奢淫逸的恶习。这种恶习半为富贵人家的家教废弛，半为子弟所交接亲近的人所误，那些门下清客们为巴结逢迎少主人起见，自然用这种声色嗜好为工具了。青年子弟被这种不正当的恶习所诱惑，哪得不堕入魔道、趋于下流、习为惯常而不自觉呢？

关文锦等这班举子虽不尽是受过这种不良环境的影响，然而其时在奉天省垣所聚会的人中，确也有几名是曾受过这种恶劣习惯的。当时如果大家聚集在寓所内切磋文章，以学问为事，不以聚餐、赌博为余兴，或者还不至自误。无如集会的所在竟多有在菜馆旅舍举行的，耳所闻、目所见，自然不免有些见猎心喜，触动旧好起来，忍不住竟有一次在聚餐的席上，昌言发起征花侑酒。当时关文锦和另有几个听了这样，遂立起反对，说："俺们以研究讨论文学的集会，怎么好改变宗旨？由文字变作赌博已经不像话了，现在又由赌走到嫖上。别的不谈，单讲身份、名誉上，都使不得，快将此议打断。"

那发起的人带着酒兴，哪能因此一言而止呢？遂笑说道："诸位请坐，何必如此迂拘？讲到身份名誉，现在各处的文武大员谁不在背地里狎妓女、宠像姑？寻常的宴会，招戏子演剧、招条子侑酒，乃是极平淡无奇的事，上自督抚，下至州县，差不多都未能免俗，俺们现在叫个把条子，叫她们唱支把曲子，巡几番酒，亦不能即算是丧失身份、名誉，孔夫子说得好：'吾从众。'俺们现在亦不过是从众罢了。及时行乐，逢场作戏，原无伤于大体。如果丧失名誉、身份，现任的文武大员难道便不顾身份、名誉吗？"

关文锦等人被这几句强词夺理的话说得笑将起来，坐下身欲待再说几句正言驳倒发起叫局几人的言辞时，那几人似乎已知道他们的意思，早又继续着说道："诸位无须再费口舌，俺们无非征花侑酒，取一时之乐，并非像什么常人一般挟妓宿娼，诸位何必固执反对呢？如果诸位都不赞成，俺们即只此一遭，下不为例如何？比如吃素的人破戒吃一回荤，以后即不再吃猪、牛、羊肉，亦没什么要紧，诸位千万别扫人的兴。"

关文锦等被这几句话说和格外好笑，却不好意思反对了，只得说："只此一遭，下不为例，俺们不再扫诸位的兴就是。"

那发起的几人原先已都是暗中摸索，在奉天省城的妓院里都各有熟识的妓女，且有几个有交情的，不过平时都是背了人独溜。这会儿乘着酒兴，都各将狐狸尾巴露出来了，遂忙着写局票，着堂倌立刻去叫。他们的心中，以为关文锦等的反对无非是装门面的好看话、假道学，绝不是真正不爱野草闲花。大家暗暗以目示意，都存心要试他们是否真情，立意要拖他们下水，堵塞了他们的嘴，以后好到妓院内公然集会、摆酒欢聚，所以各将妓院内有名的最美丽多才的妓女暗给关文锦等写了条子，一同去叫。

关文锦等丝毫不知，一会儿，粉白黛绿之流都陆续应招而来，有那暗给关文锦等招来的妓女走进来时，便由熟识的人远远向她丢眼色，向着叫她的人努了努嘴。窑姐儿应招侑酒，乃是常事，一见即已知道，请过那认识的人的安后，即走到叫她的身旁，请了个安，一屁股坐将下来。关文锦等人此时虽然是迫于勉强，但因彼此相交多时，不能因此一点儿小事恼了交情，所以也只得既来之，则安之，既因碍于情面，不好意思扫人的兴，只得将叫来妓女冷冷地坐在身后，给她个不睬。话虽如此，究竟他们都是些少年人，血气未定，意志总未免薄弱。妓女初来时原本不理会的，无如这时都含有酒意，眼见着对座旁座都在那里男女戏谑，各妓女拉胡琴、弹琵琶、唱京调秦腔小曲等，正热闹得不可开交。喝罢后，又起身巡酒，娇娇滴滴的声音尊呼老爷，敬酒奉菜，问长道短，丝毫不敢怠慢，不敢寂寞，无论你如何冷淡，她们总是一味地春风满面，笑靥迎人，一阵阵的粉腻脂香，一句句的莺声燕语，不住地送进各人的鼻管耳膜。各举子究竟不是什么坐怀不乱的柳下惠，到此时候，还能过于古板、一味地道学到底吗？况且妓女们请问老爷的贵姓以及照例寒暄，和随机应时的问话，哪能狠得下这颗心，真个置之不理、一句不回呢？

哈哈！只要如此一谈话问答，凭着那些妓女伺应贵客巴结奉承的手段，便不怕你不入她们的彀中，皆因关文锦等人并非什么老于此道的嫖客，入世不深，歌场酒阵，素少经历，哪得不易于入彀呢？又兼各人都是富贵人物，当然有一种豪华的气概。这时又当初中举之后，趾高气扬，得意自不时露于形容。大凡妓女的一双俊眼最毒，一见即知是贵客，当然竭力使出妖媚的本领来伺候。少年人初逢此境，哪得不着魔道呢？所以当时众人都不由而然地将一肚皮的道学见解无形取消，竟有些不自持起来。就中尤其是关文锦，自从出世以来，从未尝试过这种风味，可巧别人代他叫的那个妓女生得比在座诸妓格外艳丽，面容既极俊美，身段又极苗条，皮肤既极娇嫩，衣服又极时髦，唱曲子的口音声调和说话的姿态喉咙无不可以使见者心醉神迷。尤其是一双美目和粉面桃腮杏口，嫩笋尖也似的手指，纤瘦窄小的金莲，格外足以勾人魂摄人魄，动人怜爱，似这等的妙龄妓者，给老年忘情的人见了，也要说一句“我见犹怜”，何况关文锦年正少龄，向无冶游阅历的人，当之哪得不被她秋波一转、嫣然一笑所征服，而甘愿估一名风流情俘呢？因此关文锦遂不期然而由此堕入魔障，直弄到床头金尽，几乎做了个《玉堂春》戏中的王金龙，结果比那落难唱歌郑元和还惨。

毕竟其事如何，请待下回交代。

第三十五回

遭白眼书生悲堕落
赠黑卫侠伎助行装

话说关文锦当日叫的局，那妓女原是奉天省城地方窑子里的顶尖儿，真可称得起“头挑”两字。她在院内做皮肉生涯的芳标叫作白牡丹，她的本名却姓解，乳名宝玉，原是北京城里好人家女儿。从小因父母钟爱，生性又聪慧，所以除去女红针黹以外，并通诗书，更擅绘画，小品、文字、书启等，她都能提起笔来，立刻一挥而就。七言律诗尤其是她的得意之作。

那时她才只十二岁，她即已有女才子之名。又因天生成那副吹弹得破的姣容，妩媚婀娜的神态，谁不见了啧啧称羡？因此便有许多人家请托亲友来给她作伐，想要她做儿媳。她父母本将她作不栉进士看待，哪肯便这么轻易地许字人家？故此都以年幼为词，婉言谢绝了来人。不料即在这年的下半年，她父母不幸竟相继染病去世，一份家业便由她兄长解伯仁享受管理，她父母早年原生有两男一女，长即伯仁，次名仲仁，仲仁在十岁上，因患天花夭亡，一女即系解宝玉。解宝玉十二岁的时节，她大兄伯仁已是十八岁了，他父母怕给他早娶了反而分心误事，不能专心学问，所以不曾给他订婚完娶。这时父母去世，他没有了管束，好比野马离了辔头，哪还有不飞驰之理？因此他即在十九岁上，被几个同年班辈的少年朋友勾引着走入狡邪的路上去。

那时鸦片烟进口未久，上自皇室官场，下至小民，大都以吸这劳什子为时髦，差不多的人总是相约在什么烟铺上卧叙，因为抽烟本有茶喝，吞云吐雾，比到茶馆里去喝榻茶还要舒服。且又价钱极贱，所以人人都趋此道。哪知这鸦片烟乃是外国人用来贫弱中国民族的唯一毒物，哪消怎样，即能使抽它的上瘾。只要你上了瘾，便不怕你有怎样的雄心、何等的伟画鸿图，管叫你志气消沉，尽管的只向下流路上走，永不想奋发有为、图强自立。因为吸烟成瘾之后，便不能一日可离开它，只要你一天不抽，管叫你哈欠连连，泪涕交流，精神委顿，气力衰颓，无论如何要紧的事，都只好放着不顾。并非心中不急，实因不抽烟没有精神，无精神实不能做事，实情要顾也顾不来，只得拿着要紧的事不问。要得问时，且待抽上几口大烟再说，这原是一班黑籍烟民的普通情形。

休说烟土价贱的时候，便是目下民国时代，烟土代价极贵，吸烟的人受国家法律刑罪的制裁，仍旧是种的种，贩的贩，吸的吸，有瘾的男女全国也不知有多少万人。即就上海一埠而论，其数已足骇人。

当初人民知识程度浅，不知道这毒物厉害，以为它可以治病提神，所以都容易上当。现在人民的知识程度已非昔日可比，但仍旧沦落在黑籍里，将毒物视同恩物一般看待，明知这毒物足以亡国灭种、犯法毁名、丧身废时，然而并不觉悟，并不立刻戒除，真是可叹（作者赘此一段议论，乃因深望国人同时奋起，共同拒毒，且为本文重要关键，故不得亮为闲文）！

当时解伯仁因被几个浮薄少年引诱，趋入邪途。妓院本系最易使人堕落的陷阱，无论何人，只要一踏进妓院，即能立刻将他高尚纯洁的品格、坚强不屈的志气化为乌有，变作寡廉鲜耻的下流行动。比如本书所述解伯仁和关文锦的遭际，即系很明确的证据。因为妓院里不仅有妖冶诲淫的女色，且有许多附属连带误人的东西，如赌博、大烟、酒食、衣着等类都是。妓院内仅有邪淫的女色已足使意志薄弱的青年堕落有余，何况更有这许连类而及的害人东西呢？当然，但凡是身历其境的，都如乘舟航海的人一般，有失足灭顶的危险了。

当时解伯仁因为嫖妓宿娼，遂先有了赌博的恶嗜好，因为既要在赌博上想获胜，又要在女色上做功夫，精神实不易足用，于是不得不仰求鸦片烟来帮忙，哪消连续着抽吸了多少时日，便又有了烟瘾恶习。他从小即不曾学做过生人事业，“生产”二字在他的字典上是绝对没有的，“消费”二字却是他的字典上占页数、地位最大的字迹。他既如此地能用不能挣，当然是靠着先人的遗产吃喝的。

解伯仁的父亲在日，原想栽培儿子进学中举，从此好讨个出身，博取功名富贵，将来好荣宗耀祖。谁知他老夫妻才去世，儿子即已变了气质，现在和从前竟分明判作了两人。从前的解伯仁规规矩矩，光明正直；现在的解伯仁苟苟且且，鬼祟不堪。解伯仁初狭妓宿娼之时，还不曾将本来面目完全忘了，后来日期一久，习非成是，又将断命的鸦片烟抽上了，不由不志气消沉，成了个自甘堕落的下流胚。他既不能治生产事业，用又是从小儿即浪费惯了的，这时既脂粉阵里寻欢取乐，停眠整宿，花费起来，当然得比平时加倍容易，兼着他所交的那班朋友原都是些当翻戏的小滑头，他们当初想引诱解伯仁入局赌钱。因知他的性格，如此引诱，绝对不能成功，只有将他引到嫖上，对赌字方才有把握。只要解伯仁同去嫖院，挑上了姑娘，暗中和那姑娘说通了，叫她出面，要求解伯仁帮忙，请酒打牌。解伯仁既要结粉头的欢心，便不得不答应，只要一答应，哪怕他不入圈套。这班朋友的暗中计算，解伯仁原是蒙在鼓里的，一下手由几个朋友拖着他同到他们熟识的院内去打茶围。到得院内，便又不由他自己做主，硬着他挑了一个粉头。

如此由浅入深，将个好好的解伯仁从好青年变作了恶青年。初时解伯仁还能心中明白，自己怨怪自己，不应该嫖院，误学问前程，但是心虽尽管这般想，可是他那脚底下却像擦过油似的，仍旧要到妓院内去。

日子久了，不但自己不以嫖院为错，即有亲友知道，直言劝说他，叫他从早回头时，他还要护短。人家见他执迷不悟，也就只得住口不说。时期一多，他的亲友都知道了，齐说：“这小子父母的骨头未冷，即已如此，将来还不知伊于胡底呢！”因此大家不约而同地对于解伯仁下了个紧急戒严令，从此见了解伯仁，便都冷淡起来，绝对无人敢和他亲昵。

解伯仁当时正在纸醉金迷、快乐之时，哪把这些事放在心上？可是他是用现成钱、吃现成饭惯了的，这时他同着一班浮滑少年逐日在窑子里厮混，除去得花费一切应有的开支而外，尚须支付一笔赌输的银钱。

每次赌起来，无论是纸牌或是麻雀牌、牌九或是摊摇，他总是只输不赢。试想，他家中现钱原没多少，因为要想翻本和博得粉头的欢喜，遂不得不转念到将房屋田亩等抵押给人的办法，这种饮鸩解渴的行为，解伯仁并非不知，实因急等钱用，无法措施，只好急不暇择，满心想赢了马上可以赎回；即输了，将来有钱，亦可赎回，所以并不把抵押祖产的事放在心上。

初时解伯仁是抵押一两亩田地应急的，不料即由此做熟了，逢到无钱，懒得向人借，觉得求张三、拜李四，都没有把握，还不如抵押祖产来得便利，因此他遂愈赌输赢，房产地皮也抵押愈多。哪消多少时，解伯仁家中的一点儿产业即已荡然无存。

解伯仁抵押的产业没有了，为做花丛忠臣，甘愿鞠躬尽瘁、竭力报效那婊子，遂从抵押上想到变卖和典质上，于是将家中所有值钱的古玩书画、衣服首饰之类的东西逐件地出卖，或是典当，典卖既完，遂又穷思极想地想法。有时他想不出来，他的那班朋友还另外给他想主意，设法将典当里当着的东西逐件取出来再另卖给人。卖完了，遂将所抵押出去的地皮、房屋向原受主要求找价，一次找足，将抵押改写为杜绝。如此一家一家地又卖完了，他花费惯了的，向来有钱，到手即空，这种找价得来的钱，除去每日输给这班人之外，便都花费在妓院内龟鸨和粉头身上，不消怎样，解伯仁又没有钱了。

这时，解伯仁已将到水尽山穷的时候，心中亦十分着急，没奈何，只得跑到亲友家中告贷。他的亲友都已早知他的行为，见他来借银钱，便都很冠冕地回绝他道：“别说现在寒舍的景况也不好，无力可以资助你，便是有余力，不怕你多心见气，实在也不能帮你的忙。因为你现在不比得从前了，抽上了大烟，将一份家业就这么花天酒地地花费完了。偌大的家私尚且不够你花上两年，何况借给你少数的银钱呢？君子济急不济贫，你现在是穷困，不是急用，只好对不起你，请你另外想法吧！”

解伯仁碰了一鼻子灰，要算得是出娘胎胞的第一次，没好气地跑了几家，都是这么带教训带讥讽地回答，遭受白眼。心中一气，还有几家也懒得再去了，只得搭讪着回来，闷闷不乐。大凡抽大烟的人，心中无事还好，越是有了心事气闷，那大烟格外抽得加倍厉害。

解伯仁闷卧在家中乌烟铺上，含着一肚皮的乌气，无从发泄。只有横一筒竖一筒，他拿那鸦片烟出气。接连着抽了好几筒，方才将烟枪放下来，拿过根牙嘴斑竹铜斗的旱烟管，装着旱烟喷吸，斜躺在烟铺上，思量此后的生计。

正在这百无聊赖、一筹莫展之时，凑巧他所交的那班朋友中之一，名唤朱载扬的来了。一进来便到他烟铺上坐下，彼此问过好，朱载扬一眼见解伯仁愁眉苦脸的神色，即问他因何如此愁闷。解伯扬将告贷不着、生计将绝的话说了一遍，末又叹口气道："现在烟瘾已大，家资已完，山穷水尽，无可如何了。你我相交一场，从此后见一面算一面了。"边说边流下泪来，那声音呜咽，颇觉可惨。

朱载扬见了这副声容，只得赶紧安慰，边说："天无绝人之路，你们瘾虽上了，但还算不了大得很，要戒绝也还不难。讲到你的生计断绝，这句话俺却有些不信，真所谓'当局者迷，旁观者清'，你老兄莫非聪明一世，糊涂一时了？"

解伯仁被他这几句话说得一时莫名其妙，只因穷极无聊之时，听说生机未绝，当然十二分高兴，遂即执着旱烟管坐起身来问道："载扬，你说俺的生计未断，这话俺却不懂。"

朱载扬微微笑道："你当真的不懂吗？我给你打算，比如你现在有几百两银子，除去还却点儿零碎欠项，赎几件衣服、典一间小小房屋居住，多下来的钱雇人开一爿小杂货铺，自己在柜台里面坐坐，做买卖由伙计招待，一面将大烟戒了，不是马上可以生计不绝吗？不但生计不绝，只要肯勤俭耐苦，还许从此可以成家立业。并非俺说自己菲薄自己，并非得罪你老哥的话，你我都是常人所说的败子，败子回头金不换，安知这句话不就应验在你我身上吗？你老哥又何苦来这般愁眉不展呢？"

解伯仁被他这几句格外说得又好气又好笑，忍不住跳起身来问道："载扬，你说的什么？真好轻松容易，几百两银子，难道从天上落下来、地中生出来不成？"

朱载扬打着哈哈道："原来如此，你还不明白吗？这话俺不能明言，只好由你猜哑谜。你可知道，你家中现放着活宝不使唤吗？本来你老哥舍近求远，自然要不能成局了，你把俺这话仔细猜想猜想看。不怕你生气，现在你的生计只有这一招，舍此别无他路可走，等你想定了主意再说。"边说边立起身来，打着哈哈，三脚两步地走出去了。

解伯仁见朱载扬如此说法，不由触动灵机，暗忖："不错，俺穷到如此田地，还顾得什么？不如遵依他的话吧！"当时心中一高兴，忙又躺下来抽了两口烟，即便跑出去找着朱载扬，问他方才的话是不是叫自己卖妹子。

朱载扬笑着点了点头道："并非俺好意丧良心要拆散你们手足，只因和你相交一场，不忍不给你想法儿。况且令妹将来终究要出阁的，不如早些将她出脱了，一则你得了资本，从此可以自立；二则令妹去后，你也可轻了负担，乃是两利之事。"

解伯仁这时利令智昏、人穷志短，"气节"两字哪里放在他的心坎儿上？当即欢天喜地和朱载扬商量卖妹的手续。朱载扬初时还说："这是罪过的事，俺不能多理问。"末后才说："俺为交朋友起见，也顾不得了，只好给你设法。"当即给解伯仁想主意，同去会见专做贩条子生意的人，又引那贩条子的同到家内，偷看了妹子。暗暗讲定身价，约定日期、地点，人银两交。

当时先由那贩条子的人付给定银，同朱载扬作别而去。

解伯仁送二人走后，将定银收起，只抽烟盘算如何才可欺骗妹子上路。自忖："自己在北京已成为穷光蛋，亲友都已断绝，况又卖去胞妹，将来更无人能看得起自己。说不定还许有人要打不平，处置自己，不如得到身价之后，即便远走高飞，到外省去开小铺子做买卖过活儿，免得老在家乡丢人。"想定主意，遂即暗暗收拾行装，对妹子道："现在为兄的不长进，将一份家业败完。眼见家乡住不得了，俺有位至好朋友住在天津，俺想同妹子投奔到他家去，也好谋一个出头办法。"

解宝玉哪能知他哥哥的诡计？当时逼于环境，只得依允。当即动身，兄妹乘车同到天津，由解伯仁领着，径到一家人家门口停下。兄妹俩付过车钱，打发赶车的走后，一同走进里面，早有人迎接出来，由两个少年女子招待解宝玉到后进房间里去。

这里解伯仁和那贩条子的写下字据，收银画押后，即刻匆匆动身，往外省去了。

解宝玉当时丝毫不知，还只道兄长在外面坐着呢。直到晚饭后，那贩条子的人才着人将解伯仁的亲笔字据给她看了。她才知道，可怜她直哭了一夜，哭得死去活来，但因身落樊笼，无可摆脱，自怨命苦，也只好随遇而安。

过了些时，又由那贩条子的人扯谎，说将她转卖到奉天省城富户人家去做女儿，立逼着她立刻跟来人动身上路。她明知在天津也是虎口，到奉天亦是龙潭，反正准备随机应变，所以也就含混随同来人同到奉天。到得奉天妓院内，鸨儿甚为识窍，将她当摇钱树看待，尽好的请她吃，拣好的让她穿，一味地恭维她，从来不难为她半句。妓院是最下流的特殊社会，无论怎样贞节的女子，到得妓院中，耳闻目击，哪消怎样，即便潜移默化，何况解宝玉年幼志弱，哪消多时，竟被这恶劣的污浊环境所同化，一般也跟着那院中的姊姊妹妹，笑面迎宾、泪眼送客起来。

解宝玉本来天生就的美媚，非比寻常。自从应客以后，登时艳誉噪起，芳名大著，招引得那些游蜂浪蝶，无一不闻所闻而来，企图欲见一见而去。鸨儿因她生得白皙晶莹，遂给她取名白牡丹。她自己因有现成的典，可以切合自己的姓氏，故又自名为解语花。

当日被人给关信文锦代写条子将她招来侍酒，关文锦原不欲在歌场酒阵、勾栏曲院中求自己的，不料数有前定，这一见之下，居然心旌摇荡、神魂颠倒，不由竟不克自立起来。白牡丹对于关文锦亦十二分地巴结献媚，早于轻颦浅笑中把一位新科举人牢笼定了，当即坚邀关老爷到她院内去坐坐。

关文锦到此地位，为色所迷、为酒所乱，竟将一肚皮道学、一面孔正经付诸脑后，反而于酒饭毕后，嘻嘻哈哈地代邀众人同去打回茶围。他这番出乎尔反乎尔的举动，早将在座各人引得暗笑惊奇。当时各逞酒兴，都异口同声地愿往。于是各挟着所招妓女，同到白牡丹的妓院内来。坐了一会儿，先后各自往所召妓女的妆阁中去打茶围，皆因大家所叫的局隶属一家妓院的居多，其余即不在一院，亦不过在隔壁，相离并不甚远，所以当晚大家散后，各自顺便去打茶围。

关文锦独自留在白牡丹的香闺之内，和她谈一会儿字画，论一会儿诗书。白牡丹原是受过教育的，当然谈吐隽雅，而且应对得体，加上有心牢笼，自然格外迎合。这一来，早将那初入花丛的关文锦迷惑住性灵，喜得打跌，当晚便是鸨儿要攒他走，他也要赖着不肯走了，何况又被白牡丹抄袭起送客留髡的故事来呢，哪有不住之理？只因这一住宿，关文锦和白牡丹发生了肉体上关系，更自将一个“情”字专注在白牡丹的身上，暗思娶她回去，但又恐家法严谨，只得将这个心思放在心中，不吐出口。

哪知其时白牡丹在未遇关文锦之先，已与一个在奉天省城京班戏园内唱武生的戏子有染，两下正打得火热，一心想跟那唱戏的做小老婆，情愿将皮肉换来的代价尽量使用在那戏子身上。对于关文锦的巴结，原不过为的孔方兄，哪有半分真心？只可惜关文锦初入花丛，丝毫分别不出，竟还当她是真爱自己，所以肯竭力地报效，朝夕厮守在她院中。不曾多少月日，已使用了六七千两银子。

正当他自己以为豪情逸兴、得到美满之时，不料忽然从晴天里来了个霹雳，将他吓了一跳。

原来他父亲在任上得到奉天省城亲友的密信，知道儿子在奉天如此的不成材，有心要折磨他一番，特意运动这年主考奉天省城的大宗师，提出证据，下一条手谕，将他儿子的举人功名受了个记大过一次的处分。理由是现在尚未到学优则仕的地位，已经嫖赌浪漫，将来如做了现任职官，岂不要偾事殃民？故此将他记大过一次，责令改悔。

关文锦受此意外处分，初则大惊，继则不服，暗忖：“同科举子，嫖赌者甚多，为何独我有罪，别人即便无辜呢？”因这一想，十分不服之下，当即于人前背后斥述宗师的不公。话被人传进宗师的耳内，宗师大怒，立即递了折子进京，参劾关文锦的品行劣点，请将他的功名顶戴革去。回下文来，果然照准，可怜关文锦十年窗下，用功苦读得来的功名却被这风流罪名一旦轻轻地断送了。心中懊恨万分，满以为“牡丹花下死，做鬼也风流”。虽然将功名革去，只要能得到真正的爱情，却也还值得，谁知却又大谬不然。

初时白牡丹巴结他的神态至此竟忽然不了，那“爱情”两字更是谈说不到，甚至当面给他个冷言冷语。关文锦受此激刺，几乎成为癫疯，自悔不该糊涂，绝对不应该和妓女讲真正纯挚的爱情，一时悔恨交并，无从发泄，只气得睡倒在寓所房间里，蒙头痛哭了一日。同时杀一儆百，那许多举子因关文锦受记过处分和革去功名的事，先后发现，吓得一个个躲在寓所中埋首读书，谁也不敢再到妓院中去游逛，连同科文字的雅集都因此废弃了。

关文锦在奉天系作客，身边所带的银钱原不甚多，平时用度原都是从亲友处告贷而来。这时他的功名革去，那些亲友原已有些看不起他，又加上受了他父亲的暗示，当时不约而同地一齐宣布戒严，对于关文锦来借款时，便一齐拒绝。关文锦住处的房东和同居人等往日恭维他的，到此也都换了副面孔。他受了这甚深的教训，忍不住心酸，真正欲哭无泪，恨不能立刻便死。只因父母在堂，又系独子单传，不能不忍辱苟全。但因此自忖：“回家不可，居此不能，天涯地虽大，竟无有自己容身立足之处。”正在此心中闷闷、日夜寻思、不能得到解决的当儿，忽然绝处逢生。

原来他父亲恰巧于此时奉召进京引见，改任京职，来信召他进京候考，并说明革去的功名现在尚可想法于大试前补转，只要从此改悔向善，便可有塞翁失马之福。又命见信火速进京，不可迟误。

关文锦接了严谕，又喜又忧，喜的是功名尚可设法补转，仍旧不妨碍此番大考；忧的是到京叩见父亲，有何面目？定必受家法严治。但是事到其间，却也顾不得许多了，只得硬着头皮进京再说。可是因此生了件难事，原来关文锦住在奉天，因为经济支绌，亲友各处告贷无着，没奈何，只得暗命仆人拿衣服去当。这时要动身进京，一则路费难筹；二则所当的衣服势非赎去不可。亲友各处既已都碰过一鼻子灰，再去老脸增羞，亦无益处。心中急迫之际，忽然有一位少年公子，自称姓许名龟年的来访。不待通报，即领着跟班走将进来，见面即说特来给关爷道喜送行的。

关文锦将来人一看，只觉得面容颇熟，可是再也想不起来。许龟年也不容关文锦客气，当即命从人牵过自己骑乘的一头黑驴，驴背上配好坐鞍脚銮铃，打着个四方的包袱，将鞭子缰绳统交给关文锦的仆人手中，笑指着黑驴，对关文锦说出几句话来。

毕竟说些什么，且待下回再续。

第三十六回

贷代步中途遭念殃
赠黄金异地逢知己

话说许龟年笑指着黑驴，对关文锦道："小弟闻得老哥急要进京，缺乏资斧，又闻说尊大人已在京城给老哥斡旋，大约定可恢复前程。所以小弟特地赶来，一来给老哥贺喜，奉劝老哥从此不可再入魔道，打起精神，遵奉尊府家教，力争上游，博最后胜利，方才可将失败为成功之母的话证实，不可因偶尔挫折，便灰心颓唐；二来给老哥送行，常言'朋友有相助之谊'，小弟既知道老哥经济不宽，又岂可坐视？所以特地将自己坐乘的这头黑驴敬赠老哥，好给老哥作进京的代步。这黑驴背上的包袱里面包着些散碎银子，乃是专诚送给老哥作程仪的，老哥不必疑惑，更不必谦辞，这些须慈敬，不过略报知己成全之德。老哥荣行，恕小弟不再来恭送，就此告辞，老哥前途珍重。"边说边拱拱手，领着从人，扬长出门而去。

关文锦穷途落拓，偶然得此援手，不由不诧为异数，心中正在发怔，一时未知如何对答，那少年主仆已作别而去。忙追出大门，意欲问他一个明白时，哪还有少年主仆的踪迹？只得转身进来，从驴背上解下包袱，提在手内觉得颇为沉重，回进房中，打开看时，只见里面放着六只银元宝，用红绿丝绒缠束着，元宝下面压着个长方式纸包，提出元宝，打开纸包看时，里面满放着赤金叶子，数了数，共十张，别无其他物件。

关文锦看罢，不由纳闷："这少年虽有些面善，但是彼此泛泛之交，连他的姓名俺还有些模糊，如非他自己通名，俺再也不知他是许龟年。便是他虽自称为许龟年，但俺所认识的朋友中，并没有许龟年其人，这不是怪事吗？如说他认错人吧，天下哪有同名同姓、同年貌而又同在一处地方的人呢？他既不曾认错，而俺又偏不记得他的名姓，便提说起来，也觉得陌生，偏他又说是略报知己成全之德。俺和他交情甚浅，哪配称作知己？俺和他素少往还，哪有什么成全可言呢？这不是件怪事吗？再则俺的经济情形和功名有恢复的可能，这消息他怎么能得到这般快捷？知道俺为难，赶紧忙着送来？举动虽然诧异，其人定必非常。"

关文锦转念想到这一层，登时觉得："这少年是风尘中侠士，像唐代李靖所遇的虬髯客相似，绝非寻常之辈。他既说报俺成全之德，或许俺在什么地方不自觉得成全过他什么，亦未可知。他既专诚地送给俺，俺与他素无仇怨，当然绝无陷害俺的意思。俺不妨收受使唤，日后倘有遇着他的时候，再行报答他，亦未为晚。"因此即刻解开红绿绒，取一只元宝，命仆人到街坊铺户去兑换，并命将所有典质在当店里的衣服一起取赎回来。又急急收拾打点行李物件，好克期进京。

关文锦因此番到京见父，如带仆人进京，深恐自己在奉天的嫖赌情形被仆人完全吐露在父亲面前，多有不便，遂取了些散碎银子赏给仆人，吩咐他："到京城见了老爷，老爷如问俺在此地以往的实情，你须要推说得干净些，不可灶君上天，一律直言无隐。"仆人欢喜受赏，连声应是。关文锦命仆人上街买些零碎食物，连夜装好行李。

次日清晨，主仆梳洗、早点后，关文锦向房东算清积欠的房饭等费，道谢作别。又别了同居诸人，主仆即便出门上路，一会儿出了奉天省城。这时关文锦骑着许龟年所赠送的黑驴，在前面行走，仆人雇乘了一头健骡，在后面跟随。一担行李即由那骡夫肩挑着随行，一行三众，迤逦着向山海关的大道而行。

关文锦所骑乘的那匹黑驴乃是关外异种，遍身黑色，无一根杂毛，每日能行三四百里。这时一上了路，那牲口一口气便跑了十来里，风驰电掣般向前飞跑。如非关文锦怕与仆人及行李相失，赶紧勒住时，怕不一口气跑上几十里地。关文锦这才明白所乘的黑驴乃是匹异种，不比寻常牲口，即此可知那许龟年的本领才识都在自己之上，如非巨眼，何能识得这匹黑驴？如非练过武功，哪能乘坐这匹牲口呢？因这一想，不由自惭肉眼居然不曾识得这匹异种的黑驴，更自悔孟浪，不该将一位少年奇异之士当面失之交臂。要想以后再相见时，哪有这么容易呢？边想边按辔徐等，待候仆人、骡夫，等有许久，方才来到。一路行走，在路上打过午尖，所幸那骡夫是个富于行路经验的人，此去一路的镇集他都常赶骡送行客到过，何处吃食、何处落店、何处休息喝茶，他都能熟悉，故此一路并无错过宿头的事。一连数日，皆由骡夫提调。

那日行程，将要到锦州地方，来至一处镇集上，关文锦依着骡夫的话，即在这镇上饭馆里打午尖。其时往来行人到这爿饭馆内用饭的很多很多，将一爿小饭庄子里里外外地座头都占满了。关文锦等主仆三人走进店堂，望了望，只见后面轩子里左角上一张四仙桌子上只坐有两人，尚空有两个位子，此外别无空隙座位。关文锦遂命仆人、骡夫在外面店堂里进食，好顺便照应着牲口、行李，自己径到那轩子里左角上四仙桌空着的座位上去，坐下身，即唤堂倌过来，向他要酒菜饭食，同时将那同桌而坐的主仆一望，只见那主人乃是位少年公子的模样，那仆人乃是个书童打扮，主仆衣服上虽然有些尘土，然而主绸仆布，衣衫却都十分整齐，尤其是那少年，生得面如满月，目如朗星，齿白唇红，身材中等，天生成一副媚态，实可当得“俊男”二字。那书童虽系童仆打扮，然而亦很生得秀丽。关文锦看了，不由暗暗称奇。

正在此时，那少年亦时不住秋波流盼，向关文锦注目。见关文锦望着自己主仆，遂微笑点头问道：“阁下亦是路过此地吗？往何处去，有何贵干呢？”

关文锦回说：“正是路过此地，往京城去有事。”

少年笑道：“巧极巧极，小弟亦是进京城去。看阁下形容装束，大概系进京候考吗？”

关文锦应了个是字。

少年又道：“小弟亦是去候考，此次进京，尚系初次行路，正苦寂寞，幸得遇见足下，真乃再巧没有。意欲与阁下同行，庶几一路得有照应，不知阁下亦肯见允吗？”

关文锦一路行来，正嫌枯寂，因为仆人和骡夫都是蠢俗不堪的人，丝毫不懂文墨，和他们说一两句稍微含有文艺的话，简直和对牛弹琴一般，哪有什么趣味？这时闻少年之言，暗忖：“此人不但言谈风雅，而且秀色可餐，倘和他结伴同行，大可破此沉寂。况且看他形容，亦系有身份的人物，既属同路，偕行又有何不可呢？”因此答道：“彼此既属同文，又属同路，正好做伴。既承抬爱，同行有何不可？”随口又问少年的姓名。

少年回说：“姓柳名壮游，书童名唤锄药。”说罢，接口即问：“阁下尊姓大名，同行几人？”

关文锦连称高雅，边将自己主仆姓名，及此次进京，三人同行的话说了。随口问：“柳兄同行即只有主仆二位吗？”

柳壮游应说：“正是。”说着话，关文锦所要的酒菜饭食已是送来，关文锦边吃边让柳壮游用菜。柳壮游吩咐锄药丢下碗筷，侍立一边，给关老爷筛酒，等一会儿再吃。

关文锦忙阻止道：“行人不拘礼，尊价请照旧进膳，休息一会儿，好同行上路。”

柳壮游哪里肯依，说：“有关兄在此，哪有他的座位？并非拘泥小节，乃是理所当然。纵然关兄不怪，别人看见，定要说这小厮太无尊卑。”

关文锦见他这般说，只得依了。二人边吃边谈。关文锦只觉得此人腹笥颇为渊博，说古道今，应付如流，经史子集，都能从容对答。问到何时进学，是否本科中举，宗师何人，房师哪位，柳壮游都应对不爽。关文锦虽曾出门远行，但不过由长春到奉天，此外远路并未去过。此番入京，要算得是破题儿第一遭，故此虽见柳壮游斯文模样、谈吐隽雅，心中却亦十分谨细。

当时酒饭毕后，柳壮游抢先惠钞，连外面骡夫、仆人等所吃的账亦同算了。关文锦忙谦让时，堂倌早已收了柳壮游的银子，交柜上去了。

关文锦只得道谢。

柳壮游笑道："你我虽系倾盖论交，然而亦系有缘，彼此书同文、车同轨，正应一见如故，区区之数，何足挂齿？关兄以后休再如此客气。倘再这样，便是关兄见外了。"

关文锦见他这样说，反觉自己小器，哪能再说什么？当时漱口喝茶擦过手脸之后，略坐片刻，即便起身同行。走到外面店堂里，关文锦唤仆人过来，向柳爷行过礼，并给锄药引见了，说："这是俺家世仆周洪，你俩见见，在路上彼此也好称呼，大家照应。"

锄药和周洪厮见后，关文锦问："柳兄，贤主仆的行李呢？难道在外面吗？"

柳壮游道："小弟只有一担行李，极其简单，并不累赘。今日因在路上不曾雇得着牲口代步，所以只好令锄药挑着行了一程，但因此却少走了许多路程。方才来时，放在柜房里，以免顾此失彼，并曾请柜上代雇两头牲口，不知曾否雇着呢！"边说边同走到柜房内去。

有一位形似掌柜模样的人起身迎住道："柳爷的运气真好，再巧也没有，适才小可在门外闲眺，恰好见有五个骡夫赶着五头空骡回来，走过此地。当即被俺唤住，问他们从此送客进关，去不去？他们见说有买卖，当即答应愿往，问要几匹骡子。俺却说明两匹，讲定价钱，连饮食酒钱在内，共为十五串大钱，现在门外停着等候呢。柳爷的东西仍搁在这里，并未取去，请验明了，由贵价挑出去，交给骡夫，缚上骡背，即可登脚了。"

柳壮游拱手称谢，又说："搁在这柜房里的东西，哪里会有错误呢？不消点验得的。"说着，即命锄药将行李挑到门外去。

关文锦看那担行李时，两头各捆着一床被褥，一头被褥上放着口书箱，一头放着口衣箱，另外一只考篮由锄药右手提着，左肩挑着行李，径行走到饭馆门外。掌柜的同着柳、关等人在后相随，到得门首，掌柜的向道旁一望，招了招手，关、柳等随着他的手势方向看去，果见有两头健骡拴在那旁木桩上。两个二十来岁的大汉，各人手执着一根鞭子蹲在一旁树荫下，见掌柜的招手，便都立起身走来道："先生，客人出来了吗？东西在哪里呢？”说着，已走到面前。

掌柜的指着柳壮游对骡夫道：“就是这位柳爷，东西就是这一担行李，价目十五串大钱，连酒钱在内，不算少吧！一路上好生侍候着。”边说边又向锄药挑着的行李一指，那两个骡夫闻言，应了声是，即上前向柳壮游请了个安，转身从锄药肩上将一挑行李接了过去，卸下担儿，解开缚在一头骡背上，从木桩上将两头骡子解下牵过来，将一匹驮行李的缰绳交给锄药，说：“大哥，这匹骡子交给你管。”又将另一匹缰绳交给柳壮游，说：“柳客人，请上骡背吧！”

柳壮游接过缰绳，望着关文锦道：“关兄，也请上鞍吧！”

同时，关文锦主仆已各执缰绳、鞭子在手，见说，即点点头，说声请，便先后飞身上了黑驴和健骡的背。这时，关、柳二人当先，周洪、锄药二人随后，三个骡夫分前后簇拥着出了街头，往前进发。

当日赶到锦州，即在城外寻了爿客店投宿。关文锦背了柳壮游的面，从考篮里拿出本科的闱墨来，翻了翻，果然有柳壮游的名字，心中方才深信柳某是同科的举子。因这一深信，便格外投契起来。

当晚，二人同宿在一间上房里，先谈了些诗书，后谈了些风景文物，末后竟由柳壮游开科，言不及义，谈到嫖赌上去。又说：“自己在奉天省城曾秘密嫖院，并随人到赌场里去赌，曾在妓院内挑上一个妓女，名唤可卿，容貌才情真可称色艺双绝。”说到此，即改口转问关文锦：“曾否在奉天妓院内赏识过什么粉头吗？”

关文锦见他不打自招，首先供述，便也毫不隐瞒地将本人嫖赌始末略述了一遍。并说：“此番如非朋友资助，几乎不克成行。”说着，顺口又将许龟年来访的事说了个大略。

柳壮游听罢，遂又说：“嫖妓女固然乐意，可是比较起男风来，却又要瞠乎其后。因为分桃断袖的几件故事，种种佳话，早已流传千古。而一经身历其境，比较妓女则又格外的风骚。总之，妓女所有的浪形媚态，像姑无不竭尽其长，而像姑的种种特长，则又非妓女可能及，所以俺在奉天时，除去赏识可卿以外，更赏识了两个像姑，一个名唤如花，一个名唤如玉。这两人都是极俊极媚、极浪极荡，真可使俺流连忘返。”

边说边又低声说了许多像姑的特长，装出种种的姿势，末又微眸星眼，红涨面皮，浪笑低声道："小弟还有件贱根性、怪脾气，不但喜爱饱赏别人的后庭花，更喜将自己的和人作交换。"

关文锦见他这副浪形，不由心中怦然乱动。本来初见他时，即已暗赞他的容貌美丽，这时见他说出这番来，才知他竟是个弥子瑕的后身。听他口吻，颇有跃跃欲试、自作毛遂的意思，遂笑说道："柳兄，难道你竟是《洛阳桥戏》中人夏得海的后身吗？"

柳壮游红着脸道："关兄说俺是的，俺就是的便了，还定要分辩做什么呢？真人面前还用说假话吗？"边说边抿着嘴儿微笑。

关文锦这时正应句俗语，叫作"泥人儿落在汤罐里"，连骨头都酥了，虽欲镇静自持，怎禁得起他尽情撩拨，直引得欲火炎炎，无可遏止。柳壮游又复解襦褪裤，移尊就教，做出许多不可形容的丑态来。这一夜，关文锦初尝异味，陡忘忧患，居然追欢取乐，倦极而眠，呼呼酣睡，直到次日向午时分，方才醒来。张眼一望，同榻共枕的柳壮游已是不在，还疑他是往外面去大解，起身下床，一眼见桌上放着一张字条儿。顺手拿过来看时，只见上写几句道：

> 阁下之行李书箱，鄙人并未擅动，仅将阁下所携之现银及金叶全数携去，暂借一用，以作昨夕欢乐之资。在阁下固惠而不费，而鄙人则需用正亟。
>
> 因阁下正酣睡，未敢有扰清梦，故不告而别。他日如有机缘，当面壁负荆，幸垂谅焉。
>
> 知名留言，即晨。

关文锦看罢，不禁倒抽了一口冷气，吓得遍体抖战，连忙高唤小二。小二应声进来，说："大爷起来了，早啊！"边请安边取面盆茶壶，回身要走。

关文锦唤住他道："且慢，还有一位同住的柳客人呢，往哪里去了？"

小二道："天光才亮，他即起来，到外面下房里唤醒了那个书童模样，名唤锄药的，和两名骡夫，即刻忙着梳洗早点，先行动身。吩咐俺们，说：'关爷问时，即说因有要紧事，须得赶先进京，只得先走一程。如在前途追得上同行更好，否则在京城会齐，反正俺昨夜已和关爷说过，他自然知道。'那时俺们因你老还睡着未醒，所以不曾叫唤，又兼二位客人是同来住店的，不比是两起来落店，由俺们张罗着拼铺，或是同房间的，俺们应该注意。如今你老这般急促地惊问，难道柳客人走时，你老竟不曾知道吗？"

关文锦听罢，急得只是跺脚，且不说话，赶紧打开许龟年所赠的包袱来看，哪里还有元宝、金叶呢？只有几本破书在里面，遂急急奔到外面下房里去唤周洪。周洪兀自睡着未醒，唤了两声，未见醒来。关文锦急了，顺手将他盖着的被一揭，大声吆喝周洪快醒时，不由不涨得满面通红，放手不迭。原来周洪精赤条条的一丝不挂，仰卧在被内。因这一来，方才惊醒，张目见是主人呼唤，也不由面红耳赤，边应着请了安，边伸手在被内摸着了衫裤，急急穿好。边穿边问："主人怎么了？"

关文锦见此情形，心中有数，只叹了口气，两行眼泪忍不住流将下来，骂道："狗才，什么时候了，你还稳稳地睡着！锄药往哪里去了？骡夫呢？"

周洪下床穿鞋子，被骂得没头没脑，呆怔着一句也回答不出，同时那原由奉天省城雇来的骡夫却正由外面进来，见了道："好了，起来了，时候不早，不如索兴吃过中饭再赶路吧！"又说："关老爷，你老主仆二位今儿好睡，俺几次三番地想请你老二位起来上路，又恐惊吵了二位，所以不敢。昨儿那位柳爷一早便先动身，此刻怕不已走了几十里地了。"

关文锦这时心中正是酸甜苦辣一齐都到，不自知是什么味儿，哪还有心绪和骡夫说话？只唤了周洪，跟自己到后面上房里，低声告诉他失窃的事。又和他商量善后办法，计算由奉天进京，到此可算已走有一半路程？前进办法只有姑且先将许某赠送的黑驴卖了，行走一程再说。倘得善价，则进京盘缠已足，否则沿途典质些衣服，谅也可以支持。因此关文锦遂命周洪去到后槽上将黑驴牵了，到街上去卖。

周洪应命去后，良久良久，用过了午饭，直到未申之交，方才见周洪欢天喜地地跑了回来，见面即从腰间摸出一封书信、两锭十两的银子和一个红纸包儿，双手捧给关文锦。

不知信中有何言语，纸包内何物，请待下回交代。

第三十七回

凄凉末路谁饭王孙
踯躅长街言念旧友

话说关文锦见了书信、银子和红纸包儿，便问周洪："这是从哪里来的?"边伸手接过，边又低问："牲口售脱了没有?这银子便是代价吗?"

周洪笑道："少爷且慢着急，先请将信看完了再说。"

关文锦觉得那红纸包儿内是包的一只小四方硬纸盒儿，颇为沉重压手，不知里面包着些什么，且慢拆信，先将纸包儿打开，开盒看时，只见盒内放着一副赤金两根丝的手镯和两只赤金戒指，用红绿绒扣着，衬着些棉花，不由望着发呆，恍如丈二金刚一时摸不着头脑。只得忙将信封拆开，抽出信笺来看，只见那八行书上写着几句道：

> 笑话笑话，自己的黑驴偏仍是自己买着，俺做人情，索兴做到底吧！黑驴照尊管所索的数目给价，另交赤金手镯、戒指，并此信给他，命他带回奉呈阁下，还望老哥从此奋志青云，前途珍重些。
>
> 我非龟年姓许，实乃婀娜姓沙。

关文锦看罢这封谐音的白话口气书信，不由更加呆了。望着周洪，怔了一会儿，才说声："咦！周洪，难道这买牲口的人就是那天特地赠送黑驴的人吗?"

周洪笑应道："谁说不是呢，好叫少爷得知，小的奉命从后槽牵了黑驴出去，插着草标儿，沿街一路卖进城去。在越城内，迎面可巧正遇着那位许爷，见了黑驴，即一把将小的扯住，问：'此驴从何而来？是自己家内的，还是买来转卖的？'小的向前请安，说：'许爷，你老莫非贵人多忘事？才隔得这几时，即见面不认识小的周洪了吗？'许爷将俺一看，打了两个哈哈道：'原来是管家，恕俺一时眼生。俺正在疑惑，你这头牲口是从何处来的呢，这就怪不得你了。现在管家将这匹牲口为何牵出来卖？你主人呢？可也在此地吗？'小的遂含羞带愧地将以往实情低声回禀给许爷知道。许爷笑说：'物还原主，倒也是件有趣儿的事，这匹驴子仍旧由我买了回去吧！'遂说：'管家跟我来！'即在前引导，引我到城外吊桥下一家店内，将黑驴交给小二，引小的到上房里，才笑着对小的说道：'其实管家不对我说，我亦早已明白了。本来你们主仆都太荒唐，休说带着贵重行李应该路上小心，便是没有携带什么值钱东西，也应该小心谨慎才是，怎么就这么糊里糊涂地萍水相逢，居然同行同食同宿起来呢？路上像这类念秧的人正多着呢。我当日赠送六只元宝，乃系给你主人除作盘缠而外，添置取赎些衣服，和买办些书籍土仪等物的。那金叶子乃是送给你主人进京好作运动恢复功名之用的，庶几使他见了你们老主人，不至十二分的为难。事后我一想不妙，你主人出门行路，实可算是雏生儿，或许此去在路上遭逢别人算计，所以我才悄悄地一路跟将下来。昨儿干那念秧事业的人我自有方法去处置他们，你们主仆可以不必放在心上，以后一路须要小心，不可再大意了，须知歹人多着呢！'说到此，即问小的：'将牲口牵出来卖，要卖多少银子呢？'小的回说：'只希望卖二十两银子，现在逢着你老，正是俺主仆们的救星到了。牲口本是你老的，原物还原主，还能说价讨骂吗？'许爷笑了笑，说：'周洪，你倒很会说话，这样吧，二十两银子我即兑足了给你，算是驴价，时候不早了，你可在这里吃饭。我无有空闲工夫，不能同你去会你主人，我只得写一封信给你主人。'说罢，即唤小二开饭：'领小的到外面去吃，吃过饭来领银信。'小的依言谢了，退出来跟着小二去吃饭，饭毕后，小的到上房里去时，许爷即将这封信和这个红纸包儿递给小的，说：‘管家拿回去呈奉给你主人，不可错误。’另外又给小的二十两银子，吩咐小的回来对少爷说，他此番举动，乃是报答少爷当日的成全之德的，可说他本拟暗送关爷到京，再往别处去的。但因现在自己另有别项要紧之事，所以只得中道而废（春云忽展，又为《怪杰奇妖传》书中伏一疑兵）。”

关文锦听罢，不由拍案称奇道：“咦！怪不得俺那日见了她的面，颇觉面善，再也想不起来呢。原来是她易钗而弁的，这叫俺一时怎能分辨得出呢？”遂又笑道：“周洪，你道这位许爷，她当真是姓许吗？”

周洪呆了呆道：“她不姓许，姓什么呢？”

关文锦笑道：“她不但不姓许，而且也不是个男子。”

周洪闻言，望着主人，不敢多言。只见主人接着说道：“她姓沙，名叫婀娜，本系个回回，从天津转籍流落到关外来的。不知如何，她被卖在妓院内当姑娘，在奉天省城的妓者之中，要算得是个有名的红倌人了。当时俺挑上的那个只认金钱势力，不知情义为何物的白牡丹，便是和她同一妓院的，不过鸨母却是两个罢了。其时沙婀娜爱上了一位穷措大，不知唤作什么名字，也是和她有缘，两下里一见倾心。沙婀娜立志从良，决计要嫁他，叵耐鸨儿认沙婀娜为奇货，岂肯轻易脱手？因此再三阻挠，开口索身价三千银子，限定十日为期，期满无效。原本是明知那汉子没有这笔钱，便借也借不着，所以才出这个难题目，要他做文章。本来妓女从良，三千银子的身价在鸨儿还是少索，因为她明知那汉子是个措大，休说三千两，便是三百两亦足可将他吓倒，癞蛤蟆不再敢妄想吃天鹅肉。哪知事出意外，那汉子居然不曾被三千两银子的身价吓倒，在外面四方张罗，八面设计，怎奈他想了九天法，只勉强凑足一千八百多两银子。所缺尚多，眼看只有一天的限了，哪能再想得到法呢？可怜他竟急得走投无路。当初俺初次见着沙婀娜时，即说她的容貌端方，神态绝俗，绝不是久居风尘的女子。这几句话乃是俺时常人前背后称赞她的口头语。其时白牡丹肉麻当有趣，灌俺的迷汤，哭呀笑呀地闹着和沙婀娜吃干醋，怨怪俺不该看中沙婀娜。如今事后追想起来，娼妓的伎俩真是不值一笑，俺那时正在挥金如土，满拟在风尘中物色一多情女子的当儿，听得那汉子和沙婀娜的爱情甜密浓厚，和此番赎身短少银钱、不能如愿的话头，不由打动了俺的一番同情心，颇企慕他们的多情。因此立意欲赞助他们，好使他们成就有情眷属。于是着人将那汉和沙婀娜请来，说明相助之意，立即赠送他们一千五百两银子，一千二百两算是凑足身价，三百两算是送给他们成夫妻后的生活基本金，庶几以后好凭此做买卖生利。这一千五百两纹银完全是赠送，绝对不是借，所以当时俺不独不曾收那汉子的收条儿，连他的姓名都不曾问一声，即很甘脆地将一千五百两银子交给他了。他既有了银子，当然立刻能称心满意地将一位如花美女娶了回去，事后他夫妻俩怎样恩爱，情形如何，俺因资助的事已过，亦置诸脑后，从未问及，亦从不向人道及。想不到沙婀娜竟如此关顾，既在奉天省城赠送过俺的黑驴金银，复又暗暗护送，救俺们今日的窘急，真非意料所及。”

周洪道：“这就奇极了，她既决计从良，跟那汉子做老婆，照她赠送老爷的金银推算，并非一千二百两银子拿不出，为何又要尽管使她丈夫着急，受人揶揄而不问呢？这是什么意思呢？”

关文锦道：“这定是她要使她丈夫受一种激刺，好从此立志向上，不生倚赖心性的意思。只可笑俺真糊涂，上次她自称名唤许龟年，到俺们住处来赠黑驴金银时节，俺竟认识不出她是谁。现在别话不谈，她大约还住着不曾走，俺理应去道谢，但不知和她同寓的可还有什么人吗？”

周洪道：“小人在当时和今日见了她的面，心内总有些怀疑，世界上竟有这么俊秀的美丽男子，真可称为粉堆玉琢的人了。现在方才明白，原来是个女子，这就难怪了。小人方才在她的上房里，见除她以外，还有三个异言异服之人，一个装束奇怪，形容活像个猴子，两个赤足穿着短裤光着两臂，只穿一件坎肩儿，一个鼻孔里还穿着个大金圜儿，三人都横躺在铺上，叽叽喳喳，不知说些什么。小人看了奇怪，在外面吃饭时，顺便问那店小二。小二回说：‘像猴子的乃是广西的洞瑶，还是生番呢，吃的东西都是生的。说话更是难听，别说一句，连半句也听不出。两个赤臂的，乃是贵州苗蛮，这二人已是熟番了，他们同行的共有六人，还有两个汉子，往双岗子找人去了，还不曾回来（忽然转出苗子生番，关合到双岗子，乃是为《怪杰奇妖传》书中张本，此隔年下种法也）。’小人吃过饭后，到上房里领银子时，从外面来了个少年汉子，她即指着小人对他道：‘这是关佳文锦的贴身仆人周洪，你该还认识他吧！’那少年将俺看了一眼道：‘怎么会不认识呢？便变作灰，也认得出的啊！’说罢，哈哈笑了，即走到她面前，扯着她转过身去咬了几句耳朵，她立刻变了面色道：‘还了得吗？俺就和你去，倒要看看他是个怎生人物。’边说边回身吩咐小的回来，看上去他们另有别的紧要事件，老爷此刻就去访她，恐怕已经出去，亦未可知呢。”

关文锦听罢，即将金镯、戒指包好，连二十两银子一齐收好在那小包袱里，随手将书信撕碎，搓成团儿，扔在地下。起身命周洪引路，往城门边吊桥下客店里去访沙婀娜道谢。周洪领命前行，关文锦随后，出房回身带上房门，径行出店，往城门边吊桥下那爿客店里来。到得那座上房里，只见房内坐着三人，正是两个苗子和一个生番，生得形容可怖，一见二人进来，起身不知说些什么。关文锦见沙婀娜不在，又听不懂他们的话，只得退出来问小二。

小二回说：“他们一行共是六位，有三位野人在房内，再有三位出去了。那三位中一位年纪稍长，余二位都是少年，且都长得很俊，不知哪一位姓沙，俺们只晓得有一位姓许，其余二位都不知道姓什么。”

周洪插嘴道：“就是方才俺来时，那位少年命俺跟你去吃饭的。”

小二道：“他嘛！俺们并不晓得他姓沙，俺所说的姓许的那位，就是你饭后到房里拿驴价时进来的那位少年汉子。”

关文锦听到此，肚里雪亮，明白：“沙婀娜的丈夫即是许龟年，那美少年定是她的丈夫无疑。自己还有些记得，当日资助要她的那汉子也颇生得俊美，俺当时还曾暗赞他们正是一对儿璧人呢！”遂说：“小二哥，他们往哪里去了呢？马上可要回来吗？”

小二摇头道：“不知道，大约是到双岗子去了。如果是到那里去的，一时定不及回来，那地方很远，此刻去，恐怕到晚饭后也来不及赶回呢！”

关文锦见不得要领，只得问小二要了纸笔，写了张拜访未遇，留言道谢的便条儿，交小二守他们回来转交，即同着周洪回转所住的客店。骡夫跟着叽咕：“客人今儿不动身，耽搁了路程。”

关文锦知道他的意思，遂说：“你别尽管多说话，耽搁了你一天，将来结算时多给你些钱就得啦。”

骡夫笑着应是退出。关文锦主仆坐下歇了会儿，已到黄昏时分，小二进来请问用什么饭菜。关文锦方才觉得，自己急昏了，连中饭都忘记吃了，不由暗自好笑。说也奇怪，关文锦不被提醒了还不觉饿，一经提醒，遂觉得腹中雷鸣，即对小二说了菜饭，命他快些取来。

晚饭后，主仆各自早早安息。

次日起来，梳洗早点后，即行动身。关文锦骑乘骡子，周洪步行相随。当日行到一处镇集，地名唤作李店，天色虽然还早，因骡夫说恐错过宿头，故此即在李店住宿，第二日清早起来，骡夫忽然无事生非，借着一句笑话，向周洪厮骂起来。两下红头赤脸地几乎打架，经人劝开，周洪又被关文锦喝住。那骡夫兀自蹬足指手地高声喝骂，骂得关文锦也生了气，忍不住数说了他几句。骡夫大怒，立刻板起面孔，说：“俺要回省城去了，此去山海关已没多路，客人请照顾别个吧！”关文锦在气头上，即说：“你拿什么趣？难道有钱还怕雇不着牲口吗？好！这是你自己寻出来的事，照原先讲的价，须得打个对折才行。”

骡夫哪里肯依？彼此几乎又争吵起来。末了，经别个旅客劝解，还是关文锦吃些亏，仅照原价略扣了些，将钱算给了他。骡夫到后槽上牵了骡子，谢也不谢，径自走了。

关文锦心中好气，埋怨周洪几句，即命他去另雇牲口。叵耐李店镇集虽大，骡马车轿行虽有两家，可巧这天都已被人家雇去了。周洪空跑了一个来往，只得回来回话。关文锦无奈，只得说：“且住一天再走吧！”当即托小二留心，由客店里代雇。因为既住着不走，遂想更换衣裤，交小二拿去洗。这一来，可将关文锦吓得魂不附体了。

原来那放衫裤的小包袱忽然不见了，包袱不见事小，里面放着二十两银子和金镯、戒指，价值可就不贱了。因这一急，遂查问周洪。周洪说：“不曾留心。”俗说“失物数来人”，房间里无人来过，绝不会不翼而飞，遂唤小二来查问。

小二道："清早起身时，曾看见那个骡夫到你老房里，出来时手中提了个小包袱。当时俺只道你老叫他拿出来的，所以也不曾问。"

关文锦主仆被这一提，跺足道："对了，对了，怪不得这狗才无事生非，忽然变卦，原来却有这么个弊病。"

小二问："包袱内有些什么？"

关文锦只急得摇头叹气，哪还有心意回小二的话？周洪还要忙着查点有无失却别的东西。

关文锦骂道："蠢材，他只生有一双手，能拿多少东西呢？值钱的已被他拿去了，不值钱的笨重东西，他要顺手牵羊干什么？"

周洪被骂，只得退缩在一边，自己腹中有数，暗忖："这穷祸却是自己闯出来的。"原来隔夜骡夫和周洪宿在下房里，闲谈中无意谈起前夜那姓柳的主仆来。周洪说顺了口，将沙婀娜赠金的事说将出来。骡夫听了心动，暗忖自己赶一辈子骡子，金首饰也难兑得起，这个福只好看着他们富人享了。不料今日早起，骡夫到上房唤关文锦起来赶路，关文锦兀自睡得蒙蒙眬眬的。骡夫一眼见了床头前放着一个小包袱，不由陡起歹意，遂借着用手推关文锦唤醒他的势，顺手牵羊地将那小包袱悄悄提了，走出房来，回转下房。幸喜周洪到外面拉屎去了，骡夫遂将小包袱暗暗藏在自己的包袱里，守到周洪来时，故意寻衅，和周洪口角，借此算清力钱，赶紧走了。

周洪此时虽懊悔自己不该大意露白，却怕主人责骂，不敢说出真情来，只得劝慰主人，不可过急，忧患伤了身体。

关文锦这时闷极了，倒身在铺上，腹中寻思："此去京城尚远，黑驴已售脱，只有沿途典质衣服一法了。但衣服当去事小，到京何颜见得父亲？老人家定要说自己在奉天省嫖得亏空，绝不会相信是沿途当的。"因此一想，衣服便又当不得了。睡在床上，左思右想，无有主意，只急得一声一声地长叹，一会儿却蒙眬睡熟了。周洪见主人睡熟，便退了出去，直到午刻，关文锦尚未醒来。周洪不敢来请主人用饭，只自己胡乱在外吃了。

关文锦一觉醒来，已是申牌时分，心中忧闷已极，也不擦脸漱口喝茶，竟信步走出店外，沿街走出街头，糊里糊涂地信步从一条小路走向前去。走到一家坟上，忽觉一阵心痛，寻思：“自己功名被革，此番进京，真好像没头苍蝇乱飞乱撞。回思在奉天省城时，受亲友揶揄，更受许多教训，尤其是受鸨儿恶言、婊子冷眼，最为难堪。抚今思昔，不由悲从中来，忍不住呆立在坟院内流泪饮泣，顿生厌世之念。”遂解下带子，在那树上自尽。

不料命不该绝，恰巧被那行空因要寻僻静地方大解，跑来将他救下，问他自尽的原因。关文锦初不肯说，后被那行空再三逼问，才将实情细诉。那行空不禁打动侠义心肠，本来“疏财”二字乃是侠客极平常的事，因此安慰他一番，立刻邀他同到自己下处里来，自愿取银子赠送给他。因这一打岔，耽延许久。那行空却将屙屎忘了，同他走过河，到店后院门时，后门已关，只得循路绕到前面街上，从前门进店。到得房里，空洞洞的，海川却不在内。那行空也没在意，只招呼关文锦坐下，打开包裹，取了四封五十两银子赠给关文锦，并勉励他几句。

关文锦绝处逢生，只得含羞申谢地收了。坐了一会儿，告谢出门，寻问路径，回到本人下处里去了。

那行空送关文锦走后，才去拉屎。回来直等到天黑晚饭后，仍不见海川回来。问小二，亦不知和尚去向，只得先自用了晚饭。等到半夜，店内旅客及店家都已睡了，那行空好不心焦，查点海川的东西兵器，一件也不缺少。心中正在奇怪，忽听得外面一声风响，知道是海川来了，果然房门被推开，海川已走了进来，气喘吁吁，神色颇不安定。

毕竟海川去了这许久，往何处去来，请待下回再续。

第三十八回

少林僧长街逢女侠
武当徒旅店访男英

话说那行空见海川回来，神色慌促，气喘吁吁，头上汗珠儿涔涔而下，不由大惊，问："禅师哪里去来，为何这等模样？莫非到广家去过了吗？"

海川且不答应，回身先将房门掩上闩好了，走到那行空面前，叹了口气道："那居士，贫僧今儿险些不能回来和你相见，几乎栽上一个大筋斗。"

那行空忙问："禅师此话怎讲？"

海川道："你去出恭，许久不见回来，俺心中奇怪，怎么还不来呢？遂到后面厕所里去探望，空洞洞地并无人在那里拉屎，忖念：'莫非到外面去了？'因此回到前面来问小二。小二回说：'不曾留心。'俺想：'反正一人枯坐着没甚事，不如到门前街坊上去逛逛，卖一回呆。'走到门口，观望来往之人，又信步沿街走了一段，边走边向两旁店铺人家闲望。忽然从背后来了一人，伸手在俺肩上一拍道：'大和尚，辛苦了！你老为何不在北京，却被什么风吹到这里来了呢？'

"俺回头看时，却是一位美少年，穿着衣服丽都入时，仪表容光照人，并不认识。心忖：'他为何晓得俺是在京城的呢？'只得回身招呼，说：'恕贫僧一时眼生，却记不得居士曾在哪里会过了。'少年笑道：'出家人居然也打诳语，本来不曾会过，哪能认识呢？俺不告诉师父，师父哪能知道？俺非别人，就是山东曲阜县睢庄的孔妩倩啊！'

“贫僧听她说是孔妩倩，不由错愕了许久，忖念：‘哈老居士和你在前些时曾对贫僧说过，曾往山东去访她，未能遇着，据她家中人回复，是往江南去了，如何会在这里遇着呢？’遂很注意地看了她一眼，随口却问她：‘唤住贫僧，有何话说？’她笑道：‘大和尚别假作痴聋，哈一炁、那行空二位不是为了化三清的一封书信约着先后到此地来了吗？大和尚和他们二位是同行的人，哪会不知道呢？谅来哈一炁和俺的事你亦无有不知道的。当哈一炁同着那行空到舍间来的时节，正值俺因一件要紧的事往江南去了，后来俺回转舍间时，得知他们二位已经来过，心中很为抱歉，特意又从舍间出来，访寻他们二位，才知他二位同着大和尚齐因化三清的信到这里来了，所以俺又从这条路上赶来。想到双岗子去看会儿热闹，不料在此得先遇大和尚，总算俺不虚此行了。俺此刻唤住大和尚，没有别的话说，只因久仰大和尚是少林寺的有道高僧，武艺可称绝顶，曾赶到北京和侍御教师并禁卫军全军总教师王东林老英雄较量过拳脚（王老师之名及职衔，到此方才完全叙出，是补笔），可知大和尚的功力是不同凡俗的。论辈分，俺可算得是后生小子；论武艺，俺简直可说连几手江湖卖艺的拳棒也不曾懂得。今日得遇着大和尚，正是俺的造化，岂可当面错过？因此将大和尚唤住，意欲请借步到镇外旷地上去，请大和尚指教指教，使后辈好得到些进益，尚望大和尚不吝指教。’说罢，躬身一揖。

“贫僧忙合掌还礼，推说：‘末技实不足道，居士少年英俊，贫僧方外之人，岂敢与居士较量高低？这却不能从命。’孔妩倩见贫僧推却，即哈哈笑道：‘常言“千闻不如一见”，此话实有至理，俺当日听人传言，王东林和大和尚乃系密约的，所以特地手足留情，不肯用真实本领和和尚比较，好让和尚成名，借此才好推荐和尚到各王府去充当教师，欺哄那些贵族子弟。这话俺原不相信，如今见了大和尚的面，果然不肯赐教，却使俺不能不疑心先前听得别人所说的话颇有些相像了。’贫僧被她这几句冷言激得生气，即说：‘孔居士，此言未免欺人太甚，说王老师和贫僧有过密约，此话太侵犯王老师和俺的人格。你既要向俺求教，俺不妨即指教你几手，你要俺到什么地方，俺即随着你去就是，请前行吧!’她连忙含笑赔不是，说:‘大和尚别动气，那原是人家在背后的传言，并非愚下造出来的，愚下便斗胆也不敢侵犯大和尚和王老师的高贵人格。现在既承大和尚不吝赐教，乃是愚下三生之幸，真是再好也没有的。此去镇外空旷地方很多，既蒙见教，请随着愚下来吧!’边说边将贫僧引着来到镇外一所荒地上。

“那地方一边是河沟，一边是山岭，一边是乱葬坑，和一片枫树林，只有这么一块平原，约有三五亩地。贫僧到得那里，即将衣服掖好，丢下架势，说:‘孔居士，你将你的本领尽量地使出来打俺吧!’孔妩倩笑了笑，将衣服、发辫收拾利便，即使着玉女穿梭的架势向俺打来。俺正待迎接，她已又使溜步溜将开去。那丫头委实可以，如此上下前后左右地和俺斗了一会儿，俺守着以逸待劳的办法，始终不还手，尽取守势。

“天色黑将下来了，俺遂跳出圈外，喝声住手，对她说:‘彼此总算见过了，孔居士委实是个会家，贫僧已经领教。天色已晚，就此罢休，改日再见吧!’她说:‘不行，俺占先胡闹向大和尚进攻，大和尚始终不曾还手，可见是不肯指教了，这如何使得呢?老实说，大和尚既来之，则安之，彼此既已比较，如不见个高下，哪能算得呢?现在天色虽晚，究竟还有月色。如说大和尚腹中空虚，愚下亦是饿腹，彼此非斗个几百合，绝不能就此算数。’俺被她这一逼，心中禁不住生气，暗忖:‘俺不回手已是明让你几分了，竟敢这么苦逼，莫非是一支双料贡烛，要点才亮吗?’遂说:‘既孔居士定要贫僧还手，如有大意失手，可休怪贫僧不留余地。’孔妩倩笑道:‘但愿大和尚如此才好。’因此两下又斗，这回贫僧可不肯再客气了，立将罗汉拳的解数逐手使将出来，一手紧一手地向她进攻。哪知这丫头颇能，使出一路太极来，攻守并施，一步也不肯放松。两下斗有二三百个来回，贫僧虽不曾累乏，然而亦未能占着便宜。她忽然跳出圈外，喝叫住手，俺问她有何话说，她说:‘大和尚果然少林正宗，使俺佩服。今儿时辰不早，你下处里还有人等你，耽搁你在此事小，害得你那同伴惦记，闹出别的事故来，那就不是玩儿了。俺们随后在双岗子见吧!’说毕，回转身体，飞步就走。贫僧听她说在双岗子会，疑心她是和化三清一气的，遂紧紧追赶，边追边问她是否和化三清约好去助拳的。她会错了意，认作俺是不肯放松，忽然回身来迎，一扬手便飞来一支梅花针，这暗器乃是你们练习剑术的人才会使，这丫头能使梅花针，可知她会剑术的传言是不虚诬的了。幸喜俺的身手灵活，不比得别个，当将梅花针让过，高声打哈哈，笑骂她：'使用暗器，算不得英雄。'她说：'海川，俺已说过再见，你为何苦苦紧追？'俺遂笑着将追她之意说了。她说：'原来如此，俺和化三清并不相识，闻他名称关东侠，与说在北京以大刀出名，开设会友镖局的大刀王五爷同一外号，所以特来访他，并借此好与哈一炁比个高下。要俺给他助拳做什么？'她说罢这几句，即又回身如飞而去。

"贫僧遂寻路回来，刚要进这镇市的街头，远远见街口栅门关了，俺想敲门开门有许多麻烦，且又不知从何处可以绕道，不如即从屋上进来吧，因此即由一家人家屋后飞身上屋。不料略一大意，足下略重了些，一脚踏破了一片瓦，那响声惊动了下面的人，忽然一声喝骂：'好大胆的淫贼，老子闻说你路过此地，采花伤害了许多人命，正要设法除你，你却自投罗网，想系你的死期到了！'边说边飞身上来一个汉子，穿着短打，空手赤拳地飞步向俺追赶。俺闻声即已飞跑，回头见来人身法迅疾，料定是个能手，听他口气，亦系侠义人物流类，因此颇想顺便结识他，并问他谁是采花淫贼，究竟是怎么一回事。更因见他赤手空拳地追来，也就大意了些，遂立住等他。他见俺等着，又接着骂道：'好秃驴，你采花伤人已有多起，今儿竟敢到俺家来寻食，可不是瞎了眼吗？不要走，着镖！'说着，只见他右手探怀一扬，即飞来一支钢镖。俺让了过去，他已赶到面前，只见他从腰间解下根带子来，用手一抹，直挺挺成了根短棍，向俺兜头打来。俺借着月色，看出乃是根熟铜短棍，被月光照着，亮晶晶射入俺的眼帘。只要看他能将铜棍弯转，束在腰间当带子使用，随手一抹，即成兵器，可知他的手劲颇为可以了。贫僧既未带兵器，只得躲闪，边喝令住手，问他：'采花淫贼是谁？你认识不认识？怎好胡乱冤枉好人？'他说：'贼秃，你别狡展，想赖到什么地方去，采花淫贼正是个和尚，法名觉慧，从关内来的。你不是本地口音，又是个和尚，不是你更有何人？今日遇着俺，你可休想逃得了。'

边说边又一棍打来。俺又闪身让过，喝问他的姓名，并说：‘你既不认识，怎么见了随便哪个和尚，便咬定他是采花的淫贼呢?’他仰天打个哈哈道：‘好个无知贼秃，怪不得你敢到俺家屋上来放肆，连俺报应第二、赛邱成姜明德大爷的大名也不曾知道，你别想逃生狡赖，纵然你不是采花的觉慧，定然系他同党，看你身法，颇像少林宗派。那觉慧亦系少林寺僧人，你还想赖到什么地方去呢？况且半夜三更，飞檐走壁地意图擅入人家，纵不是采花淫贼，亦定系飞行大盗了。你是安分守己的好和尚，半夜里会到人家屋上来吗?’说着，又跃身过来，横扫一棍。俺只得运用硬功，和他周旋，空手对付着，闪展腾挪。斗了许久，俺虽不曾吃亏，但已累得浑身大汗。

“正在此时，忽又从远处下面飞上一人，手执单刀，赶来助战。俺空手应付一人还可以对付，再添上一支生力军，那可难于招架了。无奈急切中被二人刀棍逼住，无空处可以脱身。陡见远远有株大柳树，俺忽然急中生智，高喝一声：‘好觉慧和尚，俺奉师命，从少林寺追赶到此，此刻方才见着，你远远躲在杨柳树上看热闹即算了吗？本寺的戒律，你难道一出寺门即忘了吗?’两人一听见俺吆喝，只道真有个觉慧在杨柳树上，遂放下俺向那杨柳树奔去。俺即乘此脱身，逃了回来。那居士，贫僧今儿挨了一顿饿，还要险些代人受过，栽一个冤枉筋斗，岂不真非意料所及吗?”

那行空听他说罢，不禁错愕了许久，停了一会儿，才说：“禅师回来晚了，恐怕已无东西可吃，只得挨一回饿，守到天明吃东西吧!”又说：“好奇怪，俺们住下来，要想多管广绍安欺负马家夫妇的事，本拟今夜去走遭的，不料一波未平，一波又起，要管的不曾管，不要管的却已连接而来。禅师此刻讲起外号报应第二，又号赛邱成的姜明德来，俺却想起来了。俺在江湖路上久已闻人道及有这么一位侠义英雄，本领极其了得，无论人家有什么冤抑不平的事，只要逢着他，立刻便报应分明。当初康熙年间，有位老英雄名唤金眼雕邱成的，外号即称作报应，人家因姜明德的行为、本领极像邱成，所以才送他报应第二赛邱成的外号。一向俺只知道他在陕西省内行侠作义，却不知他是此地的人氏。往日俺还道李店地名是在陕西省内的呢，现在他既在家，俺们正可因此结纳一位英雄。禅师方才上屋碎瓦的地方，明儿白天去访，可还能记得吗?”

海川笑道:“怎么会不认识呢?明儿午后，贫僧同着居士一齐去访他就是了。此刻时候不早，俺也只得挨饿，等到天明后再进饮食吧!”说罢，又问:“那居士，怎么大解去了好久不见回来呢?”

那行空将出后门过小桥去，救了关佳文锦一命，赠送他四封银子的话说了，并笑道:“本来要拉屎的，不曾屙反而因救人忘了。回来取银子后，方才勉强仍旧到后面去屙了。天下的事往往出诸意外，大可作如是观呢。时候不早，俺们睡吧!”边说边起身脱衣就寝。

刚将长衣脱去，猛听得窗槅上糊的皮纸哧的一声破了，从外面飞进一块石子来。二人都是惯家，一见那石子，即知有夜行人到来，这石子乃是问路的。不由一齐惊诧，抢着先将桌上的蜡烛一口气吹熄了，各人顺手将自己的兵器拿好。那行空一手执剑，侧身一手去拉开两扇短窗，顺手在桌上抓了块砚瓦，向着对面一掷，接着便使燕子穿帘的架势，两脚一起，飞身跟着砚瓦出去。来到天井里，向上下四面一望，只见迎面屋脊上立着一人，便飞身上去，喝问:“哪里来的小辈，敢到此寻死?”

那人打着哈哈道:“那行空，你在武昌逞能罢了，怎么这般不惮烦，又想到俺们关外来露脸?来来来，俺们较量较量!”

毕竟来人是谁，请待下回续写。

第三十九回

老和尚化缘收弟子
小英雄访友拜师父

话说那行空跃身上屋时，海川已握着戒刀，紧跟着由窗口出来，飞身上了屋檐。二人一先一手地齐向那人奔去。

说也奇怪，那人初时见那行空出来时，还打着哈哈，一见那行空背后跟着个和尚，忽然吓了一跳，不待二人来至面前，即喝声："住手，彼此把话说明了再为较量。"

二人跃到他面前，那行空喝道："你是何人？为何半夜三更到此胡闹？既知那某大名，就该销声匿迹，怎么见了面还这么大模大样地不叩首请安？"

那人笑道："好大口气，那行空，你且别吹牛，俺乃黑龙省省城的呼明道，外号人称铁面大王的便是。因闻得化大哥道及，哈一炁邀了你同一个和尚到他家中来厮见，你已同着和尚先来。俺查你姓那的在武昌一带号称南方怪杰，其实也不过仗着点儿末技欺负南边地方不懂武艺的那些怯条子，尽让你出足了风头罢了。湖北地方由你耀武扬威，俺们东三省地方可不能让你来逞能，因此俺特地先迎到此地来，等候你们到时，先给你一个下马威。但是俺生平有一种自定的规例，向来不和方外人动手较量，一则因他们已经出家，已与名利荣辱无关，俺何必还与他们较量呢？此刻俺来访你，乃是专寻你比武，并不与和尚相干，你背后跟着一位和尚，想必就是什么海川了。俺不欲和他争较，所以先和你们说明，免得动起手来，他帮你动手。俺虽不怕他助你，但因此却违反了俺的规例，应了句俗语，叫作‘耶稣念佛经，自坏教门’了。”

那行空笑道：“原来怎的，这个容易，请海川禅师绝不帮俺杀你就是了。还有什么话说吗？”

呼明道闻言，即从背上拔下单刀，口中说：“准定如此，看刀！”说着，使刀迎面劈下。那行空用剑相迎，彼此在屋上一班一来，杀有十数个回合。

呼明道忽然唤声哎呀，抽刀跳出圈外，疾如鹰隼般飞身向斜刺里去了。口中高喝：“好淫贼，你敢偷老子的冷吗？须放着俺不死，你早晚提防着吧！”

那行空不由一呆，忖念：“呼明道并未斗败，为何回身逃跑呢？听他哎呀一声，莫飞中了何人的暗器不成？听他口中嚷骂淫贼，莫须此地真有个什么采花淫贼不成？”遂纵目四望，远远见一条黑影子闪了一闪，已失却踪迹。

那行空遂问海川：“看见了没有？”

海川笑道：“此人身法好快，贫僧方才见他从远处奔来，俺只道他和呼明道是一起的，所以很注意地望着他。只见他来到离此两家的屋上，即行停步，把手一扬，飞出一宗暗器，直向呼明道的左手飞去。那人发了暗器，扭转身躯，如飞疾驰而去。同时呼明道唤了声哎呀，回身跳出圈外跑了，大约是受了伤。”

那行空道：“禅师可曾看出那人是怎样一个人物吗？”

海川笑道：“也是个和尚，此刻想来，大约就是姜明德口中所说的那个采花和尚了。”

那行空道：“咦！真是怪极，俺们今儿所遇的事都完全出于意外，真神秘不测透了。”边说边回身扯了海川，一同跳下天井。

其时，下面店里的上下人等和一切旅客都已被这番刀剑声、说话声惊醒了，各房灯烛完全点得明亮。二人下来时，下面凡看见的人无不吓了一跳，及定神看清时，二人已从窗口飞进房内去了。

小二及店中管事的人齐赶着跑过来，问怎么回事时，二人已在房中将桌上蜡烛点亮，开了房门，让管事的及小二进来，同时却又使二人陡吃一惊。原来在桌上直竖竖地插着一根极细的钢针，针下别着张便条，白纸黑字，写得极其分清，乃是“关东侠拜”四字。

二人在点烛开门时，匆忙间未曾留意，及至开门让管事的和小二进来请坐时，方才看见。二人虽然心中一惊，却恐管事的看见不便，早由那行空伸手在桌上拔去，掷在地下，边回答管事的，说：“方才屋上乃是一个采花和尚和一个夜行人在上面交手，俺们只道是飞贼来此偷盗，所以才飞身上屋去探望，意欲得便拿他们。不料却被他们逃跑了，惊动了下面许多人，一齐起来。俺们是路过此地的，当然不能知道本地的事，不知其详。究竟如何，你们可能知道吗?”

管事的闻言，边命小二去传话给店内上下人等及旅客男女，说是有人在屋上追拿采花的和尚，被上房里住着的两位客人听见响动，误认有贼，特地上房捉拿，不曾捉住，被他们逃跑了。没有什么事，大家安心睡觉吧!

小二依言即去传话，管事的对二位道：“本地发生采花淫贼劫财伤人的案子已有五六天了，初时只知有飞贼采花，却不知道是怎生一个人物，后来才有人知道，采花的飞贼乃是个和尚，法名唤作觉慧，乃是河南少林寺的和尚。前两天满街满巷的人聚谈起来，都是说的此事，这两天因受本地保甲的嘱咐，不许在外面谈论，免得泄露消息，好暗中设法捉拿他。究竟如何，俺们既不曾亲见那和尚的模样，亦不知保甲局里的人怎样设法拿他。二位方才既曾在屋上看见，并且交过手，可知那和尚的本领是很了得的了，不然，连屋上追拿他的人和二位，共是三人，还被他逃掉，可知是不易捉拿的了。”

那行空道：“不但被他逃掉，那追拿他的一个夜行人还被他使用什么暗器打伤了呢!”

管事的伸了伸舌头道：“了不得，了不得！这和尚一天不捉住，地方上可就一天不得安静呢！时候不早，二位请安息吧，明天见!”说罢，起身出房去了。

二人关好房门，那行空低声问海川道：“你们宝刹里可有法名觉慧、本领高强的和尚吗?”

海川摇头发恨道:“没有没有，这淫僧实属可恶，他为非作歹，冒着本寺的名。贫僧既然遇着，非得在此将他剪除不可。”

那行空又低声道:“俺们今儿所遇的事，都是突如其来，化三清又亲到此地来过，故意使用梅花针卖弄他的本领，也许他是和呼明道约好了来的，亦未可知呢。”

海川道:“贫僧亦如此想。”

二人说着话，又解衣上床，吹烛安息。

次日清早，二人还未起身，即有本地的保甲领众亲来拜访二位，面请二位缓行几天，帮忙捉拿采花的和尚。那行空尚未开口，海川已先告奋勇，应允担任。保甲大喜，拱手欠身，打躬作揖地道谢，约定晚间到保甲局会齐。

保甲等去后，二人洗漱早点方毕，忽见小二从外面引进两个人来，前行的身段略高些，后行的年纪稍长些。海川一见，不由一愣，暗说道:“不就是昨夜和自己动手的两人吗?后面的矮子不就是自称名唤姜明德的吗?他俩来访，有何事故呢?”心中正在犯疑，那二人已先向海川唱喏道:“大师父，昨儿误会，小可弟兄多有冒犯，特地到来道歉，请大师父休得见罪!”说罢，又向那行空行礼问道:“老哥莫非就是外号南方怪杰的那行空大爷吗?久仰久仰!钦慕钦慕!”

那行空答礼应道:“岂敢!愚下正是那某，二位尊姓大名?驾临有何见教?”

同时海川也合十回答:“这乃是二位出于热心，贫僧正钦佩二位的侠义，怎敢怪二位误会呢?事已过去，还说他做什么?”又道:“那居士昨夜正和贫僧说过，意欲今儿下午到府奉拜，不料却蒙先施。”边说边让二人请坐。

二人坐上身，小二走出后，那年长些的矮子开言道:“愚下名唤姜明德，这是舍弟明达。此来拜访，一则因昨夜误会，冒犯了海川禅师，特来道歉，请求恕罪;二则因钦慕二位已久，既知二位驾临敝地，理应拜识荆颜;三则因闻得昨夜二位曾上屋和那采花和尚交手，被他逃跑，据闻还另有一人，不知其详究竟如何，愚兄弟既在家乡，桑梓地方突来这么一个淫贼，理应竭力除却，以维护乡邦，安堵闾阎，所以不揣冒昧，特地奉拜。意欲请二位协助，不知二位可肯慨允帮忙，除此残暴吗？”

二位谦逊了几句，即将昨夜经过的实情低声告知姜家兄弟，遂又一口应允，准定协力剪除觉慧，末又转问道：“此处离锦州双岗子已无多路，亦可算是化三清的家乡地方了。素闻贤昆仲系在陕西省境内做事的，此刻不过偶尔回来，适逢其会地在家，不比得化三清是本地的坐山虎，人家在他家乡左近的地面上如此胡闹，他竟置诸不问，岂不可怪吗？像他这样舍近求远，‘关东侠’三字外号简直有些不配了！”

姜明德道：“那爷此言，真乃春秋责备贤者之意，至是正论。不过觉慧是从外方来的，他一时恐未必即知，或许他正在暗中预备剪除，亦未可知。昨儿傍晚，愚兄弟曾在镇外会见地呼明道，他说到此先来试探那爷的本领，其时愚兄弟亦未曾留意，此时听那爷说化三清舍近求远的话，却颇与呼明道说的话有些针锋相对，不知所为何事？”

那行空遂将化三清留书盗珠，约哈一炁来此比武的话说了。末又问：“姜爷，俺在江湖上闻人传言，只知化三清的本领了得，昨夜他又亲到这里，留下一根梅花针，可知他是位精通剑术的侠客了。但不知他生平究竟如何，是从何人练习的本领？姜爷府居本地，又寄迹江湖，想必见闻较为详确，不知亦能见告吗？”

姜明德道：“讲到化三清的生平，俺腹中正好似给他记了一本账簿。因为俺和他亦是打出来的朋友，所以能知其详。愚兄弟是昨儿午后方才到家，因为听见家中人说及，有觉慧和尚采花的事，所以才耽搁下了。不然，本预备明儿就去双岗子访他去的。”

说着，便将化三清的生平、学武的经过，以及和自己打成相识的缘由说将出来。

原来化三清是锦州新民屯双岗子地方的人，他父亲名唤化鲲，乃是锦州一带著名的拳棒教师，在家设场收徒，教习徒弟的拳棒功夫。常言“穷文富武”，其时学武的人大半是富贵人家子弟居多，那些子弟目的只在学得些花拳绣腿的本领，能骑马射箭，好招摇过市，出一回风头，将来能应武考，博取一个微末前程，即算为愿已足，原无研求其实功夫的志意。故此化鲲虽收了不少的徒弟，却没有一个是他得意的门生，他常暗暗嗟叹，才难才难，这话果然不错。

其时，化三清年纪还小，不懂得什么把式，只晓得跟着大众伸拳踢腿地好玩儿，化鲲期望儿子能传自己的武学，见他很高兴地跟着练习，因即专心教授他早晚练习。化鲲的拳棒功夫本是从一个道士学的，形意、八卦、太极诸拳都是他的得意本领。化三清秉承这种家学，已非一班寻常教武的师父和一班江湖卖艺，及普通保镖的达官可以企及了。那时化三清才十一岁。

在一天黄昏时分，跟着他父亲在门口立着，化鲲口中含着旱烟管，吸着旱烟。恰巧从那旁来了个老和尚，须发都已雪白，走到面前，一眼见了化家父子，念了句无量寿佛，即住步向化鲲打个问讯，指着化三清问道："老居士真好福气，这位可就是少君吗？"

化鲲拱手应道："老师父，正是小儿。"

老和尚道："老衲从长白山云游到此，合该与少君有缘，意欲收少君为徒，带回山去，传授他的武艺，然后再送他回来。不知老居士肯见信吗？"

化鲲推却道："承蒙招爱，乃是小儿之幸，不过愚下只此一子，不忍叫他远离。至于武术一层，愚下自信还可以使他有所造就，不致误他终身。"

老和尚哈哈笑道："居士之言，真乃太夸，并非老衲小觑居士，像居士所传给少君的本领，只好使他做一辈子人家的奴隶，最多教武混碗饭吃。如要能做一番事业，非得从老衲学习不行。"

化鲲闻言大怒，即欲和和尚比武，和尚大笑，说："居士尽管打来！"

化鲲放下烟管，掖衣捋袖盘辫，向着和尚便打。和尚也不还手，也不迎接躲闪。化鲲不知如何，只觉得拳头打在和尚身上，弹力非常之大，竟弹了转来，立足不牢，倒退了一丈以外，险些跌倒，才知和尚是位异人，忙上前赔话。老和尚定要化缘，收化三清做徒弟，化鲲无奈，只得命儿子当面叩拜了师父，要求和尚留住在自己家中，不带儿子到山上去。和尚也就答应。

如此三年，和尚吩咐化三清："学问是无止境的，你应该背上黄布包袱，出门去访友寻师，本师就要回山，你还得另拜师父学武，才能深造呢!"说过这话后，老和尚当日即不辞而别地走了。

老和尚走后，化三清将师命告禀化鲲，化鲲亦欲试儿子的本领如何，即命他大胆和自己比试，两下走了几个来回，化鲲几乎被儿子摔倒，不由大喜放心，吩咐儿子择日动身，出门寻访师友。化三清领训，背着黄布包袱，多带盘缠，即行进关南游。一路颇会了些教师，但都不是他的对手，哪配做他的师父呢?

那日来到北通州地方，在路旁遇着个烂腿乞丐，方才得遇明师，学成剑侠。

毕竟如何拜乞丐为师，请待下回结束。

第四十回

遇乞丐童子拜师
成剑侠全书结束

话说化三清自从老和尚走后，即将和尚之言禀知化鲲，意欲背着黄布包袱出门去寻师访友。化鲲恐怕儿子嫩笋般年纪，少不更事，不知本领是否去得，因为背黄布包袱出门访友，乃是件极不容易的事，非武艺高深，绝对不能冒昧。为慎重起见，特地命儿子和自己较量，试探他的本领如何，定去否的标准。原因化三清自从老和尚传授武艺以后，三年以来，父子从未比较过拳棒。

这时父子俩在院内草地上比较拳脚，走了几个来回，果然化三清今非昔比。化鲲几乎被儿子摔倒，不由大喜放心，遂择定出行吉日，命儿子背了黄布包袱动身。吩咐他小心谨慎，切勿大意，又嘱咐他许多出门访友的规矩，和会着圈子里人的种种切口，叫他完全明白了，方才让他起行。

化三清走后，化鲲舐犊情深，深恐儿子此去有甚错失，特命家中雇用多年的仆人王大虎，多带盘费以及伤药等等，吩咐他暗暗追随着儿子，一路前往，以免儿子大意受了重伤时，无人救应接济，将一条小命损伤在外面。

王大虎领了主人之命，即日动身，紧紧追随化三清向关内进发。化三清背着黄布包袱，离别家门，一路颇会过几个拳师，以及有名的武勇人物。原本学武的人出门访友，总以背驮黄布包袱为以武会友的记号，凡是背着黄布包袱的人，只要是自问有真实本领的好汉，便可将他阻住比武，所以化三清一路行来，不须去寻人比武，即已遇有许多好手较量，有时他经过一处，打听得该处地方有位好汉，便亲自登门拜访，请求教益。这种办法，江湖上称作过堂，但凡比武或是过堂，访友的人如是胜了，那被访的人即得尽地主之谊，赠送盘缠，留住款待；如系访友的人败了，即算访友的人访着了朋友，以本领资格为标准，或即投帖拜师，或即送礼结友。那被访的人亦得略为赠馈些银钱物品，送访友的人动身。访友的人因为败了，知道自己的本领还够不上出门访友的资格，即须访求明师，再行苦练把式，此乃江湖中学武的人访友规例。

当时化三清沿途所遇的人都被他打败了，他虽年纪幼小，究竟从小即跟着化鲲练武，诸如形意、八卦、太极等拳棒功夫，都已有了相当的根基。又跟着那个老和尚练习了三年，自然得了高深的本领，普通的那些拳师当然不是他的对手了，因此他遂自视甚高，以为自己虽只十四岁年纪，但是本领已比那些活过四十岁年纪的人强胜多了。常言“艺高人胆大，志得意自满。”所以化三清即渐渐有些骄纵，差不多的拳师简直竟不放在心上。

那日下午时分，来到北通州城内，他背着黄布包袱，正往前走，恰巧从一个坐在路旁阶沿石上的乞丐面前走过。那乞丐生得形容丑陋，五短身材，身上鹑衣百结，非常褴褛，衣服上补丁加补丁倒也罢了，可是那周身的肮脏恶浊，却比什么还要不洁。头上发辫竟像有几个月不曾梳洗过一次似的，盘结蓬松在一起，差不多要做白虱的窝巢。赤着一双脚，伸一只破烂的左腿在街心里，缩一只肮脏不曾溃烂的右脚，盘坐在臀下，他那只烂腿直挺挺地伸到路当中来。

说也凑巧，化三清从他面前走过，因见他形容丑陋，不由两眼望着了出神，那脚下却不免大意了些，因此右脚尖儿恰巧碰在他的烂腿上面。那乞丐被这一碰，原不曾生气，只因化三清托大了些，以为碰了个乞丐打什么鸟紧，所以连“对不起”三字也不曾出口，即向前走了。这一来却将乞丐的怒火引起，抬头见是一个童子背着黄布包袱，遂高声骂道：“好个没生眼睛的小子，碰了人的腿，连招呼也不曾打一声，难道自恃其能吗？既敢背着黄布包袱出门访友，想情是个曾学过武艺的小子了，既出来寻师访友，为何竟这么托大呢？还不给俺站着吗？走往哪去呢？”

化三清一路行来，从未受过人的喝斥，想不到碰了乞丐一脚，却受了他一顿言语。少年人正当趾高气扬、目空一切的时候，哪能忍耐得住呢？因即回转身来，指着乞丐骂道：“好个叫花子，‘好狗不拦路’的话难道竟不知道吗？这是人行的大道，不是你拦脚伸腿享福的地方，你将腿直伸到街心里，你少爷无意碰了你一下，你想讹诈俺吗？那真是做你的清秋梦吧！”

乞丐被骂，激怒得跳将起来，戟指着化三清冷笑道：“你背着黄布包袱出门访友，是这么访法的吗？你凭着什么本事敢出门来寻师访友？来来来，俺们较量较量！你如打得了俺三拳，俺便不再做乞丐，拜你为师，永远做一辈子的徒弟；你如打不到俺三拳，掼上几跤，那时你可怎么样呢？”

化三清怒道：“你少爷是何等高贵的身份？你不撒泡尿自己把鬼脸照照，也配吗？俺打你是小，只恐污了俺的手。你少爷出门寻师访友，是访的有真实本领的人，并不要和你这叫花子做朋友，更谈不到拜师的话。俺如收了你这么一个叫花徒弟，真要将俺的脸面丢尽，惭愧杀人，别害你娘的臊吧！快些到做红白喜事或是慈善施赈的人家讨碗残羹冷饭去吃了挺尸吧！”说罢，回身就走。

那乞丐一个箭步纵到化三清的前面，拦住去路，冷笑道：“好个大言不惭自称的少爷，俺倒要见识见识，你有什么本领，敢出外放肆！”边说边伸手一拳打来。

化三清忙将身体闪过，让了来拳，急将身体一蹲，使叶底偷桃的架势，伸手向乞丐的下部抓去。那乞丐说声：“好小子，胆敢班门弄斧！”不慌不忙地将身一闪，使溜步溜到化三清的后面，不知如何，只轻轻一伸手，化三清已被推跌到一丈以外。幸喜身法灵活，不曾跌倒，即已立住。心中冒火，反身飞奔乞丐，只觉得眼前一闪，乞丐已失去所在，忽觉左肩上被乞丐弹了一下，痛得几乎连唤哎呀，忙向左应时，忽又被乞丐在右肩上弹了一下。化三清忍着痛，咬牙切齿地和乞丐死命相扑，将所学的看家本领连吮乳的气力都完全尽量地使出来了，竭力应付那乞丐。

走了几个来回，忽觉得前后左右四面都是乞丐，明明看见他在左边，却已到了右边。如此忽前忽后，忽左忽右，累得化三清遍体大汗，气喘吁吁，要想跳出圈外逃走。怎奈乞丐的拳脚身法紧紧逼住，再也休想能得有空隙逃跑的机会。没奈何，只得免强应付。

如此又走了两个来回，化三清已是精疲力尽，骨软筋酥，眼花耳鸣，头昏脑涨，实在支持不得了。偶一失手，早被乞丐摔跌到两丈以外，竟致昏了过去。及至醒来时，化三清张目一看，只觉得自己睡在蒲团拜垫之上，那乞丐却像没事人一般趺坐在面前，望着自己微笑道：“好小子，你还敢仗着几手花拳头，大言不惭地欺人吗？俺如不看在你师父慈云和尚的面上，怕不将你摔成肉酱在街心里，这庙里拜垫上还有你睡觉的地方吗？别说你这乳臭未干的毛头小子，便是你师父慈云和尚见了俺的面，也得低头请安，你竟敢藐视俺叫花子吗？难道天下的英雄豪杰，你所要访寻的师友，便不许他做乞丐吗？好小子，你尽躺在拜垫上装什么死？要寻师访友，时候不早，你也该去了！别因此耽误了你的事，快些给俺滚吧，别在俺面前给俺看见生气。俺真想不到，你师父慈云和尚要了一辈子的脸，做了一辈子的人，却教出你这么一个不长进的徒弟来，给他丢人失面子。俺真越想越气，越说越要打你，但又怕你骨头嫩，受不起打，更恐将穷气过到你身上，带了回去，恶浊污了你的手，弄得你做不成少爷，又不像个乞丐，反而不成话说。快爬起来给俺滚，让俺睡下来息一会儿，做一回清梦吧！”边说边打了个哈哈道：“好个自称的少爷，你方才的威风往哪里去了呢？你自问也配和俺较量吗？好不害臊啊！假使要做了你时，早就要撒泡尿自己照照脸，跳下茅厕去寻死了，还生在世上做什么呢？”

化三清被他这般冷嘲热骂地奚落，几乎眼内迸出火来，想着此番耻辱，不由珠泪下流，欲待和他拼命，怎奈不是他的对手。转念一想：“这乞丐颇有来历，他怎么能知道俺师父的法号唤叫慈云呢？”他又说俺师父见了他也得低首请安，虽然是大话，然而他的本领确非常人可及。俺出门访友的目的原在求武艺得到精进，他的本领既如此高强，俺正应拜他为师，从他学习武艺。常言‘小不忍则乱大谋’，俺如不忍小忿，错过这个机会，再要想寻找这么一位有本领的人做师父，那可就不是易事了。怪不得父亲当俺临行时千叮万嘱，吩咐俺有三种人最要留意，第一是女子；第二是出家人；第三是叫花子。此人正是乞丐，凭着俺父亲在江湖上的数十年经验，当然知道这三种人最不易惹。俺如今见着他，不拜他为师，还待拜何人为师呢？”因这一想，陡然彻悟，忙从拜垫上爬起来，冲着乞丐跪倒，叩头如捣蒜般地求告恕罪，自责：“有目无珠，冒昧大胆，叩求不咎既往，收自己做徒弟，原从师父学习武艺。”边说边以头碰地，砰砰作响。

那乞丐笑道：“你是少爷，怎么好做乞丐的徒弟呢？岂不辱没了尊贵吗？这可使不得。况且俺也没有什么本领，和你比较且不配，哪好做你的师父呢？快些请起来走路是正经。”

化三清只得惶恐告罪，叩头求恕，恳求收为徒弟。那乞丐方才笑着起身答应收他为弟子，说：“你要跟俺学武，须得跟俺出外做乞丐，吃风霜雨露，挨饥受寒，方才使得。你能受得了吗？”

化三清闻言，毫不含糊地接口即答应了，随口即请问师父姓名，立刻又在拜垫上冲着乞丐重新跪倒，叩了四个头，拜了师父。

乞丐回说：“俺没有名字，人家因俺是烂腿花子，便叫烂腿乞丐。你将来如果见着你以前的师父慈云老和尚时，便可知道俺的详细了。”

化三清不敢再问，只得问：“师父何以知道弟子是慈云老和尚的门徒呢？记得方才弟子跌倒在街心，莫非是师父挟弟子到这里来的吗？”

乞丐道：“当然是俺将便挟进来的，这里乃是座古庙，本系北通州城内的乞丐栖流所，此刻人少，停会儿天黑了，乞丐都到此住宿，便很热闹了。俺本不知道你是慈云和尚的徒弟，因为见面你的身法拳脚完全和慈云一样，才知道你是他的徒弟。老实告诉你，慈云和尚乃是俺的大师兄，俺乃你祖师爷的末底门徒，祖师爷因见俺的本领最好，根行又比别个徒弟深，有宿慧来历，特命俺执掌戒律。所以慈云见了俺，虽然他是师兄，但因俺掌戒律，有代祖师执行的权柄，所以见了俺的面，要低首请安，即是此故。你虽然情愿跟本师做乞丐，但做乞丐却不是练武的应由之路，你不如即跟着本师到涿州倒马山上去安心练习吧！你父亲派有王大虎暗暗跟着你一路而来，你可将此事托他捎口信回去，本领练成，即行回家。现在王大虎正立在庙外哨探，俺和你会他去。”边说边扯起化三清，同走到庙门口，果然见王大虎正在向内探头探脑。

化三清上前和他厮见，问知他一路跟来的原因，即请他捎口信回去。王大虎领了言语，作别自回。

乞丐道：“徒弟，俺们到倒马山去吧！”说着，将化三清一提，举步如飞地行走。化三清只觉得自己身体陡然轻巧，如同腾云般，足不点地地跟着飞走，顷刻出了城门街头，绝尘疾驰而行，耳边呼呼风响。

行有两个时辰，天色黑了，不知不觉地随着上了一座高山。来到一所茅屋内，乞丐道：“到了！”忽然足步停住，当即放手，点起蜡烛来，命化三清帮着烧夜饭充饥。茅屋内一切用物食米等件，无不俱备。

从此，化三清便在山上学习武艺，由乞丐逐日讲解武术的精髓，传授化三清的剑术。如此教授了四年，化三清的本领以及剑术已是完成。

那日，乞丐下山走后，忽然不见回来，化三清等候了十来天，山上存余的米粮吃完，仍不见乞丐回山。没奈何，只得下山取路回家，在路耽延多日，方才到家。

化鲲见儿子艺成回来，一家团聚，十分大喜，由此化三清在家乡一带行侠作义，专一地济困扶危，仗着剑术，做了许多惊人事业，遂成为关东唯一的剑侠。平生作为甚多，不及尽述。

编书的编至此处，书已完篇，只得就此结束。正是：

异人怪杰，剑侠女英。记诸稗官，聊志心钦。

振导国术，惩古劝今。我武维扬，来者勉旃。

图书在版编目(CIP)数据

南北异人传／张个侬著. -- 北京：中国文史出版社,2021.3

(民国武侠小说典藏文库. 张个侬卷)

ISBN 978-7-5205-2312-7

Ⅰ. ①南… Ⅱ. ①张… Ⅲ. ①侠义小说-中国-现代 Ⅳ. ①I246.5

中国版本图书馆 CIP 数据核字(2020)第 183531 号

点校整理：清寒树　旷　野

责任编辑：薛媛媛

出版发行：**中国文史出版社**

社　　址：北京市海淀区西八里庄路 69 号院　邮编：100142

电　　话：010-81136606　81136602　81136603（发行部）

传　　真：010-81136655

印　　装：北京新华印刷有限公司

经　　销：全国新华书店

开　　本：720×1020　1/16

印　　张：21　　　　字数：291 千字

版　　次：2021 年 3 月第 1 版

印　　次：2021 年 3 月第 1 次印刷

定　　价：69.80 元